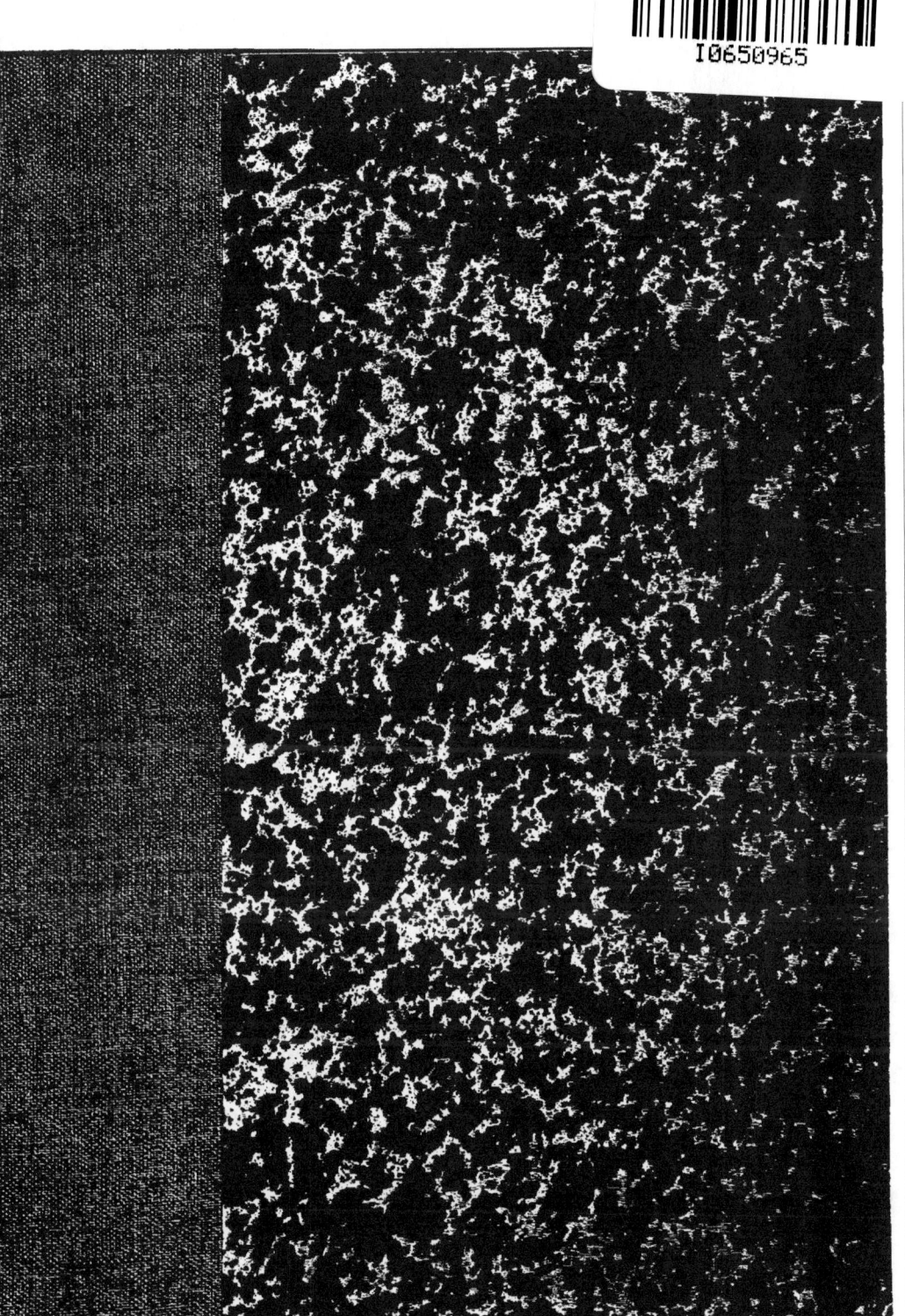

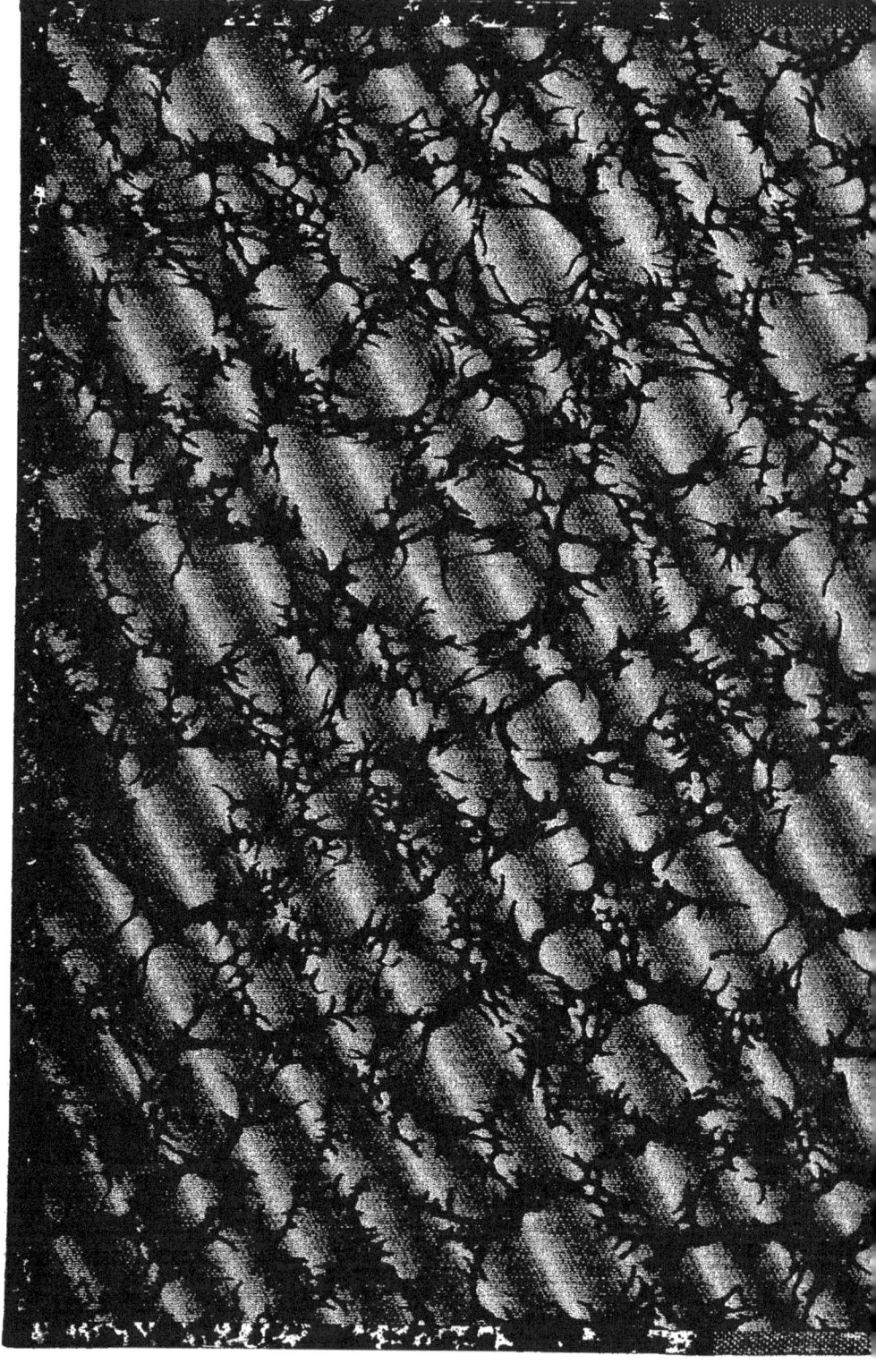

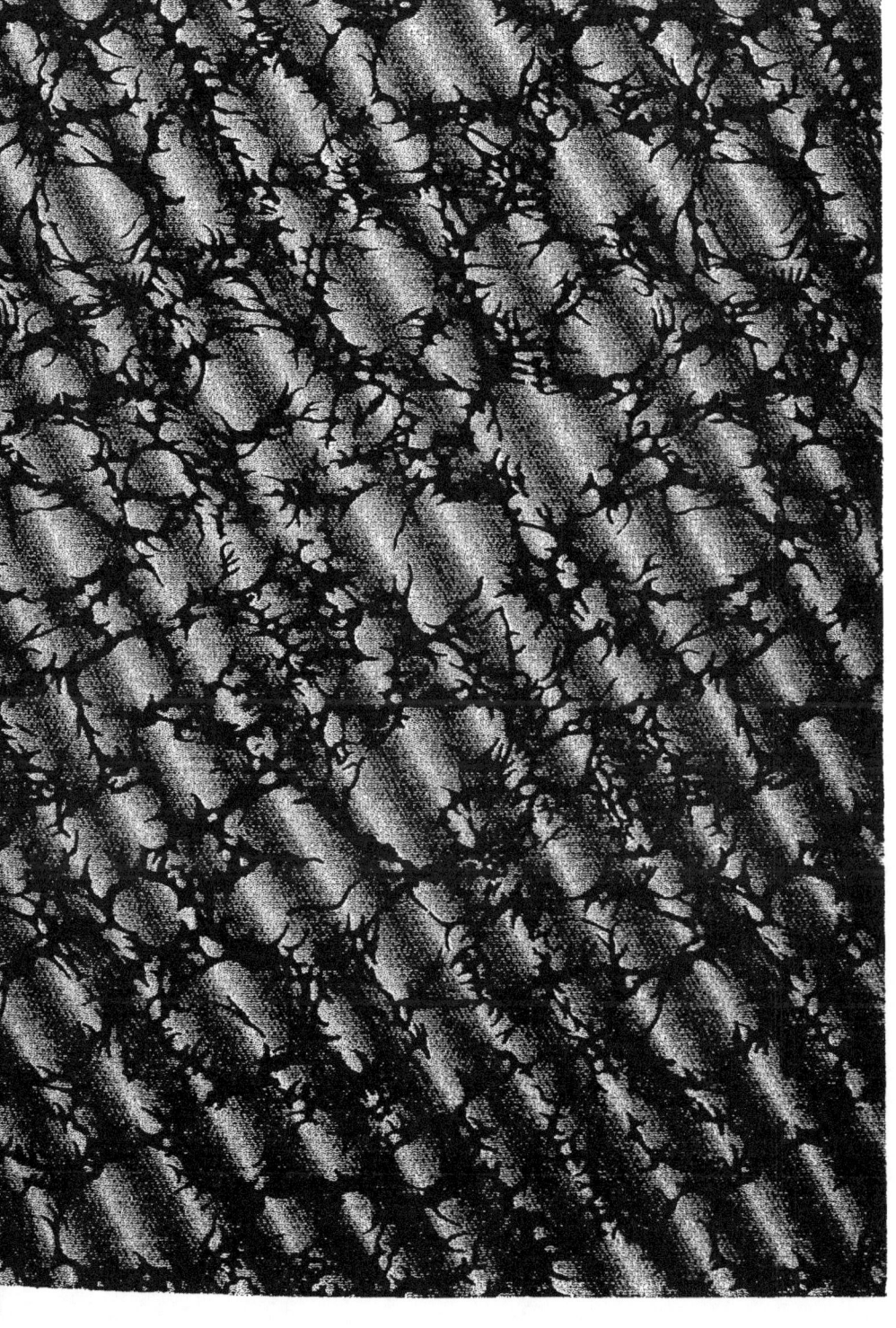

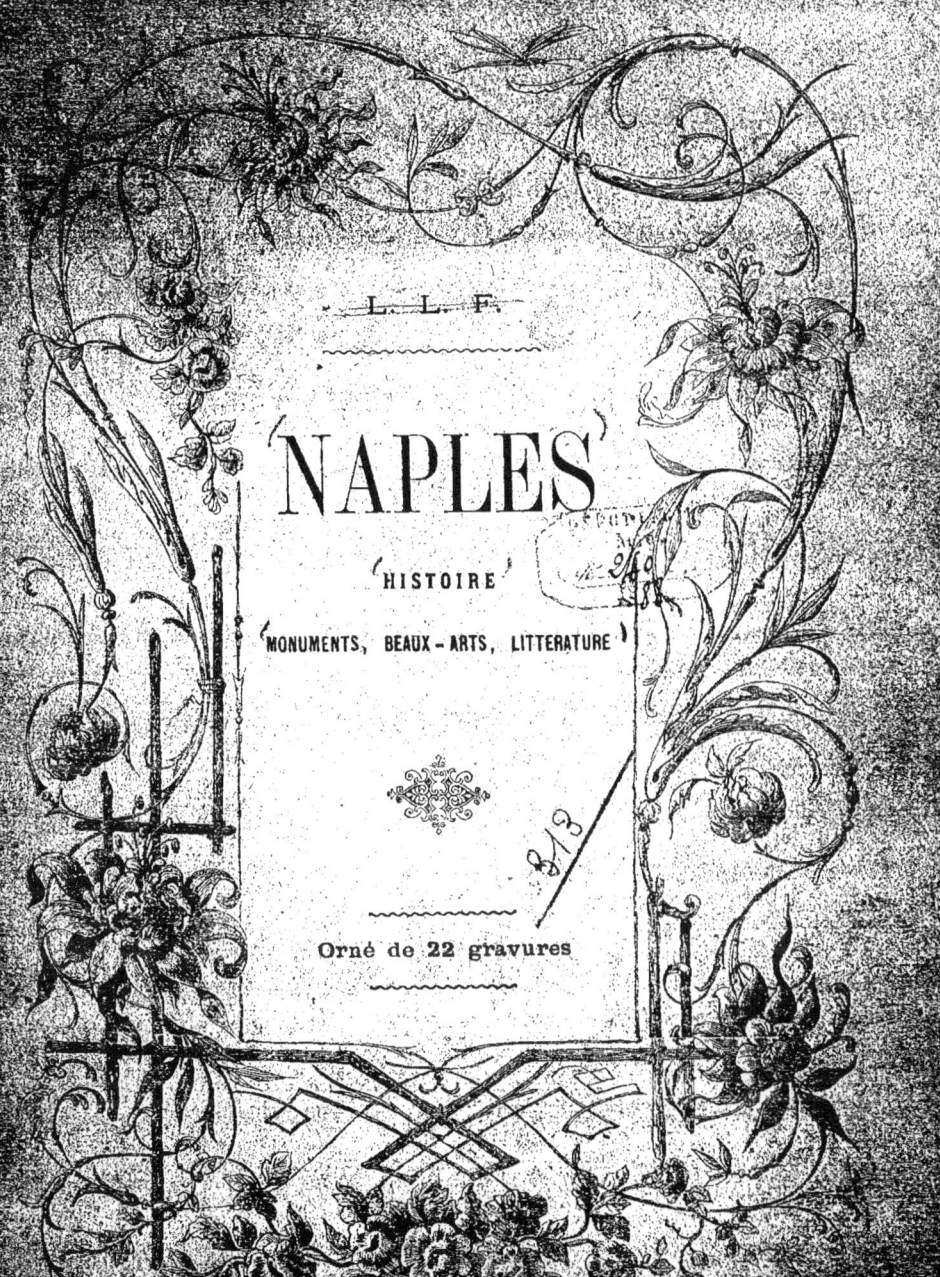

L. L. F.

NAPLES

HISTOIRE

MONUMENTS, BEAUX-ARTS, LITTÉRATURE

Orné de 22 gravures

NAPLES

Série petit in-4ᵒ.

NAPLES

NAPLES

HISTOIRE

MONUMENTS, BEAUX-ARTS, LITTÉRATURE

Par L. L. F.

Ea Neapolis quam, quartus volvitur annus,
Ausonias inter florentem vidimus urbes.
PETRARCA.

Orné de 22 gravures

J. LEFORT, ÉDITEUR

LILLE

RUE CHARLES DE MUYSSART, 24

PARIS

RUE DES SAINTS-PÈRES, 30

PRÉFACE

DE LA PREMIÈRE ÉDITION

Nous [1] avons voyagé pour apprendre,

[1] L'auteur de cet ouvrage, L. J. L***, naquit à Lille le 26 avril 1835. Ayant eu, après de brillantes études à l'institution de Marcq, l'occasion de faire un voyage en Italie, il parcourut cette terre classique avec la plus vive sympathie. Unissant dans son âme ardente les traditions de la foi, les souvenirs de l'histoire et des lettres, les magnificences de la nature et des arts, il fit, chemin faisant, une ample moisson d'observations et de notes, dans la pensée de laisser à sa famille et à ses amis le récit de son voyage.

Les troubles survenus en février 1853 à Milan, vingt-quatre heures avant son arrivée, lui fermèrent l'entrée de cette ville. Campé, avec une foule d'autres voyageurs, dans une mauvaise auberge, par un froid rigoureux et par une neige abondante, sur le qui-vive le jour et la nuit, il ne lui fut possible de quitter les

et pour voir le pays appelé *le Paradis de l'Europe.*

Après et même pendant le voyage est survenue la pensée d'en faire le récit.

Lorsqu'en deux fois vingt-quatre heures on a vogué de France à Naples sur des

faubourgs de Milan qu'après soixante heures d'inquiétude et de souffrance. Une indisposition se déclara au passage du Simplon, fait en traîneau et par la *tourmente*, et cette indisposition s'aggravant jusqu'à Genève, il ne put regagner sa ville natale que dans un état très-affaibli.

Ce n'est qu'après plusieurs alternatives de bonne et de mauvaise santé qu'il reprit la première partie de ses notes et qu'il coordonna le volume publié en 1857 sous le titre : *Naples, histoire, monuments, beaux-arts, littérature.* Puis, se croyant appelé à une carrière libérale, il se livrait à Paris à l'étude du droit, cherchant en même temps avec ardeur à orner son esprit d'autres connaissances et à se familiariser avec les langues sémitiques et étrangères, lorsque sa santé, ne pouvant suffire à l'activité de son intelligence, au désir excessif de s'instruire, l'obligea de rentrer dans sa famille.

Quelques mois après, la maladie l'emportait à l'âge de vingt-quatre ans. Il vit approcher le moment suprême avec résignation, faisant admirer sur le lit de mort la sublimité de la religion et la beauté des prières de l'Eglise.

(EXTR. des PRÉCIS HISTORIQUES, 8e année, page 291.)

rubans d'azur; lorsque des semaines entières on a respiré le soleil de la Grande-Grèce, quand on a vu Parthénope ancienne et moderne, fouillé Pompeia, pris d'assaut le Vésuve, cueilli le laurier sur la tombe de Virgile, l'hyacinthe sur le tombeau du Tasse, visité l'antre de la Sibylle, parcouru l'Elysée des poëtes, baisé la trace de saint Paul, vénéré le sang de saint Janvier, et prié aux Madones; quand enfin on s'est rejeté de Naples à Rome, de Rome à Florence, de Florence à Venise... on ressent quelque chose en son âme et on aspire à le communiquer. Il est difficile de garder pour soi seul de belles et de nobles jouissances : il semble qu'on en double le prix en y faisant participer les autres.

C'est ce sentiment qui sera notre excuse près du lecteur.

INTRODUCTION

Non so frenare in pianto,
Cara, nel dirti addio;
Ma questo pianto mio
Tutto non è dolor [1].
METASTASIO.

Nous sommes à Marseille, la ville du départ.

Pour tout homme qui s'apprête à quitter le sol de la patrie, il y a un sentiment indéfinissable de regret dont il a peine à se défendre, alors même que des motifs généreux ou surhumains le font agir. Il laisse au pays qui l'a élevé l'hommage muet d'un souvenir et d'une larme.

L'attrait d'une traversée aussi rapide qu'agréable, le

---

[1] Je ne sais retenir mes larmes, terre chérie, en te disant adieu; mais dans tes pleurs, tout n'est point amertume.

2

prestige d'un voyage sur une terre classique et enchanteresse, la perspective d'un retour heureux dans un avenir
peu éloigné, tout cela ne laisse pas que de pâlir à
la veille du départ.

Lors d'un premier voyage surtout, il y a tout un
monde de souvenirs délicieux et mouvants, d'impressions fortes ou douces, attachés aux lieux qui vous
ont vu naître et grandir.

On sent que l'on s'arrache au théâtre des joies et des
illusions que n'ont encore interrompues les réflexions et
les soucis. Il en coûte de briser avec la terre qui porte
famille et amis. On se demande si ce n'est point le
dernier adieu que celui que l'on envoie à tous ces
êtres bien-aimés.

Toutefois, un certain charme se mêlait à notre insu
à ces sentiments de regrets; derrière ces vagues bleues,
l'Italie nous attendait. C'est là ce qui nous permettait
de dire :

> Ma questo pianto mio
> Tutto non è dolor.

Rien n'est vieux comme l'histoire de Marseille.
C'est la ville des Phocéens, des Rhodiens et des
Gallo-Romains; la ville de Jules-César, de Pompée et
de Milon; la ville de Lazare, de saint Victor et de
Folquet; la ville de Salvien, de Belzunce, de Mas-
caron, de du Belloy, le berceau des nobles familles
de Forbin, de Castellane, de Pontevès, de Vintimille,
de Montolieu, etc.

L'hôtel de ville, ouvrage de Pujet; le clocher gothique de l'ancienne église *des Accoules*, l'église des
Chartreux, les ruines souterraines de l'abbaye de
Saint-Sauveur, le palais épiscopal, l'hôtel de la
préfecture, la belle promenade du *Cours*, le magnifique bassin du port, nous donnèrent une idée de la
grande ville, rendez-vous de toutes les nations commer-
çantes du monde.

Quoique notre séjour fût de courte durée, nous ne
pouvions omettre d'aller rendre hommage à la céleste
patronne de Marseille. Nous montâmes à Notre-Dame

de la Garde [1]. Le soleil se couchait. De ce point on domine le port, la ville, la campagne et la mer. Nos yeux eussent voulu percer au delà de l'horizon et apercevoir la terre d'Italie; mais partout l'immensité des flots. Nous descendîmes après avoir salué, mêlés aux matelots de la rade, Marie, l'étoile des mers.

En traversant le *Cours* un attroupement nous arrêta. Un cercle nombreux s'était formé autour d'un pauvre Arabe dans l'attitude d'un désespoir profond et muet. Il était appuyé contre un arbre, la tête couverte de son capuchon, qui laissait apercevoir un visage hâlé, maigre, impassible. Ses bras croisés ramenaient sur sa poitrine les plis d'un burnous blanc, sali, déchiré et couvrant à peine son corps. C'était la misère et ses haillons dans l'immobilité orientale. En France, la curiosité a

---

[1] Notre-Dame de la Garde est un fort bâti sous François I, mais qui ne fut jamais d'une grande importance comme défense. C'est ce qui donna lieu à ces quatre vers :

> Gouvernement commode et beau
> Où l'on ne voit pour toute garde
> Qu'un suisse avec sa hallebarde
> Peint sur la porte du château.

bientôt fait place à la compassion ; les bourses se délièrent, une petite collecte fut déposée aux pieds du malheureux qui parut à peine s'en apercevoir ; ses traits,
ses membres conservèrent la même immobilité. Chacun
s'étonna, quelques-uns lui demandèrent s'il était malade...
point de réponse. Nous allions nous retirer, sans trop
comprendre cette scène, quand passe un officier. Voyant
ce dont il s'agissait, il perce la foule. Aux premiers
mots que l'Arabe entend dans sa langue, à la vue de
cet uniforme qui paraît réveiller en lui tout un monde
de souvenirs, un éclair passe dans ses yeux ; aux questions de l'officier il répond par quelques mots brefs et
fortement articulés, étend le bras vers la mer, secoue
la tête et rentre dans son impassibilité. Nous avions tout
compris. Cet enfant du désert comptait pour peu la
détresse ; il méprisait l'argent qui était à ses pieds. Que
lui manquait-il donc? Le soleil de son Afrique ; et cet
homme que nous avions pris pour un mendiant, était
un guerrier qui pleurait sa patrie.

Quand nous rentrâmes en ville, il faisait soir. Dans les rues le gaz luttait péniblement contre l'obscurité; nous gagnâmes notre hôtel après avoir traversé la magnifique rue de la Canebière, dont le Marseillais dit si fièrement : « *Si Paris avait uné Canébière, cé sérait uné pétit Marseille.* »

Ce fut notre 1er janvier de l'an de grâce 1853.

Le lendemain, au réveil, nous prîmes tout d'abord le chemin de l'église. Une messe y fut célébrée à notre intention.

Tandis que l'Homme-Dieu s'immolait sur la table du sacrifice, nous ouvrîmes un livre d'heures et nous y lûmes : « O Dieu, qui avez permis aux enfants d'Israël de traverser à pieds secs le milieu des mers; ô Dieu, qui avez guidé vers vous les trois mages par une étoile miraculeuse; ô Dieu, qui après avoir tiré Abraham votre serviteur de la ville d'Ur en Chaldée, l'avez sauvegardé durant le parcours de son long pèlerinage, daignez, nous vous en prions, veiller sur nous qui sommes vos serviteurs. Soyez, Seigneur, notre soutien dans les rencontres, notre soulagement dans la route, notre ombrage dans les chaleurs, notre abri dans la pluie et la neige, notre véhicule dans les fatigues, notre secours dans les adversités, notre bâton dans les faux pas, notre port dans le naufrage, afin que sous votre conduite, nous parvenions heureusement au terme où nous tendons. »

Nous pouvions partir.

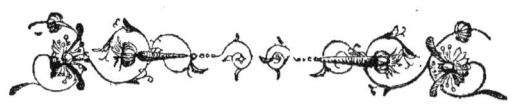

NAPLES

I

Sur mer

Scipion, César, Pompée, Cicéron, Auguste,
Horace, Virgile avaient traversé cette mer. Quelles
fortunes diverses tous ces personnages célèbres ne
livrèrent-ils point à l'inconstance des flots ! Et
moi, voyageur obscur, je passais sur la trace effacée
des vaisseaux qui portèrent les grands hommes de
la Grèce et de l'Italie. CHATEAUBRIAND : *Itinéraire.*

A neuf heures du soir, nous entrions dans la barque du départ ;
nous disions adieu à la Canebière, à Marseille, à la France, et
nous glissions sur le bassin.

Le canotier qui nous emmenait était un gaillard vigoureux et
allègre, type irréprochable du marin marseillais. En nous dépo-
sant sur le *Montgibello*, élégant paquebot qui nous reçut à son
bord, il nous dit, sous forme de congé : « Vous verrez comme

3

marche ce particulier-là. » Sorti des chantiers de Liverpool, les
Anglais l'avaient en effet taillé pour la course, et gratifié d'un de
leurs proverbes pour devise : *Nothing venture*, *nothing have* [1].

Pour qui n'est pas trop affamé d'antique avant l'heure, le port
de Marseille offre un spectacle imposant. Sans doute il ne faut pas
chercher l'Italie en France, ni demander l'intérêt des ruines à nos
rivages tout militaires ou marchands. Nous n'avons point, nous
autres Français, cette religion du passé qui fait sacrifier un per-
fectionnement à un souvenir. Rien de plus contemporain, si l'on
veut, que le double port de la vieille ville ; mais aussi rien de
plus animé, rien de plus grandiose. La pensée y est encaissée
comme les douze cents navires marchands qui s'y coudoient.
Qu'importe ? Le déploiement des forces matérielles a bien aussi
sa majesté qui mène parfois à la contemplation.

A l'extrémité du port, la proue tournée vers la mer, la poupe
vers Marseille, le *Montgibello* chauffait avec un bruit sourd.
La ceinture de lumière qui régnait autour de nous jetait sa lueur
fantastique sur une forêt de mâts ; les pavillons de toutes les
nations du monde flottaient silencieux à travers les ténèbres.
A l'ombre de leurs plis, le Grec comme aux rives de l'Alphée,
l'Italien comme sur la poudre des palais des césars, l'Américain
comme dans ses savanes solitaires, peuvent s'endormir en paix :
le souvenir de la patrie absente est là qui plane et veille sur ses
enfants.

Les voyageurs arrivant, les matelots mettant la dernière main
aux préparatifs du départ, rendirent bientôt la position sur le
pont intolérable. Nous descendîmes au salon, et l'on trompa
l'ennui par quelques *robbers* de whist.

A minuit, les amarres furent détachées. Le *Montgibello* se mit
en mouvement. Le reste des voyageurs sommeillait déjà ; nous
remontâmes sur le pont. Nos yeux ne pouvaient se résoudre à

[1] Qui ne risque rien, n'a rien.

se fermer si tôt. Nous avancions à pas de loup : la vapeur gardait le silence comme un homme qui connaît, réserve et ménage ses forces. Les forts Saint-Jean et Saint-Nicolas, qui commandent la terre et la mer, passent devant nous comme deux fantômes muets. Tout à coup la machine s'agite et souffle : semblable au volcan qui lui donna son nom, le *Montgibello*[1] laisse échapper un nuage de fumée et bondit joyeux vers la haute mer.

Nous côtoyons encore le château d'If d'où Mirabeau n'aurait point dû sortir, le lazaret et les îlots voisins :

Hinc altum tenuere rates.

Virgile nous revint pour la première fois à l'esprit. On a le droit de le citer quand on marche à la rencontre d'Énée sur les flots tyrrhéniens. Nous nous souvînmes que nous entrions dans la mer Intérieure, *mare nostrum*[2]; qu'au delà nous attendait le tombeau des Sirènes.

Qui n'a rêvé, dans un de ses jours d'études premières, aux vagues bleues de la Méditerranée? qui ne s'est dit, en touchant du doigt sur la carte le port massaliote : Quand descendrai-je là?... Nous y étions descendus.

Nous voguions à toute vapeur lorsque survint un grain imprévu à la hauteur de la Corse : le navire, qui prenait goût à la course, en profita pour exécuter *la fantasia*. Le capitaine était charmant, il se frottait les mains; sans *la fantasia*, prétendait-il, nous n'aurions pu juger de l'excellence de son bâtiment. « Vous êtes bien heureux, Messieurs, nous dit-il, d'avoir cette petite bourrasque. Figurez-vous qu'il m'arrive quelquefois de faire la traversée deux et trois fois sans le plus petit grain ! Vous allez voir dans quelques instants comme le *Montgibello* se comporte. »

En effet le *Montgibello*, au grand plaisir du capitaine seulement,

---

[1] C'est le nom que porte aujourd'hui l'Etna. — [2] C'est ainsi que les Romains appelaient la mer Méditerranée. Il semblait que leur puissance leur eût donné le droit de dire *notre mer* comme ils disaient *notre esclave*.

se comporta si bien, qu'à partir de ce moment l'équipage se trouva pris de vertige. Les estomacs se révoltèrent; la position fut pénible pour chacun et se prolongea durant trois à quatre heures. Cédant à la force des choses, nous nous réfugiâmes dans nos cabines, où nous attendîmes fort peu gaîment le retour de la lumière.

Nous étions au total quatre-vingts passagers, dont quarante Suisses pauvres et braves qui allaient s'enrôler dans les troupes pontificales. Ces rudes descendants des Melchthal et des Winkelried, ces enfants des Alpes que nous avions admirés quelques heures auparavant, n'étaient plus reconnaissables. Entassés dans l'entre-pont, ils gisaient les uns sur les autres, subjugués par un dieu puissant : mais, hélas! c'était un dieu marin, divinité malfaisante dont nous souffrions tous. Un seul passager résista, c'était un gentilhomme breton. Accoutumé aux vagues de l'Océan qui se jouent sur les falaises de l'Armorique, il resta seul sur le pont enveloppé dans son manteau. Sa physionomie mâle et sévère semblait indiquer une jouissance secrète dans la contemplation de ces grandes scènes de la nature. Avec Harold il pouvait dire :

« Je t'ai toujours aimé, ô Océan! Ma joie, dans les jeux de ma jeunesse, était de me sentir entraîné sur ton sein palpitant, avec ton écume légère. Enfant, je folâtrais sur tes récifs; ils faisaient mes délices, et si la mer frémissante les rendait redoutables, c'était une terreur pleine de charmes, car j'étais comme ton enfant. Près et loin du rivage, je me confiais en tes flots, et comme aujourd'hui je posais la main sur ton humide crinière [1]. »

Notre premier soleil méditerranéen se leva dans les nuages. La mer continuait à être détestable. On aperçut à travers le brouillard Pianosa, Planasie des anciens. Un souvenir au prince, petit-fils d'Auguste, dont cette île fut la prison. L'histoire en dit peu de chose, et elle n'en dit rien de bon. Mais s'il ne valut pas

[1] Childe Harold.

mieux que ses contemporains, l'héritier posthume des Agrippa fut malheureux, et le malheur c'est presque l'innocence.

« Elle (Livie) avait tellement captivé la vieillesse d'Auguste qu'elle lui fit reléguer dans l'île de Planasie Posthumus, le dernier des enfants d'Agrippa, jeune homme, il est vrai, d'une ignorance grossière et stupidement enorgueilli de sa force prodigieuse, à qui toutefois l'on n'avait point de crimes à reprocher....

» L'empire craignait dans Agrippa sa férocité naturelle irritée par l'ignominie, sa jeunesse, son inexpérience inhabiles à porter le fardeau d'un si vaste empire. Tandis que ces réflexions avaient cours, la maladie d'Auguste s'aggrava, et quelques-uns l'attribuèrent à un crime de sa femme. Le bruit avait couru depuis plusieurs mois qu'Auguste, ayant mis dans sa confidence quelques amis, s'était rendu, avec Fabius Maximus seulement, à Planasie pour y voir Agrippa, et qu'il y avait eu de part et d'autre beaucoup de larmes et de marques de tendresse qui faisaient croire que le jeune homme reverrait bientôt le toit de son aïeul.... Le même instant apporta la nouvelle qu'Auguste était mort et que Tibère succédait au pouvoir. Le premier acte du nouveau principat fut le meurtre de Posthumus Agrippa. Quoique surpris sans armes, et attaqué par un centurion déterminé, Posthumus disputa longtemps sa vie. Tibère ne parla nullement de cette mort au sénat [1]. »

Cette page est toute la vie d'un homme qui a failli posséder le monde. Elle est à relire sur les lieux où cet homme a vécu, où il a souffert, où il a été mis à mort.

Quel enseignement descend sur l'étranger, du roc où tombèrent, il y a dix-huit cents ans, les larmes secrètes du potentat à qui l'on a fait dire :

> Je suis maître de moi comme de l'univers.

La mer près de Monte-Christo devint encore plus houleuse ; les vagues balayaient le pont dans tous les sens. L'agitation était

Tac. Ann. 1. 3. 4. 5.

trop violente pour se prolonger plus longtemps; elle se calma peu
à peu, et vers une heure après midi le soleil reprit sa belle couronne de rayons. Son apparition subite et bienfaisante amena une
résurrection des passagers. Nous pûmes alors pour la première fois
examiner de plus près nos compagnons. Un général russe et sa
femme, qui venaient redemander la santé au beau ciel de l'Ausonie,
deux Anglais accompagnés de leurs *ladies* prirent possession de la
dunette du gaillard d'arrière. Les dames étaient à peine installées,
que monta à son tour un voyageur que nous n'avions pas
encore remarqué. Son œil ardent, sa chevelure et sa barbe noire,
sa physionomie mobile et expressive, un Dante entr'ouvert dans la
main, trahissaient sa patrie.

Un quart d'heure était à peine écoulé que les groupes étaient
formés, les caractères se dessinaient. Le gentilhomme breton oc-
cupait près du timonier son poste favori, interrogeant du regard
l'immensité des flots. Les Anglaises, le Russe et sa femme composaient un petit cercle où la conversation s'animait; les deux
milords se promenaient en fumant; deux industriels, après avoir
fait le tour de l'arrière sans trouver une place à leur gré, s'étaient
instinctivement trouvés réunis au pied de la cheminée du bateau,
et sous cette poétique influence avaient entamé une sérieuse dis-
cussion sur la question des douanes. Quant à l'Italien, appuyé sur
les bords du paquebot, près du groupe féminin, il jetait rêveur
quelques notes sur son portefeuille, et parfois son front s'illu-
minait; dans son regard étincelait un éclair de génie.

Le pont si triste il y a quelques heures avait pris un air de fête.
La Méditerranée, comme une perle limpide et polie, enchâssée par
une main divine au centre des gloires de l'univers, réfléchissait
sur son azur tremblant les feux du soleil. Le capitaine lui-même,
presque aussi radieux que lors de la bourrasque, sortit de sa
cabine, et jetant un coup d'œil vers l'Orient, nous dit : «Messieurs,
vous êtes en vue des côtes. »

Tous les yeux se portèrent à l'instant vers le point de l'horizon que son bras nous indiquait ; en le regardant attentivement, nous distinguâmes en effet un nuage lointain, vaporeux, confondu entre le ciel et la mer.... C'était l'Italie !

> Obscuros colles humilemque videmus Italiam....
> Italiam læto socii clamore salutant.

Quel chaos de souvenirs, de sentiments divers se pressèrent dans notre poitrine ! Le respect, la joie, l'admiration, l'amour flottaient dans le vague de notre émotion. Cette Italie, cette reine de l'Occident, élevait du sein des eaux sa tête voilée dans les vapeurs humides de l'atmosphère. Tout était encore mystérieux, mais plein de charmes.   .   .   .   .

Les Anglaises firent chercher leurs albums et leurs crayons.... L'Italien, la main étendue vers les rivages de la Niobé des nations, s'écriait avec un accent passionné :

> Bella Italia, amate sponde,
> Pur vi torno a riveder !
> Trema il petto e si confonde
> L'alma oppressa dal placer [1].

« Belle Italie, bords chéris, je vais donc vous revoir encore ! Mon âme tremble et succombe à l'excès du plaisir. »

Ce cri partant du cœur, cet élan du poëte qui revoyait sa patrie après une longue absence, fit passer dans tous les voyageurs l'étincelle de l'enthousiasme. L'une des dames anglaises reprit aussitôt, comme par une inspiration soudaine, les beaux vers du barde moderne de l'Angleterre, de cet ange de ténèbres et de lumière :

« Tu es toujours belle, ô Italie ! tu es le jardin du monde, la patrie de tous les arts ; la nature peut s'écrier : Même dans ton désert, quelle contrée est semblable à toi ? Tes plantes sauvages sont admirables ; ta désolation est plus riche que la fertilité des autres climats ; tes malheurs sont des gloires, et tes ruines sont

[1] Monti.

empreintes d'un charme, d'une grace que rien ne peut effacer.

» Italie, tes champs toujours dorés sont fécondés par les seuls rayons du soleil ; les astres brillants d'or étincellent sur tes cieux qui s'étendent sur ton front comme une écharpe d'azur [1]. »

— Voilà, répondit le gentilhomme breton en se rapprochant de nous, des vers bien pompeux adressés à un pays dont la vitalité semble aller chaque jour en s'affaiblissant et se corrompre dans sa source, à mesure que s'effacent les principes de l'ordre religieux et moral. Les Italiens ne s'agitent que pour reculer. Leur imagination vive est frappée de stérilité ; le patriotisme a fait place à l'amour de la révolution ; ce mot malsonnant de liberté est un leurre qui déguise le vide de leurs convictions. En politique comme dans les lettres, ils perdent tous les jours leur spontanéité, leur originalité, pour devenir le plus souvent de malheureux imitateurs.

Un de leurs poëtes n'a peut-être pas apprécié toute la portée et la vérité de son exclamation :

> Quanti oggi trovansi fra noi messeri
> Che il peggio tolsero dagli stranieri [2]!

— Je ne puis admettre ce jugement, répondit l'Italien. Bien qu'une partie de ces reproches ne soient, hélas ! que trop mérités, il me semble par trop sévère. Au point de vue politique je ne me permettrai aucune réflexion ; la question, si elle n'est insoluble, me paraît, à moi, trop difficile pour que je me permette d'exprimer un avis ; mais je ne puis croire que sous le rapport

[1] Childe Harolde. IV. 26, 42. The prophecy of Dante. II.

[2] « Combien aujourd'hui parmi nous qui ne prennent aux étrangers que ce qu'ils ont de pire ! » Aurelio Bertola : *Fable du chardonneret.*

Cette petite fable raconte l'histoire d'un chardonneret qui fit un long voyage aux Indes où il vit beaucoup de charmants oiseaux, mais qui ne chantaient point. Le chardonneret se mit en tête que la mode était ainsi par delà les mers, *che d'oltremare moda sia questa.*

Pour se conformer à cet usage, rentré dans son pays natal, il garda le silence jusqu'à la fin de sa vie. Et comme sa mère lui reprochait de ne plus chanter avec les autres oiseaux : « Tu n'as pas honte ? » lui disait-elle. Et le chardonneret répondait avec sérieux : « C'est une mode nouvelle importée d'outre-mer. »

littéraire l'Italie ait suivi depuis quatre siècles une marche rétro-
grade. Nous avons toujours eu une succession non interrompue
de génies remarquables et qui ont tenu le haut rang en Europe
jusqu'à nos jours.

L'âge épique de Dante, Tasse, Boïardo, Arioste, a succédé
au lyrisme de saint François d'Assise et de Jacopone de Todi.
L'ère pastorale, qui est la moins brillante, n'est pas sans éclat;
Guarini, Capaccio, Marini, Salvator Rosa représentent des talents
de genres bien opposés, ayant chacun leur mérite. Enfin, ce que
j'appellerai l'époque dramatique, a des illustrations qui ont laissé
un glorieux héritage à l'ère moderne. Métastase, Goldoni, Alfieri,
Monti, Ugo Foscolo, valent peut-être le bilan intellectuel de la
France au xviiie siècle.

— Sous ce rapport, répondit le Breton, je m'associerai volontiers à vos conclusions. Je me sens personnellement peu de sympathies pour ce siècle si vanté.

— On pourrait, reprit le poëte, citer de bien belles pages qui
prouveraient que le génie ausonien ne s'est point servilement traîné
sur les traces des littératures étrangères, et n'a manqué ni d'originalité ni de force, dans cette période de vingt-cinq ans qui a
inauguré le xixe siècle. Mais, à mon avis, ce n'est point de là que
doit sortir la régénération du goût, la gloire et peut-être le bonheur de l'Italie. Les quatre grands âges de notre littérature ont
abouti à une puissante dualité qui se partage fraternellement l'admiration de l'Europe. C'est là que sont nos espérances. Ces deux
hommes sont à mes yeux un don de la miséricorde et de la munificence de Dieu pour ma patrie.

— Je devine, dit le général, de qui vous voulez parler.
Il est vrai que Pellico et Manzoni sont des auteurs dont un pays
a le droit d'être fier. Mais il est fâcheux que ces deux hommes
soient peut-être les seuls appelés à jouir de l'immortalité littéraire, tandis qu'en France, en Angleterre même, il est une pléiade

4

d'écrivains dont la renommée est déjà universellement établie.

— Je crois, répondit l'Italien, que vous vous faites illusion à cet égard. Ma patrie compte bien des illustrations contemporaines, littérateurs, philosophes, savants, qui pourraient peut-être avantageusement, ou du moins sans infériorité, être opposés aux noms les plus célèbres. Mais il est, surtout pour la France, une sorte de supériorité indépendante du mérite des auteurs, qui tient à ce que la langue française est répandue par tout l'univers. L'italien est moins cultivé. Et les ouvrages remarquables, pour être connus, doivent commencer par être traduits. Je suis bien sûr que pour la plupart de nos compositions, il arrive que la traduction française a été lue plus que l'original. Dès lors, quel immense désavantage pour nos auteurs ! Ceux qui ne sont point traduits ou qui le sont mal deviennent condamnés à l'oubli ; ceux qui le sont y perdent, quoi qu'il en soit, une grande partie de leur originalité et de leur mérite. Si notre langue est familière à quelqu'un de vous, messieurs, qu'il convienne de la difficulté d'en faire passer les beautés dans un idiome étranger. Manzoni et surtout Silvio y perdent peut-être plus que bien d'autres. Qui rendra, par exemple, cette simplicité naïve, ce parfum de la prose de *Mes Prisons* [1].

— Je dois convenir, dit le général, de la vérité de cette observation. Elle peut paraître s'appliquer à toutes les langues ; cependant, d'après la connaissance que j'ai acquise de l'italien, elle me paraît être très-juste pour les deux auteurs dont nous parlons. De nombreux traits de famille prêtent un visage de frères à Silvio et à Manzoni. Ce n'est point à tort que la génération actuelle les a élevés sur un commun pavois.

— Ils ont eu les mêmes maîtres dans la région des esprits supérieurs, reprit le poëte. Elèves de saint François d'Assise

---

[1] Il est juste de reconnaître qu'il existe plusieurs bonnes traductions françaises des *Prisons* de Silvio ; nous aimons à placer au premier rang celle de M. de la Tour. M. Rossignol a aussi très-bien traduit les *Poésies inédites*.

par le lyrique enthousiasme, de Dante par la foi et la passion des anciens jours, de Tasse par l'imagination, de Boccace par la langue, de Pétrarque par le savoir et la courtoisie, de Métastase par l'harmonie, de Monti par l'abondance et la facilité, d'Alfieri par le patriotisme, de Foscolo par la rêverie, de saint Alphonse de Liguori par la douceur et l'amour des hommes, ils fusionnent dans leur riche nature les qualités de leurs prédécesseurs en évitant les défauts de plusieurs de nos grands maîtres. Il leur faut place au soleil de la gloire à côté du génie et de la vertu. Par le privilége d'un esprit tout français, par le fait de ses relations avec les chefs de l'école novatrice en littérature [1], par sa félicité non interrompue d'auteur, Manzoni est peut-être plus connu au delà des monts que Silvio. *I Promessi Sposi*, ce petit livre qui fait le désespoir de quiconque s'essaie en matière de roman, le seul qu'on n'ait point encore imité, tandis que nous avons à nos côtés des milliers de Walter Scott en raccourci, cette nouvelle campagnarde, que nul autre écrivain ne pouvait aborder, sous peine de se briser aux écueils cachés ou visibles qui l'environnent, ce conte à portée de l'enfant et de l'homme d'Etat, a fait le tour du monde Je lui dois pour ma part les plus suaves impressions de mon adolescence, des idées et des larmes d'une douceur inconnue. Roi du roman italien, européen peut-être, par une œuvre sans rivale et sans suivante, Manzoni a fléchi sous le joug de la tragédie. Entraîné par le mouvement des langues étrangères et des poétiques improvisées, il a cru devoir s'affranchir des lois qu'avaient acceptées ses devanciers et qu'ils avaient consacrées par des chefs-d'œuvre. Les trois unités disparaissent dans

---

[1] Entre autres avec M. de Lamartine, qui, décrivant sa vie à Saint-Point, disait : « Heureux si en rentrant, harassé de fatigue, je trouve par hasard au coin du feu quelqu'un arrivé pendant mon absence, au cœur simple, à la voix poétique, qui allant en Italie ou en Suisse, s'est souvenu que mon toit est près de sa route qui comme . . . Manzoni, vient nous apporter un écho lointain des bruits du monde et goûter avec indulgence un peu de notre paix. »

Lettre à M. Léon Bruys d'Ouilly.

Adelgis et *Carmagnola*. La préface de cette dernière production rappelle involontairement celle du *Cromwell* d'Hugo, analogie regrettable mais évidente.

Cette réserve posée, toute justice est due à notre poëte dramatique. Parmi ses réformes, il y en a d'excellentes. Les fonctions de confidents sont ramenées à de justes limites. Les récits (et il y en a de superbes) ont tous une raison d'être que l'école classique n'exigeait point toujours. Enfin l'amour — chose merveilleuse sous le ciel de l'Italie — s'affranchit du dernier levain d'afféterie.

La scène italienne n'a rien de plus achevé et de mieux senti comme développement, que ces plaintes de la fille de Didier, répudiée par Charlemagne. J'ai si souvent lu et relu les beaux vers de nos deux grands poëtes, que beaucoup de leurs scènes sont à jamais gravées dans ma mémoire. Retirée au monastère de San-Salvador, à Brescia, Ermengarde se sent mourir ; elle se fait porter sous un tilleul du jardin. Ansberge, sa sœur, abbesse du couvent, est près d'elle....

« Comme est suave ce rayon d'avril ! comme il se pose sur le feuillage naissant ! Je comprends à cette heure pourquoi recherche tant le soleil, celui qui, chargé d'années, sent la vie qui s'enfuit. »

S'adressant à Ansberge et lui offrant la main :)

« La fin de tes soins, douce sœur, et la fin de mes peines approchent. Oh! qu'avec mesure le Seigneur les dispense. Je sens la paix de la fatigue, la paix avant-coureur de la tombe.... Aujourd'hui je te demande une grâce dernière. Recueille les paroles solennelles, écoute les vœux de la mourante ; garde-les dans ton cœur, pour les répéter, un jour, fidèlement à ceux que je laisse sur la terre. Ne te trouble point, sœur bien-aimée ; oh! ne me regarde point ainsi d'un air désolé. Ne vois-tu pas que sur moi s'appesantit la miséricorde de Dieu? Veux-tu qu'il me laisse sur la terre pour être témoin de l'assaut de Brescia et de l'horrible carnage qui se prépare?.... Non.

» Je ne le verrai point : dégagée déjà de toute crainte, de tout amour terrestre, je serai loin des criminelles espérances; je prierai pour mon père, pour cet Adelgis, ce frère aimé, pour toi, pour ceux qui souffrent, pour ceux qui font souffrir; pour tous, je prierai. Mais toi, maintenant, recueille ma pensée suprême. A mon père, Ansberge, et à mon frère, si tu les vois, (oh! que cette joie ne te soit point refusée!), tu diras qu'au bord extrême de la vie, à ce point où tout s'oublie, j'ai gardé un souvenir suave et reconnaissant de ce jour où, par un acte plein de bonté, ils me tendirent, à moi tremblante et incertaine, leurs bras compatissants, sans honte de mon humiliation; tu leur diras qu'au trône du Seigneur, fervente et sans relâche, ma prière demanda pour eux la victoire, et si Dieu ne l'écouta point, il est sûr que c'est par un dessein sublime d'une plus profonde miséricorde. Tu diras que mourante je les ai bénis.... Ensuite, sœur.... oh! ne me refuse pas cela.... trouve un ami fidèle qui puisse, en quelque lieu, en quelque temps que ce soit, s'approcher du cruel ennemi de ma race.

— Charles!

— Tu l'as nommé; qu'il lui dise : Ermengarde a passé sans rancune; elle ne laisse sur la terre aucun objet de sa haine.... Et si cette parole n'est pas trop acerbe pour son oreille altière, qu'il ajoute que je lui pardonne [1]. »

Ne sont-ce point là des vers dignes d'être comparés à ce que les poëtes français ou anglais ont fait de plus beau dans ce siècle? N'est-ce pas un magnifique spécimen de la poésie inspirée par le sentiment chrétien?

— C'est incontestable, reprit le Breton; mais s'il m'en souvient, je lus autrefois de Manzoni quelques hymnes sacrées qui valent peut-être ses tragédies.

— Je crois en effet, ajouta le poëte, que les plus beaux fleu-

Adelchis. IV. 4.

rons de la couronne poétique de Manzoni sont et resteront les
hymnes sacrées (*inni sacri*), feuilles volantes et ignées, œuvres
d'amour et de foi. Je pourrais, je pense, vous en citer quelques
strophes. Voici le début de son chant de Pâques :

« Il est ressuscité : la tête sainte ne repose plus dans le suaire.
Il est ressuscité : près du tombeau solitaire le couvercle est ren-
versé. Comme le Fort après l'ivresse, le Seigneur s'est réveillé.

» Comme le pèlerin qui, à moitié de sa route, s'est reposé
dans la forêt, et secoue de sa tête une feuille sèche qui, déta-
chée d'un rameau, lentement, lentement était venue s'y arrêter.

» Ainsi le Fort des forts jeta le marbre inerte qui couvrait la
voûte du sépulcre, quand son âme, revenue de la vallée des morts,
dit au corps divin silencieux : Sors, je suis avec toi [1] ! »

C'est une poésie qui échappe à tout commentaire; sublimité
d'image, sublimité d'expression qui rappelle involontairement la
Bible. Que dire de cette réunion de l'âme d'un Dieu avec son corps,
de ce marbre qui tombe comme la feuille desséchée que secoue le
voyageur, de cette parole :

Sorgi.... io son con te.

On peut faire de beaux vers, avoir du génie, et ne pas
atteindre à cette hauteur. Et cependant, messieurs, nous avons
l'égal de Manzoni. On peut lire Silvio après le chantre des hymnes,
sans craindre le désenchantement ni la déception.

Ce dernier, selon moi, n'a rien à envier au premier. Le lyrisme

---

[1] È risorto : dall' un canto
Dell' avello solitario
Sta il coperchio rovesciato :
Come un forte inebriato
Il Signor si risveglio.

Come a mezzo del cammino
Riposato alla foresta
Si risente il pellegrino,
E si scote dalla testa
Una foglia inaridita,

Che dal ramo dispartita
Lenta lenta vi restè;

Tale il marmo inoperoso,
Che premea l'arca scavata,
Gittò via quel Vigoroso
Quando l'anima tornata
Dalla squallida vallea
Al Divino che tacea :
Sorgi, disse, io son con te.
— La Resurrezione 2. 3. 4. —

surabonde dans les *Cantiche* de Pellico, trop peu connus. Qui
jamais chanta mieux la paix du sanctuaire?

« Ah ! quelle paix délicieuse à l'ombre des églises, dans les
siècles de haine et de trahison ! Là, tandis que dans les campagnes
les moissons étaient consumées,.... tandis que dans les bourgs et
les cités les frères égorgeaient les frères,.... au fond d'une tour le
moine expiait soit ses fautes passées, soit les fautes des nations
coupables. Bien souvent, ces vénérables vêtements de laine cou-
vraient des génies sages et paisibles, étrangers à leur siècle comme
une aimable fleur est étrangère parmi les plantes malfaisantes;
comme le jet charitable d'une fontaine au milieu des sables brûlants, et comme parmi des tribus sauvages un cœur qui gémit sur
le sort des opprimés [1]. »

Préférez-vous un chant métaphysique? voici des strophes auxquelles on voudrait des suivantes :

« Lune et étoiles de la nuit, douce aube du matin, astre océan
de splendeur, terre et ciel, qui vous créa?

» Nous sommes les pensées d'un seul esprit, nous sommes les
rayons du vrai soleil. Il dit, et nous fûmes, et il ne nous enseigna
point de paroles pour le nommer.

» Astres brillants, ciel et terre, œuvres admirables du Seigneur.
Ah ! il a fait une autre œuvre plus grande : l'homme mortel qu'il
anima [2]. »

Il faut remonter au platonicien Laurent de Médicis pour trouver
dans la voluptueuse Italie une poésie aussi subtile, aussi dégagée
des sens. La passion s'épure sous la plume de Silvio comme sous
celle de Manzoni.

L'ange du Spielberg, arraché au monde de ses admirateurs
et de ses concitoyens, ne sortit pas un jour de celui des belles-
lettres. Pendant que s'instruisait ce ténébreux procès dont
l'avenir saura moins de choses encore que le présent, Silvio,

[1] Saluzzesi. II. — [2] Ester d'Engaddi. I. 1.

triomphant de ses affreuses inquiétudes, écrivait : *Esther d'En-gaddi* (Venise, juillet 1821); *Iginia d'Asti* (Venise, même année), et les *Cantiche*, intitulées : *Tancreda*, *Rosilde*, *Adello*, *Rafaella*, *Eligi e Valafrido*, etc., outre plusieurs autres productions, parmi lesquelles un poëme sur la ligue lombarde et un autre sur Christophe Colomb [1].

Plus tard, quand il fut rendu à la liberté, il dédia tout ce qui était achevé à Louis son frère, et lui dit : « J'ai écrit ces tragédies et ces cantiques dans un lieu de si noire douleur que mon intelligence devait en être plus que jamais affaiblie. Je les ai revues pourtant depuis que je suis ressuscité entre les vivants. Il me revient quelque espérance qu'elles ne sont point indignes de paraître en public. Je te les offre à toi, mon très-doux ami d'enfance, à toi, assez indulgent pour ne point rejeter ce tribut, si léger qu'en soit le mérite; à toi qui, aussi ardent que modeste ami des lettres, m'excitas à les cultiver et me procuras ainsi d'inépuisables consolations. J'en ai surtout senti le prix durant les dix longues années où (après la religion, suprême consolatrice, et la douce compassion d'un très-cher compagnon d'infortune), il ne me restait d'autre douceur que l'habitude d'exercer en poétisant (*poetando*) l'esprit et le cœur [2]. »

. . . .

Nous entrions à Civita-Vecchia sans nous en douter. L'Italien qui avait si chaleureusement plaidé la cause de son pays, devait débarquer en cette ville. « Espérons, messieurs, nous dit-il en nous quittant, et surtout prions le Ciel pour l'Italie. Une nation qui a produit deux cœurs comme ceux de Silvio et de Manzoni n'est point abandonnée de Dieu. »

Le premier objet qui nous frappa sur le sol étranger, fut notre uniforme que nous vîmes errer sur les quais. Nos soldats y sont à leur place. L'Italie c'est notre seconde patrie. Le lis y pousse

[1] *Le Mie Prigioni.* XXVIII. — [2] Préface (édit. de Florence 1834).

depuis des siècles ; l'aigle y domine aujourd'hui en protecteur.

A Civita-Vecchia notre bâtiment stationna deux heures. Notre passeport étant visé pour Naples, force nous fut de rester à bord... sous l'affût des canons de la France.

Nous eûmes le loisir d'admirer le port, dont le bassin circulaire est un chef-d'œuvre. Trajan a fait creuser l'un et l'autre. On sait combien ce prince affectionnait Centumcella, puisqu'il lui légua son nom. La création de la *Fossa Trajana* fut, dans l'antiquité, le dernier coup porté à la puissance maritime d'Ostie. L'empereur Claude avait mis la main à cette œuvre de déplacement en fondant un port nouveau sur l'autre bras du Tibre. Le triomphe de Civita-Vecchia sur sa rivale serait aujourd'hui complet, si l'air moins salubre n'éloignait les populations de ce point le plus important du littoral des Etats de l'Eglise. La ville actuelle ne compte guère que huit mille habitants. Ses rues, quoique peu larges, sont droites et bien percées. Elle possède un superbe arsenal, dont les Français s'emparèrent en 1848 sans coup férir.

A trois heures, nous reprîmes la direction de Naples. Nous longions les côtes à une distance d'environ deux lieues, et, grâce à un ciel pur et serein, nous pûmes voir successivement le petit bourg de Palo et la tour Bovacciana, qui marque la place où fut le port d'Ostie. La ville a reculé dans les terres.

Deux grands noms survivront à la cité d'Ancus.

Vieille déjà sous les premiers Césars, elle a reçu Paul, ce citoyen romain, dont la parole venait rajeunir le monde. Déchue sous les derniers Augustes, elle a prêté un coin de son enceinte au plus intime dialogue, à celui que parlèrent Augustin et Monique en regard de l'éternité.

Ecoutons ces sublimes épanchements d'une telle mère et d'un tel fils, et l'idée qu'ils se faisaient du bonheur éternel.

« Le jour n'étant pas éloigné où ma mère devait sortir de cette vie, jour qui nous était inconnu et que vous seul connaissiez,

ô mon Dieu ! il arriva , et ce fut, je n'en doute point, par une
disposition secrète de votre providence, qu'elle et moi nous nous
trouvâmes seuls ensemble , appuyés sur une fenêtre, d'où la vue
s'étendait sur le jardin de la maison dans laquelle nous nous
étions retirés à Ostie.

» Dans cette maison, qui était éloignée du bruit du monde, nous
nous reposions des fatigues d'un voyage déjà long , et nous faisions en même temps les préparatifs de notre embarquement.

» Etant donc seuls de la sorte ,... nous disions : Si les passions
charnelles s'apaisaient, si les images de la terre, des airs et des
mers s'évanouissaient , si les cieux s'arrêtaient, si les puissances
de l'âme recueillies l'affranchissaient par leur élan de tout retour
sur elle-même , si les songes , les fantômes de l'imagination se
dissipaient , si sur tous ces phénomènes extérieurs planait un silence universel , pour l'âme attentive il sortirait de tous ces êtres
une voix qui dirait : *Nous ne nous sommes point faits nous-mêmes ;
notre Créateur est le Dieu éternel.* Si donc le silence se faisait
de nouveau après ce cri, disposant l'âme à prêter l'oreille à son
auteur, si alors ce Dieu lui-même venait à parler SEUL et non par
ces choses qu'il a créées , si nous pouvions entendre cette parole
qui ne se révèle point par un langage mortel , ni par la voix d'un
ange , ni par les éclats du tonnerre , ni sous le voile d'une comparaison , mais cette parole substantielle dont l'écho nous captive
dans ces êtres et sans leur concours , si cet essor qui nous élève
maintenant sur les ailes rapides de la pensée jusqu'à la source de
cette éternelle Sagesse dont l'empire est illimité, si cet essor se
prolongeait et nous ravissait à ces sphères intérieures , si les joies
intimes de ces contemplations venaient affluer et se concentrer
dans ce seul désir d'une vie à jamais éternelle , comme ce fugitif
éclair d'intelligence qui est le terme de nos aspirations, ne serait-ce
pas là la réalisation de cette parole : « Entre dans la joie de ton
Seigneur ! » Ce moment, quand arrivera-t-il? Sera-ce alors que

SAINTE MONIQUE ET SAINT AUGUSTIN

nous ressusciterons tous, sans néanmoins être tous changés [1] ? »

Quelques jours après cet entretien, Monique fut atteinte de la maladie qui devait la conduire au tombeau. Après avoir donné à son fils les dernières instructions, elle s'endormit dans le sein du Seigneur.

« Ainsi fut séparée de son corps cette âme sainte et religieuse le neuvième jour de sa maladie, en la cinquante-sixième année de son âge, qui était la trente-troisième du mien. (387.) »

Selon le désir qu'elle avait manifesté, sainte Monique fut enterrée à Ostie. Son corps y resta jusqu'en 1430, époque à laquelle il fut transporté d'Ostie à Rome, dans l'église de Saint-Augustin, sous le pontificat de Martin V, qui nous a laissé l'histoire de cette translation et des guérisons miraculeuses obtenues par l'intervention de la sainte [2].

L'antiquité n'a pas de scène plus suave. Cette conversation à la fois sublime et tendre respire un parfum d'amour et de foi dont le christianisme est seul dépositaire. Sur ces flots tyrrhéniens, que la vieille Rome a semés de traditions, il ne faut pas oublier les légendes de la Rome moderne. Comme nous songions à cette reine impérissable du catholicisme, nous entrevîmes le mont Capitolin, où dorment les destinées du monde, appendues au faisceau des clés...

Notre journée était complète. Le soleil baissait sensiblement, plongeant à demi-corps, puis tout entier sous l'onde. La mer devenue bonne s'endormait au sein d'une de ces nuits délicieuses dont jusqu'alors les livres seuls nous avaient donné l'idée. Ce

[1] Aug. Conf. ix. 10, 11.

[2] Vid. Mart. Sermo ad fratres augustinienses de translat. S. monic. Ost. Rom. Romæ 1586. Cf. Berti de S. Monica. c. 7 et seq. Venet. 1756. — Selon quelques auteurs, c'est le corps de sainte Prime qui se garde à Rome ; ils pensent que celui de sainte Monique a été apporté à Arouaise, près de Bapaume, par un certain Gautier, chanoine régulier, à l'exception de son chef, qui aurait été transféré en l'église de Saint-Amé à Douai. — Godescard. Vies des Saints. Cf. Histoire de l'abbaye d'Arouaise, par Gosse, in-8°. Lille. 1736. — Molanus Natal. SS. Belgii, 84 verso.

soir, le monde nous parut si beau, si neuf, à nous, enfants du
Nord, déshérités du firmament, que nous résolûmes de passer
à découvert la nuit tout entière.

Une brise parfumée s'enroulait sous des nappes d'azur et se jouait
des flots. La lune montait dans les cieux rêveuse et recueillie
comme la lampe du lieu saint. Un nuage blanc, léger et flocon-
neux se drapait à l'entour, l'encadrant parfois sur un fond de
dentelles et parfois la voilant pour la rendre plus pure à nos regards.
La lueur douteuse de l'astre des nuits n'éclipsait point les étoiles,
perles d'or semées sur les plis onduleux du pavillon des cieux.
Naples étendait sur nous l'écharpe azurée de son ciel, ciel de
cristal et d'albâtre. Et cependant couraient sur l'écume gémissante
les étincelles du sillage, semblables à ce feu byzantin qui puisait
dans l'eau l'aliment et la vie.

Du feu sous nos pieds, du bleu sur nos têtes, la capitale à
gauche, l'infini à droite, Naples devant nous, la patrie derrière,
l'espérance au cœur, l'amitié dans les bras.... Si ce n'est point le
bonheur, n'en est-ce point l'image?.... Penchés sur le bord du
paquebot, nous demandions à la mer, à la terre, au ciel leurs secrets, leurs souvenirs et leurs accents. Nous rêvions sans sommeil,
nous sommeillions sans rêve. L'ange des éléments semblait venir à
nous et nous dire : « Me voici. » Céléno mêlait sa voix connue aux
concerts aériens et nous criait des quatre vents du monde :

> Italiam cursu petitis, ventisque vocatis
> Ibitis Italiam, portusque intrare licebit.

La vue d'Ischia, « montagne à pic dont la cime blanche et fou-
droyée plonge ses dents ébréchés dans le ciel, » nous annonça que
Naples était proche. Capri au nord, Procida au couchant décou-
vrent successivement leurs fronts rougis par le crime.

Mergellina nous attend :

> Sur la plage sonore où la mer de Sorrente
> Déroule ses flots bleus au pied de l'oranger,

Il est près du sentier, sous la haie odorante,
Une pierre petite, étroite, indifférente,
Aux pieds distraits de l'étranger [1].

Voici Naples, sirène assise sur l'amphithéâtre des champs et des cités, dominatrice de la Campanie, sœur du Vésuve. Lui, là-bas, se coiffe de son turban fumeux; elle, ici, nous montre ses tertres.

.... Piaggie di Campagna amene
Pompa maggior della natura.

Le bâtiment s'arrête. L'équipage savoure et dit : C'est beau !.... Expression suprême et dernière de l'admiration toujours bornée dans l'homme, même dans l'artiste.

C'était beau, en effet. Sur l'arrière-plan, la nature a tendu un rideau de collines dentelées, ondulées, fantastiques, qui s'élèvent en échelle jusqu'au sommet de l'Epomée, volcan éteint depuis 1301. Aux avant-postes les trois grâces, Capri, Ischia, Procida. Sur la droite, le Vésuve, sorte de bouche à feu que Dieu suspend au-dessus des habitants du sol, comme une menace perpétuelle et comme une invitation à bien vivre. Le monstre tonne ou se tait, suivant l'ordre du Maître. Pour le moment, il dort, mais la mèche toujours allumée veille aux mains de la Providence.

Naples semble dormir aussi; le son lointain d'une cloche nous arrive au milieu d'un silence imposant. Il est trois heures.

Les formalités de la douane clouent notre curiosité aux planches de l'embarcation. On nous sert le thé sur le pont. Nous attendons le crépuscule. Quand on l'a vu, on comprend l'adage :

Veder Napoli e poi morire [2].

Le crépuscule napolitain a cela de particulier, qu'il déconcerte tous les pressentiments. Ce n'est pas précisément la transition rosée de la nuit au jour sous notre ciel. A Naples les nuits sont quasi lumineuses. Ce n'est pas notre aurore humide, ce n'est pas non plus notre lever du soleil, si souvent contrarié par mille cir-

[1] Un Premier Regret. — [2] Voir Naples et mourir.

constances atmosphériques. Le crépuscule dans l'Italie du Sud est
un phénomène de mirage auquel rien ne correspond dans notre
pays. C'est un fluide brillant, poli mais incolore, qui pénètre,
enveloppe et vivifie tout. Dans la France du Nord, à Paris même,
on ne voit à distance les monuments que dans un réseau de brouillard, qui déplace les lignes, altère les dimensions, dégrade les
couleurs. Si à ce réseau grisâtre vous substituez un tissu lucide et
légèrement azuré, vous n'aurez pas encore le crépuscule. La lueur
qui à Naples annonce le roi des jours est diaphane. Elle conserve
aux objets leurs contours, leur fini, leurs proportions, leurs teintes
surtout. Elle ne confond rien, et fait ressortir les moindres accidents
d'architecture et de nuance. Le crépuscule napolitain réconcilie
l'enfant du Nord avec l'architecture grecque qu'il trouve déplacée
dans son pays. La mousse et la pierre noircie s'harmonient avec
le gothique. Il faut au corinthien le crépuscule.

Or, figurez-vous une ville de marbre blanc, un jardin de citron-
niers et d'orangers, un horizon de vallées et de monticules ; figurez-vous cet Eden inondé des flots de cette douce lumière, ce

> .   .   .   .   .   .   Fortuné rivage
> Où Naples réfléchit dans une mer d'azur
> Ses palais, ses coteaux, ses astres sans nuage ;
> Où l'oranger fleurit sous un ciel toujours pur [1].

Vous aurez une idée affaiblie de ce que nous vîmes, et vous répé-
terez avec nous : *Veder Napoli e poi morire.*

Nous fûmes distraits de ce spectacle unique au monde par un
incident qui avant même notre entrée dans Naples nous donna une
idée des mœurs locales.

Pour fêter l'arrivée des nobles *forestieri* [2], les Napolitains, selon
leur joyeuse coutume, voulurent nous donner une sérénade. Ainsi
jadis les troubadours, dans une langue assez analogue à l'italienne,
chantaient l'*alba* sous un ciel qui rappelait le ciel de Naples.

[1] Lamartine : Nouv. Médit. poét. *La Tristesse.* — [2] Etrangers.

Une barque portant trois virtuoses se dirigea vers le bateau à vapeur, et bientôt le concert commença.

Le trio se composait d'un violon imperturbable, d'une petite flûte se perdant dans d'insaisissables *fioriture* et d'un chanteur s'accompagnant sur un instrument indescriptible. Le chanteur, malgré tout le mérite de ses compagnons, eut les honneurs de la séance. Pour faire ressortir le beauté de sa *canzonetta*, il déploya toutes les ressources de son gosier et celles de son intéressant physique, passant successivement des sauts les plus désordonnés aux contorsions les plus sentimentales.

Le genre mimique est le triomphe du peuple napolitain. Ce fut surtout dans le point d'orgue final que l'artiste crut arriver à l'idéal de la perfection. Ses bras s'étendaient vers le ciel, son visage basané se tournait du côté de nos *excellences* [1], et sa bouche se fendait jusqu'aux oreilles en guise de sourire destiné à nous exciter à la générosité.

On conçoit qu'une pareille aubade ait eu le privilége de divertir grandement les voyageurs étrangers au pays. Aussi toutes les bourses se délièrent à la grande satisfaction de notre chanteur, qui trouva sans peine de nouveaux gestes et signes pour remercier l'auditoire des nombreux *grani* [2] qui pleuvaient de toute part dans sa barque.

L'autorisation de débarquer arriva enfin. Nous descendîmes en chaloupe pour traverser le port et gagner l'hôtel.

A peine à terre, nouvel encombre. Une bande de lazzaroni s'abattit sur nos bagages. Avant que nous eussions eu le temps de faire un mouvement, toutes nos malles se trouvèrent disséminées sur les épaules de nos empressés commissionnaires. Nous n'eûmes qu'un parti à prendre, celui de les suivre à l'hôtel, où nous nous fîmes conduire. Notre maître d'hôtel, ancien officier français,

---

[1] La courtoisie est grande à Naples. Le peuple, pour peu que vous ayez l'apparence d'une personne solvable, vous appelle ordinairement : Excellence, *eccellenza*. — [2] Le grano vaut environ cinq centimes.

septuagénaire encore très-vert et doué d'une voix de stentor, voulut
bien se charger de les payer. Mais ce n'était point là le compte de
nos serviteurs improvisés, qui avaient espéré exploiter notre qualité
de nobles *forestieri*. Aussi nous poursuivirent-ils longtemps en
nous criant en chœur : *la buona mano, signori, la bottiglia*[1].

Nous vîmes le moment où, pour mettre fin aux débats, notre
maître d'hôtel allait être obligé d'invoquer l'appui de son bâton
noueux. Toutefois la menace suffit ; car, à la vue de cette démons-
tration, tous prirent la fuite avec plus de prudence que de courage, et nous restâmes maîtres du champ de bataille.

[1] *La bonne main* est un mot qui en Italie signifie une petite gratification,
un pourboire. La bottiglia, la bouteille.

LE VÉSUVE

II

Histoire

De 1050 avant l'ère chrétienne à 900 après J.-C.

> La nature, la poésie, l'histoire
> rivalisent ici de grandeur.
> O terre toute baignée de sang et de
> larmes, tu n'as jamais cessé de pro-
> duire et des fruits et des fleurs!
>
> Mme DE STAEL.

En présence de la cité du soleil et des arts, suspendons pendant quelques instants nos causeries de voyage, résumons à grands traits les annales de son histoire, remuons ses fastes si chargés d'obscurités, et cherchons à en vivifier les récits.

Naples plus qu'aucune autre ville, la Campanie plus qu'aucune autre province, participent au double fait de l'histoire générale d'Italie. Leur front, pendant dix siècles, a été marqué du fer chaud de la servitude; pendant dix siècles, la main des papes tempère cette brûlure affreuse. L'antiquité avait été douce pour l'Italie du Sud. Le moyen-âge lui fut relativement plus dur. Heureusement, quand commença le débordement quatorze fois séculaire de l'Europe en Italie, la papauté était assise au centre comme ces colonnes égyptiennes destinées à fixer le cours des eaux qu'elles dépassent en élévation et en durée.

Saint Pierre est cette colonne protectrice au milieu du désert, que créèrent dans la Péninsule les envahisseurs de tous les temps, Visigoths, Suèves, Huns, Vandales, Hérules, Ostrogoths, Byzantins, Lombards, Allemands, Souabes, Aragonais, Castillans, Gaulois et Français. Tous ont passé devant le piédestal sacré dont il a fait sa chaire, d'où descendent tour à tour l'anathème, le pardon et la bénédiction. Dans les trois cas les souverains pontifes se sont trouvés arbitres par la force des choses, médiateurs entre la nationalité du sol et les nationalités étrangères.

Là est toute l'histoire des Deux-Siciles.

Mais avant la mise en scène, palpitante comme les plus beaux drames de Shakespeare, l'antiquité a son prologue; prologue empreint de poésie légendaire et naïve, auquel ont travaillé Homère et Virgile, Hésiode et Ovide, Horace et Théocrite, Tite-Live et Hérodote.

Rien n'est beau chez les anciens, comme les descriptions de la campagne et du littoral de Naples, surtout avant les éruptions du Vésuve. La chaude Sinuesse avait un pied dans le Latium. Là commençait la Campanie heureuse. De Sinuesse à Misène un golfe se déployait; Vulturne, Literne et Cumes couraient de l'un à l'autre point. Trois fleuves coulaient au pied des trois villes. A Misène un autre golfe plus grand commençait. On l'appelait Cratère ou Coupe. « Coupe d'or, en vérité, » s'écrie un vieil auteur. La Campanie est le point central où convergent les prodiges d'une nature exceptionnelle dans un pays d'une beauté déjà sans rivale. Les traditions poétiques qui remplacent les pages premières de ses annales, laissent deviner au travers de leurs ingénieuses fictions des merveilles inouies (A[1]).

[1] Les lettres capitales renvoient à des notes placées à la fin du volume.

Sur ses rivages incertains et mobiles, le long de ces fleuves sauvages encore, sur ces collines mystérieuses, est semée une population nomade et flottante qui a perdu souvenir de son origine première et se croit née du sol. Ops [1], la bonne déesse emblème de la terre et de la fécondité, a enfanté les Osques ou Opiques, nommés aussi Aborigènes ou Autochtones (B). Plus tard ce sont les Latins, les Sabins, les Sabelliens, les Marses, les Marrubiens, les Aurunces, les Sidicins, les Samnites et les Volsques, qui tous affluent au centre de l'Hespérie.

Mais voici qu'un peuple descend des monts avec une langue et des mœurs nouvelles : la famille Celtique se mélange pour la première fois à celle des Osques : elle sème sur son passage des mots jusqu'alors inconnus dans la Péninsule.

Deux colonies de Celtibères précèdent au pied des Alpes la tribu des Amhrah [2] que la Gaule députe à l'Italie. Les Amhrah se fraient la route chassant devant eux Sicules, Ligures, Osques et Latins. Ils créent du nord au sud les trois Ombries qu'ils appellent en leur idiome Isombrie ou basse Ombrie, Alombrie (haute Ombrie), Vilombrie (Ombrie maritime). Le chemin de l'Italie est ouvert à travers ses monts, que les dieux ou les Gaulois pouvaient seuls affronter. Un second mouvement s'opère qui substitue l'Etrurie à deux des Ombries et poste les Tyrrhènes de l'Arnus au détroit. La vieille Opique disparaît un moment sous la double invasion ; les champs du Latium, les vallons de Campanie subissent la loi du conquérant Le fier Latium renaîtra bientôt de ses cendres,

---

[1] L'Opique ou Opica, l'Ausonie, l'Hespérie, la Grande-Grèce, sont les quatre noms qui ont été donnés à des époques différentes à une grande partie de l'Italie, mais plus particulièrement au sud du Latium et à la Campanie. Opica est formé d'*Ops* (terre) en vieille langue italique, et ne diffère point d'Apia, premier nom du Péloponèse. Les habitants de l'Opique se nommaient Opici, Opsci, Osci. Ce dernier finit par être le plus usité et devint synonyme d'indigène de la Campanie.

[2] Amhrah, Omrah, Ombrah, telle est la racine graduée du mot *ombrien*, qui veut dire dans la langue celtique : *homme preux, vaillant*.

l'heureuse Campanie n'échappera aux Etrusques que pour passer aux Grecs.

Le second âge commence pour l'Italie du Sud.

Deux invasions arcadiennes ouvrent la série des établissements pélasgiques. Les frères Ænotrus et Peucetius, fils de Lycaon, débarquent dans la troisième Etrurie : la Peucétie se fonde sur le littoral oriental; l'Ænotrie sur le versant occidental de la future Campanie [1]. Evandre, trois siècles après, s'attaque à l'Etrurie du centre, il y retrouve les Osques et la dynastie de Janus que continue Latinus. Ce double mouvement parti de la Grèce refoule les Tyrrhènes de la première Etrurie.

Ici se place dans les annales des peuples la chute de Troie, dont le contre-coup réagit activement sur l'Hespérie. Vainqueurs et vaincus se retrouvent sur ce terrain neutre, ouvert à tous les genres d'infortunes. Le système colonial s'appesantit spécialement sur le midi qui va devenir la Grande-Grèce.

L'Etolien Diomède aborde aux rivages de l'Iapygie. Il y fonde Argyripa, Luceria, Venusia, Venafrum, Arpinum, Siponte. Le Crétois Idoménée vient ajouter aux établissements du fils de Tydée, Salente, Lupiæ, Callipolis, Otrante, Aletium [2], Brindes et Tarente (C).

Des Grecs perfides infestaient l'étendue des côtes, quand parut le pieux Enée sur les mers dévolues à sa postérité. Il ensevelit

---

[1] Œnotrii coluere viri; nunc fama minores
Italiam duxisse ducis de nomine gentem. — Æn. I. 537.

Œnotrus serait fils de Lycaon roi d'Arcadie, et aurait régné vers 1710 (A. J. C.). Quelques auteurs, Varron entre autres, prétendent qu'Œnotrus et Janus sont un même personnage. Clavier (Ital. ant. I. 1.) dit que le nom d'Œnotrie vient de l'abondance des vins en Italie (οἶνος et ὀτρύνειν). On sait du reste que Bacchus était regardé comme protecteur de l'Italie. Βάκχευ... κλυταν ὅς ἀμφέπεις Ἰταλίαν. Antigone. Sophocle. v. 1111.

[2] Aletium ou Licia, aujourd'hui Lecce, dans la terre d'Otrante. Cette ville est renommée par ses dentelles, son huile et sa gomme odoriférante. C'est la patrie de Tancrède le Bâtard, comte de Lecce, et de l'historien Ammirato.

en pleurant ses serviteurs sur tout le littoral, laisse derrière lui le tombeau d'Anchise, l'ombre de Créuse et les lieux où fut Troie.

Un autre homme également en butte aux coups de l'adversité aborde au même temps sur les mêmes rivages. Dans son périple, Ulysse, s'il faut en croire le chantre de l'Iliade, rencontre sur les rivages de l'Œnotrie les trois Sirènes : « Approche, viens à nous, Ulysse, héros digne des plus grands éloges; ô toi la gloire des Grecs, arrête ici ton navire pour écouter nos chants; nul homme n'a franchi ces lieux sans avoir entendu les doux accents qui s'échappent de nos lèvres, et, charmé de nos discours, n'est retourné dans sa patrie qu'après avoir appris beaucoup de choses [1]. » Ainsi parlèrent Ligée, Leucosie, Parthénope [2]. Le prudent Ulysse franchit le périlleux passage ; Parthénope éplorée disparut pour toujours dans la mer. Au fond du golfe les peuples lui bâtirent un tombeau; sur ce tombeau, des Grecs venus de Rhodes élevèrent une ville.

Naples prit naissance [3].

Le mouvement colonial commencé par les Pélasges se régularise et se développe sous les Hellènes. Accidentel jusqu'alors, il se transforme en système politique. Les Hellènes furent les véritables Grecs; en même temps qu'ils exaltent leur patrie par la gloire des armes des institutions, du langage et des arts, ils l'étendent au dehors

---

[1] Odyss. XII.

[2] Nommées σειρηνοῦσαι par Strabon et le Pseudo-Aristote (de Mirabil.), elles étaient trois selon J. Tzetzès scholiaste de Lycophron (v. 712). Σειρηνοῦσαι εἰσι τρεῖς ἄκραι τῆς Ἰταλιας. Etienne de Byzance les nomme : Ὧν καὶ τά ὀνόματα ταῦτα, Παρθενοπή, καί Λευκώσια καὶ Λίγεια. Vid. Scolies sur Lycophron, Bachmann, p. 161, et le péry e d'Héraclée, d'après un manuscrit de la bibliothèque royale, par M. Miller. ι 8°. Paris 1839.

[3] Vid. Solin. VIII. Rho('in Opica Parthenope condita. Strab. V. — Parthenope urbs Italiæ in Opi is, Rhodiorum opus. — Steph. Byz. Parthenope a tumulo Sirenis dicta. — Ptolem. ὅπου δείκνυται μνῆμα τῶν Σειρήνων μίας, Παρθενοπῆς. — Steph. pitomator. — Post hanc autem Campanorum est pingue solum; ubi domicilium astæ Parthenopes, spicarum onustum manipulis : Parthenopes quam pelagus su s suscepit sinobus — Dionys. περιηγητής.

par leurs établissements. Les nouveaux Grecs imposent à la plupart des villes italiennes du Sud une fondation nouvelle. Naples et la Campanie se trouvent entraînés dans le mouvement.

Six peuples déjà s'étaient groupés au pied de la tour de Phalère [1] et du tombeau de la Sirène, attirés par les séductions du climat et du sol. Aux Rhodiens établis dès l'année 264 après la chute de Troie (1006 av. J.-C.), viennent s'adjoindre des Chalcidiens de Cumes [2]. Leur nombre se grossit de Pithécusains fuyant Inarime [3]. Cumes s'alarme des progrès de la colonie. Craignant de se voir désertée par tous ses fils, elle se résout à détruire la riche Parthénope [4]. Mais bientôt une peste l'afflige; l'oracle est consulté; il veut qu'on relève avec un scrupuleux respect la ville et le culte de la Sirène. Parthénope est réédifiée à peu de distance des ruines et devient la nouvelle ville (Neapolis). L'ancienne (Palepolis) renaît vers le même temps. (940 ans av. J.-C.)

Le même peuple habite Palepolis et Neapolis [5]. Séparées durant des siècles, les deux villes tendent l'une vers l'autre. Des Phocéens, que les armes des Perses ont chassés de leur patrie, augmentent leur enceinte [6].

[1] Cette tour de Phalère paraît être le point autour duquel se sont réunis les premiers habitants de Parthénope. Son emplacement serait bien la Torre-del-Greco moderne. « Phalerum est urbs in Opicis, ad quam Parthenope siren æstu maris ejecta fuit, atque appellatur Neapolis. » — Steph. Byz. — Il paraît assez certain d'après plusieurs documents que les habitants de la vieille ville (Palepolis) étaient nommés dans le principe Phaleresi. — Vid. C. Pellegrino, apparato alle antichità di Capua. Napoli. 1651. in-4°. — Neapolis, ante Parthenope dicta, et priùs Phalerum, si poetis credimus. — Plin. III. 5.

[2] Μετά δὲ Δικαιαρχίαν ἔστι Νεαπόλις Κυμαιῶν, κ. τ. λ. Strab. V.

[3] Postea temporis et Chalcidenses immigrarut et Pithecusæorum nonnulli et Atheniensium, unde Neapolis dicta quoque est. — Id. Ibid.

[4] Post hos pingue solum sequitur Campania ...es
Hic ubi Parthenopes domus est castissima, ...rugum
Fertilis; hanc pontus propriis exceperat und... — Dionys. Afer.
Liv. VIII. 22.

[4] Mart. Heracl. — Selon Cluverius (Ital. ant. II.) les deux villes étaient séparées par le Sebethus; l'élément grec dominait à Palepolis.

Enfin, l'an de Rome 320 (433 av. J.-C.), Diotime, préfet d'une flotte athénienne, s'arrête à Naples, sacrifie à la Sirène, institue la course des lampes qui sera célébrée tous les ans, et laisse après lui quelques-uns de ses compagnons [1]. La population de Parthénope est fixée. Ville toute grecque depuis les Rhodiens jusqu'à Diotime, elle garde dans ses institutions, dans ses mœurs et dans sa langue l'empreinte de ses fondateurs. Les Romains eux-mêmes respecteront son caractère [2].

L'épisode des deux jumeaux, fils de Mars, nourrissons d'une louve, compagnons de bergers, associés de brigands, puis héros, enfin rois, avait fait à peine diversion aux drames compliqués de l'Italie du Sud. La grande Grèce et Naples sommeillent sur leurs lits de lauriers et d'oliviers, et déjà Rome traverse, la faux et la hache à la main, la rude terre des Samnites (D).

Toutefois le pays des Sirènes faillit être plus funeste aux Romains qu'aux Samnites. Les légionnaires campés à Capoue n'en voulaient plus sortir. « Est-il juste, proclamaient-ils, que nous souffrions à Rome, quand les Campaniens, qui sont devenus nos sujets, jouissent de tous les biens. » La révolte aboutit à des concessions faites par le sénat et à des victoires nouvelles remportées par les soldats. Les Samnites posèrent les armes et entrèrent dans l'alliance de Rome.

Délivrée des Samnites, l'Italie du Sud chercha à secouer la tutelle pesante des Romains auxquels elle s'était donnée. Une ligue formidable s'organisa. Pour la combattre, la république retrouva ses plus antiques vertus. Torquatus, l'un des consuls, immola

---

[1] J. Tzetzès. — Scaliger.

[2] Plurima tamen ibi græcorum institutorum supersunt vestigia, ut gymnasia, epheborum cœtus, phratriæ, et græca nomina romanis imposita. — Strab. V. L'organisation en *phratries* exista très-longtemps à Naples. Dion Cassius nous explique cette dénomination. « En grec, nous dit-il, les Curies l'appellent φρατρίαι et φατρίαι, c'est-à-dire hétéries, confréries, associations, colléges, à cause du droit accordé à tous les membres d'exprimer leur avis en toute liberté et sans crainte. »

son fils à la discipline des camps. Decius, sur le chemin de
Véseris, au pied du mont Vésuve, se dévoua lui-même aux
dieux infernaux. D'aussi mâles courages enchaînaient la fortune.
Les Latins, séduits par un droit de cité illusoire, rentrèrent dans
l'obéissance. Naples seule résista, quand tout eut cédé autour
d'elle. Le consul Publius Philon épuisa devant les murs de cette
ville son pouvoir consulaire, qu'il fallut proroger sous un titre
nouveau (326).

Après la prise de Naples, la victoire de Caudium (313) acheva
la soumission de la Campanie. La voie Appienne relia pour toujours
Capoue, devenue vassale, à Rome devenue sans rivale. De nouveaux
succès à Longula près du lac Averne, à Alife près de Vulturne, à
Bovianum, à Malévent et à Aquilonie, exclurent après cinquante
ans les Samnites de la possession du Sud (294). Les cités grecques
ne pouvaient que changer de maître, et devaient tôt ou tard
tomber sous la domination romaine. Tarente (E), autrefois capitale
de la Calabre, de l'Apulie et de la Lucanie entière, fière de sa
grandeur, de ses murs, de son port et de son site, provoqua
témérairement les Romains. Impuissante à lutter contre eux, elle
appela à son secours le roi d'Epire, Pyrrhus. Ce prince répondit
à cet appel et débarqua en Italie. Les Romains le laissèrent
s'avancer jusqu'en Campanie; près d'Héraclée, sur le fleuve
Liris, le consul Lævinus livre la première bataille [1]. Les éléphants
venus d'Epire assurèrent la victoire à leur roi. Bientôt un combat
moins inégal s'engagea en Apulie, près d'Asculum, sous le commandement des consuls Curius et Fabricius. Déjà la crainte des
animaux monstrueux allait s'évanouissant [2]. « Encore une victoire
à ce prix et nous sommes ruinés, » avait dit Pyrrhus après la
bataille.

Le troisième combat livré par le consul Curius Dentatus justifia
les prévisions de Pyrrhus. Deux fois chassé de son camp, deux

_____
[1] Florus. I. 18. — [2] Florus. Ibid.

PYRRHUS ET FABRICIUS

fois blessé, il est refoulé vers la Grèce, au delà de la terre
et des mers, dit l'historien latin. Les Tarentins, malgré la mort
de Pyrrhus, tentèrent encore la fortune des armes. Des secours
furent sollicités et obtenus de Carthage. La première guerre punique commença (264 avant J.-C.).

Quarante-cinq ans plus tard, les trois journées du Tésin, de la
Trébie et de Trasimène amenaient Annibal dans la Campanie (F).
Un instant arrêté par la tactique de Fabius, il triomphe, comme
jamais on ne triompha, à Cannes, misérable bourgade d'Apulie,
immortalisée par l'éclat de la défaite. Sans aucun doute, Rome
touchait à sa dernière heure. Dans cinq jours Annibal souperait au
Capitole si, comme le disait alors Adherbal, fils de Bomilcar,
Annibal eût su profiter de la victoire. Il en pouvait user, il aima
mieux en jouir. Laissant Rome, il marcha sur Capoue [1]. Le sénat
de Capoue délibéra s'il fallait se rendre.

Le massacre de la garnison, les citoyens romains étouffés dans
les bains publics par les Capouans furent le premier résultat de
la délibération. Le vainqueur de Cannes « eslut pour son fort et
principale résidence la ville de Capoue, fort plaisante et abondante
en toute sorte de délices. Là fust que les soudards, accoutumez de
coucher sur la dure et d'endurer patiemment le froid, la faim et
la soif, devinrent, de vaillants, lasches, de forts, craintifs; et d'in-
dustrieux et habiles, mols et efféminez, par les voluptez desquelles
tous les jours ils jouissoient en abondance. Car les voluptez friandes
et attrayantes l'homme à soy, corrompent la force et la vigueur
du courage, abastardissent l'esprit et ostent le conseil. Et certes en
cet endroict les délices de Campanie ont porté plus de nuisance aux
Carthaginois que n'ont pas faict les plus hautes Alpes et toutes les
armées des Romains [2]. »

Déjà le printemps réchauffait les campagnes par son retour bienfaisant.... Annibal sort de Capoue brusquement....

[1] Florus. I. 18. — [2] Plut. Vie d'Ann. XXXV. trad. d'Amyot.

« La douce Parthénope sentit la première ses atteintes ; non pas que cette ville lui fit espérer de grandes ressources ; mais il y cherchait un port qui lui affranchit la mer et où les vaisseaux pussent arriver de Carthage en toute sûreté. Parthénope, au sein d'une vie délicieuse, était alors le paisible séjour des Muses et coulait des jours exempts de soucis et d'alarmes. Annibal attaqua les derrières de la place, dont la mer défendait les abords par-devant ; mais ses troupes, malgré tous leurs efforts, ne purent en forcer les remparts : contraint de renoncer à la gloire de cette entreprise, il essaya vainement d'ébranler avec le bélier les portes puissantes de la ville [1]. »

Le vainqueur de Cannes restait arrêté devant une cité grecque. Devant Noles, sa fortune pâlissait aussi. Il avait espéré la surprendre ; « mais Marcellus se trouva alors au-devant avec son armée toute rangée.... et ne se feignit point de choquer de première abordée. Là où les Romains vainquirent et repoulsèrent l'ennemy d'une telle hardiesse et promptitude, que si les gens de cheval se fussent trouvés à temps assez, comme Marcellus leur avait enjoinct, sans doute les Carthaginois eussent été desconfits [2]. »

Ces deux échecs sont le signal des revers d'Annibal. Rome se relève de ses désastres, et les mesures les plus habiles sont prises pour enfermer dans la Campanie le héros carthaginois.

Dès lors commence la retraite du Brutium, qu'Annibal ne devait quitter que quatre ans plus tard pour se trouver à Zama en face de Scipion. (19 octobre 202.)

Dans la guerre sociale comme dans la guerre civile, Naples, à peine nommée, paraît avoir échappé, par sa fidélité aux Romains, à une grande partie des horreurs qui ensanglantèrent l'Italie du Sud. Toutefois dans ces luttes terribles on voit sourdre un résultat précieux. Le Sud perd peu à peu son caractère humiliant de pays conquis et devient la capitale du monde avec Rome. « L'Italie

[1] Sil. Ital. XII. — [2] Plut. Vie d'Ann. XXXVII.

se fondit en un seul état ; elle devint cette Italie d'Auguste, qui ne forme plus qu'un seul corps, dont toutes les parties concourent à l'unité commune et apportent sans jalousie à la cité romaine leur tribut de puissance et de gloire : Mantoue donne Virgile ; Arpinum, Cicéron ; Venouse d'Apulie donne Horace ; Padoue, Tite-Live ; Sulmone aux Abruzzes, Ovide, et Vérone, Catulle ; des bords du Pô aux rivages de Tarente, s'élève un concert harmonieux d'orateurs, d'historiens, de poëtes, comme pour célébrer l'union de l'Italie enfin réconciliée. Elle marchait donc à l'unité, à la centralisation, à la nationalité. Elle tendait à devenir italienne, après n'avoir été longtemps que samnite, ombrienne, étrusque, romaine [1]. »

Sous l'empire, il ne restait aux Romains d'autre occupation que le soin de leurs plaisirs. Naples, par son admirable position, la douceur de son climat, l'abondance de ses fruits et de ses fleurs, devint tout naturellement, pendant quatre siècles, le rendez-vous des grands de la terre. Les campagnes se couvrirent de temples en l'honneur des Césars (*præsentes dei*). Les villas voluptueuses dont nous voyons aujourd'hui les ruines étaient la demeure des César, des Pompée, des Lucullus, des Vedius Pollion, des Marius, des Sylla, des Cicéron, des Hortensius, etc. L'histoire de la Campanie n'est plus qu'un programme de fêtes somptueuses. Le sang souille quelques pages ; mais c'est le sang des gladiateurs, c'est le sang de quelques convives égorgés dans l'ivresse du festin. Naples, couronnée de fleurs, sommeille appesantie dans les parfums et les fumées du vin ; elle ne se réveille qu'aux cris des hordes barbares traînant sur leurs pas la ruine et le massacre.

L'avalanche partie du Nord roule du haut des Alpes renversant les cités sur son passage.

L'an du Seigneur 410 et de la fondation de Rome 1160, le 9 des kalendes de septembre, Alaric entre dans la ville éternelle.

[1] Univ. pitt. It. anc. I. 319.

Après trois jours de pillage , il en sort , afflige d'un pareil désastre
la Campanie et la Lucanie , pénètre chez les Brutiens où il réside
longtemps, et de là songe à passer en Afrique par la Sicile ; mais
parce que les projets de l'homme sont impuissants quand Dieu ne
les sanctionne pas, plusieurs des vaisseaux du barbare sont sub-
mergés dans le détroit. Refoulé par cette adversité , Alaric veut
tenter de nouveaux efforts; une mort prématurée l'enlève. Ses
sujets , par une affection exagérée, le pleurent et détournent de son
lit le fleuve Barentinus qui coule au pied de Cosenza. Ils creusent
dans ce lit une sépulture, ils y ensevelissent Alaric avec ses
richesses , puis ils ramènent les eaux dans leurs cours, et afin
de dérober l'endroit aux recherches , ils tuent les fossoyeurs [1].

Le tombeau d'Alaric tint à distance Attila et Genséric, ces deux
chefs de la barbarie du Nord et du Midi. Romulus Augustule vint
chercher à Naples une prison et un cercueil. « Peu après , dit l'an-
naliste avec indifférence, Odoacre , roi des Turcilinges , ayant avec
lui des Scyres, des Hérules et des auxiliaires de différentes nations,
occupa l'Italie. Après avoir tué Oreste , il chasse du trône Augustule son fils, qu'il condamne à la peine de l'exil dans le château de
Lucullus en Campanie [2]. »

Un barbare, à son insu, avait détruit l'œuvre d'Auguste. L'Orient
protesta par les armes d'un autre barbare. « L'Hespérie, dit un
jour Théodoric à l'empereur Zénon , cette plage que vos prédécesseurs ont gouvernée longtemps, cette ville capitale et reine du
monde, gémit sous la tyrannie du roi des Turcilinges; dirigez-moi
avec ma nation vers cette terre , il ne vous en coûtera rien, et si
avec l'aide de Dieu j'y triomphe , j'y ferai rayonner la renommée
de votre piété [3]. » L'empereur byzantin fut séduit ou contraint;
l'Italie entière (493) passe des Hérules aux Ostrogoths (G). Peu
d'années après, Bélisaire reprend l'Italie aux descendants de Théodoric. Sortant de Sicile, il arrive en Campanie et se présente

[1] Jornandès. de Reb. geticis. c. XXX. — [2] id. XLVI. — [3] id. LVII.

devant Naples (536). Les Napolitains ne voulurent pas l'accueillir ; celui-ci indigné concentra toutes ses forces au siége de la ville. Après une résistance de plusieurs jours, il s'en empara et y fit son entrée. Il sévit avec une telle fureur, non-seulement contre les Goths qui y demeuraient, mais contre les citoyens, qu'il n'épargna ni l'âge, ni le sexe, ni les vierges saintes, ni même les prêtres ; immolant les époux en présence de leurs épouses, enchaînant au joug de la captivité les mères et les enfants, livrant tout au pillage, ne respectant même pas les lieux saints. Au sortir de Naples, il marcha rapidement sur Rome. Les Goths qui tenaient la ville l'évacuèrent de nuit, laissant les portes ouvertes, et s'enfuirent à Ravenne. Bélisaire, vivement incriminé par le pape Silvère, à cause des meurtres nombreux consommés dans Naples, fut enfin saisi de repentir. Revenant sur ses pas et voyant les maisons de la ville abandonnées et solitaires, il trouva un moyen de relever ce peuple. Il envoya pour repeupler Naples, des hommes recueillis sur tous les points, les uns de Cumes et de Pouzzoles, les autres de Ligurie, de Mela et de Sorrente.

La conquête byzantine, à peine achevée, s'écroula sur elle-même. Narsès, continuateur de Bélisaire, interrompit par la trahison le cours de ses succès. L'impératrice Sophie, qui entre autres messages, lui avait mandé qu'elle lui ferait dévider, en sa qualité d'eunuque, les écheveaux de laine de ses filles. « Je lui composerai, avait répondu Narsès, un tel écheveau qu'elle ne saura le débrouiller. » Et alors, bouleversé par la haine et par la crainte, il vint se renfermer dans Naples [1]. Dès que le pape Jean eut connaissance des accusations portées par les Romains contre Narsès, il vint le trouver à Naples et le supplia de revenir à Rome. « Très-saint Père, répondit Narsès, quel mal ai-je fait aux Romains ? j'irai aux pieds de celui qui m'a envoyé, afin que l'Italie apprenne comment je me suis dévoué pour elle. — J'irai moi-même, s'écria le pape [2]. » Il paraît

[1] Paul Diacre. II. 5. — [2] Anast. Bibl.

8

que cette médiation n'eut pas d'effet. Narsès envoya des députés aux Lombards, les invitant à quitter les champs stériles de la Pannonie pour envahir l'Italie comblée de toute richesse. Il joignait à ce message, afin de les séduire, des fruits et des productions de tout genre dont le pays abonde. Les Lombards accueillirent avec reconnaissance une offre qui allait au-devant de leurs vœux.

En ce temps-là, on vit en Italie, durant la nuit, de terribles signes : des armées de feu apparurent dans le ciel, reluisantes du sang qui fut versé plus tard [1]. « Bientôt, s'écrie dans sa douleur lamentable saint Grégoire le Grand, la nation farouche des Lombards, tirée du fourreau de sa demeure, foula aux pieds nos têtes. La population, qui avait poussé sur cette terre comme les épis de la moisson, fut tranchée et se dessécha. Les villes furent dépeuplées, les forteresses renversées, les églises brûlées, les monastères d'hommes et de femmes détruits, les domaines désolés par la main des hommes. La terre est assise dans la solitude et l'abandon. Aucun possesseur ne l'habite, les bêtes féroces occupent les lieux que remplissait auparavant la multitude des hommes. Dans cette terre où nous vivons, le monde ne présage déjà plus sa fin, il la montre [2]. »

La désolation partie du Nord avec la conquête s'appesantit sur le Midi, mais seulement après la mort du Lombard Alboin. Son successeur n'eut pas le temps d'occuper Naples ni Pouzzoles, et le duché de Bénévent s'organisa en dehors de ces deux villes. C'est ce que les Grecs appelaient petite Lombardie, et les Latins *Italia Cistiburina*. Le premier duc des Lombards à Bénévent fut Zotto, qui y régna durant vingt ans. Salerne et Capoue furent primitivement englobées dans les états de Zotto.

Naples (nommée alors Liburie ducale), demeurée libre sous le protectorat des césars byzantins, s'occupa à régulariser son administration intérieure. Sa condition civile s'était altérée sous le coup des grandes réformes de Constantin. Aux duumvirs et aux décurions

[1] Paul Diacre. II. 5. — [2] Grég. Dial. III. 38.

agents de la municipe, aux recteurs et consulaires préfets de l'empire, s'étaient substitués insensiblement des ducs qui, affranchis de
tout contrôle envers les souverains et envers les peuples, s'essayaient
de longue main à la tyrannie. Il existe du pape Grégoire le Grand
une lettre au premier despote authentique de ce nouveau régime.
« Grégoire à Maurence, maître de la milice, recommande Théodore
opprimé. » Etrange suscription, puisque l'oppresseur n'est autre
que Maurence lui-même. Le Saint-Siège, on le voit, intervient déjà
dans les affaires de Naples comme il le faisait à Rome au nom de
l'équité et de l'humanité. Il se pose en justicier officieux et permanent entre le prince, le ministre et la cité. L'empire des circonstances, des idées et du bon droit rendait cette prétention toute
naturelle. Les successeurs de Maurence n'en furent guère plus modé-
rés. En plein règne d'Héraclius, Jean Consinius ou Compsinius (en
langue vulgaire Jean de Compsa), força l'exarque Eleuthère à l'assiéger dans Naples; lequel Eleuthère, patrice, y entra en combattant,
tua le tyran, revint à Ravenne et fit régner la paix sur l'Italie entière.

De temps à autre, Naples voyait ses maîtres. Sous le pontificat de
Vitalien, campanien d'origine, Constantin-Auguste vint à la ville
royale par le littoral d'Athènes et de Bénévent. Ces rares apparitions
ne pouvaient rien contre le torrent des idées et des faits. Les fureurs
iconoclastes de Léon l'Isaurien précipitèrent la révolution que les
Byzantins devaient prévoir et craindre. A Naples comme à Rome, on
se révolta contre les édits sacriléges de l'empereur. L'anarchie fut
au comble à la faveur des troubles. Les ducs de Naples s'entretuaient
les uns les autres. Les divisions intestines font de l'histoire des premières années du IXe siècle un chaos inextricable. Un certain Sicon,
duc de Bénévent, assiége Naples (834), la rend tributaire et enlève
le corps du bienheureux Janvier. Pour éviter la tyrannie de son fils
Sicard ou Sigehard, Naples a l'imprudence de se livrer à d'autres
barbares plus cruels encore. Les Sarrasins, restes dégénérés
d'une nation autrefois brillante, achèvent de dévaster ce que les

hordes du Nord avaient épargné dans leurs courses à travers l'Italie.

Sicard vient, comme son père, mettre le siége devant Naples, donnant chaque jour un assaut vigoureux, dévastant les campagnes, rasant et consumant toute chose. A cette vue les Napolitains du dedans imploraient merci. Mais le prince, leur faisant ironie, ourdissait de la toile contre leurs remparts. Ceux-ci furent tellement saisis de crainte qu'ils tinrent conseil pour amollir l'affreuse colère de Sicard; sur quoi ils envoyèrent un moine de bonne renommée pour obtenir pardon du prince. Quand le moine fut arrivé devant la tente de ce dernier, il se prosterna contre terre, implorant miséricorde pour ses concitoyens. Sicard, touché de pitié, dépêcha l'un des siens comme ambassadeur à la ville. Lorsque cet envoyé fut entré dans Naples, il examina la cité dans tous les sens et aperçut un tertre monstrueux. Et comme il s'informait et disait « Qu'est ceci ? » les Napolitains s'empressèrent de répondre : «Nos maisons sont toujours pleines de froment ; le froment qui nous reste, nous le jetons sur la place, tant qu'à la fin il y pourrit. » Or, ce n'était autre chose qu'un tas de sable, sur lequel on avait jeté une légère couche de froment. On devine le dénoûment : trompé par l'apparente sécurité des assiégés, Sicard fit la paix avec eux et retira ses troupes. Peu de temps après, les Bénéventins, fatigués de leur tyran, le mirent à mort (839).

Radelgise son trésorier lui succéda. A partir de cette époque, à la faveur des dissensions qui divisent les divers états de l'Italie, les Sarrasins, appelés comme auxiliaires, s'établissent à Bari, à Tarente, et dans diverses villes de Pouille et de Calabre, d'où les Lombards ni les empereurs d'Occident et d'Orient ne surent les chasser.

Il fallait, pour mettre fin à cet état de choses, la puissante épée des Normands.

III

Suite de l'histoire

De 900 à 1830

> Le cœur des papes était alors comme le
> foyer d'où cette ardeur rayonnait sur toutes
> les nations chrétiennes ; leurs yeux étaient
> sans cesse ouverts sur les dangers qui me-
> naçaient l'Europe. M. DE MONTALEMBERT,

La période que nous venons de parcourir est la moins connue,
à cause de la multiplicité et de la confusion des faits, mais elle
est peut-être la plus nationale. Nous en sortons avec les Normands
qui vont venir, et qui, tranchant d'un coup de leur épée les
prétentions des deux empires, achèveront d'expulser les Sarrasins
du territoire qui leur est dévolu. Comme on le voit, Naples n'a
point connu Charlemagne. Francs et Lombards ont respecté ses
murs ; tout entière à ses ducs sous le contrôle des pontifes,
l'antique Parthénope ne changera pas même le titre de sa principauté. Au lieu d'un maître latin, sicilien ou grec, elle aura un
Normand pour chef.

Ces hommes du Nord, comme le dit leur nom, nous les avons

vus pirates d'abord, exerçant leurs ravages sur les côtes de l'Angleterre et de la France, pénétrant jusque sous les murs de Paris,
en semant la dévastation sur les rives de la Seine, obtenant enfin
du faible Charles le Simple la contrée qui porte aujourd'hui leur
nom. C'est de là qu'au xie siècle ils envahissent l'Angleterre, sous
la conduite de leur duc Guillaume, qui par sa conquête met fin
à l'heptarchie bramante des Anglo-Saxons. Déjà alors la religion
catholique commençait à réagir sur ces rudes guerriers. Ce caractère sauvage, ce courage féroce, cette ignorance profonde, que rien
ne pouvait plier, s'adoucit et s'humanise sous l'influence de la foi
et de la piété. « Au nombre des institutions qui devaient produire des résultats si salutaires, dit le comte Orloff, il faut
compter les pélerinages aux lieux saints, parmi lesquels figuraient
éminemment en Italie les monastères du Mont-Cassin et du Mont-
Gargano, fondés au vie siècle par la piété des fidèles. »

Or, par leur nature aventureuse, les Normands se trouvaient
portés, plus que tout autre peuple de la chrétienté, à entreprendre
de ces longs voyages, qu'ils regardaient comme aussi glorieux que
méritoires pour le salut. L'Italie, à cette époque, était pour ainsi
dire dans l'opinion générale terre aussi sacrée que la Palestine ;
c'était la terre qui avait vu mourir saint Pierre et saint Paul.

C'est de cette manière que « quarante Normands en habit de
pélerins, revenant de Jérusalem, où ils avaient été pour raison de
dévotion, débarquèrent à Salerne (1005). C'étaient des hommes
hauts de taille, beaux de visage et consommés dans l'expérience
des armes. Ils trouvèrent la ville assiégée par les Sarrasins. Enflammés de l'esprit de Dieu, ils demandèrent à Guaimar l'Ancien
(Guaimar iii), alors prince de Salerne, des chevaux et des armes,
fondirent inopinément sur les infidèles, en tuèrent un grand
nombre, mirent les autres en fuite, et remportèrent, Dieu aidant,
une admirable victoire. On les promena en triomphe, le prince les
combla d'honneurs et les supplia de demeurer avec lui ; mais eux,

protestant que l'amour de Dieu et de la foi chrétienne les avait
fait seul agir, refusèrent les présents et déclarèrent ne pouvoir
rester. Enfin, le susdit prince, s'étant concerté avec ces mêmes
Normands, dirigea des ambassadeurs dans leur pays, et comme un
autre Narsès, y joignit les fruits les plus beaux de la Campanie [1],

« Or, en ces jours, deux magnats de Normandie, Giselbert dit
aussi Butteric, et Guillaume surnommé Repostel, se querellèrent
vivement, et ils en vinrent à ce point déplorable, que Giselbert tua
Guillaume. Ce qu'apprenant Robert [2], comte de ce pays, fut violemment irrité de la mort de Guillaume [3]. Donc Giselbert, fuyant
la colère de son seigneur, prit avec lui ses quatre frères, Rainulfe,
Asclittin, Osmund, Rodulfe, et quelques autres personnes, et em-
menant seulement ses chevaux et ses armes, se joignit aux ambassadeurs du prince de Salerne, qui retournaient en Italie. »

Arrivés à Capoue, ils rencontrèrent un citoyen de Bari, nommé
Melus, homme très-prudent et très-riche, qui les retint à sa solde [4].

Trois victoires remportées sur les Grecs signalèrent la bravoure
de ces chevaliers : une quatrième bataille, livrée à Cannes, sur les
lieux immortalisés par la défaite des Romains, leur devint funeste.

---

[1] Ceci se passait, comme dit la chronique rimée du poëte anglo-Normand
Benoît de Saint-More,

Al temps Henri l'empereor	Osmunt Drengoz, uns chevaliers
Qui d'Aleimaigne tint l'onor,	Hardiz e forz e proz e sage,
Hauz huem et forz et redotez	Od des meillors de son lignage.
Qui a Rome fut coronez.	En Puille alèrent dreiz chemins
E en tems, ce me dit la vie,	Bel atorné e richement....
Le duc Robert de Normandie	E tant que cilz de Bonevent
Ala en Puille toz premiers	Les retinrent à lor soudées.

Qui cil furent des Normands qui premier alèrent en Puille et qui puis la
conquisrent. (En la *Chronique des ducs de Normandie*, éditée par Francisque
Michel. — *Documents inédits de l'histoire de France*. 3 vol. in-4°. Paris, impr.
roy. 1838. Vers 36009 - 78.

[2] Robert le Magnifique, plus connu sous le nom de Robert le Diable, second
fils de Richard II. Il mourut à Nicée en 1035, en revenant d'un pèlerinage qu'il
avait entrepris à Jérusalem en expiation des fautes de sa jeunesse.

[3] Anonyme. Mont-Cassin. — [4] Leo Ost. n, 37. — Murat. t. v.

Dix Normands restèrent seuls debout. Heureusement que de nouveaux aventuriers, arrivant chaque jour en Italie, se joignirent à eux pour réparer leurs pertes. Leur renommée était faite.

L'Italie était alors partagée en presque autant de petites souverainetés qu'il y avait de villes importantes. Partout des haines, des jalousies, des rivalités: aussi les différents princes se disputèrent-ils l'épée et les services de guerriers infatigables comme les Normands.

En 1021, Henri II, appelé en Pouille contre les Grecs, fut contraint de se retirer devant les ravages qu'exerce une maladie épidémique dans ses troupes allemandes. Les Normands, qui tous s'étaient rangés sous les étendards de l'empereur, se réunirent après sa retraite sous les ordres de Rainulfe. D'après ses conseils, ils s'emparent d'Averse, petit château du duché de Naples, et le fortifient comme centre de leurs opérations et la première de leurs possessions. Quelques années plus tard, Pandolphe IV, prince de Capoue, trouva moyen de s'emparer de Naples par surprise. Sergius, maître de la milice et chef de la république parthénopéenne, grâce à l'assistance des Normands, parvint à rentrer dans Naples. Pour les récompenser de ce service, il les confirma dans la possession d'Averse, qu'il érigea en comté [1].

Ce ne fut pas cependant de cette famille que sortit le fondateur du royaume de Naples. Cette gloire était réservée à la famille de Tancrède de Hauteville. Ses trois fils, Guillaume Bras de fer, Drogon et Humfroy, joués par les Grecs d'Orient, qui les avaient pris à leur service, se vengèrent en s'emparant, après trois victoires signalées, d'une grande partie de la Pouille et de la Calabre. Melfi devint aussi la capitale d'une sorte de république militaire et oligarchique, comprenant douze ville administrées par douze comtes normands.

Robert, surnommé Guiscard, c'est-à-dire l'Avisé, autre fils de Tancrède, eut le duché de Calabre et de Pouille, et, de concert

Leo Ost. II, 58.

avec son frère Roger, après s'être emparé des principautés de Capoue et de Bénévent, entreprit contre la Sicile, occupée par les Sarrasins, une expédition qui fut couronnée d'un plein succès. Robert tourne ensuite ses armes contre l'empereur de Constantinople, et obtient au commencement de cette guerre d'éclatants succès; il en abandonne le cours pour venir délivrer le pape Grégoire VII, que l'empereur Henri IV tenait prisonnier au château Saint-Ange. Rome, pendant trois jours, fut livrée à l'incendie et au pillage. Au moment où il entreprenait encore de nouvelles conquêtes, il meurt âgé de soixante ans [1].

Ses fils Boémond et Roger se disputent son héritage. Roger, aidé de son oncle, comte de Sicile, l'emporte sur Boémond, qui prend alors la résolution d'aller avec son neveu Tancrède, combattre les infidèles. Les hauts faits et prouesses de ces deux héros en Terre-Sainte ont été immortalisés par la lyre du Tasse, et méritaient d'être embellies des couleurs de la poésie.

A Roger succède Guillaume (1110), prince d'un caractère tranquille, qui régna seize années. La mort de Guillaume fait passer la couronne entre les mains de Roger, comte de Sicile, fils du premier comte de ce nom et neveu de Robert Guiscard. C'est ce Roger que l'on peut considérer comme le véritable fondateur de la dynastie normande.

Au milieu de toutes ces révolutions, Naples s'était maintenue libre sous le gouvernement de ses ducs électifs. Ce ne fut que vers l'année 1137, à la mort de Sergius III, que les Napolitains

---

[1] Anne Comnène, princesse contemporaine de Robert, nous a laissé un portrait curieux du célèbre conquérant. « Il était, dit-elle, Normand d'origine, dépourvu de fortune, d'un génie tyrannique, d'un caractère dissimulé, habile aux coups de main, et d'une irrésistible violence chaque fois qu'il se précipitait avec les yeux de la convoitise sur les biens et les richesses des hommes puissants; d'ailleurs d'une invincible persévérance, sitôt qu'il avait conçu quelque projet, il s'obstinait à l'accomplir. Il dépassait par la taille les plus grands de ses guerriers; il avait le teint roux, les cheveux ardents, les épaules larges, les yeux si vifs qu'ils semblaient étinceler. »

ouvrirent volontairement leurs portes aux Normands. Cette dernière conquête assurait à Roger un degré de grandeur et de prospérité qui le rendait l'égal des autres monarques de l'Europe. Aussi ce prince, favorisé des dons de la fortune et du génie, prit-il dès lors le titre de roi de Sicile et même de roi d'Italie, comme on peut le voir par des chartes datées de 1133 et 1137, commençant par ces mots : *Ego Rogerius D. G. Siciliæ et Italiæ rex* [1]....

Deux ans plus tard, Roger obtint du pape Innocent ii une faveur qu'il convoitait depuis longtemps, l'investiture du duché de Pouille et du royaume de Sicile, double consécration, en retour de laquelle le pape obtint du roi, Bénévent et la promesse d'un tribut annuel de six cents *schifati*. Roger et son fils lui prêtèrent de plus serment de fidélité, tant pour lui que pour les pontifes romains, ses successeurs légitimes (H).

Monté sur le trône, le nouveau monarque comprit que ce n'était point assez de prendre la couronne, et que les peuples qu'il avait subjugués attendaient de lui leur félicité. Ses états étaient en proie au mal politique de son siècle, à cette anarchie féodale qui, anciennement implantée dans le sol, faisait le malheur de l'Italie du moyen-âge. Son premier soin fut de mettre des bornes au pouvoir des barons et de les soumettre à l'autorité royale. Après avoir ainsi jeté les fondements de l'édifice, il entreprit successivement sa construction. Il fit des lois contre les délits, confia l'administration publique à des magistrats soumis eux-mêmes à une active surveillance, et enfin créa les parlements, qui rappelaient les cours plénières des grandes nations.

Bien qu'il choisit Palerme pour sa résidence, il signala son affection pour la ville de Naples par d'utiles établissements et par des fondations charitables, bienfaits les plus réels des rois.

Un auteur raconte un fait assez curieux, parce qu'il nous donne une idée de l'exiguité comparative de Naples. « Ce prince (Roger),

[1] *Art de vérifier les dates*, t. iii, p. 809.

dit-il, fit mesurer de nuit les murs de la ville, afin d'en connaître
l'étendue qu'il trouva être de deux mille trois cent soixante-trois
pas de tour (quatre mille cinq cents mètres). Le peuple s'étant
assemblé le lendemain matin en sa présence, il demanda obligeam-
ment si quelqu'un d'eux savait combien leurs murs avaient de
circuit; et comme personne n'en était informé, le roi le leur
apprit. Cette marque de son attention et de son amour pour les
Napolitains les surprit et les réjouit beaucoup[1]. » Le périmètre de
Naples est maintenant près de vingt fois plus étendu (environ dix-
huit kilomètres).

Sur la fin de son règne, ce prince, qui avait passé sa vie entière
dans les combats, fit une heureuse expédition en Afrique, et s'empara de plusieurs villes, entre autres de Tripoli. Ce fut de cette
manière, nous dit Inveges, que l'église de Tripoli devint suffra-
gante de celle de Palerme. Roger, glorieux d'avoir ainsi conquis une
partie du nord de l'Afrique, fit graver ce vers latin sur son épée :

« Appulus et Calaber, Siculus mihi servit et Afer. »

« L'Apulie, la Calabre, la Sicile et l'Afrique obéissent à mes lois. »

Sous les successeurs de Roger, des favoris cruels et insolents
jetèrent les Siciliens dans un désespoir inutile qui n'enfanta que
des révoltes et des conjurations impuissantes.

Sous Guillaume le Bon, ils respirèrent un peu, mais le royaume
passa bientôt en d'autres mains. La dynastie normande fut rem-
placée par la maison de Souabe en la personne de Henri IV de
Hohenstauffen, fils de Frédéric Barberousse, qui épousa Constance,
fille du roi Roger, et qui devint ainsi le légitime héritier du
royaume. Ce prince, surnommé le Sévère, qui s'était fait le geôlier
de Richard Cœur de lion[2], ravagea la Sicile pour la punir de son

[1] Capec. Lec. hist. I.

[2] Richard en se rendant à la croisade (1190) n'eut pas la patience d'attendre sa
flotte à Marseille. Il nolisa pour lui et sa suite trente petits bâtiments et suivit les
côtes de l'Italie. Enfin, après quelques aventures dans lesquelles sa ténacité l'ex-
posa à d'imminents dangers, il arriva sain et sauf à Naples (28 août). Il employa

attachement à l'ancienne dynastie, et rendit cette province si malheureuse, que sa propre épouse crut devoir se liguer avec tous les grands du royaume pour arrêter le cours d'une tyrannie désastreuse. Henri fut forcé de capituler et de subir les conditions du traité qu'on lui imposa. Peu de mois après, il mourut à Messine, accablé de fatigue et de regrets (1197), en laissant un fils en bas âge.

Ce fils était Frédéric II. Sa mère, après les secousses qui avaient ébranlé ses états, et sentant approcher sa fin, crut qu'elle ne pouvait donner à son fils un protecteur plus sûr et plus éclairé que le pontife romain Innocent III. Constance ne se trompait point. Le pape ne refusa point au jeune Frédéric l'appui de son bras ; seulement il exigea comme condition indispensable que les règlements abusifs imposés par le pouvoir séculier fussent préalablement abolis. Constance mourut bientôt après, nommant Gauthier de Troie et les archevêques de Montréal et de Capoue, gouverneurs et conseillers de son fils, dont elle conférait la tutelle au pape comme suzerain [1].

Celui-ci dirigea toute son attention sur les affaires du jeune prince qui lui était confié, afin d'assurer son honneur et sa gloire. Il se transporta lui-même en Sicile, pour mettre fin au brigandage des Allemands et assurer la tranquillité de cette province. Aussitôt que Frédéric eut atteint l'âge de treize ans, Innocent le déclara majeur, tout en lui conservant sa protection, et lui fit épouser, selon le projet de Constance, une fille d'Alphonse II, roi d'Aragon.

Peu de temps après, il parvint à faire nommer son jeune pupille empereur d'Allemagne en remplacement d'Othon IV.

Ainsi cette élection, confirmée par un des conciles les plus

une semaine à satisfaire sa curiosité, en visitant les environs; il passa ensuite à Salerne (8 septembre) et fixa sa résidence dans cette ville, célèbre à cette époque par le savoir de ses professeurs en médecine. Le célèbre poëme médical de l'école de Salerne fut dédié à Richard. — Linard. t. 4, p. 507.

[1] Voir *Baron. ad ann.* 1198, *ad Rayn. ad u. A.*, n° 70.

mémorables de la chrétienté, fut l'œuvre du Saint-Siége, envers lequel Frédéric allait se montrer si ingrat.

Innocent III ne fut pas témoin de ce spectacle qui lui eût été si dur; il mourut peu de temps après la fermeture du concile de Latran, le 16 juillet de l'année 1216. Le cardinal Censius Savelli lui succéda sous le nom d'Honorius III; ce pape avait été pendant quatre ans à Palerme le gouverneur de Frédéric, et il lui était réservé de le couronner solennellement à Rome. Toutefois le pontife, avant de sacrer le nouvel empereur d'Allemagne, stipula ses conditions, parmi lesquelles les plus importantes étaient la renonciation de Frédéric au royaume des Deux-Siciles en faveur de son fils Henri, et la promesse d'aller en Terre-Sainte à la tête d'une puissante armée.

L'empereur, ayant obtenu par son couronnement ce qu'il désirait du Saint-Siége, se mit peu en peine de le satisfaire. Il chassa des prélats de leur siége, et pour fournir aux dépenses de son armée et à ses besoins, il leva indifféremment des contributions sur les églises et sur les ecclésiastiques[1]. Devenu veuf, il épousa Yolande, fille de Jean de Brienne, roi de Jérusalem, dont il eut Conrad qui fut son successeur à l'empire d'Allemagne (1225). C'est depuis cette époque que les monarques des Deux-Siciles ont ajouté à leurs titres celui de roi de Jérusalem.

Frédéric, absorbé dans ses luttes contre les Sarrasins qu'il refoula dans le sud de la Péninsule[2], ne voulait point se souvenir de la promesse qu'il avait faite à Honorius de partir pour la Palestine à la conquête du tombeau du Christ. Ce pape mourut avant d'avoir pu décider l'empereur par les exhortations les plus vives à obtempérer à ses désirs. Grégoire IX, frère d'Innocent III, succéda à Honorius. Ce pape pressa plus vivement que jamais Frédéric

[1] Gord. in Chron. cit. ab A. Usperg. Naucler.

[2] Les restes de cette nation, qui devaient complétement disparaître sous Charles d'Anjou, furent relégués en Pouille, à Lucera, qui prit pour cette raison le nom de Lucera dei Pagani (Lucera des Païens).

d'entreprendre la croisade promise par lui, et qu'il reculait indé-
finiment, bien qu'il eût levé des impôts considérables à cet effet
tant sur les particuliers que sur le clergé. L'empereur, pour détourner le mécontentement bien légitime du Saint-Siége, fit sem-
blant d'obéir, s'embarqua à Brindes avec une armée de quarante
mille hommes, et revint trois jours après, sous prétexte de maladie[1].

A cette nouvelle, Grégoire IX déclara que l'empereur avait
encouru l'excommunication prononcée à Saint-Germain par Honorius
au cas que ce prince n'allât point en Palestine. Il fulmina donc la
sentence commençant ainsi : *Imperatorem Fredericum qui nec
transfretavit*, etc. [2]; sentence que justifiaient la violation de sa
promesse et bien d'autres griefs. Frédéric feignit de regarder cette
censure comme un acte injuste, et pour donner le change sur le
mauvais état de sa santé, s'en alla aux bains de Pouzzoles. Cette
conduite n'était propre qu'à aggraver ses torts, et le pape y
répondit en confirmant l'excommunication et en jetant l'interdit
sur ses états.

Une soumission tardive il est vrai et son départ pour la Syrie,
où il conclut avec le soudan un traité qui laissait aux pélerins le
libre accès au tombeau du Christ, ne changèrent pas sa position
par rapport au Saint-Siége. De retour dans ses états, l'empereur,
aigri par l'insuccès de ses démarches, fit une guerre acharnée au
pontife, guerre qui, à part quelques intermittences, se prolongea
sous les successeurs de Grégoire (1241), Célestin et Innocent IX,
jusqu'à la mort de Frédéric, qui expira en 1250, à l'âge de cin-
quante-sept ans, manifestant le plus grand repentir pour toutes
ses fautes et demandant pardon à Dieu. Ces luttes, dans lesquelles
se formèrent les deux partis Guelfes et Gibelins, présentent le
plus déplorable spectacle. Il arriva alors ce qu'on a vu depuis si
souvent, le bienfaiteur attaqué et outragé par celui qui lui devait
sa grandeur et sa prospérité (!).

[1] Sigon. et Matth. Paris, ad an. 1227. — [2] Rich. de S. German

Frédéric laissa deux fils légitimes, Conrad et Henri, dont il confia par son testament la tutelle à Mainfroi, son fils naturel. Conrad se débarrassa de son jeune frère Henri par le poison, et selon toute probabilité [1], il fut lui-même empoisonné par Mainfroi, ne laissant pour héritier qu'un faible enfant au berceau, nommé Conradin.

L'ambition, la plus persuasive de toutes les passions quand il s'agit d'usurper une couronne, parla plus haut au cœur de Mainfroi que le devoir. Le Saint-Siége, qui dès le premier moment avait démêlé ses vues iniques, lui avait fait la plus vive opposition; Innocent IV, en qualité de suzerain, avait repris la possession de son fief, et s'était transporté à Naples, ville très-fidèle, où il mourut en 1254 [2]. Alexandre IV lui succéda, mais ne put empêcher que Mainfroi ne se fît solennellement couronner à Palerme en dépit des droits de son neveu.

Alexandre IV ne régna que quelques années, et la tiare passa sur la tête du patriarche de Jérusalem, d'origine française, « homme de grand esprit et de grande résolution, » qui prit le nom d'Urbain IV. Ce pontife résolut de mettre un terme à l'ambition effrénée et aux injustices de Mainfroi. Après d'inutiles sommations pour faire rentrer le monarque dans le devoir, il l'excommunia solennellement, et résolut de disposer du royaume de Naples, dont le Saint-Siége était suzerain, en faveur d'un prince plus digne et plus chrétien. Urbain IV envoya donc proposer au roi de France Louis IX l'investiture des Deux-Siciles en faveur de l'un de ses trois fils cadets; mais le saint roi eut la modération de refuser une possession qu'il prévoyait environnée des plus grands embarras, puisque, outre Mainfroi, il existait un héritier direct, le jeune Conradin.

Dans cette conjoncture, Urbain assembla le collége des cardi-

[1] Paris : *Hist. Angl.* — Ughel : *It. sacra.* t. IX.
[2] Son tombeau se voit à la cathédrale.

naux, et leur rappela dans un discours toutes les injures et les
dommages que depuis cinquante ans l'Eglise avait eus à souffrir de
la part de Frédéric, de Conrad et de Mainfroi, famille qui n'avait
su respecter ni les liens du sang [1] ni ceux de la reconnaissance ; il
fit sentir combien il importait à la sûreté et aux intérêts du Saint-
Siége que le royaume des Deux-Siciles fût entre les mains de
quelque prince aussi valeureux que dévoué à l'Eglise, et finit par
conclure qu'il y avait lieu de confirmer la sentence d'Innocent IV,
qui avait prononcé la déchéance de la maison de Souabe.

On en vint donc à examiner quel était le prince, à défaut des
fils du roi Louis IX, qui eût pu le mieux remplir les vues du
Saint-Siége. Le choix s'arrêta sur Charles, comte de Provence, duc
d'Anjou, et frère de saint Louis. Charles hésita longtemps avant
d'accepter une couronne qui était à conquérir ; il fut même sur
le point de refuser, mais les conseils de sa femme Béatrix
finirent par le déterminer. A l'exemple de Robert Guiscard, il
promit de tenir le royaume comme fief du Saint-Siége, de payer
un tribut annuel de huit mille onces d'or, et de conduire chaque
année au souverain pontife une haquenée *blanche*, *belle* et *bonne*,
en signe de vassalité, usage qui s'observait encore il y a quelques
années.

A la tête de ses brillants et impétueux chevaliers, Charles d'Anjou, portant l'étendard de l'Eglise, rencontra, près de Bénévent,
le fils de Frédéric, entouré comme son père d'une garde sarrasine.
Tout à coup, au fort de la mêlée, l'aigle d'argent qui formait le
cimier du casque de Mainfroi tombe : « C'est le signe de Dieu ! »
s'écrie-t-il ; et aussitôt il se jette en désespéré dans les rangs enne-

---

[1] Outre les empoisonnements dont nous avons parlé plus haut, Cuspinien et
l'écrivain de Giovenazzo rapportent que Frédéric étant tombé malade à Fiorenzuola,
Mainfroi, dans la crainte que son père ne revînt à la santé, l'étouffa pendant la
nuit dans son lit en lui mettant un oreiller de plumes sur le visage. D'autres disent
que la veille du jour où il devait quitter le lit, on lui donna des poires cuites
empoisonnées et qu'on le trouva mort le lendemain. — V. Giannou. XVII. IV.

mis, où, après des prodiges de valeur, il trouve la mort, châtiment d'une ambition démesurée (1266).

Tout céda aux armes du vainqueur ; mais enorgueilli par sa conquête, Charles gouverna tyranniquement ses nouveaux sujets. Les
plaintes des malheureux ne pouvaient pénétrer jusqu'à lui, ou s'il
les écoutait quelquefois, ce n'était que pour les rebuter par ses
menaces. Clément IV, instruit de sa conduite, lui écrivit une lettre
dans laquelle il lui donne des préceptes dignes du père commun
des fidèles. « Si vous vous cachez à vos sujets, lui dit-il, en leur
fermant tout accès auprès de vous ; si vous ne les recevez avec cette
affabilité si propre à gagner les cœurs, et que cependant vous pré-
tendiez leur commander, il faudra donc vous résoudre à ne jamais
quitter l'épée ni la cuirasse, et à tenir toujours votre armée à vos
côtés. Dès lors, quelle vie plus misérable que celle d'un souverain
suspect à ses peuples et toujours en garde contre eux. »

Charles ne sut point profiter de ces conseils. Les Italiens, pous-
sés à bout, pensèrent alors au jeune Conradin, que Mainfroi avait
écarté du trône. A leur appel, ce prince, âgé de seize ans, pénétra en Italie à la tête d'une armée de trente mille hommes, et
après avoir obtenu quelques succès qui aiguillonnèrent son courage, il offrit la bataille à son rival, dont l'armée n'était que de
dix mille hommes. Conradin fut cependant taillé en pièces, et
laissa sur le champ de bataille de Tagliacozzo un grand nombre de
ses plus braves chevaliers (1266). Tout l'honneur de la journée
revint au vieux Alard de Valery [1], chevalier français, qui, par ses
habiles dispositions, fit échouer la force contre la ruse.

C'est ce qui a fait dire au Dante :

> . . . . . . Là da Tagliacozzo
> Ove senz' arme vinse, il vecchio Alardo [2].

[1] Plus tard, Charles, gardant souvenir de l'important service que lui avait rendu
ce guerrier, lui offrit les comtés d'Amalfi et de Sorrente ; mais le vieux chevalier
refusa toute récompense, et, continuant son voyage, revint dans sa patrie.

[2] Dante : Inf. c. xxviii.

10

Conradin lui-même resta parmi les prisonniers : là commence le drame lugubre qui termina la vie de ce jeune prince. Charles d'Anjou sacrifia l'humanité à son ambition.

Comme la plupart des historiens ou chroniqueurs de cette époque sont peu d'accord sur plusieurs des circonstances de la condamnation et du supplice de Conradin, nous avons cru ne pouvoir mieux faire que de traduire exactement le savant et sage auteur des *Annales de l'Italie*. Le nom de Muratori est la meilleure autorité à laquelle on puisse se rapporter pour un récit que les historiens se sont plu à charger de circonstances parasites ou romanesques.

« Charles, dit-il, ayant convoqué un grand parlement, auquel assistèrent des barons, des syndics des villes et des jurisconsultes, l'affaire du malheureux Conradin fut soumise à son examen. Ricobald, historien ferrarais, dit avoir appris de Joachim de Reggio, qui fut présent au jugement, que Gui de Luzzano, célèbre docteur ès-lois, y soutint, ainsi que d'autres jurisconsultes, que « Conra-
» din ne pouvait avec justice être condamné à mort, attendu qu'il
» était fondé en bonnes raisons pour chercher à recouvrer le
» royaume de Pouille et de Sicile, conquis par ses ancêtres avec
» tant de peines et de travaux sur les Sarrasins et sur les Grecs ;
» qu'il ne s'était rendu coupable d'aucun délit qui dût le priver
» de son droit à cette succession. »

» Un seul docteur ès-lois, qui fut d'un avis contraire, et vraisemblablement la plupart des barons, influencés par la présence de Charles, opinèrent pour la mort de Conradin. Bref, le roi Charles confirma cette sentence, dans la persuasion où il était qu'il ne pouvait conserver le royaume de Sicile tant que Conradin serait en vie.

» Ainsi, le 29 octobre (1268), on dressa sur une place, ou plutôt sur le rivage de Naples, un échafaud où fut conduit le jeune Conradin, qui, prévenu de son sort, avait fait son testament et s'était confessé. Un peuple innombrable, qui était accouru à ce

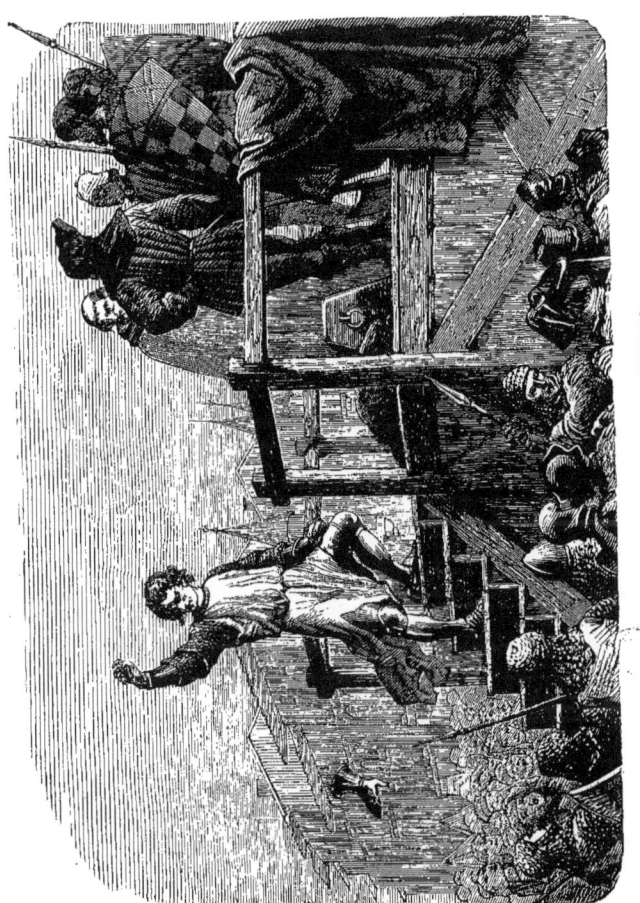

MORT DE CONRADIN DE SOUABE

triste spectacle, ne pouvait contenir ses gémissements et ses
larmes. La fatale sentence fut lue par le juge Robert de Bari ; et
la lecture fut à peine finie, que Robert, fils du comte de Flandre
(Robert de Béthune) et gendre du roi, donna un coup d'épée
dans la poitrine du juge, en disant qu'il ne lui convenait pas de
condamner à mort un si noble et si grand seigneur. Le juge tomba
mort en présence du roi, sans que personne osât dire un mot.
Conradin laissa sa tête sur l'échafaud ; et avant lui fut décollé
Frédéric duc d'Autriche. Ainsi finit dans la personne de Conradin
la très-noble maison de Souabe, et dans la personne de Frédéric,
celle des anciens ducs d'Autriche. »

Il semble qu'une fois délivré de son rival, Charles d'Anjou
eût dû chercher à gagner le cœur de ses sujets par une administration douce et paternelle ; il ne comprit pas l'importance
qu'il y avait à dissimuler toute apparence de tyrannie. Les seigneurs provençaux de sa suite agissaient à l'instar du roi, de
telle sorte que le peuple naturellement inquiet finit par s'aigrir
complétement en se voyant l'objet de violences et de vexations
continuelles.

Cet état de choses aboutit à la catastrophe des Vêpres siciliennes
qui enlevèrent pour toujours la Sicile à la maison d'Anjou (1), et
la firent passer entre les mains de Pierre d'Aragon, qui régna
jusqu'en 1285. Charles d'Anjou mourut la même année que son
rival, après trois années d'une lutte inutile pour reconquérir son
royaume.

Voici les réflexions que fait le bon Pasquier sur les malheurs
de ce règne. « Le sang innocent des deux princes (Conradin et
Frédéric de Baden) et de toute la suite des seigneurs assassinés
cria vengeance devant Dieu, qui exauça leur prière et permit cette
cruelle vesprée.... Belles leçons pour enseigner à tous princes
chrétiens, de ne maintenir leurs estats par ces malheureux préceptes que depuis Machiavel a voulu recueillir de l'ordure, honte

et pudeur de quelques anciennetés, en son chapitre *de la scéléra-
tesse*, ou *Traicté du Prince* [1]. »

La lutte se prolongea entre les fils des deux princes, mais sans
amener de résultat nouveau. Jacques, premier fils de Pierre d'Aragon, était soutenu par l'empereur et le parti gibelin. Charles II
le Boiteux, auquel succéda Robert le Sage, son fils, par tous les
états guelfes d'Italie. (1309).

Deux occasions de reconquérir la Sicile se présentèrent sous
le nouveau règne. Robert tenta d'en profiter, sans que le succès
répondît à son attente. A la suite de la première de ces expé-
ditions, il eut à soutenir une lutte terrible contre Louis de
Bavière, qui fut appelé au trône des Césars par les Allemands,
et qui pénétra dans Rome, où il se fit couronner empereur
d'Occident, déposa le pape, et se rendit tellement odieux par
ses excès, qu'abandonné de ses partisans et pressé par le roi de
Naples, il n'eut d'autre ressource que de regagner précipitamment
l'Allemagne. (1329.)

Cette retraite fut l'un des plus beaux titres de gloire de Robert;
elle lui valut une vive reconnaissance de la part du Saint-Siége et
la fin de la guerre dans ses états. Les dernières années du règne de
ce grand roi furent empoisonnées par des chagrins domestiques.
Sa mort fut pleurée par tous ses sujets. (1343.)

Juste, prudent, modeste et généreux, Robert fut regardé comme
le prince le plus sage et le plus valeureux de son temps. Versé
dans les lettres, il fit de Naples l'Athènes de l'Italie, par la protection éclairée qu'il accorda à tous les genres de talents. Jean Villani,
Boccace et Petrarque vécurent dans l'intimité du prince. Lorsque
ce dernier vint de France à Rome pour recevoir la couronne de
laurier, Robert envoya Jean Barile en qualité d'ambassadeur, pour
assister en son nom à la cérémonie qui se faisait au Capitole,
s'excusant près du poëte de ce que son grand âge ne lui permettait

[1] Pasquier : *Recherches de la France.* VIII. 56.

point d'aller en personne poser la couronne triomphale sur sa tête. Heureux temps pour les favoris des Muses que celui où les monarques s'honoraient de leur amitié. Le prince composa lui-même quelques poésies, qui furent imprimées à Rome en 1642, sous le titre de : *Traité des vertus morales*, par ROBERT, *roi de Jérusalem*.

Jamais l'administration de la justice n'avait été aussi parfaite que sous son règne. De nombreux monuments, et surtout la magnifique église de Sainte-Claire (Santa-Chiara), témoignent de sa munificence et de sa piété. Depuis le jour où il monta sur le trône jusqu'à la fin de sa vie, rapporte Costanzo, le roi Robert employa trois mille ducats par mois (plus de treize mille francs) en dotations d'abbayes et œuvres pieuses.

Malheureusement pour Naples, le duc de Calabre, fils de Robert, jeune prince de la plus haute espérance, fut enlevé par une mort prématurée, et la couronne passa entre les mains de Jeanne Ire, princesse âgée de seize ans. Son mari, André de Hongrie, ne tarda point à devenir à charge aux seigneurs napolitains de la cour du roi Robert, qui virent avec un souverain déplaisir le pouvoir et les charges passer dans les mains des étrangers qui composaient sa suite. Un meurtre les débarrassa d'une domination qu'ils trouvaient insupportable [1].

Ce crime fut le prélude des malheurs et des scandales qui signalèrent ce règne de quarante ans. Jeanne finit elle-même misérablement, vaincue et étouffée par Charles de Duras, descendant de Charles II, qu'elle avait adopté pour fils. Ce fut cette princesse,

---

[1] Le roi et la reine habitaient le château d'Averse, lorsque, le soir du 18 septembre 1345, un des valets de chambre du roi vint lui dire dans la chambre de la reine où il se trouvait, qu'on avait reçu de Naples des nouvelles fort intéressantes, demandant une prompte expédition. Le roi quitta aussitôt l'appartement pour se rendre dans la salle du conseil. Il traversait une galerie, lorsque des gens apostés le saisirent, lui passèrent un lacet autour du col avec lequel on l'étrangla; après quoi son corps fut jeté par la fenêtre.

héritière des possessions de la maison d'Anjou, et couronnée sous
les titres de reine de Sicile et de Jérusalem , duchesse de Pouille ,
princesse de Salerne , de Capoue , de Provence et de Forcalquier ,
comtesse de Piémont , qui vendit au pape Clément VI la ville
d'Avignon , pour la somme de quatre-vingt mille florins d'or de
Florence. L'éloignement du siége pontifical transporté à Avignon ,
et l'affaiblissement de son influence qui en résulta pour le royaume
de Naples en particulier , ne laissa point de lui être funeste. Que
de désordres eussent été prévenus par la paternelle vigilance
qu'exerçait alors la papauté !

Charles III, qui avait inauguré son arrivée au pouvoir par un
crime, ne fit que passer, après avoir réussi à éloigner par les armes
son compétiteur Louis d'Anjou, que Jeanne Irᵉ avait dans son testament désigné comme son successeur. Ladislas, son fils, régna
jusqu'en 1415 , et laissa le trône à sa sœur Jeanne II.

Une vie dissolue, un luxe effréné, les charges et l'administration
abandonnées à d'indignes favoris, aux Alopo, aux Caracciolo, à
Sforza , ambitieux paysan que sa force avait fait nommer ainsi ,
et père du Sforza qui usurpa plus tard le duché de Milan , tel est
le résumé de ce règne qui laissa bien loin derrière lui par ses cri-
minels scandales celui de Jeanne Irᵉ. Jeanne II jeta le royaume dans
toutes les discordes de la guerre civile, en adoptant successivement
pour héritiers Louis III , duc d'Anjou , et Alphonse V le Magnanime , roi d'Aragon et de Sicile. A la mort de Louis III , Réné ,
son frère , duc de Bar et de Lorraine, monta sur le trône ; ses
vertus et ses qualités brillantes lui assurèrent l'affection des Napolitains ; mais la trahison d'Antonio Caldora , qui commandait
ses troupes, amena le triomphe de son rival d'Aragon. Naples fut
assiégée ; une ruse de guerre la livra aux mains d'Alphonse. Des
maçons sortis de la ville , qui se trouvait pressée par la famine,
lui indiquèrent un aqueduc par lequel trois cents soldats d'élite
de son armée s'introduisirent dans la ville sous le commandement

de Diomède Caraffa. Les quarante premiers entrèrent la nuit par un puits près de l'église Saint-Sophie et arborèrent le drapeau aragonais sur une des tours de la ville, et le 2 juin 1442 Alphonse fit son entrée dans Naples.

Neuf cents ans auparavant, Bélisaire y était entré de la même manière.

Alphonse, en montant sur le trône des Deux-Siciles (depuis Charles 1er la Sicile était restée entre les mains de la maison d'Aragon), prit le nom d'Alphonse 1er, auquel la postérité ajouta plus tard celui de Magnanime. Sous le gouvernement de ce prince, à qui Naples est redevable d'un grand nombre d'embellissements, la justice fut rigoureusement exercée, les sciences et les arts honorés, les savants et les artistes appréciés et récompensés.

Saint Antonin, archevêque de Florence, rapporte les sages conseils que ce prince sur son lit de mort adressa à Ferdinand, son héritier[1]. Il lui recommandait trois choses : la première, d'éloigner de sa cour les Aragonais et les Catalans, de s'entourer de préférence de seigneurs italiens et napolitains, et de flatter ainsi leur susceptibilité nationale; la seconde, de diminuer les impôts, et enfin, par-dessus tout, de se maintenir en bonne intelligence avec les républiques italiennes, et particulièrement avec le Saint-Siége, amitié dont dépendait en grande partie la prospérité et même la conservation ou la perte de ses états.

Ces conseils, dont la mise en pratique eût été si précieuse pour la gloire de son règne, furent oubliés par Ferdinand[2]. La maison d'Anjou était toujours là, soutenant, les armes à la main, ses droits à la succession d'une des plus belles contrées de l'univers, droits funestes qui coûtèrent à la France le sang et la mort d'une foule

[1] Chron. Part. III. tit. xxII. c. 16.

[2] La plus grande obligation, dit un historien, dont Naples fut redevable à Ferdinand, a été l'introduction de l'imprimerie dans ses états. En 1473, Arnaud de Bruxelles apporta cet art à Naples; le roi fit bonne réception au Flamand et lui octroya diverses franchises et priviléges. — Passaro.

de braves dont la gloire seule passa à la postérité. Ferdinand triompha des tentatives faites sous son règne, grâce à l'invincible Georges
Castriote Scanderberg, qui frappa de sa lourde épée au plus fort
de la lutte ; mais sous Alphonse II, son fils, prince dont le caractère pusillanime et l'avarice sordide mécontentaient le royaume,
les affaires prirent une tournure menaçante. Charles VIII, unique
héritier des droits du duc d'Anjou, avait franchi les Alpes à la
tête de trente mille Français. Alphonse II, saisi de frayeur, se hâte
d'abdiquer la couronne en faveur de son fils Ferdinand, et se retire
à Messine dans un couvent. Mais il était trop tard pour détourner
l'orage, et Ferdinand, doué du reste de belles qualité, en fut réduit, pour adoucir les malheurs de la guerre civile, à délier ses
sujets du serment de fidélité et à se retirer à Ischia. Charles VIII,
que Savonarole avait, dans sa fougueuse éloquence, nommé le fléau
de Dieu pour punir les péchés de l'Italie, la traversa en vainqueur,
et entra solennellement à Naples, revêtu du manteau impérial, et
ceint d'une quadruple couronne, de France, de Naples, de Constantinople et de Jérusalem. (1495.)

La domination française passa comme un torrent ; une vaste
coalition s'était formée derrière Charles VIII. Il craignit de se voir
fermer le passage des Apennins, et reprit en toute hâte la route des
Alpes ; encore fallut-il à Fornoue que huit mille Français s'ouvris-
sent un passage l'épée à la main au milieu d'une armée de quarante mille Vénitiens.

« La bataille, dit le chevalier Guillaume de Villeneuve, fut
moult aspre tant d'un côté que de l'autre, et le roy eust tousjours la
face droit à ses ennemis, l'espée au poing, la bouche pleine de
bonnes et vertueuses paroles à ses gens. Et le fait de mesmes le
cueur plus gros que le corps avec la fierté de ung lyon tant que la
bataille dura, et après la victoire doulx et begnin comme un ange,
reconnaissant la grant grâce que Dieu lui avait faicte [1]. »

[1] Martène et Durand : Thesaur. nov. anecd. t. III, p. 1510.

Le prince aragonais, aidé par Ferdinand le Catholique, roi d'Espagne, eut facilement raison du petit nombre de Français restés à Naples. Il remonta sur le trône pour mourir quelques mois après, laissant la couronne à son oncle Frédéric. Celui-ci, ami de la justice et protecteur des belles-lettres, fut acclamé roi d'une voix unanime par toute la population. Il avait réformé bien des abus, porté remède aux maux les plus pressants de l'Etat, quand Louis XII monta sur le trône et fit revivre les prétentions de son prédécesseur sur l'Italie. Ferdinand le Catholique, qui était le véritable antagoniste du roi de France, s'entendit avec lui pour partager le royaume de Naples. La prise de possession se fit sans difficulté. Frédéric était dépourvu de moyens de défense et trop pauvre pour en créer. Ce prince, après la mort de son neveu, n'avait du reste consenti à monter sur le trône que pour cicatriser autant qu'il le pouvait les plaies de l'état. Loin de persécuter les barons, qui avaient embrassé le parti des Français, il leur rendit leurs châteaux et leurs terres. Il récompensa libéralement les littérateurs qui illustraient la ville de Naples, et dont plusieurs avaient souffert l'exil ou éprouvé d'autres malheurs durant les derniers troubles. Enfin il fit frapper une médaille dont la devise (*recedant vetera*) annonçait qu'il se proposait d'établir un meilleur ordre de choses. Aussi, lorsqu'il fut dépouillé par les Français et les Espagnols, entendait-on parmi les hommes de lettres un concert de touchants regrets.

Au moment où il s'agit de partager la conquête, les vainqueurs se brouillèrent, et le sort des batailles dut trancher la querelle. Gonzalve de Cordoue, surnommé le Grand Capitaine, déjoua les plans des Français, et remporta sur eux, en l'année 1503, deux victoires qui obligèrent Louis XII à renoncer au royaume de Naples. Les plaines de Quarata en Pouille sont encore célèbres par le combat que s'y livrèrent treize chevaliers français contre autant d'Italiens. Ferdinand le Catholique entra à Naples en 1506 sans éprouver la moindre résistance.

Dès lors le royaume des Deux-Siciles passe définitivement sous la domination étrangère et n'est plus qu'une simple province de l'Espagne. Le premier vice-roi fut Gonzalve de Cordoue. Il s'acquitta de cette haute fonction avec cette supériorité de vue qui toujours accompagne et caractérise le génie. Il avait mis le royaume à l'abri de toute invasion étrangère ; il ne songea plus qu'à éviter des guerres nouvelles : le conquérant se transforma en administrateur paisible. Sous Charles-Quint, Naples passa à la maison d'Autriche, sans qu'il y eut du reste aucune modification apportée à son gouvernement. Pendant un intervalle de deux cents ans, quarante vice-rois et vingt lieutenants, tant espagnols qu'autrichiens, se succèdent presque sans interruption. Pour éviter de tomber dans une nomenclature qui offrirait peu d'intérêt, nous nous bornerons à relever les faits les plus importants de cette période.

François 1er renouvela sur le royaume de Naples les tentatives malheureuses de Charles VIII et de Louis XII. Le brave Lautrec commandait l'armée de siége ; la peste, qui décimait la ville, lui enleva une grande partie de ses troupes, et lui-même périt atteint par le fléau, après avoir vu toutes ses espérances déçues. La colline où il avait placé ses tentes changea dès lors son nom de *Poggio reale* en celui de colline de Lautrec, *Poggio di Lautrec*. (1528.)

Sous le règne de Philippe IV, Masaniello troubla un instant la tranquillité du royaume, mais la révolution fut vaincue grâce à ses propres excès. La même populace qui avait acclamé le jeune marinier factieux, le mit en pièces au bout de neuf jours, et deux jours après, passant tout à coup de la haine à l'amour, allait tirer son cadavre abandonné sans sépulture pour l'enterrer avec toutes solennités dans l'église des Carmes. (1647.)

La fameuse peste de 1656 fut le dernier événement remarquable qui signala la domination espagnole. La contagion, apportée de Sardaigne par quelques soldats, se répandit avec une rapidité tellement effrayante, qu'au bout de quelques jours les maisons, les

RÉVOLUTION DE MASANIELLO EN 1647

rues, les couvents se trouvaient remplis de cadavres en putréfaction, faute de temps et de bras pour les ensevelir. Cette épouvantable calamité dura plusieurs mois. Enfin, des pluies abondantes ayant purgé l'atmosphère, l'épidémie diminua d'intensité, puis cessa entièrement. Les chiffres les moins élevés portent à plus de deux cent mille le nombre des victimes.

Vingt-quatre ans après la fameuse bataille de Villa-Viciosa, où le petit-fils de Louis XIV s'endormit sur les drapeaux de l'Espagne, l'infant don Carlos, fils de Philippe V, se détermina à faire valoir ses droits sur les belles contrées du royaume de Naples, que la paix de Rastadt (1714) avait laissé à la merci des gouverneurs autrichiens de l'empereur Charles VI. Ce prince, âgé de dix-sept ans, triompha dans la lutte où l'avaient engagé une juste ambition et le désir de rendre à un peuple depuis si longtemps victime de désordres et de guerres intestines sa dignité et son indépendance première. Vainqueur à Bitonto avec le duc de Mortemar, il est couronné roi des Deux-Siciles en 1734, sous le nom de Charles III, aux acclamations unanimes de la population. Le congrès d'Aix et l'investiture du royaume que lui conféra Clément XII, virent confirmer dans ses droits le descendant du sang illustre d'Henri IV et de saint Louis, et en même temps mettre un terme aux longues infortunes du royaume. Les Autrichiens, qui tentèrent quelques démonstrations hostiles, furent repoussés à Vellétri avec un élan irrésistible. Un des faits les plus intéressants du règne de Charles III est la découverte de Pompéïa. L'exhumation d'Herculanum et de Pompéïa, ainsi que la création de l'académie savante destinée à déchiffrer les manuscrits, à expliquer les inscriptions, les bas-reliefs et statues que l'on retirait de ses deux villes, furent favorisées et provoquées par le trop fameux Tanucci, ministre de Charles III. Ce prince, appelé à la succession de la couronne d'Espagne, laissa sur le trône Ferdinand IV. (1759.)

La révolution française de 1793 vint un instant interrompre

la paix dont Naples jouissait; les haines et les rivalités se réveillèrent avec une fureur inouïe ; on proclama la république ; la
république servit les intérêts de Napoléon , qui donna le royaume
de Naples à Joseph, son frère (1806), puis à Joachim Murat,
son beau-frère. Les Anglais s'étaient emparés , à la faveur des
troubles , de l'île de Capri et dominaient dans le golfe de Naples.
Une expédition dirigée contre eux les chassa de cette position
qui paraissait inexpugnable. Après la chute de Murat, Ferdinand IV
remonta sur le trône, sous le nom de Ferdinand Ier ; son règne fut
troublé par une révolte dont il triompha avec l'aide de l'Autriche.
François Ier, son successeur (1825) , commença pendant un règne
de cinq années l'œuvre de réforme et de restauration dans toutes les parties du gouvernement, œuvre que continua (1830)
avec succès le roi actuel, Ferdinand II (X). C'est à ce prince
que Naples est surtout redevable de la prospérité dont elle
jouit et des nombreux embellissements qu'y admirent les étrangers. Il suffit de rappeler la magnifique église de Saint-François de
Paule , la réorganisation des archives , l'extension donnée au
musée Bourbon , les fouilles opérées à Pouzzoles , à Pompeïa et
autres lieux , etc., pour se convaincre de l'intelligente activité du
monarque régnant. Naples a été l'une des premières villes d'Italie
à accueillir les progrès de la science ou de l'industrie. L'éclairage au gaz, qui se trouve établi au Toledo et dans quelques
rues principales , sera répandu avant peu dans toute la ville.
Les chemins de fer de Pompeïa , de Nocera et Castellamare fonctionnent depuis plusieurs années. Des ponts en fil de fer ont été
construits sur divers fleuves ou rivières. Un corps de pompiers
munis des meilleures machines perfectionnées , et caserné dans la
ville, la protége contre ces incendies souvent si terribles dans les
pays chauds. Cette institution est également due à Ferdinand II,
que la haine aveugle de quelques hommes poursuit au point
de les rendre aveugles sur tout ce qui se fait de bien et de

grand dans le royaume des Deux-Siciles. Peu de princes ont plus
à cœur le bonheur de leurs sujets et prennent meilleure voie
pour le leur assurer que le roi de Naples. Son temps est régu-
lièrement distribué, et le travail en absorbe la plus grande
partie. Le lundi il préside le conseil des ministres ; le mardi il
donne audience à tous les militaires sans distinction de grade :
le soldat comme l'officier y sont écoutés avec une bonté toute
paternelle. Le mercredi, si nos souvenirs sont exacts, le roi tra-
vaille avec chacun des ministres en particulier. Le vendredi rappelle des usages et des mœurs d'un meilleur temps : Ferdinand
reçoit tous ceux de ses sujets qui ont à lui présenter quelque
requête ou à l'entretenir de quelque affaire ; les étrangers eux-
mêmes obtiennent facilement d'être reçus par le roi. L'affabilité
et la noblesse que lui reconnaissent tous ceux qui ont eu le
bonheur de l'approcher, seraient bien propres à éclairer l'opinion, si la calomnie et l'injure n'avaient toujours eu le verbe
plus haut que la vérité.

IV

Naples aujourd'hui

Seule avec mon cœur, je m'élève jusqu'à
l'Être tout-puissant qui a créé une nature
si majestueuse : cet océan immense, ces
vaporeuses émanations dont je distingue le
balancement fantastique, cette légère brise
qui caresse la surface des eaux, captivent
mon être.   Mᵉˡˡᵉ DE COLIGNY.

Nous avons dit l'histoire de Naples d'autrefois, ses vertus et ses crimes, sa gloire et ses malheurs. Entrons maintenant dans ses rues, parcourons ses places, montons à son acropole, redescendons dans ses promenades. Escortés de souvenirs, nous y rencontrerons des impressions.

Entrons-y libre de préjugés, afin de mieux sentir et de mieux voir. Assez d'autres ont médit de la belle Sirène ; laissons-lui le secret des souffrances qu'on lui prête, respectons ses charmes. Si Naples n'est point sans ride et sans défaut, elle est l'héritière du génie et la fille de la sainteté. Elle a ses palais et ses églises, ses campagnes et ses madones, ses musées et ses couvents, ses grands hommes et ses patrons.

Que lui faut-il en outre? n'est-ce point assez de satisfaire à l'artiste et au chrétien? Elle cesserait de plaire si le compas niveleur de l'homme d'état passait sur son front capricieux. Dieu lui a refusé d'une main la couronne murale, emblème de la force; de l'autre, il a laissé tomber sur elle le vert laurier du Tasse. Naples n'est pas comme la fière Lombardie toujours frémissante; c'est la ville très-fidèle à ses princes, pourvu qu'ils aiment avec le peuple son beau ciel, les arts et ses saints. Et pourtant, le premier regard jeté sur sa population fait naître dans l'esprit de l'étranger l'idée d'un soulèvement perpétuel et général. Tant d'objets se heurtent et passent devant lui, tant de physionomies bizarres stationnent et l'arrêtent, tant de criailleries l'étourdissent, qu'il peut se croire matin et soir en pleine émeute.

Du reste les journées ont leurs heures. Naples, comme en nos contrées, assujettit au cours du soleil, mais dans un sens inverse, le flux et le reflux de sa circulation. A midi elle dort. La nuit elle veille et s'agite. Voilà la différence; si bien que le mouvement ascensionnel commence avec le soir pour finir à un instant plus ou moins avancé de la chaude matinée. La saison assigne les termes.

Le soleil qui règle l'emploi du temps en marque aussi les divisions; le cadran des anciens fleurit à Naples dans sa simplicité toute primitive et passablement incommode. On compte en cette ville les heures du jour et de la nuit à partir du coucher du soleil, sans s'arrêter à douze et en poussant jusqu'à vingt-quatre. Comme rien n'est plus variable que les différents points de départ, rien aussi n'est plus mobile que les différents points d'arrêt. Ce n'est pas trop de l'attachement imprescriptible du Napolitain aux usages de ses pères, pour expliquer sa persistance à maintenir une coutume aussi défectueuse et d'un inconvénient quotidien. Parlez-leur d'un changement à opérer dans les habitudes; détaillez les avantages qu'une réforme amènerait, les désagréments évités; ils conviendront de tout avec vous. Mais si vous leur demandez pourquoi ils n'en font rien, ils vous répondront invariablement : *è l'uso*, c'est l'usage. Tout est dit.

Il était donc neuf heures du matin (nouveau style) ou quinze heures [1] (ancien style) quand nous entrâmes dans Naples. A ce moment et en ce mois, la marée de la circulation est encore haute au sein des diverses *ottine* [2].

Nous nous risquâmes dans les rues, qui, à l'exception de la magnifique *strada di Toledo* où nous nous dirigions, n'ont point de trottoirs. Le sol est pavé en larges pierres volcaniques d'un demi-mètre, parfaitement reliées entre elles. Un tiers de ces belles dalles polies est envahi par des boutiques en plein air, dont la police néglige de limiter les prétentions. Ce que les honnêtes marchands veulent bien laisser du domaine public est abandonné aux piétons et aux voitures.

Sur le lit obstrué des rues roule sans discontinuer un torrent de *calessini* [3], dont rien n'interrompt la prestigieuse vitesse. Ces légers équipages se coupent, se dépassent, se croisent et s'entrecroisent sans jamais se briser. C'est merveille de saint Antoine et des cochers ses dévots amis [4], si dix personnes ne périssent pas par jour dans cette périlleuse bagarre. Aussi l'adresse du cocher napolitain est passée en proverbe.

---

[1] Nous supposons, ce qui est à peu près exact en cette saison, que l'on sonnait l'*Ave Maria* à sept heures du soir, c'est-à-dire au coucher du soleil. Voici du reste la position géographique de la ville : 40° 52' latitude boréale, et 11° 55' longitude orientale du méridien de Paris. La pendule à minutes décimales a 993 millimètres, et la déclinaison de l'aiguille aimantée aux dernières observations (1833) était de 14° 42' à l'ouest, et continuait à diminuer comme par les années passées. Le soleil se lève au solstice d'été à 4 h. 29' pour se coucher à 7 h. 1', et au solstice d'hiver à 7 h. 25' et 4 h. 8'.

[2] Ancien nom des quartiers de la ville.

[3] Le *Calessino* est une petite voiture découverte à deux places, dans le genre des calèches françaises.

[4] Les cochers à Naples ont presque toujours à la bouche ces mots : *Per Sant-Antonio.*

CORRICOLO A NAPLES

Le *corricolo*, ancien rival du *calessino*, est aujourd'hui bien déchu de son antique splendeur. Réduit aux modestes fonctions du service rural, il est banni des lieux qui furent le théâtre de sa gloire. De Naples à Résina on peut encore voir rouler au galop cet original équipage. C'est un cabriolet élevé à deux places qui, grâce à l'esprit inventif des Napolitains, transporte dix ou douze personnes. Outre les deux places ordinaires, il y a derrière, à l'endroit où sont chez nous les laquais, une large planche où quatre personnes se tiennent debout; à la naissance de chacun des brancards sont assis deux autres individus, puis enfin sous la caisse séparée du sol par un assez grand intervalle, entre les deux roues, se trouve un filet dans lequel deux personnes au moins se prélassent. Elles sont tellement enveloppées par le nuage de poussière que soulèvent les pieds des chevaux, qu'on les aperçoit à peine dans le mouvement rapide du véhicule. Ce qui ne dépérit pas à Naples, c'est la race chevaline, témoins les nombreux sujets qu'elle lance sur la voie. Dans la circulation s'adjoignent aux coursiers ânes et mulets, tous membres de la même famille; mais leurs maîtres, sans doute pour marquer la différence, mènent d'ordinaire ces derniers par la queue. Morigénés de la sorte, les modestes animaux colportent de maison en maison des paniers de légumes et des tonneaux pleins d'eau.

Ce n'est pas que les fontaines fassent défaut. La ville en est peuplée, tellement que l'art a épuisé à leur embellissement les ressources d'un goût quelquefois équivoque. Mais à Naples, les ménagères économisent scrupuleusement leur temps et leurs forces; elles reçoivent tout à leur porte, tout jusqu'au lait que des troupeaux entiers de vaches et de chèvres déversent complaisamment deux fois par jour au seuil des demeures. Ce système, qui vaut la peine d'être connu sinon d'être importé dans notre France, épargne les frais d'un galactomètre et aux cuisines mille désagréments appréciés par chacun. Ces réserves posées, nous pou-

vons assurer que Naples n'est point du tout la ville aux petites
commodités. Les grands points de vue rachètent heureusement
les embarras du séjour. Les maisons sont de beaucoup inférieures
aux nôtres pour la distribution, les aises et surtout la propreté ;
nous parlons des maisons ordinaires. Quant aux hôtels princiers,
ils ont la majesté du silence et de l'étendue ; on y connaît peu
les raffinements du luxe moderne.

Rentrons dans les rues. Au moment du jour où nous y
posions le pied, grande était l'agitation. Le fracas montait, le
flot grossissait, les vaches mugissaient, les chèvres bêlaient,
les chevaux hennissaient, les ânes brayaient, les fouets claquaient,
les cochers poussaient ce cri guttural qui leur est propre à Naples
et dont le son rudimentaire ne saurait se traduire par écrit en
français [1].

Etrange charivari dont la création tout entière semble faire les
frais. Au milieu et à la faveur de ce pêle-mêle, moines, pêcheurs,
soldats, *contadini*, *facchini*, *matrone*, *bambini* [2], se supportent
et se poussent ; rien ne peut contre le courant. Des milliers de
têtes noires ou grises, jeunes ou vieilles, forment au loin une
masse épaisse et mouvante, sillonnant, comme un fleuve tumul-
tueux, la longueur des rues. *Otto*, *sei*, *quattro*, entendez-vous
hurler à vos oreilles. *Perduto*, *gagnato*, *la morra*, vocifère une
autre voix. Vous regardez, et vous voyez deux bons lazzaroni qui
protégés par la saillie d'un mur se livrent avec fureur à leur jeu
national et favori.

Ce jeu est peu connu ; bien qu'il en soit parlé dans Cicéron,
l'explication ne s'en trouve nulle part. Il faut même l'avoir vu pour
s'en bien pénétrer. Deux gens du peuple se rencontrent ; une partie de *mourre* (*morra*) est proposée. Jamais offre pareille ne se
refusa. Le deux joueurs se posent face à face ; leur main droite

[1] C'est le son A avec l'aspiration qu'il aurait en allemand précédé d'un g.
[2] Campagnards, portefaix, femmes, enfants.

bat la mesure, et de la gauche l'agresseur commence en levant un certain nombre de doigts tout en criant : *un*, *deux*, *trois*, *six huit*, n'importe, pourvu que le chiffre énoncé ne dépasse pas dix. *Un*, *quatre*, *cinq*, fait pareillement l'adversaire, n'importe aussi. Si le nombre de doigts levés par ce dernier, ajouté au nombre de doigts levés par le premier, complète le chiffre énoncé d'abord, l'adversaire a gagné, et l'on recommence. La partie se compose de dix coups. Le vaincu s'exécute en payant une bouteille ou quelques oranges. Deux lazzaroni de bonne race joueraient à la *morra* toute la journée sans se lasser. Cette naïveté et cette passion tout à la fois forment l'un des traits originaux de leur caractère. Voilà le *micare digitis* de l'auteur des Tusculanes. Les *lazzaroni* d'aujourd'hui l'ont reçu des *lazzaroni* d'alors. Un pareil jeu faisait honneur, dans l'antiquité même, à la bonne foi des parties : de là l'expression proverbiale : *Dignus est cum quo mices nocte :* Il mérite qu'on joue de nuit à la *morra* avec lui. Au fait, le mécanisme subtil et pour mieux dire insaisissable de la *morra* nécessite la plus candide ingénuité. Malheur seulement au tricheur ! S'il s'en rencontrait un, le couteau pourrait faire de lui justice irrémissible.

Tel se révéla à nous le *lazzarone* des rues, dans un des détails les plus familiers de son existence, dans son jeu de la *morra*. A part ce petit côté de son incomparable vie, il a été si souvent peint, et de main de maître, que nous renonçons à refaire son portrait : nous le livrons d'emprunt.

« Gai, insouciant, vivant au jour le jour, sans jamais songer au lendemain, jouissant délicieusement de son beau ciel, raisonnant beaux-arts, improvisant des poésies, il trouve dans ce laisser-aller le bonheur ou une illusion qui lui ressemble. Maître passé en pantomime, il exprime, quand il le veut, par le jeu varié de sa physionomie, le mouvement de sa tête et sa mobilité, tout ce qu'il sent, tout ce qu'il désire... Cela ne l'empêche point d'être le plus criard des mortels : *Napolitani maestri in schiamazzare* [1]. Le jour commence à peine, qu'il vous assourdit de ses vociférations. Pas moyen de vous y soustraire, car il est partout : sur le port, dans les rues, mais surtout sur les places, devant la station des voitures publiques ; il foisonne au *Toledo*. En avez-vous besoin ? il est là. Vous est-il inutile ? il est encore là, toujours prêt à vous faire accepter ses services. Il trouve sans peine le moyen de se rendre nécessaire. Voulez-vous aller à une église ? il en connaît le chemin. A un musée ? il vous servira de *cicerone*. Demandez-vous une barque ? tous les bateliers sont ses amis. Prenez-vous une voiture ? il ouvre la portière, baisse, relève le marchepied et monte en jockey. Pendant le voyage, il rit, il chante, il vous égaie, et de temps en temps vous dit à l'oreille : *Eccelenza, una bottiglia* [2]. Lui donnez-vous quelques grains pour acheter du macaroni, il vous comblera de bénédictions et se retirera aussi content qu'un roi [3].

Il faut ajouter à la louange des *lazzaroni*, que leur foi est très-vive et leur cœur meilleur que leur réputation.

Il n'en est pas moins vrai que le type primitif du *lazzarone* va se perdant de jour en jour. De sa façon héréditaire de vivre, il a gardé des allures, un genre et quelques superstitions (L) qui le séparent encore du reste de l'humanité. Toutefois de grandes réformes se sont opérées en lui et presque à son insu. Aujourd'hui (chose inouïe il y a soixante ans) le *lazzarone* a une paroisse, il a même un chez-soi ou quelque chose qui y ressemble. La traditionnelle natte d'osier étendue sur la dalle ne forme plus sa seule couche, le firmament n'est plus son toit unique.

L'altération des vieilles mœurs se fait surtout sentir aux abords de la rue de *Toledo*. Le *lazzarone* s'y rencontre, mais à l'état d'anachronisme. L'intérêt l'y amène, le progrès l'en chassera ;

[1] Les Napolitains sont passés maîtres en fait de clabauderie. Alfieri.
[2] Excellence, une bouteille. — [3] M. Gaume, *les Trois Rome*.

JEU DE LA MORRA

Seuls, les vieux quartiers resteront longtemps encore aux *lazzaroni*, avec leurs rues étroites, leurs toits projetés en avant qui dérobent la vue du ciel, et leurs carrefours inconnus de l'étranger.

Le langage des Italiens, et surtout le dialecte napolitain, si pittoresque dans ses images, si gracieux dans sa tournure brève et inversive, si sonore dans son accent, réfléchit dans une foule d'expressions la naïveté religieuse et l'originalité de l'imagination de ce peuple. En France, on donne au diable, on maudit à la moindre contrariété. En Italie, c'est tout le contraire, on n'a que des bénédictions à la bouche. Une Italienne furieuse contre son mari s'écriera : *Benedetto marito!* comme une Française dirait : Maudit mari! — *Qual benedetto affare!* Quelle diable d'affaire! — *Andatevi a far benedire!* Allez vous faire bénir! remplacera le souhait si peu poli et encore moins chrétien : Allez au diable!

Une dame demandait un jour à une femme qui mendiait, combien elle avait d'enfants. — *Cinque, signora.* Puis avec un geste charmant : *Uno in paradiso, quattro quaggiù.* (Cinq, madame : un en paradis, quatre ici-bas.) Que fait ton père? demanda-t-elle encore à un petit garçon. — *Da due anni, signora, ci aspetta in paradiso* [1]. (Depuis deux ans, madame, il nous attend en paradis.)

L'imagination napolitaine est essentiellement poétique. Les improvisateurs du môle chantent encore aux habitants de Parthénope des lambeaux des poëmes épiques des premiers âges de la littérature italienne, comme les rhapsodes de l'antiquité disaient autrefois aux enfants des Hellènes les vers harmonieux d'Homère ou d'Hésiode. Le patois napolitain n'est pas, il s'en faut, le plus doux de l'Italie ; mais sa rudesse est l'une des causes principales qui donne à son tour souvent elliptique la force et l'impétuosité. Voici un fragment de poésie nationale, qui fera saisir aux amis

[1] Ed. Lafond. Lettre d'un pèlerin.

de la langue italienne les modifications introduites dans le dialecte du peuple de Naples [1].

CHANSON NAPOLITAINE.

Aquila che d'argiento puorto l'ale,
Ferma, quanto te dico na parola,
Quanto te levo na penna de st' ale
Per fa na lettrecella allo mio amore.
Tutta de sango la voglio bagnare.
Po pe' sigillo nce metto sto core.
Quando sta lettera è finita de fare,
Aquila, portancella, et viene mone.

« Aigle qui porte des ailes d'argent, arrête-toi, je voudrais te dire une parole. Laisse-moi ôter une plume de tes ailes, car je dois faire une petite lettre à mon ami. C'est avec mon sang que je veux l'écrire ; et après j'y mettrai ce cœur pour cachet. Aigle, dès que la lettre sera finie, hâte-toi de la porter, et viens me rendre aussitôt la réponse [2]. »

[1] Cette nuance deviendra plus sensible en mettant en regard les deux idiomes.

NAPOLITAIN.

Lo numero de lo Tre ha chiù bertude che no n' hanno tutte li numere nebietta.

Vuje sapite, ca tre songo le dute principale de l'anema del omno ; memoria, ntelletto e bolonta ; tre songo li termine d'ogne cosa ; principeo ; miezo e fine : tre cose fanno fui l'ommo de la casa ; fummo, fieto e femmena marvasa, etc.

ITALIEN

Il numero Tre ha più vertù che non honno tutti i numeri insienne.

Voi sapete che tre sono le doti principali dell' animo del nomo ; memoria, intelletto e volontà : tre sono i termini d'ogni cosa ; principin, mezzo e fine : tre cose fanno fuggir l'uomo di casa ; il fumo, il fetore e la donna malvagia, etc.

« Le nombre trois a plus de vertus que tous les autres nombres ensemble. Vous savez que les principales facultés de l'homme sont au nombre de trois : la mémoire, l'intellect, la volonté ; trois, les divisions de chaque chose : le commencement, le milieu et la fin ; trois choses font déserter un homme de sa maison : la fumée, la puanteur et une méchante femme, etc. »

Tiré d'un recueil de contes populaires, intitulé *Posilicheata di Masillo Reppone de Gnanopoli.*

[2] Mém. du comte Orloff. T. V. 194.

Ce spécimen de poésie, que nous ne donnons point du reste comme une pièce irréprochable, est assez curieux au point de vue philologique. Les vers sont un peu durs, et le paraîtraient encore davantage si on les entendait prononcer par un Napolitain. L'idiome, par ses permutations de lettres et ses sons gutturaux, se rapproche plus que tous les autres de l'espagnol, où l'influence arabe a laissé des traces assez nombreuses. Tel qu'il est, grâce à son style imagé, il ne laisse point d'offrir quelque charme. Sa prose est presque toujours de la poésie.

Sur toute l'étendue de la *strada di Toledo*, des palmiers en fonte supportent des réverbères de cristal que le gaz éclaire durant les nuits obscures. Ce luxe fait envie à nos capitales. Ici le monde des palais succède au monde des boutiques. C'est l'avenue du palais du roi. Le *Palazzo reale* est accessible à tous les étrangers, lorsque la famille royale est à Caserte. Nous pûmes visiter ce monument des plus curieux par les riches collections de tout genre qu'il renferme.

Le palais date de 1600. Le vice-roi espagnol, comte de Lemos, le fit bâtir sous la direction du célèbre architecte Dominique Fontana, le même qui dressa à Rome l'obélisque de la place Saint-Pierre. Un incendie qui le consuma en partie en 1837, servit d'occasion pour le rebâtir avec une nouvelle magnificence. La façade se compose de trois rangs de pilastres d'ordres différents et superposés, couronnés d'une corniche ornée de pyramides et de vases. Parmi les nombreux tableaux qui décorent le palais, nous remarquâmes un portrait signé de Rembrandt, celui de Henri VIII d'Holbein, de Gonzalve de Cordoue et d'Alexandre Farnèse du Titien. Dans la salle du trône, sur les lambris, sont des bas-reliefs représentant les provinces du royaume personnifiées; les murs sont tendus de velours cramoisi parsemé de lys, d'arabesques, de fleurs et de figures, le tout brodé en or dans le royal *albergo dei poveri* [1]. Le poids de l'or représente à lui seul une valeur de 425,000 francs.

[1] *Ce royal hôtel des pauvres* est un des plus vastes hôpitaux de la ville.

La bibliothèque particulière du roi est des plus curieuses. Le cabinet de physique pour l'usage du prince est enrichi de tous les instruments dus aux plus savants mécaniciens modernes. La partie habitée par les princes et les princesses donne sur la mer. Une terrasse suspendue contient de charmants massifs d'arbres précieux. De là on jouit du plus merveilleux spectacle de la nature embellie par la main des hommes : le Vésuve, le port, les côtes de Portici, de Résina et Pompeïa. Au rez-de-chaussée, dans l'arsenal du roi, se trouvent le casque et le bouclier du roi normand Roger, les armes de Ferdinand 1er d'Aragon, d'Alexandre Farnèse et de Victor-Amédée, l'épée de Scanderberg, celle dont Louis XIV fit présent à Philippe d'Anjou, le premier des Bourbons d'Espagne.

Au sortir du palais, voyant que l'encombrement allait croissant dans les rues, nous eûmes la pensée de gravir le *Sant-Elmo*.

Le *Sant-Elmo*, nom vulgaire du Saint-Erasme [1], est assis sur une hauteur, la plus considérable de tout Naples. C'est une forteresse que les rois angevins ont jetée comme un frein pour contenir la fougue de leur peuple. Il partage avec deux autres châteaux, *il castel Nuovo* et *il castel del Ovo* [2], l'honneur de dominer la ville, dans l'intérêt de sa défense et du bon ordre. A la forteresse est adossé un monastère que les fils de saint Bruno occupent depuis le XIIIe siècle. Le bon roi Robert n'était point de ces princes qui mettent exclusivement leur confiance dans la force des armes et dans l'épaisseur des murs. Près de la maison des combats il voulut avoir la maison de prière ; grâce à sa libéralité, la Chartreuse de Saint-Martin s'ouvrit aux anges du désert, qu'il appela de Squillace [3].

---

[1] Nous avons traduit Saint-Elmo par Saint-Erasme, suivant en cela l'idée du pays. Nous ne savons si c'est bien faire.

[2] Le château Neuf est le château de l'Œuf.

[3] Ville de la Calabre ultérieure, avec un évêché suffragant de celui de Reggio. C'est la patrie du savant Cassiodore. Squillace, située sur le golfe de ce nom, est

LE CHATEAU NEUF A NAPLES

La montée du *Sant-Elmo* est une immense étagère, parée de maisons coquettes et de fleurs odorantes ; on respire plus à l'aise à mesure qu'on gravit le coteau séducteur. Le château qui est au sommet, taillé en partie dans le roc, procure à l'âme rêveuse, par sa sévère simplicité, la jouissance raffinée du contraste. L'extérieur de la Chartreuse participe à la physionomie de la citadelle. L'une et l'autre portent leur date écrite en ogives et en créneaux par la main du moyen-âge. Il faut traverser la cour du château pour arriver au monastère. Elle était gardée, à notre passage, par un régiment suisse. Les deux milices du ciel et de ce monde bivouaquent sur la même hauteur. Elles sont partout et toujours bien ensemble.

Un jeune homme avec qui nous avions fait route, nous avait parlé avec enthousiasme du couvent que nous allions visiter. Il nous avait annoncé que nous y trouverions un père français, le P. Remy, et que nous aurions été charmés de faire sa connaissance. D'après cette double assurance, nous frappâmes à la porte et nous demandâmes le bon religieux. Tandis qu'on le cherchait, on nous laissa dans un splendide vestibule, terminé par un large balcon. De là s'offrait à nos regards le grandiose panorama que nous venions chercher.

Naples était tout entière à nos pieds. Maîtres de nos personnes

une ville fort ancienne, d'origine athénienne. « En face du golfe de Tarente, se dresse le temple de Junon Lacinienne, la citadelle de Caulon et Squillace funeste aux vaisseaux. »

.... Attollit se Diva Lacinia contra,

Caulonisque arces, et navifragum Scylaceum. — Virg. Æn. III. 552.

Un petit-fils de saint François Borgia, duc de Gandie et général des Jésuites, porta le nom de prince de Squillace. Nommé vice-roi du Pérou en 1614, il contribua par ses talents administratifs à la civilisation de cette province. Rentré en Espagne à la mort de Philippe III, il s'adonna aux lettres et à la poésie. Sans mériter le titre de prince des poètes que des flatteurs lui donnèrent, il occupe une place honorable dans la littérature espagnole. Il a laissé entre autres ouvrages un poème historique intitulé *Nápoles recuperada por el rey don Alfonso*. — Saragosse, 1651, in-4°. — Voir Nic. Antonio, Biblioth. hisp.

et de nos sensations, absorbés par l'étendue et la profondeur du
coup d'œil, nous jouissions de la belle et grande ville, non plus
pièce à pièce comme tout à l'heure, non plus sous un aspect
comme à l'entrée du port, mais dans son immensité triomphale.
Nous nous attachions aux grandes lignes de sa structure; nous
contemplions les monuments, jalons de son vaste champ. Nous
comptions ses clochers et ses bosquets, ses aiguilles et ses fleurs.
A cent pieds au-dessus du balcon, les jardins de la Chartreuse
étalaient leurs tapis jaunes et verts. La brise en détachait les sen-
teurs et nous les apportait, comme une abeille dépose les parfums
à l'entrée de sa ruche. Au delà de la muraille de clôture, le port
nous montrait ses vaisseaux; la ville, ses dômes et ses monts.
Dans les bas-fonds, la verdure serpente et court entre le marbre
et la brique, comme un lierre parasite; elle assainit et perce le
bloc des vieux quartiers. A droite, Chiaja promène le regard du
Pausilippe à la *villa reale* [1]. La mer, steppe d'azur, que n'effleure
aucun vent, soulève du sein de son golfe le *castel del Ovo*. La
tour *del Carmine*, sévère et isolée, rappelle le pêcheur-roi. Du
côté opposé, c'est tout un autre monde : Portici et sa résidence
royale, Résina et le Vésuve, le *Campo santo* [2] et ses tertres. Enfin,
dans l'enfoncement le plus reculé de l'horizon, Capri, couchée
comme une chèvre sur son lit flottant, semble bondir encore;
Campanella baigne ses pieds dans l'eau, Sant-Angelo hérisse son
front labouré par la foudre, la rude crinière de l'Apennin ferme le
tableau par un cordon de glace.

Qui n'a point vu tout cela, n'a point assez admiré Dieu. Il suffit
de monter au *Sant-Elmo* pour apprendre à l'aimer, pour deviner
le ciel, pour apprécier la terre. Quand on a vu cela, on peut
oublier le monde, le monde est épuisé. Il en faut un meilleur.

[1] *Chiaja* est le plus beau quartier de Naples : il s'étend depuis la promenade royale (*villa reale*) jusqu'au mont Pausilippe.

[2] Champ saint. C'est le nom donné aux cimetières en Italie.

Admirable économie des instituts religieux, qui font leur nid partout où la nature est éloquente ! les plus beaux sites leur appartiennent. Dans les pays du Nord, il leur faut les rochers de Bretagne et d'Erin ; dans le Sud, il leur faut le *Sant-Elmo ;* partout ils prennent les hauts lieux, comme faisaient les sacrificateurs antiques pour immoler la victime.

Est-ce égoïsme de leur part ? est-ce détachement complet du côté des dotateurs ? ou plutôt n'est-ce point attraction mystérieuse entre le sol et celui qui l'occupe ? Une affinité secrète relie à la belle nature les âmes qui en sont le plus pur ornement. Elles demandent à la terre de se spiritualiser dans ses points les plus sublimes, et de ces points elles chantent leur hymne au Créateur. « Seule avec mon cœur, écrivait jadis dans un coin de ses vieilles tours une enfant de la Bretagne, je m'élève jusqu'à l'Être tout-puissant qui a créé une nature si majestueuse : cet océan immense, ces vaporeuses émanations dont je distingue le balancement fantastique, cette légère brise qui caresse la surface des eaux, captivent mon être ; les événements s'effacent de ma mémoire, les tendres illusions et les douloureuses larmes n'agitent plus mon cœur. J'oublie tout, jusqu'au souvenir de l'injustice ; amour, ambition, fortune et rang, vos prestiges mensongers se dissipent dans une douce et pieuse extase ; un calme divin leur succède, et mon âme, tout entière à son Créateur, n'accorde plus une pensée à cette terre d'exil et de deuil. »

Cette harmonie est dans l'ordre. L'amour invoque le beau, le beau se doit à l'amour. De leur union s'exhale la contemplation qui aboutit à la prière. Ainsi la meilleure portion du globe revient de droit à la meilleure portion de l'humanité, qui peut seule en jouir et l'exploiter. Le vice est mal à l'aise dans les hauts lieux. Il est trop près du ciel. Il a peur, il s'ennuie, il en descend bien vite. Le château, quand il abrite le génie de la bienfaisance, tient noblement sa place à côté du couvent.

Au foyer de la grande salle comme aux bancs du chapitre, sur la plage de Naples comme sur les falaises du Morbihan, sur les collines voilées de fleurs comme sur les rocs garnis de précipices, la solitude des monts réserve à celui qui la cherche de semblables inspirations.

L'arrivée du P. Remy mit fin à nos méditations contemplatives.

C'est un homme d'un âge mur, qui, à beaucoup de science et de vertus, joint la science du monde, la plus difficile de toutes. Il nous accueillit avec la plus grande bonté, en nous exprimant combien il était heureux de voir des compatriotes. Il nous fit immédiatement une foule de questions sur notre chère France. « Quoique étranger, nous dit-il, à tout ce qui se passe dans le monde, à ses troubles, à ses révolutions, cependant je ne puis m'empêcher de porter le plus vif intérêt à ma patrie, pour qui je demande tous les jours son retour aux principes qui doivent assurer son bonheur et sa tranquillité. »

Quand ce sujet fut épuisé, se souvenant de l'espèce d'extase dans laquelle il nous avait surpris, « Vous venez, nous dit-il, de prodiguer votre admiration à la nature qui est l'œuvre de Dieu ; je ne sais s'il vous en restera pour notre humble maison qui est l'œuvre des hommes. » Les portes intérieures du couvent s'ouvrirent devant nous. La scène changea. Nous nous trouvâmes dans la cour, vaste carré s'enfermant en un système de soixante colonnes doriques, ouvrage de Cosimo Fanzaga. Les arcs, les corniches, les balustrades du couronnement, tout est en marbre blanc. De la cour nous passâmes dans l'église, point central où converge le luxe semi-oriental de la maison des Pères. Toutes les richesses de la communauté accumulées depuis la fondation ont été absorbées pour l'embellissement du lieu saint, vers le milieu du XVIIe siècle, sous le prieuré de Severo Turboli. Pouvait-on mieux faire et en meilleur temps ?

Rien ne fut épargné; les marbres les plus précieux s'animèrent

sous le ciseau des premiers sculpteurs, et les voûtes du temple
sous le pinceau des premiers peintres. On donna pour toile à Giovanni Lanfranco, les cintres de la nef, qui se couvrirent de
fresques à grand effet. Les douze compartiments des chapelles laté-
rales reçurent les douze prophètes mineurs de la main de Ribeira
dit *l'Espagnolet* [1]. Au dessus du portail, Moïse et Elie sont deux
belles productions signées de lui, mais qu'on a toujours attribuées
à Giordano. Entre les deux prophètes se voit un monument de
ces basses jalousies d'artistes : c'est le tableau mutilé de Massimo
Stanzioni, admirable descente de croix, qui empêchait Ribeira
de dormir. L'envie est mauvaise conseillère. Ribeira persuada aux

[1] Ce peintre espagnol, né en 1588, mort en 1656, fut l'une des plus grandes
célébrités dont s'honora le royaume de Naples. Son existence fut un singulier
mélange de splendeur, de misère, d'orgueil et de jalousie. Il arriva d'Espagne en
Italie, dit Bermudez (Diccionario de los illustres profesores), pauvre et nu, *pobre
y desnudo:* C'est à son apparence chétive qu'il dut ce surnom de mépris que lui
donnèrent les Italiens, *lo Spagnoletto*. Présenté à Michel-Ange de Caravage, il
débuta dans l'atelier du terrible maître par des têtes où se révéla la nature sauvage de son talent. La bruyante manière caravagesque (*strepitosa maniera*) fut
poussée par lui jusque dans ses extrêmes limites. Son mariage avec la fille d'un
riche marchand de tableaux établi à Naples devint l'occasion de sa brillante fortune.
Un jour qu'il faisait sécher au dehors de son atelier son tableau du Martyre de saint
Barthélemy, les passants, saisis par l'imprévu de ce spectacle, s'attroupèrent, et,
après quelques moments de stupeur, poussèrent des cris d'admiration et d'épouvante. Ils se montraient l'un à l'autre le couteau que serre entre ses dents l'un
des exécuteurs et le derme sanglant du supplicié ; ils étaient touchés de la sérénité
du saint et regardaient cette couronne qu'une main divine tient suspendue dans
les airs. Quant aux connaisseurs, ils pouvaient déjà remarquer la plénitude d'un
talent qui mêlait maintenant à la fierté caravagesque la belle pâte, *la pastosità* du
Corrège ; ils s'émerveillaient tout haut de ce que le peintre, apportant dans son
exécution une sorte d'exactitude chirurgicale, fouillant les chairs avec son pinceau
comme avec un scalpel, fût parvenu à un tel degré d'effrayante imitation que sa
peinture le disputait à la réalité même. Les clameurs de la foule arrivèrent jusqu'au
vice-roi de Naples, don Pedro Giron, duc d'Ossuna, qui, voyant le rassemblement
du balcon de son palais et apprenant la cause de ce tumulte, envoya des gardes
avec ordre de lui amener le peintre. En présence du vice-roi, il fit valoir avec un
habile orgueil sa qualité d'Espagnol, et fut si bien accueilli que le duc d'Ossuna
voulut acheter le tableau et nomma son compatriote peintre de la cour avec une
pension de 60 doublons par mois. — Vita di G. Ribeira.

moines de nettoyer le chef-d'œuvre de son rival avec une eau qu'il
leur apprêta. Les substances corrosives que cette eau renfermait
mirent la toile dans l'état où on la voit aujourd'hui. Stanzioni
refusa constamment d'y remettre la main, rendant la postérité
solidaire de la haine d'un collègue [1].

Deux panneaux du chœur contiennent, l'un l'Adoration des
Bergers de Guido Reni, l'autre Notre-Seigneur communiant les
apôtres, deux pages d'un grand mérite. Le pavé de la nef est entièrement incrusté de marbres rares. Une balustrade du plus beau
blanc de Carrare, magnifiquement ouvragée, ferme l'entrée du
chœur. Pour prendre une idée des sommes énormes consacrées à
cette construction merveilleuse, il faut savoir que douze roses de
basalte d'Egypte sculptées par Cosimo di Carrara, et appliquées
aux piliers, coûtèrent à elles seules environ cinquante mille francs,
que plus loin est un autel en pierres fines évalué deux cent mille
francs. Dans les chapelles, le *broccatello* [2], le vert de Calabre,
le jaspe de Sicile, le rouge antique, l'agathe, l'améthiste, le lapis-
lazuli, etc., marient avec la plus opulente élégance leurs nuances
délicates.

Nous vîmes au plafond de la sacristie des fresques du *cavaliere
d'Arpino* [3]. Autour des murs sont disposées des armoires de noyer

---

[1] La plus noire jalousie possédait l'âme de Ribeira, qui ne put jamais à Naples
souffrir de rivaux. On verra comment le Guide s'enfuit épouvanté, et par quelles
tracasseries il poursuivit le Dominiquin.

[2] Sorte de marbre précieux teinté de jaune et de rose.

[3] Giuseppe Cesari ou le chevalier d'Arpino, plus connu sous le nom de Josepin,
naquit à Arpino, petite ville de la Terre de Labour, en 1560. On l'envoya à l'âge
de treize ans à Rome, où n'ayant aucun emploi il se mit à servir les peintres qui
travaillaient au Vatican. Cette occupation redoubla son ardeur pour la peinture, et
se trouvant seul il peignit sur des pilastres de petites figures qui parurent pleines
d'esprit et firent naître le désir d'en connaître l'auteur ; on l'épia et l'on ne tarda
point à le surprendre à l'œuvre. Le pape Grégoire XIII les vit avec étonnement et
lui donna les moyens de continuer ses études. Ce fut là le commencement de sa
fortune, qui devint très-brillante. Josepin se trouva au mariage de Henri IV et de
Marie de Médicis. Il peignit pour le roi de France un Saint-George à cheval et un

couvertes de marqueteries en canne d'Inde, représentant des scènes
de l'Ancien Testament et des paysages. L'auteur de ce travail est
inconnu. Quelques-uns, peut-être à cause de la patience qu'il a
demandée, l'attribuent à un Flamand.

L'ancien trésor de l'église a échangé ses richesses contre le
tableau de Ribeira, connu sous le nom de *la Pietà*. Ce tableau
frappe vivement par la variété caractéristique et par la vigueur des
attitudes. La mort dans le divin Sauveur, la piété douloureuse
en saint Jean, la contrition chez Madeleine, l'angoisse maternelle
en Marie, l'immobilité de l'attente chez Joseph d'Arimathie, sont
accusées avec une énergie profonde et vraie.

A la voûte de cette salle, Luca Giordano [1] a laissé un monument

Saint-Michel. Clément VIII, Paul V, Urbain VIII l'employèrent de longues années à
la décoration de divers monuments de Rome, où il mourut âgé de quatre-vingts
ans, comblé de biens et de faveurs, ayant vécu sous dix pontifes différents. Il fut
enterré dans l'église d'*Ara-cœli*. Les dessins du *cavaliere d'Arpino* sont faits
ordinairement aux trois crayons, noir, rouge et blanc; d'autres, avec des hachures
couchées, arrêtés d'un trait de plume et lavés au bistre ou à l'encre de Chine. On
reproche à ce peintre un goût un peu maniéré. Ses principaux ouvrages sont une
Naissance de la Vierge à Lorette; les douze Apôtres dans la coupole de l'église du
Mont-Cassin; une Nativité, Diane et Actéon, et l'enlèvement d'Europe, tous trois
à Paris. — Vasari. t. I et VII.

[1] Luca Giordano est encore une des gloires à laquelle Naples donna le jour. Son
père, originaire d'Espagne, était venu s'établir en Italie, où il vendait ses tableaux
quelques ducats. Sa demeure était attenante à celle de Ribeira. Le jeune Luca
passait ces journées entières dans l'atelier du terrible peintre, et, enfant, il jouait
avec ses brosses et sa palette, armes puissantes dont ses petites mains essayaient
déjà de se servir. A sept ans, il étonnait le vice-roi et Naples tout entière par ses
essais audacieux. L'ardent soleil du midi n'avait jamais fait éclore de plus
précoces talents.

Bientôt, dévoré du désir de courir le monde, l'enfant s'échappe de l'atelier de
Ribeira, étudie à Rome la manière de Pietro di Cortone, et revient au bout de
trois ans, après avoir vu Florence, Parme et Venise. Son père comprit aussitôt le
parti qu'il pouvait tirer du pinceau rapide de son fils; aussi ne lui laissait-il pas un
instant de relâche. Dominici raconte que, pressé de le voir produire, il le nourrissait
de sa propre main pendant que le jeune Luca était à son chevalet. *Fa presto*, Fais
vite, lui disait-il sans cesse; et la toile humide encore passait entre les mains de
l'acquéreur avide. On cite une foule de tableaux qui ne lui coûtèrent que quelques
matinées. Le Saint François Xavier qui orne encore le maître-autel de l'église des

15

de son incroyable célérité et de la puissance de son imagination. Il
y a représenté divers faits de l'Ecriture sainte, et au centre le
triomphe de Judith suivie d'un cortége très-nombreux, ouvrage
qu'il exécuta, assure-t-on, en quarante-huit heures de temps, à
l'âge de soixante-douze ans.

De la nef au sanctuaire, de la sacristie au trésor, nous avions
marché d'enchantements en enchantements.

Le père Remy nous ramena dans sa cellule. Un lit de sangle,
une pauvre table, quelques livres, une tête de mort et un crucifix
forment l'ameublement. Quel contraste ! Tout pour Dieu, rien
pour l'homme ; c'est la règle des Chartreux. L'homme a ce qu'il
avait au temps de saint Bruno : cilice, robe de bure, cellule et
racines. Le couvent est un palais, mais le palais n'est à personne.
Le moine y passe comme le pauvre et comme nous. Il y passe sans
y attacher son cœur.

La fenêtre du père Remy nous rendit à notre première vision.
Tout Naples dort à ses pieds. Avec sa conscience et son morceau de
perspective, il se trouve assez riche. Sa place est belle en ce bas
monde. Suspendu pour ainsi dire entre le ciel et la terre, il a
trouvé cette paix inaltérable, dont parle Dante, « délicieuse nourriture de l'âme, lorsqu'elle a renoncé aux vanités de la vie. »

A côté de lui, nous goûtions mieux encore les délices qui mon-
taient de Naples jusqu'à nous.

« Un de nos hommes politiques, mêlé à toutes nos révolutions,

Jésuites à Naples est de ce nombre. L'artiste avait promis aux religieux de leur
livrer ce tableaux le jour de la fête de saint Ignace ; mais, occupé ailleurs, il avait
laissé arriver les dernières heures du délai. Déjà les Jésuites murmuraient, lorsque
Giordano saisissant son pinceau, leur fit un Saint Xavier en un jour et demi. Infa-
tigable improvisateur, le *Fa présto* méritait de mieux en mieux son surnom. On a
quelquefois raconté l'anecdote suivante, qui sans doute a été inventée à plaisir,
mais qui, par son exagération même, peut servir à caractériser l'homme. Un
jour qu'il était à l'œuvre dans son atelier et qu'il peignait la *Cène*, son père
l'appelle pour prendre sa part du dîner. « Je descends, répondit Giordano du haut
de l'escalier, j'ai fini le Christ, il ne me reste plus à peindre que les douze apôtres. »

nous raconta le père dans la conversation, fit l'année dernière un pas hors du camp irréligieux pour nous venir voir. Je ne pus m'empêcher de lui marquer ma surprise de me trouver si près de lui. — « Je suis plus sympathique qu'on ne pense à l'habit religieux que vous portez, me dit-il en souriant. J'ai beaucoup vu les palais des rois de ce monde. Trois dynasties ont expiré à mes pieds. Le siècle passe, Dieu seul reste. C'est pourquoi l'on est bien sous votre toit. »

Nous serrâmes cordialement la main du bon père en lui disant adieu. Le reverrons-nous jamais? Dieu le sait.

« Se rencontrer, se quitter, se rencontrer encore et puis se dire adieu, voilà la vie [1]. »

[1] Bjerregard.

V

Virgile, Tasse, Sannazar

Du Sant-Elmo nous passâmes à la *villa Reale*.

Un temps magnifique nous permit d'apprécier la ravissante promenade. De l'hôtel Vittoria, rendez-vous des illustrations que la terre députe à Naples, la *villa Reale* se déroule, entre la mer, qui vient mourir sous des massifs d'acacias et d'amandiers, et la belle et grande rue de *riviera di Chiaja*. De chaque côté, le matin et le soir, s'aligne un double cordon de brillants équipages et de fraîches nacelles. Au milieu des palmiers, des myrtes et des magnoliers, la main des arts a jeté sans compter, de blanches statues, copies vivantes des plus célèbres modèles de l'antiquité. De nombreuses fontaines, peuplées de naïades et de dieux marins, tempèrent par la fraîcheur de leurs ondes les ardeurs du soleil. En promenant sous ses voûtes

[1] Πολλὰ τὰ δεινὰ, κούδεν αν-
θρώπου δεινοτερον πέλει.

d'une verdure éternelle, on entend le clapotement des vagues,
le murmure des eaux jaillissantes, on respire le parfum des
fleurs et de la grève.

Au centre de la promenade, une petite jetée semi-circulaire
s'avance dans la mer. De là, la vue se repose agréablement sur
ce golfe bordant sa ceinture d'une robe blanche d'écume, sur
ces îles dont les rocs élancés semblent être les colonnes du
ciel, et « auxquelles l'imagination aborde comme au séjour du
repos et du bonheur. »

En avançant dans le dédale des sentiers et des arbres, on
entrevoit deux *tempij* [1] en marbre blanc, qui semblent placés
pour le plaisir des yeux. Saluons les jumeaux de la gloire :
Tasse et Virgile qui se rencontrent là comme deux frères. La
postérité, dont le jugement fait loi, a supprimé les distances,
mis au même rang le disciple et le maître ; elle leur chante
à tous deux un même hymne par la bouche des plus grands
de ses bardes.

Tous deux passèrent à la rude école du malheur ; l'amertume abreuva la jeunesse de l'un et la vie tout entière de
l'autre. Virgile, « chassé du toit paternel, garda toujours le
souvenir de sa Mantoue : mais ce n'était plus le Romain de
la république, aimant son pays à la manière dure et âpre de
Brutus ; c'était le Romain de la monarchie d'Auguste, le rival
d'Homère et le nourrisson des Muses. Il cultiva ce germe de
tristesse en vivant seul au milieu des bois. Aussi Virgile est
l'ami du solitaire, le compagnon des heures secrètes de la
vie [2]. »

Dante, dans une vision que lui prête un poëte, s'écrie en
parlant de Tasse, dont il prévoit la grande destinée : « Avec

---

[1] On nomme ces monuments *tempio di Virgilio*, *tempio di Tasso*. Ils ont
la forme des petits temples que les Grecs appelaient Ἡρῷα, et qui pourraient
être comparés à nos chapelles sépulcrales.

[2] Chateaubriand : *Génie du christianisme*.

l'accent de la tendresse et de la mélancolie, il répandra
son âme sur Jérusalem. Il chantera les combats, le sang
des chrétiens coulant aux lieux où celui du Christ s'est versé
pour les hommes. Sa harpe puissante, sous les saules des
eaux du Jourdain, fera revivre les chants de Sion, la lutte
opiniâtre et le triomphe final de ces héros braves et pieux
qui, malgré les conjurations de l'enfer pour détourner leurs
cœurs de leur noble entreprise, firent flotter les bannières de
la croix sur la colline où la première croix s'empourpra du
sang de Celui qui mourut pour le salut du monde. Tel sera
son sujet sacré [1] ..... »

Virgile et Tasse, c'est l'Italie ancienne et moderne. C'est la
double royauté du sentiment et de l'harmonie, de l'imagination
et de l'honneur. Naples est fière de ces deux hommes. Sur la
pointe de Sorrente, elle montre avec orgueil « la maison blanche
du Tasse suspendue comme un nid de cygne au sommet d'une
falaise, » et de sa *villa Reale* elle a fait l'avenue du tombeau
de Virgile. Les deux monuments sont disposés sur la route comme
pour prévenir que la terre où l'on marche devient solennelle et
que les lieux immortalisés sont proches.

En effet, nous arrivons à l'entrée du Pausilippe [2].

Cette grotte artificielle, seule issue digne par sa singularité
de terminer la *villa Reale*, sert de porte sud à la ville. Elle n'a
pas moins de neuf cent soixante pas en longueur, sur vingt de
large et dix de haut. Elle demeure comme l'un des beaux ouvrages de l'antiquité; on ignore quel en fut l'auteur [3]. Percée

---

[1] Prophétie du Dante. IV. Childe Harold. IV. 39.

[2] Ce nom vient du grec παῦσις τῆς λύπης, cessation de la tristesse, parce que
cette grotte conduisait aux bains des environs de Pouzzoles, si renommés pour
guérir les maladies du corps et même celles de l'âme.

[3] L'historien Villani, ne sachant trop à qui l'attribuer parmi les différents noms
cités, Lucullus, Cocceius, voire même Romulus, etc., dit avec une naïveté charmante : « Virgile ouvrit cette grotte d'un coup de baguette par un art magique. »
—Chron. I. 30. « On voit circuler et se croiser, à travers la littérature du moyen-

GROTTE DU PAUSILIPPE

tout entière dans le tuf, elle conduit de Naples à Baies. Douze réverbères, placés de distance en distance, l'éclairent jour et nuit; mais cette lumière est contrariée par une poussière épaisse et suffoquante, que soulève un va et vient perpétuel de piétons et de voitures. Les inconvénients de ce passage ne datent pas d'aujourd'hui; au premier siècle de l'ère chrétienne, Sénèque s'en plaignait déjà en ces termes à l'un de ses amis : « Obligé de retourner de Baia à Naples, je me laissai persuader sans peine que la mer était mauvaise, pour n'en point faire une nouvelle épreuve; mais les chemins étaient telle-

âge, deux traditions très-différentes sur Virgile, la tradition populaire et la tradition savante. D'après la tradition populaire, Virgile est le premier des nécromans. Transmis par les derniers siècles du monde antique à des générations ignorantes, ce nom de Virgile éveillait l'idée de ce qu'il y avait de plus grand ici-bas ; le peuple attribua au poëte la science des forces secrètes de la nature et le pouvoir de les gouverner à son gré. Toutes les légendes des premiers siècles du christianisme, recueillies en partie par les *Gesta Romanorum*, nous montrent le chantre de Didon et d'Aristée émerveillant les humains par des prodiges.

« La tradition savante est plus digne de ce suave génie ; elle en fait un des précurseurs du christianisme. Le chant de Pollion fournissait un texte magnifique à cette transfiguration du poëte. Déjà l'empereur Constantin, dans son *Discours à assemblée des fidèles*, avait expliqué longuement le rôle de Virgile en qui il reconnaissait un prophète de Jésus-Christ. Tout le moyen âge est plein de cette idée. Une tradition très-répandue et dont les traces subsistent encore à Mantoue, prétendait que saint Paul, passant à Naples, était allé saluer le tombeau du poëte, et qu'il s'était écrié les yeux en larmes : « Pourquoi ne t'ai-je point trouvé vivant, ô le plus grand des poëtes! Combien j'eusse été heureux de faire de toi un chrétien ! » On chante encore à Mantoue, pendant la messe, le jour de la fête de saint Paul, une hymne dont voici une strophe :

Ad Maronis mausoleum
Ductus, fudit super eum
Piæ rorem lacrymæ :
Quem te, inquit, reddidissem
Si te vivum invenissem,
Poetarum maxime !

M. St-René Taillandier, *la Littérature dantesque en Europe*. — MM. Joseph Goerres, Genthe, Valentin Schmidt, Georges Zappert, en Allemagne, ont rassemblé avec soin tous les témoignages relatifs à cette transformation chrétienne du poëte. Sur Virgile précurseur du christianisme, il y a un intéressant travail de M. Rossignol, *Virgile et Constantin le Grand*.

16

ment inondés de boue que mon voyage pouvait à la rigueur
passer pour une nouvelle navigation. J'ai dû subir ce jour-là
toute la destinée des athlètes : dans le parcours du souterrain
qui conduit à Naples, je fus comme eux couvert de poussière
et d'une boue pareille au *ceroma*[1]. Rien qui semble plus long
que ce noir cachot, rien de plus obscur que ces torches, dont
l'office est non de vous éclairer, mais de vous faire mieux voir
les ténèbres [2]. »

A l'entrée de la grotte, on retrouve Virgile. Son tombeau, ou
du moins son prétendu tombeau (*tomba di Virgilio*), est situé
un peu au-dessus du Pausilippe, faisant face à la plage de
Mergellina, où dorment entassés tant de gracieux souvenirs. S'il
est vrai que le favori d'Auguste sommeille là haut, Mergellina
sied à son caractère doux et rêveur, comme le grand Bé au
génie mélancolique et plus sévère du chantre des Martyrs.

Virgile est là, sur cette rade qu'il a tant aimée, dans ses
champs de Campanie où il puisa ses premières inspirations.
Lui-même a pris plaisir à nous le rappeler :

> Illo Virgilium me tempore dulcis alebat
> Parthenope studiis florentem ignobilis oti,
> Carmina qui lusi pastorum, andaxque juventa,
> Tityre, te patulæ cecini sub tegmine fagi [3].

Tityre, Amyntas, Corydon étaient peut-être les pasteurs de
ces collines. Jusque dans l'épitaphe qu'on lisait encore au xiii[e]
siècle sur l'urne de sa tombe, Virgile a consigné sa prédilection
pour l'Italie du sud :

> Mantua me genuit, Calabri rapuere, tenet nunc
> Parthenope : cecini pascua, rura, duces.

---

[1] Mélange de cire et d'huile dont se frottaient les lutteurs. — [2] Sen. Ep. LVII.

[3] Pour moi j'habitais alors la charmante Parthénope, trouvant la gloire dans
les études d'un obscur loisir ; moi ce Virgile qui fit parler les bergers dans mes
vers et osai dès ma tendre jeunesse te chanter, Tityre, à l'ombre d'un hêtre
touffu. — Geor. IV. 563.

La *tomba di Virgilio* est un colombaire romain de forme ordinaire avec une voûte ronde. On y monte par un escalier taillé à vif dans le roc. Bien que ce monument ne réunisse point toutes les garanties d'authenticité requises par la science, il est plein de poésie. Tant de grands hommes y ont successivement laissé d'ineffaçables souvenirs. Sur cette tombe, Silius Italicus a mendié, Stace s'est inspiré de douces harmonies [1] ; Dante a évoqué l'âme de son guide et de son maître, le génie de cette source qui répand des flots d'une harmonieuse poésie [2], et il a conquis ce je ne sais quoi qui s'appelle la gloire.

Pétrarque, Boccace, Arioste se sont rencontrés sous la voûte. Chateaubriand s'y est assis, et il a écrit sur ses feuilles de voyage cette ligne : « Tombeau de Virgile, d'où l'on découvre le berceau du Tasse. » Un des nobles héritiers des traditions du grand siècle, l'immortel cardinal Giraud, portant les sympathies de la France aux pieds de l'exilé de Gaëte, s'est souvenu du tombeau de Virgile dans son allocution pastorale au clergé et aux fidèles de son diocèse.

Ces hommages rendus au colombaire du prince des poëtes ont bien leur éloquence. Les grands hommes ne sont jamais aussi majestueux que devant l'urne de leurs pairs. Mais il faut se garder des exagérations et des excentricités des hommes vulgaires. Des fils d'Albion, mus par je ne sais quel faux enthousiasme, ont eu la prétention de faire déposer leurs cendres à côté de celles du chantre de Didon. Deux *mylords* déjà dorment sous une terre achetée au poids de l'or. Un troisième se dispose à contracter

---

[1] Sur le seuil, a-t-il dit, du temple virgilien, je m'enhardis et je chante à l'ombre du tombeau du grand maître.

·.... Maronei sedens in margine templi
Sumo animum ac magni tumulis adcanto magistri. — Sylv.*

[2] Tu duca, tu maestro.
..... quella fonte
Che spande di parlar si largo fiume. — Inf. I.

marché. Il veut, comme ses confrères, s'ensevelir dans la gloire
de son voisin de cercueil. Ce ne serait qu'absurde, si ce n'était
antichrétien.

L'esprit de l'homme a beau se torturer ; il n'échappe à la vérité, qui est le catholicisme, qu'en tombant dans l'inconséquence,
qui est le scepticisme. Or, de l'inconséquence au ridicule, la distance est peu de chose. L'Anglais qui rit à saint Janvier, me fait
rire, moi, au tombeau de Virgile. Malheureusement il nuit autant
à l'objet mal entendu de sa dévotion qu'à lui-même. Virgile devient fatalement responsable des honneurs burlesques qu'on lui
impose. Il acquiert ainsi sa part de discrédit, et c'est fâcheux
pour les lettres et pour lui.

Un coup d'œil tombé au hasard sur Mergellina nous ramena à
un autre ordre d'idées. Mergellina forme avec les hauteurs de
Sorrente le couronnement du golfe de Naples. Sa population est
tout entière composée de pêcheurs qui sillonnent sur de légers
esquifs les flots de Baia, de Pouzzoles et d'Ischia. Quand vient
le soir, on suit avec plaisir dans le lointain la courbure gracieuse des voiles blanches sous le souffle ondoyant de la brise.
Les mœurs patriarchales sont encore en vigueur sur ce coin de
terre où rien ne meurt. Un printemps éternel, qui ne connaît
point l'intempérie des saisons, y règne en souverain. En descendant le Pausilippe, nous traversions de jolis jardins agréablement cultivés. Les petits pois s'étalaient en pleine maturité,
et nous n'étions qu'aux premiers jours de janvier. Du reste, à
Mergellina et sur tout ce versant de la *collinetta*, on ne sait
comment vivre, de la mémoire ou des yeux. Faut-il rêver de
Virgile, de Tasse ? Faut-il s'extasier devant ces jardins suspen-
dus, ces berceaux de verdure, cette mer moirée sous un soleil
étincelant ? L'âme, si démesurément vaste pour contenir la
souffrance, n'a pas assez de canaux pour percevoir simultané-
meet les sensations délicieuses qui la débordent à l'aspect de

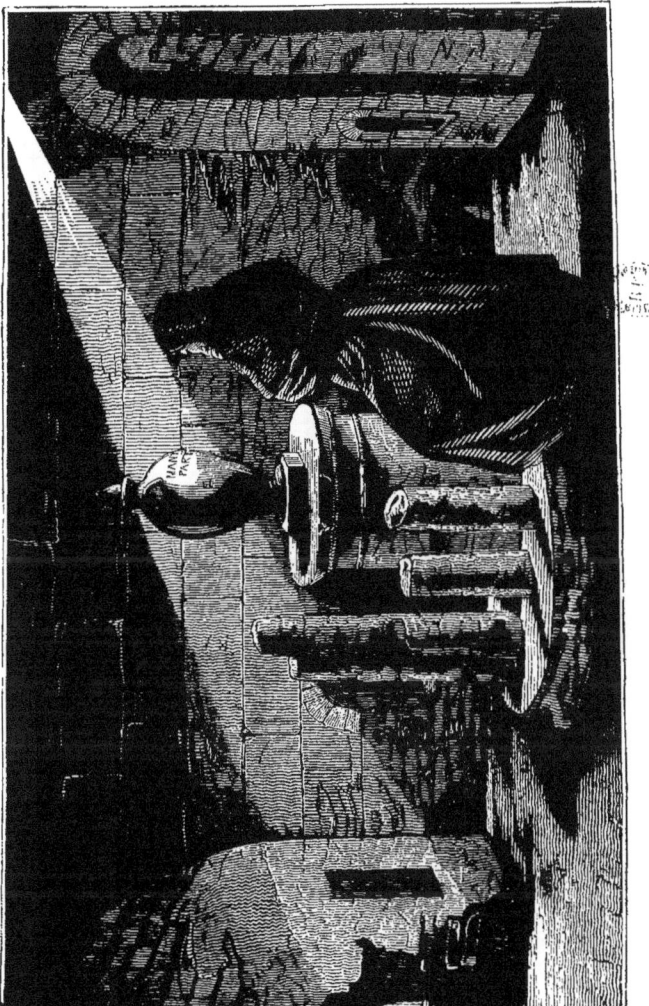

PÉTRARQUE AU TOMBEAU DE VIRGILE.

ce « morceau du ciel tombé sur la terre [1]. » Heureusement sur
un point de l'horizon, l'œil aperçoit des ruines dont la tristesse
s'harmonie avec la faiblesse de notre âme.

Là-bas furent les villas de Lucullus et de Pollion. Les maîtres
du monde se sont retirés, l'orgueil de leurs maisons s'est affaissé
sur eux. Les débris de leurs toits, les pans de leurs murailles
comblent depuis des siècles ces viviers sanglants où la chair des
esclaves devenait la nourriture quotidienne des murènes favorites.
Pourquoi rappeler ici le souper d'Auguste chez Vedius Pollion,
puisqu'il n'honore pas même le maître du monde? Hélas ! par
amour du souvenir de Virgile qui plane sur ces lieux, on voudrait
timidement ébaucher l'éloge du bienfaiteur qui se l'est enchaîné ;
mais la voix de l'humanité outragée parle plus haut que les géné-
rosités du prince ami des lettres. Le même Auguste, qui, par
instinct de dépit, ordonna de briser la vaisselle d'un hôte inflexible
et revêche, ne faisait-il point crucifier un esclave qui avait rôti
une de ses cailles privilégiées?

En présence de telles horreurs, abritées même sous un grand
nom, doit-on s'étonner que la voix du génie et de l'humanité
ait proclamé les *temps accomplis* et pressenti la venue de Celui
qui devait racheter et régénérer le monde ?

Avec le paganisme mourut pour le Pausilippe tout souvenir
lugubre. Ce fut dès lors la terre de la poésie : les Muses de
l'Italie y élurent demeure, et les poëtes chantèrent ce nouveau
Parnasse de la Grande-Grèce [2] (M). Salut donc à toi, rive
enchantée, qui ne fus point complice des crimes de la vieille
Rome. Salut à ton église, à ce sanctuaire de Marie qui embellit
ton rivage. Cette église a un beau nom, *Santa Maria del Parto*.

[1] Sannazar.

[2] Capacius a laissé une pastorale intitulée *Mergellina*. A la même époque
(xviie siècle) Filippo Aflitto, incauto figlio della Sirena, composa un petit ouvrage
du même genre, intitulé *il Monte Posilipo*, moitié en prose, moitié en vers,
d'après l'exemple de Sannazar.

Derrière le chœur est un tombeau, et ce tombeau est toute une histoire.

En 1458, un enfant naissait à Naples. Ses parents, de l'ordre équestre, avaient à Mergellina un petit domaine qui s'y voit encore. L'enfant grandit, et quand il leur eut succédé, il fit de ce domaine sa résidence favorite : il suspendit au Pausilippe sa demeure aérienne ; et libre, et solitaire, et toujours gai, il chanta.

Il chanta pour son roi d'abord, prince ami des Muses et bien digne d'un meilleur sort ; puis pour son peuple, peuple insoucieux mais bon qui n'a point oublié Sannazar [1]. L'âme du poëte est enchaînée à son ermitage. Quand le bon plaisir des princes ne le retient pas à la cour, quand les doctes travaux de l'académie de Pontano ne captivent point sa présence, c'est à Mergellina qu'il faut le chercher. Une émanation de Virgile descend du Pausilippe en son âme ; écoutons, il improvise :

« Il est (près de ma demeure) sur le sable doré du rivage une source éternelle et limpide où le pêcheur vient le soir puiser une onde amie.

« Solitaire, elle jaillit sur nos rives au sein des collines altérées, dont la chaîne immense descend des vignobles de Pausilippe et fuit dans les flots agités du golfe.

« Ce ruisseau, je le chante, le front ceint d'une bandelette ; je lui offre des fleurs et des couronnes printanières, tandis

---

[1] Sannazar est issu d'une famille dont le berceau se place entre le Tésin et le Pô, dans les champs de Laumelle. Saint Nazaire (San Nazaro) est le patron de sa race et de son lieu. Le poète aime saint Nazaire ; il le célèbre chaque année quand la saison ramène sa fête.

« Voici venir le jour attendu par moi toute une année. Ce jour m'a engendré, il m'a produit dans les sphères de la vie, il a dressé mon front et m'a commandé de l'élever aux astres. Grand saint, parce que ta fête m'a enfanté et nourri de sa lumière, parce que ton soleil fut mon premier soleil, je te chanterai, ô mon saint, ô déité de ma patrie. — Eleg. II. —

Saint Nazaire subit le martyre avec saint Celse, à Milan, sous le règne de Néron, vers 68 (ap. J.C.). Sa fête se célèbre le 28 juillet.

que les fleuves et les champs desséchés redoutent les fureurs du lion [1]. »

Sannazar est chrétien ; on en pourrait quelquefois douter, mais il l'est (N). Sans doute les mille pièces fugitives du poëte sont frappées au coin du Parnasse ; il a fait de l'art pour l'art ; mais si sa manière accuse des traditions exclusivement horatiennes, la faute en est autant au siècle qu'à l'homme. Il faut donc excuser l'homme, ou passer, comme quelques-uns l'ont fait, condamnation sur l'époque tout entière.

Après tout, l'œuvre capitale d'Actyus Sincerus, [2] celle à laquelle il a voué vingt ans [3] de son existence, cette œuvre est chrétienne dans le fond et dans la pensée, sinon dans l'exécution et dans le style. Un matin il s'est trouvé fils de ses pères en Dieu. Il a rêvé de transporter au christianisme les dépouilles opimes de l'antiquité, de revêtir la simplicité évangélique des couleurs virgiliennes. Il a laissé Phyllis, Galatée, Mopsus pour la Vierge immaculée, pour Marie. Le de Partu Virginis a commencé d'éclore. Œuvre étrange et de singulière confusion, si nous la jugeons à notre point de vue perfectionné par le goût ; œuvre de progrès et de foi, si nous nous reportons au temps de Sannazar. Ne faisons point un crime au disciple des anciens d'un mélange plus ou moins ingénieux mais toujours inconvenant du sacré et du profane, ou bien déchirons

[1] Est mihi rivo vitreus perenni
Fons, arenosum prope littus, unde
Sæpe discedens sibi nauta rores
  Haurit amicos.
Unicus nostris scatet ille ripis
Montis immenso sitiente tractu
Vitifer qua Pausilippus vadosum ex-
  currit in æquor.
Hunc ego vitta redimitus alba,
Flore et æstivis veneror coronis,
Quum timent amnes et hiulca sævum
  Arva Leonem.
    — Epigr. II.

[2] Actyus Sincerus, surnom arcadique de Sannazar. — [3] P. Jovius. Saunaz. Vit.

Dante, ou bien lacérons le moyen âge entier [1]. Du reste, Sannazar
a recueilli des critiques avant l'achèvement de son œuvre; des
scrupules sont entrés dans sa conscience. Fils soumis de la sainte
Eglise, il défère de l'orthodoxie de son poëme au pape Clément vii,
digne continuateur de Léon x. « Illustre père, gardien des
hommes, qui seul avez le don de fermer et d'ouvrir les portes
du ciel, effacez de votre main juste et puissante les erreurs de
mon livre, si quelquefois le dogme y chancelle. Je le soumets
à votre empire vénérable, car sans vous on ne peut marcher dans
la voie droite [2]. »

Le Saint-Siége, dont Sannazar invoque ici la censure, n'était
point demeuré indifférent à la composition du poëme de Partu
Virginis. Dans une de ces belles lettres signées Bembo, Léon x
encouragea le poëte [3],

[1] « S'élevant du genre pastoral jusqu'à l'épopée, Sannazar chanta les mystères
de l'Incarnation avec autant de pompe que Virgile en mit à peindre l'origine de
Rome. Le poëme de Partu Virginis est réputé l'ouvrage le plus beau d'un siècle
qui cependant fut embelli par plus d'un trophée littéraire et vit briller surtout
d'un nouvel éclat les muses latines. Il est vrai que les rêves du paganisme s'y
trouvent associés aux mystères de la religion chrétienne ; mais dans les temps où
Sannazar vivait, on ne se doutait pas que l'on pût composer un poëme sans l'aide
de la mythologie, dont les prestiges semblaient devoir relever la simplicité des
sujets. » — Mémoires hist. polit. littér. sur le royaume de Naples, par le
comte G. Orloff. t. IV. p. 154. — Cf. Ozanam. Doc. inéd. p. 28.

[2] Magne parens, custosque hominum, cui jus datur uni
   Claudere cœlestes, et reserare fores :
   Occurrent si qua in nostris malè firma libellis,
   Deleat errores æqua litura meos.
   Imperiis, venerande, tuis submittimus illos :
   Nam sine te recta non licet ire via.
      — Clem. vii pont. max. Act. Sincerus.

[3] « Très-cher fils, salut et bénédiction apostolique. Un jour que les beaux
génies de notre âge s'entretenaient auprès de nous, il s'en trouva qui exaltèrent
par des louanges presque divines et vantèrent avec admiration tant votre personne
que votre travail de Partu Virginis..... Nous ne pouvons vous dire combien,
en apprenant ces choses, nous avons ressenti de plaisir, et combien nous en res-
sentirons lorsque nous vous lirons. Nous vous félicitons d'avoir à vous seul fait
plus que tous ceux qui vous ont précédé; nous nous réjouissons : pour l'Eglise,

Clément vii répondit à la dédicace du poëte ; la lettre porte le
nom de Sadolet.

« Nous avons reçu en présent très-agréable le livre que vous
nous avez envoyé en gloire de Dieu et de N.-S. Jésus-Christ. Le
sujet est insigne et noble. Il témoigne de la piété de votre âme
autant que de la gloire de votre génie.... Aussi prenez courage.
Vous avez réalisé le bien suprême auquel l'homme puisse atteindre
en cette vie ; car rendant grâces à Dieu (autant qu'il est en
l'homme) des dons supérieurs dont vous êtes comblé, vous avez
mérité le don principal, incomparable de la vraie immortalité, à
laquelle nulle faveur ne peut être comparée..... Et comme par
dédicace de votre livre vous avez voulu que le fruit inestimable
en rejaillît sur l'honneur de Notre nom et sur Notre mémoire,
Nous vous en avons toute la gratitude que comporte le cœur d'un
pontife reconnaissant, enchaîné par une si lourde charge. Le fait
en fera preuve, et Nous vous exhortons même à en tenter
l'essai.

» Donné à Rome, à Saint-Pierre, sous l'anneau du pêcheur.
le cinquième jour d'août 1527. De notre pontificat l'année
troisième [1]. »

Serons-nous plus sévère à l'endroit du poëte que ne l'étaient les
souverains pontifes d'alors ?

Favorisé d'une pareille correspondance avec les vicaires de

que vous seul élevez au ciel quand tous les autres l'affligent et la déchirent ; pour
notre siècle qu'immortalisera l'éclat de vos vers ; pour Nous enfin que menace
d'un côté Goliath en armes, de l'autre Saül agité par les Furies. Pieux David,
vous nous soutenez combattant par la fronde l'insolence du premier, et calmant
par la lyre les transports du second. Nous vous engageons donc à publier cette
œuvre, afin que ceux qui gémissent en lisant les pages d'où le poison d'un faux
christianisme jaillit sur la piété, se reportent vers les vôtres, où elles trouveront
en quelque sorte l'antidote que le moment réclame.

» Donné à Rome, etc., le sixième jour du mois d'août 1521 ; de notre pontificat l'année neuvième. »

[1] Accepimus librum gratissimo munere.... Sicut et re ipsa tibi ostendere parati
sumus, et ut experiare etiam adhortamur.

Jésus-Christ, chéri de tous, à la cour, à la ville, à l'académie, à la campagne, Sannazar, grâce à la sérénité de son âme, nous est apparu jusqu'ici comme un heureux du monde, comme l'expression de la quiétude et de la prospérité ; mais le temps de la souffrance va bientôt arriver.

En 1501, toute une famille souveraine se trouvait réunie sur le rocher d'Ischia. C'étaient Frédéric d'Aragon, roi déchu de Naples, et les siens. On connaît leur histoire. Exilé du trône, le prince, victime de la fourbe ambition de ses parents, allait vivre en France d'une pension que lui assurait Louis XII. Le peuple des courtisans, tous gens de peu de mémoire, détournaient les yeux de ce spectacle d'infortune, et passaient outre pour aller traîtreusement brûler leur grain d'encens au pied du nouveau maître. Sannazar, et quelques autres plus fidèles, honora les Muses et son cœur, en vendant son patrimoine pour venir en aide à son roi, et en s'arrachant aux séductions de Mergellina pour s'embarquer volontairement avec les bannis dont il avait mangé le pain et chanté les bienfaits. La postérité doit compte à son auteur d'un pareil dévouement, bien qu'il ne fût que l'accomplissement d'un devoir. Cette conduite lui valut l'estime même de ses ennemis [1]. Les adieux du solitaire à sa *villula* chérie sont touchants à relire.

« Parthénope mes amours, douce sirène, adieu. Jardins enchantés, demeure des Hespérides, adieu. Adieu, Mergellina, n'oublie point Sannazar, et reçois ces guirlandes d'un maître qui ne peut plus rien t'offrir et te quitte en pleurant.

« Salut ombre de ma mère! salut ombre de mon père! acceptez l'hommage de mon encens. Vierge du Sebeto, ne taris point ton fleuve favori ; que le sommeil me rende l'image et la fraîcheur de tes eaux absentes, qu'il accorde à mon corps fatigué de chaudes ombres et un doux zéphir. Que les autres fleuves répètent son

---

[1] Vid. P. Jov. Vit. Sannazar.

agréable murmure, car je pars pour l'exil exilé volontaire [1]. »

Contre son attente peut-être, Sannazar revit Parthénope et sa plage. Heureux et consolé il entre dans une verte vieillesse qui ne fut plus troublée qu'à la veille de sa mort. Il avait soixante-douze ans, quand le duc Philibert d'Orange ramena, au nom de l'empereur, le fer et la flamme en Campanie. Cette fois l'ermitage ne fut pas épargné. Le poëte en mourut. Mais il vécut assez pour apprendre la défaite du prince d'Orange. A cette nouvelle, se redressant sur sa couche, « Je sortirai, dit-il, de cette vie avec la joie que donne l'accomplissement d'un vœu. Le barbare ennemi des Muses a payé par la vengeance de Mars la peine de sa féroce cruauté. »

Il nous reste de Sannazar un souvenir qui vaut mieux que cette parole suprême, c'est la belle église qu'il a fondée sur les lieux et sous le vocable de sa prédilection : *Santa Maria del Parto*. Des frères servites l'élevèrent à ses frais. Les héritiers du poëte érigèrent en sa mémoire le sépulcre qui est derrière le chœur et sur lequel on lit ces deux vers du cardinal Bembo :

> Da sacro cineri flores; hic ille Maroni
> Sincerus musa proximus ut tumulo [2].

Malheureusement dans ce tombeau même, le génie indécis, je dirai volontiers ambidextre du chantre de Marie, a laissé trace de son passage, et il y persévère.

[1] Parthenope mihi culta, vale, blandissima Siren :
  Atque horti valeant, hesperidesque tuæ.
Mergellina, vale, nostri memor; et mea fleutis
  Serta cape, heu domini numera avara tui.
Maternæ salvete umbræ, salvete paternæ,
  Accipite et vestris thurea dona focis.
Neve nega optatis, Virgo Sebethias, amnes :
  Absentique tuas det mihi somnus aquas.
Det fesso æstivas umbras sopor, et levis aura :
  Fluminaque ipsa suo lenè sonent strepitu.
Exilium nam sponte sequor...... — Epigr. III. **7**.

[2] Passants, jetez des fleurs. Sannazar, de Virgile
  Se rapproche en ses vers comme en ce saint asile.

Un homme à la foi robuste et au savoir universel, le vénérable Mabillon, était révolté de cette confusion d'idées. Il écrivait, non sans une juste indignation : « Dans les bas reliefs du
tombeau de Sannazar se tiennent les statues en marbre de Minerve
et d'Apollon jouant au milieu des satyres. La postérité sans doute
et avec raison a rougi de cette irréligion qui atteint l'autel
même, et elle a cru bien déguiser la chose en écrivant David
sous la statue d'Apollon, Judith sous la statue de Minerve. Mais,
ajoutait le vieux croyant, Dieu ne peut être joué par de tels
semblants. (*Sed his coloribus non luditur Deus* [1].) »

Pour nous qui avons fait d'ailleurs la part assez belle à
l'homme de Mergellina, nous souscrivons de bon cœur à l'opinion
de l'immortel bénédictin. Elle est celle du bon sens et de l'avenir.

On ne peut quitter l'église de *Santa Maria del Parto* sans jeter
un coup d'œil sur un tableau original qui se trouve dans la
première chapelle de droite. Cette peinture sur bois, de Leo-
nardo da Pistoja, réprésente saint Michel terrassant le démon.
La particularité curieuse est que la figure du démon est une fort
belle tête de femme. Il paraît que l'idée de cette composition
est due à Diomède Caraffa, évêque d'Ariano, qui voulut par
cette peinture laisser un monument de la victoire qu'il avait
remportée dans sa jeunesse sur une passion redoutable. Les mariniers ne connaissent ce tableau, que sous le nom de : *il diavolo di
Mergellina*, le diable de Mergellina.

Ne serait-ce point un peu le diable de tous les pays ?

[1] Museum Italicum. — Iter. Ital. I. 110.

Les églises

Dame qui oncques ne sentis
Pechié, ny ne le consentis ;
Vierge, très-précieuse Dame,
Très glorieuse, très gentilz ,....
Belle et bonne de corps et d'âme
Sur toutes les benoistes femmes ;....
Et pour ce dame débonnaire
Que je me veuille cy du tout taire
De toy loûer, et si ne puis
Toutes tes louanges retraire (réciter),
Te supply qu'il te veuille plaire
A prendre en gré ce que je puis.
— Testament de Jean de Meung. v. 1556. —

Au xviie siècle, on comptait déjà à Naples plus de cent
vingt sanctuaires érigés en l'honneur de la Mère de Dieu [1].
Depuis ce temps, la dévotion du peuple ne s'est point ralentie ,
et le nombre des églises n'a fait que s'accroître. Marie est la
reine de la cité des Napolitains , qui l'invoquent sous une infinité de titres différents. Elle partage avec saint Janvier les

[1] Vid. Ughelli : *Italia sacra*. tom. VI.

18

honneurs qu'une confiance sans borne et un enthousiasme vraiment lyrique leur prodiguent tous les jours.

La veille, en cherchant Sannazar, nous avions rencontré *Santa
Maria del Parto*. Aujourd'hui nous verrons *Santa Maria della
pietà dei Sangri*, *Santa Maria la Nuova*, *Santa Maria di Monte-
Oliveto*, *Santa Maria dell' Annunziata*, sans oublier *Santa Maria
del Maggior Carmine*; car malgré notre désir de faire connaître
au lecteur les monuments de l'amour et de la piété napolitaine
envers la sainte Vierge, nous sommes obligé de nous restreindre
et de répéter avec le vieux poëte :

> Vierge, très-précieuse Dame,
> Belle et bonne de corps et d'âme,
> .   .   .   .   Si ne puis
> Toutes tes louanges retraire
> Te supply qu'il te veuille plaire
> A prendre en gré ce que puis.

Santa Maria della Pietà dei Sangri, dite aussi *di San-Severo*,
du double nom de la noble famille à qui elle appartient, n'est
pas précisément une église ; c'est une chapelle ou plutôt un
écrin, qu'il faut absolument visiter, si exclusif que l'on soit dans
ses préférences. Une légende simple et naïve, comme sont toutes
celles de la Reine des cieux, se présente à l'entrée du sanctuaire.

« Il y a trente-quatre ans passés, raconte César d'Engenni,
plus connu sous le nom de Caracciolo, qu'une *vierge de pitié* se
voyait en peinture sur le mur extérieur du palais de François de
Sangro, duc de Torremaggior, laquelle commençant à resplendir
par de très-grands miracles et bienfaits, le prince ne voulut plus
avoir en si mesquine révérence, si bien qu'il fit ériger subitement
en l'honneur de son doux nom une petite chapelle, puis une
église, à l'occasion et de la manière qui suit. Donc est-il à savoir
qu'un homme originaire de Raguse, injustement incarcéré, passait
un jour au lieu où est présentement l'église, et le long de la

voie publique sur le mur dudit jardin, il vit incontinent la très-sainte face de la bienheureuse Vierge, à laquelle le pauvre homme, se recommandant chaleureusement, fit vœu de donner pour sa liberté une lampe d'argent, et d'appendre au mur, à côté de l'image, le tableau accoutumé. Tant est-il qu'en peu de temps, par l'intercession de la Mère de Dieu, il obtint la liberté désirée, et tout aussitôt il accomplit ses vœux.

« Ensuite de quoi ledit duc, se trouvant oppressé de très-grave infirmité, et quasi à l'extrémité de la vie, presta serment à la Reine des cieux, si elle le délivrait de tel péril, de lui ériger une petite chapelle. Or il fut au plus vite exaucé par la Vierge de pitié, et tôt après sa guérison, il fit faire cette chapelle, comme nous l'avons vu en ces temps jusqu'à l'année 1618, et pourceque elle ne suffisait déjà plus au concours de la foule qui la fréquentait à cause des miracles infinis et des grâces que le Seigneur y fait continuellement par l'intercession de la très-sainte Vierge, pour ce, il parut expédient à Alexandre di Sangro, dignissime patriarche d'Alexandrie, fils dudit duc, — aujourd'hui archevêque de Bénévent, — de fabriquer à ses dépens la neuve église sur son lieu propre, pour la sépulture de sa famille. Et sitôt achevée comme elle se voit présentement, fit-il placer dans la chapelle principale, la miraculeuse image de Notre-Dame, et y célébra la première messe le xve d'Auguste, et en icestuy jour le pontife Paul v concéda indulgence plénière à qui visiterait le lieu. »

En 1766, Raymond di Sangro [1] ouvrit aux premiers artistes de son siècle les portes du temple, sépulture de sa famille. Le sym-

---

[1] Ce prince se distingua d'abord dans la carrière militaire ; il la quitta de bonne heure pour s'adonner aux sciences, qu'il cultiva jusqu'à sa mort. On lui doit une foule de découvertes et d'inventions utiles et curieuses. Il imagina une nouvelle tactique militaire qui fut adoptée par Frédéric II, roi de Prusse, et par le maréchal de Saxe. Il fabriqua des canons et des fusils d'une étonnante légèreté, il trouva une lampe perpétuelle, perfectionna l'imprimerie et l'impression sur étoffes, etc.... Il était un des hommes les plus savants du xviiie siècle.

bolisme fit invasion à leur suite et monta sur chacun des tombeaux. Le mausolée d'Ippolita Caretto et d'Adriana Caraffa s'embellit du Zèle de la religion. Carlotta Gaetani eut la Sincérité, Giulia Gaetani la Libéralité, Cecilia Gaetani la Pudicité. Le voile de cette dernière statue prend sous le ciseau d'Antonio Corradino le moelleux et la transparence d'une gaze légère qui laisse apercevoir distinctement tous les traits du visage. L'emblème d'Antonio di Sangro n'est pas moins célèbre. Le Désabusement est personnifié par un homme enveloppé d'un filet dont il veut se dégager. Le filet représente les vanités mondaines; un petit génie ailé (c'est son intelligence) lui vient en aide. On admire comment l'artiste a pu exécuter son chef-d'œuvre au travers des mailles du réseau qui n'adhère aux membres du sujet qu'en très-peu de parties. On admirerait encore plus, si le Christ enseveli de Giuseppe Sammartino ne surpassait la merveille de Queiroli. Le divin Sauveur est étendu mort sur un poêle de porphyre. Le suaire qui enveloppe tout le corps, est si délicatement traité, qu'il ne déguise en rien le fini des formes et l'expression du visage. Le linge semble mouillé par la sueur de l'agonie.

Une dernière illusion s'ajoute aux trois précédentes dans la chapelle des Sangri. Sur le plafond de la voûte on a peint une coupole avec sa lanterne *(Cupolino)*. L'effet de jour est habilement simulé, au point que bien des personnes y sont trompées.

Plus ancienne que *Santa Maria della Pietà*, *Santa Maria la Nuova* justifie mal son nom. Elle fut neuve au xvi° siècle, quand les rois Philippe ii et Philippe iii d'Espagne la réédifièrent sur l'emplacement concédé par Charles i⁵ʳ d'Anjou, vers 1268. Depuis elle a vieilli et perdu de sa fraîcheur. Ce n'en est pas moins une belle et grande construction. La chapelle principale, qui a presque les dimensions d'une église, est due à Gonzalve de Cordoue, qui la dédia à Saint-Jacques de la Marca. Massimo Stanzioni [1]

[1] Peintre napolitain qui vécut dans la première moitié du xvii° siècle.

a peint la voûte. Deux tombeaux adossés aux pilastres sont pour les Français d'un vif intérêt. Le petit-fils du *grand capitaine*, Ferdinand de Cordoue, les fit exécuter par Giovanni da Nola [1]. L'un est celui de Pierre de Navarre [2]; l'autre celui d'Odet de Foix, comte de Lautrec, mort sous les murs de la ville.

On lit sur la pierre du brave chevalier français, cette noble inscription dictée par son ennemi : « Ferdinand Gonzalve, fils de Louis de Cordoue, petit-fils du grand Gonzalve, a fait élever ce tombeau à Odet de Foix, comte de Lautrec. Touché de l'abandon auquel le sort de la guerre l'avait réduit, et réfléchissant sur l'instabilité des choses humaines, un prince espagnol a voulu recueillir les cendres du général français, son ennemi, et les a fait déposer dans la chapelle même de ses ancêtres. »

Laissant à Sainte-Marie la Neuve ses deux illustres hôtes, nous allâmes à Monte-Oliveto. Ce lieu est encore une conquête de Marie.

Il y a cinq cent cinquante ans, vivait à Sienne un docteur en droit, du nom de Bernard Tolomaï. C'était un habile homme qui professait avec éclat et faisait bruit dans le grand monde. Dieu, dans des vues miséricordieuses, le frappa de cécité. Ce fut pour le savant une grande affliction. Dans sa douleur, il s'adressa à Celle qu'on n'a jamais invoquée en vain. Il fut guéri. Dès lors il ne crut pas que ce fût trop de sa vie pour payer un tel miracle. Par une éloquente prédication, il s'attacha comme premiers collaborateurs Ambroise Piccolomini et Patritio de Patritii, tous deux sénateurs de la ville. Il les arracha à leur fortune et à leurs

---

[1] Sculpteur célèbre, d'origine espagnole, qui mourut à Naples en 1558.

[2] Pierre de Navarre était Biscayen et d'une origine obscure. Ses talents militaires l'élevèrent au rang des premiers capitaines de son siècle. Il servit d'abord sous les ordres de Gonzalve, puis prit parti pour la France. Il était au siège de Naples avec Lautrec en 1528. Il fut pris dans la désastreuse retraite d'Averse, et enfermé au Castel-Nuovo, où on le laissa mourir pour le soustraire au déshonneur du supplice des traîtres. D'autres auteurs prétendent qu'il s'étrangla de ses propres mains.

emplois, et puis les mena dans le comté de Montalcino, sur un monticule appelé Oliveto. De là ils furent cités au tribunal de Jean XVII comme fauteurs de superstitions nouvelles ; mais la calomnie ne tint pas contre eux. Le Saint-Père les renvoya comblés d'honneurs de la cour d'Avignon à Guido de Pietramala, évêque-seigneur d'Arezzo, dans la juridiction duquel ils habitaient. Or, comme ils approchaient de la cité épiscopale, la sainte Vierge apparut avec un cortége d'anges au prélat endormi ; elle lui recommanda ses trois serviteurs, et lui remit avec une robe blanche la règle de saint Benoît. Peu de jours après, les solitaires de Monte-Oliveto arrivaient et recevaient de leur évêque le double présent que leur faisait Marie. Les moines blancs étaient créés. Sous le roi Ladislas, en 1417, ils transférèrent, en vertu des offres du protonotaire Origlia, le siége et la maison-mère de leur institut, sur la hauteur où nous sommes, et qui devint par tradition Santa Mária di Monto-Oliveto.

Ce nouveau Sant-Elmo est un couvent d'une étendue considérable qui renferme quatre grands cloîtres et possède une importante bibliothèque. Le Tasse trouva dans son enceinte un refuge contre le malheur. Il y écrivit une portion de sa *Jérusalem* et un poëme inachevé sur l'origine de la congrégation de Monte-Oliveto. On aime à rencontrer le génie assis à l'ombre du sanctuaire. Dominique Fontana a son tombeau dans un petit vestibule de l'église. Plus loin, dans un groupe de terre cuite de grandeur naturelle, on retrouve les traits connus d'Alphonse II, de Sannazar et de Pontano sous le costume antique des assistants du Saint-Sépulcre. Le roi figure saint Jean ; notre poëte de Mergellina exprime de son mieux Joseph d'Arimathie ; Nicodème n'est autre que l'illustre académicien de Parthénope.

Giovanni da Nola, Girolamo Santacroce [1], Sabrizio Santa Fede,

---

[1] Girolamo Santacroce, jeune sculpteur napolitain, enlevé à la fleur de l'âge, au moment où il commençait à rendre ses concitoyens fiers de son talent (1537)

ALEXANDRIE&BAR

SAINT-SÉVERIN A NAPLES

(Jules) PEGARD.

Silvestro Buono , Benedetto da Maiano [1] se sont partagé la décoration des chapelles et des murs. Donatello y a sa *Nativité* avec
une gloire d'anges de Rosellino , Vasari [2] sa *Purification* , Pintu-
ricchio son *Assomption*. On ne peut que citer , il faut renoncer
à décrire. Signalons encore , avant de sortir , un tombeau , celui
de Gabriel Correale , jeune homme pour qui Alphonse II a fait ce
distique :

> Qui fuit Alphonsi quondam pars maxima regis
> Gabriel, hac modica nunc tumulatur humo [3].

San-Severino est plus ancien que le Sant-Elmo et Monte-Oliveto.
On va dans ce troisième monastère admirer une merveille de la
nature et des fresques de Solario.

Le platane qui s'étale dans une des cours intérieures , remonte
au delà du V° siècle. Il a plus de sept mètres de circonférence.
Son tronc évidé par le temps embrasse un grand figuier qui croît
dans son sein. Les fresques , représentant plusieurs traits de la vie
de saint Benoît , passent pour les plus parfaites et les plus belles de

laissa néanmoins d'assez nombreux ouvrages dans lesquels perce cet amour profond
de l'art qui distingue les artistes jaloux de surpasser les devanciers. Girolamo
fut l'un des émules de Jean de Noles; il brille par la délicatesse et la grâce de
ses compositions.

[1] Benedetto da Maiano , sculpteur et architecte florentin , travailla plusieurs
années à Naples, où son oncle Giuliano jouissait déjà de la faveur du roi Alphonse.
Benedetto porta à son plus haut degré de splendeur l'art de la marqueterie , qui
cherchait alors à rivaliser avec la mosaïque. Cet art jusque-là n'avait pu produire
que de grossières esquisses rendues avec les deux nuances noir et blanc ; ce fut au
XV° siècle seulement que l'on obtint, à l'aide d'huiles pénétrantes et de couleurs
bouillies dans l'eau , une gamme de tons assez variés pour imiter toutes sortes de
dessins. Benedetto da Maïano mourut en 1498.

[2] Cinq peintres, sculpteurs ou architectes de ce nom et de la même famille
se succédèrent de père en fils. Vasari (Lazzaro) , surnommé l'Ancien , mourut en
1452; Giorgio , fils de Lazzaro l'Ancien , sculpteur , Lazzaro, petit-fils du premier, et Bernardo précédèrent le plus illustre des cinq , Giorgio Vasari , historien,
peintre et architecte, né en 1512, mort en 1574. Toute cette famille d'artistes
était originaire d'Arezzo.

[3]   Alphonse te chérit; tu fus l'ami d'un roi ,
>   Gabriel.... ! Et pourtant , dans ce tombeau , c'est toi!

l'Italie [1]. L'histoire de Solario, plus connu sous le nom du *Zingaro* [2], est celle de plusieurs de nos peintres flamands. Ouvrier serrurier, comme Quintin Messys d'Anvers, il s'élève comme lui au rang des premiers artistes, sous l'impulsion d'un amour chaste et persévérant. Della Fiore lui avait dit : « Deviens peintre, et tu auras ma fille ; » et Solario s'en alla faire son *giro* (tour), comme disent les Italiens, et revint un grand peintre. La *signorina* della Fiore fut le prix de son génie.

Le couvent renferme les archives du royaume, les plus importantes peut-être de l'Europe. Ces archives, auxquelles sont réunies celles de l'ordre des Bénédictins qui, dans ces contrées, sauvèrent de la destruction des barbares les restes de la civilisation, contiennent, outre les actes du gouvernement et des diverses administrations de l'Etat, les précieux diplômes du royaume et plus de quarante mille parchemins, recueillis çà et là dans les provinces. Cet établissement, tel qu'il est aujourd'hui, est une des gloires du gouvernement de Ferdinand II. Il occupe l'emplacement de la maison d'un des premiers évêques de la ville, « Sévérin, confesseur pontife, frère du bienheureux Victorien, très-illustre par ses miracles et qui, imitateur de la piété fraternelle, s'endormit plein de sainteté, au VIe siècle, après perpétration de beaucoup de vertus [3]. »

Le sénateur Anicius Æquitius offrit à saint Benoît, avec son propre fils Maurus, destiné à de si grandes choses, la *cella* de Saint-Sévérin et la petite église alors adjacente, où affluait déjà la piété des fidèles. Ce fut le point de départ de la communauté bénédictine à Naples [4].

Ces souvenirs des premiers âges de la foi nous amènent au berceau du christianisme en Campanie. Nous voici à l'extrémité de

---

[1] Voyez l'ouvrage du chev. St. d'Aloff, le *Pitture dello Zingaro*.

[2] *Zingaro*, bohémien, surnom donné à Solario, à cause de la vie nomade qu'il mena dans sa jeunesse.

[3] Bed. Mart. 8 Januar. — [4] Lipoman. et Sur. in Vita S. Placidi martyris.

la ville, en face d'une maison de bizarre et antique apparence,

L'an de Rome 797 [1] et de Claudius le deuxième, un homme
obscur et inconnu frappait à la porte de cette maison. Sa taille était
droite et assez élancée; son teint, un peu pâle; son nez large et
proéminent; il portait la barbe hérissée et touffue, mais pas très-
longue; ses sourcils étaient presque entièrement arrachés; ses
yeux, qui paraissaient avoir versé beaucoup de larmes, conser-
vaient une couleur sanguinolente; sans être chauve, il avait les
cheveux ras, non à la façon de prêtres juifs, mais de manière
à former couronne. Les gerbes pendantes de ce diadème naturel
étaient rudes et vigoureuses. Du reste, le vêtement de cet homme,
fait d'une toile grossière, rappelait assez celui des gens du peuple
adonnés à la chasse ou à la pêche. Il appuyait sur un bâton sa
marche fatiguée avant l'âge [2].

Près de lui se tenait un autre homme, dont la pose accusait
une origine plus distinguée, sacerdotale peut-être, et qui pourtant témoignait à son compagnon de route une respectueuse défé-
rence. Il gardait sous le bras des tablettes. Tous deux semblaient
étrangers au ciel et aux usages de la riante Parthénope. Evidem-
ment ils venaient d'Orient. Quelques passants même croyaient
reconnaître en eux de ces Juifs qui alors déjà pullulaient dans
l'empire, s'engraissant par l'usure de la substance du peuple. Aussi
la foule s'écartait avec un insultant mépris des deux circoncis qui
attendaient au seuil sans se plaindre. .

[1] Du Christ. 44.

[2] Nicephor. II. 37. Ap. Baron. I. 740, 15. — Cff. Aug. de consens. Evang.
I. 10. — Euseb. Hist. VII. 14. — Petrus quidem haud crassa corporis statura fuit;
sed quæ aliquanto esset erectior, facie subpallida et alba admodum : capilli et
capitis et barbæ crispi et densi, sed non admodum proeminentes fuere : oculi quasi
sanguine respersi, nigri; supercilia propè evulsa : nasus autem longior ille quidem, non tamen in acumen desinens, sed pressus simusque magis. — Nicephor.—
Sed ea de oculis sanguineis sic accipe, quòd assiduò plorasse fertur. Baron. —
Non, ut oculos, genas, vultumque ejus aspiceret utrum macilentus, an pinguis;
adunco naso esset, an recto; et utrum frontem vestiret coma, an (ut Clemens in
periodis ejus refert) calvitium haberet in capite. — Hier. in epist. ad Galat. I.

Mais qu'avaient à faire ces hommes exclus du droit de cité
et de toute considération, chez Asprénus, issu de la *gens* Pani-
tia, citoyen de Naples, membre de la noblesse romaine, jadis
préteur ? qu'apportaient-ils en si haut lieu ? Le peuple se le demandait, quand la porte s'ouvrit. On vit à l'intérieur Candide,
dame romaine d'un âge avancé, que les liens d'une irréprochable
amitié unissaient depuis longtemps à Asprénus. Asprénus l'accom-
pagnait. L'un et l'autre, à la vue des étrangers, se jetèrent à
genoux. Le premier des inconnus les bénit en disant : « Paix à
cette demeure. » Candide et Asprénus répondirent : « Tu es Pierre,
et sur cette pierre Dieu bâtira son église. » Puis la porte se referma
sur eux.

Pierre et Marc son disciple avaient fait leur entrée dans Naples.

On conçoit maintenant que la maison où le prince des apôtres
s'abrita en se rendant à Rome ait conservé sa structure première,
et que le voyageur doive à cet *œdiculum*, transformé en sanctuaire, une visite ou plutôt un pélerinage ?

Asprénus et Candide, guéris l'un après l'autre par la vertu de
saint Pierre, s'employèrent à propager la bonne doctrine que Marc
écrivit dans le même temps. Saint Pierre ordonna Asprène premier évêque de la cité. L'élu de l'apôtre devint « amateur des
pauvres [1]. » Telle était sa charité, qu'il accueillait tout le monde
avec une égale bienveillance, depuis le plus grand jusqu'au plus
petit, et que « par le don qu'il avait reçu, il appelait chaque
jour les peuples dans la voie du salut [2]. » Il consacra au vrai
Dieu l'autel où il avait coutume de sacrifier aux idoles, et où le
vicaire de Jésus-Christ avait célébré la sainte messe. Telle est la
tradition appuyée sur de nombreux témoignages [3]. Cet autel se voit

[1] Joan. Diacr. — [2] Id. ibid. — [3] Cff. Pietro di Stefano. Luoghi Sacri di
Napoli. — Mgr. di Vico. Vita di S. Asprenate. — Cronica di Napoli. — Il
Summonte. — Pietro Christoforo di Castro. Storia della Santissima Vergine.
— Cronica di S. Pietro ad Aram. — Aug. Ticinensis. De Christianarum religion.
primordiis. — Joan. de Nigravalle. Catal. sanct. —

encore tel qu'il était aux temps apostoliques. Deux inscriptions
latine font foi du grand événement.

Voici la première :

> Quod. prima. in. Latio. Christo. pia. colla. subegi.
> Parthenope. hæc. Petri. præstitit. ara. fidem [1].

La seconde est ainsi conçue :

> Siste fidelis,
> Et priusquam templum ingrediaris,
> Petrum sacrificantem venerare.
> Hic enim primò ,
> Mox Romæ, filios per Evangelium genuit
> Paneque illos suavissimo cibavit [2]

De Naples saint Pierre alla donc à Rome, et quand il y eut
transporté sa chaire, Paul vint la soutenir de son épaule inébranlable. Parti de Rhegium [3], Paul, selon la tradition, traversa Naples
pour arriver à la ville éternelle , où la prison l'attendait.

Ainsi le bâton des deux frères en apostolat a touché le sol
de Parthénope [4]. Contre ce bâton , le sceptre des rois et des
prêtres antiques, la lyre des païens, l'épée des conquérants se
sont brisés tour à tour. Les temples des faux dieux se sont
écroulés, et des débris de ces temples le christianisme a fait
ses églises , à Naples comme à Rome. C'est l'histoire de *San
Paolo Maggiore*.

[1] Cet autel de Pierre prouve que moi Parthénope ai la première , dans le
Latium , courbé la tête sous le joug du Christ.

[2] Arrête, fidèle, et avant d'entrer dans le temple , vénère Pierre offrant l'auguste
sacrifice. C'est ici d'abord, et bientôt après à Rome, qu'il engendra des enfants à
l'Evangile et qu'il les nourrit du pain céleste. — Ces deux inscriptions, d'une
antiquité incontestable , sont un démenti formel donné au vers d'Owen :

> An Petrus fuerit Romæ sub judice lis est.

[3] Indè circumlegentes devehimus Rhegium; et post unum diem flante austro,
secunda die venimus Puteolos, ubi inventis fratribus rogati sumus manere apud
eos dies septem; sic venimus Romam. — Act. Apost. XXVIII. 13.
Voir le Chapitre XI.

[4] Ce fait est confirmé par le témoignage d'un grand nombre d'auteurs dignes
de foi. « L'an du Seigneur 59, dit Ughelli (Italia sacra, t. VI.), Paul, ce vase
d'élection , ayant abordé à Pouzzoles, entra à Naples, accompagné de trois amis
fidèles, Luc l'Evangéliste, Aristarque, Tychicus et plusieurs autres de ses disciples.»

Dans la première partie du moyen âge, à deux siècles d'intervalle, en 574 et en 788, les Napolitains remportèrent deux victoires complètes. La première, le jour de la Commémoration de saint Paul, la seconde le jour de sa Conversion. Les vainqueurs y virent un témoignage de la faveur signalée de l'apôtre des Gentils, qui jadis avait sanctifié leur cité par son passage, et d'un commun accord ils voulurent en perpétuer le souvenir. Or il y avait dans la ville un temple que Tibérius Julius Tarsus, affranchi d'Auguste et commandant de la flotte de Misène, avait restauré en l'honneur de Castor et de Pollux, ainsi que le prouvent les lignes écrites en grec sur l'une des colonnes. Ce temple était vermoulu comme les dieux qui l'avaient habité; on se résolut à le rebâtir, et on le dédia, sous le consulat d'Anthime, au patron des victoires [1].

Cette opinion est confirmée par Lorinus dans son Commentaire des Actes des apôtres, et par Ant. Caracciolo (De Sacr. Eccles. Neap. Monument.)

Les strophes suivantes célèbrent également l'arrivée de saint Pierre et de saint Paul sur le rivage de Naples, qui reçut avant Rome les prémices de la foi.

> Principes terræ, fidei parentes,
> Gentium sacris spoliis onusti,
> Dum petunt Urbem, petiere primam
>   Parthenopeam.
> Primus hic Petrus dedit incruentum
> Munus : Asprenum dedit et sacrorum
> Præsulem, sancto comitante cætu
>   Discipulorum.
> Cepit hinc primum populis salutem
> Italis Paulus resonare Jesum,
> Perque Campanos spargere novales
>   Semina verbi.
> Gnata sic matrem præit ante nata,
> Roma post illam, fidei quòd altrix
> Una Syrenas ferat, ut salubres
>   Parthenopea.

                Matth. Cariophyl, Archiep. Sconens.

[1] Vetutissimum est S. Pauli, olim Castoris et Pollucis delabrum. (Ughelli It. Sacra. Nap. sacr.) — Cf Joan. diac. in Paul. — Τιϐεριος. Ιουγιος. Ταρσος. διοσκουρτις. και. τηι. πολει. τον. ναον. και. τα. εν. τωι. ναωι. πελαγων. σεϐαστος. απελευθερος. και. επιτροπος. συντελερας. εκ. των. διων. κατιεωρσεν.

La paroisse de San Paolo Maggiore passa aux Théatins en 1532. Ces premiers clercs réguliers la réédifièrent définitivement et gravèrent au-dessus de la porte principale :

Ex dirutis marmoribus,
Castori et Polluci falsis diis dicatis,
Nunc Petro et Paulo veris divis.
Ad faciliorem ascensum opus faciendum
Curarunt clerici regulares.
MDCXXVIII

Les torses de Castor et de Pollux, facilement reconnaissables à leur chlamyde, se voient encore sur le frontispice, à côté de deux superbes colonnes corinthiennes, autre dépouille du paganisme. Pour compléter l'histoire du triomphe apostolique, Solimène a peint dans la sacristie la conversion de saint Pierre et la chute de Simon le Magicien. Ce sont deux chefs-d'œuvre.

Le transept et la tribune du maître-autel sont tapissés de fresques de Belisario Corenzio ; mais ce qui fait aux yeux du chrétien la véritable richesse de cette église, ce sont les corps vénérables de saint Gaétan de Thienne et de saint André Avellin.

Le premier, originaire de Vicence en Lombardie, fonda simultanément avec Jean-Pierre Caraffa, archevêque de Théate ou Chieti, Paul Consiglieri, de l'illustre maison de Ghisleri, et Boniface de Calle, gentilhomme de Milan, l'ordre dont il devint le supérieur [1]. Ce fut à Naples, dans la maison que le comte d'Oppido avait donnée à sa communauté, qu'il passa les dernières années de sa vie dans la pratique de toutes les vertus. Il mourut couché sur un cilice couvert de cendre. Peu de jours avant son trépas, les médecins voulaient lui prescrire

[1] Voir sur les origines de la congrégation : Dom. Antonio Caracciolo et D. Giov. Bat. Castaldo chierici regolari Teatini, nella Vita del B. Gaetano e altri padri. — Mgr dell'Acerra nella Storia della religione de' chierici regolari.— P. de Tracy : Vie de saint Gaétan de Thienne, de saint André Avellin et de Paul d'Arezzo.

un lit moins incommode. « Mon Sauveur est mort sur la croix, répondit-il, laissez-moi du moins mourir sur la cendre. »

La fin de saint André Avellin, son successeur en dignité et en vertu, fut, s'il se peut, encore plus douce. Du moins, Dieu lui épargna les lenteurs de la souffrance. Epuisé par les fatigues du saint ministère, qu'il avait laborieusement partagées avec ses fils en Jésus-Christ, beau de vieillesse et de sainteté, il expira paisiblement au pied de l'autél où il se disposait à célébrer les saints mystères. La mort le surprit comme il prononçait ces prophétiques paroles : *Introibo ad altare Dei, ad Deum qui lœtificat juventutem meam.*

Les Théatins ont consacré la cellule qu'habitait aux jours de sa vie mortelle saint André Avellin. Rien n'a été changé depuis le jour où il a rendu sa belle âme au Créateur. Nous y entrâmes avec respect.

L'esprit de saint Gaétan et d'André passa chez les Théatins, au bienheureux Arezzo, novice de San Paolo, qui devint cardinal-archevêque de Naples et ami des trois grands saints de l'Italie au xvie siècle, Pie v, Charles Borromée et Philippe de Néri. Ce glorieux continuateur des vertus d'un ordre illustre repose, suivant sa dernière volonté, dans la maison qui le forma.

L'esprit qui s'est doucement ému aux scènes touchantes dont Saint-Paolo fut le théâtre, s'assombrit au milieu des affreux souvenirs qui peuplent les abords de *Santa Maria del Maggior Carmine.* Cette église fut bâtie avec le prix du sang. Marguerite d'Autriche affecta à l'érection de ce saint monument la somme destinée au rachat de son fils bien-aimé. La pauvre mère arriva trop tard. Le dernier des Hohenstauffen venait d'être exécuté avec le compagnon de sa fortune et de ses malheurs.

N'attendant plus rien dans ce monde que la mort, la princesse inconsolable se réfugia dans la religion. Tous ses soins se concen-

trèrent autour du cercueil de son enfant, sur lequel elle fit
graver ces simples lettres [1].

R.   C.   C.

Le meurtrier ne voulut point se laisser vaincre en générosité par
la mère de sa victime. Il augmenta les revenus de la fondation
douloureuse.

Tout récemment le jeune roi de Bavière a enrichi le mausolée
du malheureux Conradin. Par ses ordres, le célèbre sculpteur
Thorwalsden a représenté le jeune prince, en pied, revêtu de
la pourpre royale, la couronne sur la tête et l'épée à la main.
Sur le piédestal des bas-reliefs figurent Conradin s'arrachant aux
bras de sa mère pour marcher à la conquête du royaume de ses
pères. De l'autre côté, il embrasse pour la dernière fois Frédéric
de Bade, son cousin, noble cœur de jeune homme qui s'est sacrifié
à trois principes trop souvent méconnus : la parenté, l'amitié, la
fidélité [2].

Un magnifique tabernacle, dû à la générosité d'Alphonse II,
est un nouveau témoignage de la munificence des princes envers
Santa-Maria del Maggior Carmine. L'Aragon, l'Autriche, l'Anjou, la Bavière se rencontrent sous ces voûtes comme aux pieds
du souverain Juge. Aux monarques de ces quatre maisons, s'ajoute
un homme célèbre, de plus humble origine, fils de pêcheur,
pêcheur lui-même, maître de Naples et puis fou. Masaniello gît
presqu'à l'endroit où il fut frappé dans cette même église, théâtre
de son exaltation et de sa chute. En 1799, lors de la révolution
qui chassa de Naples le roi chéri des lazzaroni, pour faire place

---

[1] Regis Conradini Corpus.

[2] Dans l'église du *Purgatorio del Mercato* on conserve la colonne de por-
phyre avec la croix qui fut élevée par Charles d'Anjou sur le lieu du supplice.
C'est à l'endroit même où furent exécutés les princes qu'un corroyeur fit ériger
une chapelle dont les fresques représentent toutes les scènes de ce triste événement.
On y conserve aussi le tronçon de *piperno* (pierre dure et noire des environs de
Naples) qui servit de billot.

à Championnet, quelques factieux vinrent évoquer l'ombre de Masaniello. On trouva écrit sur sa tombe : *Lazare, veni foràs.* Mais Lazare ne bougea point. Sous le règne d'un Ferdinand II, nous croyons que Masaniello se fût héroïquement battu comme ses frères du *Largo del Mercato* et du *Toledo* en faveur de la monarchie. L'éloignement du trône fut un malheur pour toutes les provinces extérieures de la monarchie espagnole. Il justifia plus d'une fois de lamentables soulèvements, provoqués par l'arbitraire de délégués cupides. Masaniello, qui ne chercha pas le pouvoir et qui crut le défendre en l'attaquant, n'a aucun trait de famille avec nos terroristes de 93 ; on eut mauvaise grace d'un faire un dieu et un patron pour la république parthénopéenne.

En sortant de *Santa Maria del Maggior Carmine*, on arrive au *Largo del Mercato*, théâtre de toutes les révolutions et l'ancienne place des exécutions publiques; une petite ruelle par où passaient les condamnés porte encore le nom de *Vico del Sospiri.* Ces souvenirs sinistres n'empêchent point les lazzaroni, couchés sur la dalle, de tenir joyeux propos, tout en savourant à leur aise les interminables filaments de leur mets national. On se rappelle, à les voir, le gracieux mot d'Ovide : *In otium natam Parthenopem....*

San Lorenzo rappelle l'époque la plus glorieuse de la vie de Charles d'Anjou. Vainqueur à Bénévent, et pas encore à Tagliacozzo, le prince français, beau de gloire et pur de crime, posa en 1265 la première pierre de la nouvelle église. L'Italie, en ce temps-là, n'avait pas oublié la voix populaire et lyrique de l'amant de la pauvreté. Saint François d'Assise remplissait les bouches et les cœurs; ses fils se répandaient, la corde aux reins, la besace sur le dos, dans tous les coins de la péninsule et de l'Europe [1]. Ce fut pour eux que le prince Charles rebâtit *San*

---

[1] Vid. Storia Franciscana. II. — L. Wadding. Chronic. — Gonzague et Marc de Lisbonne. Chron. francisc. — Bucchio. Conformità di S. Francesco.

Lorenzo, basilique en ruine que Jean, évêque d'Aversa, leur avait récemment concédée dans l'enceinte de Naples. Les sépulcres de la royauté se sont réfugiés depuis ce temps sous ce toit sacré. Masaccio le Jeune leur a fait de splendides mausolées. L'affreuse famille des Durazzo est là presque tout entière. Deux rois de la pensée sont venus à leur tour respirer l'atmosphère de ce temple : Boccace y a eu sa vision trop célèbre, Pétrarque y a passé la nuit du 26 novembre 1343 [1].

Sa lettre au cardinal Colonna rend un compte détaillé de cette nuit de terreur et d'angoisse [2].

« Horace, voulant peindre une grande tempête, dit que c'était une tempête poétique. Il ne pouvait, à mon avis, en exprimer plus brièvement la fureur ; car ni le ciel irrité ni la mer tumultueuse ne peuvent produire de bouleversements que les narrations des poëtes n'égalent et même ne surpassent. Cependant ni le pinceau ni la parole ne peuvent rendre celle dont j'ai été témoin hier à Naples. Ce fléau de Dieu avait été annoncé quelques jours auparavant ; mais d'après cette prédiction incomplétement exacte, comme la plupart des prédictions astrologiques, on s'attendait pour le 25 novembre à un tremblement de terre qui devait détruire Naples de fond en comble. Le peuple, convaincu de l'imminence du danger, n'avait plus d'autre pensée que d'implorer la miséricorde divine pour ses péchés, en ayant recours à la prière et aux larmes. Les femmes se rendaient aux églises avec leurs enfants, pieds nus et les cheveux épars.

» Le soir vint, le ciel était plus serein que de coutume. Après mon souper, j'ouvris ma fenêtre, je vis la lune se voiler de ténèbres et de nuages et se coucher derrière le mont Saint-Martin. Je me mis au lit, et j'étais encore dans mon premier sommeil,

---

[1] Nel 1341 recossi a Napoli, ove si assogettò all' esame per la laurea, che ricevette solennemente in Roma. — Lo rivede Napoli nel sequente anno 1343 legato del pontefice è del cardinal Colonna.

[2] V. Storia di Napoli d'Angelo di Costanzo.

lorsque je fus réveillé par un bruit et un tremblement qui ouvrit ma fenêtre, éteignit la lumière de ma chambre et secoua la maison jusque dans ses fondements. Je quittai le cloître du monastère où j'habitais, et je rencontrai les frères et le prieur qui, sortis pour aller chanter matines, étaient encore sous l'impression de cet effroyable événement. Ils portaient des torches allumées devant les reliques des saints et récitaient en pleurant des oraisons. Prenant un peu courage, je me rendis avec eux à l'église. Là nous nous jetâmes tous la face contre terre, invoquant la miséricorde de Dieu et nous attendant à chaque instant à voir l'église s'écrouler sur nos têtes au milieu des torrents d'eau qui tombaient, des vents qui sifflaient, du tonnerre qui grondait, de l'horrible fracas de la foudre, des mugissements de la mer et des clameurs d'un peuple innombrable tremblant d'épouvante. »

Cette horrible tempête détruisit une partie du port et de la ville, et causa des ravages qui ne se réparèrent qu'après plusieurs années.

L'église de San Lorenzo a été une des plus maltraitées par les restaurations maladroites du xvıᵉ siècle. Elle était primitivement d'un beau gothique; les deux bras de la croix ont deux panneaux sur champ doré. L'un, du *Zingaro*, représente saint François d'Assise conférant sa règle aux religieux. Dans l'autre, le *maestro* Simone a peint saint Antoine de Padoue.

Le réfectoire des frères est l'ancienne salle des états-généraux du royaume; de riches peintures, commandées par le cardinal duc d'Olivarès, perpétuent le souvenir de ces séances solennelles.

San Dominico Maggiore ressemble à ces âmes d'un autre âge, égarées dans les temps modernes, que nous flétrissons à notre gré de l'épithète de rétrogrades ou que nous qualifions du nom d'antiques. C'est une oasis pour les partisans exclusifs du style gothique, un épouvantail pour ceux que trouble mal à propos le souvenir de l'inquisition. Nous allâmes tout d'abord à la chapelle *del Croci-*

fisso. C'est ici que le docteur angélique pria, partagé entre l'enthousiasme et la terreur, ici qu'il invoqua les lumières du Christ sur son office à peine achevé du Saint-Sacrement, livret céleste où l'amour et la foi se marient dans la langue des séraphins. — Thomas, lui dit le Sauveur en inclinant la tête en avant, vous avez bien écrit de moi. Quelle récompense désirez-vous? — Pas d'autre que vous, Seigneur, lui répondit le saint qui se sentit soulevé de terre.

« Son siècle et sa vie sont tout entiers dans cette réponse [1]. » Le siècle de saint Thomas est celui de Dominique de Gusman, de François d'Assise, de Claire, d'Antoine de Padoue, tous saints également chers à la piété napolitaine, et dont l'effigie enrichit les murailles.

Les Frères Prêcheurs parurent à Naples au même temps que les Mineurs. Les deux ordres s'y embrassèrent comme s'étaient embrassés leurs fondateurs dans Rome. En 1227, des démêlés s'étaient élevés à San-Severino, dans la riche congrégation des Bénédictins. Le pape Grégoire xi envoya quelques dominicains pour remédier au mal. Ceux-ci concilièrent les partis, et firent en outre un tel bien par leurs prédications dans les paroisses, qu'on songea à les retenir. Or, depuis l'an 1116, les fils de Saint-Benoît possédaient dans un coin de la ville un hôpital et une petite église du titre de Saint-Michel. Ils abandonnèrent de bon gré à l'ordre de Saint-Dominique ce mince accessoire de leurs propriétés. Alexandre iv, en 1255, ratifia la concession. C'est sur ce terrain que Charles ii, à sa rentrée dans Naples, fit bâtir, pour l'accomplissement d'un vœu [2], la magnifique église de *Santo Dominico Mag-*

---

[1] Montalembert : Hist. de sainte Elisabeth. Introd.

[2] Voici le fait miraculeux que divers auteurs racontent au sujet de la délivrance de Charles ii. Quand sonnèrent les Vêpres siciliennes, Charles ier, vaincu dans ses états d'Italie, courut à Bordeaux provoquer Pèdre d'Aragon en combat singulier. Il confia, pour le temps de son absence, la vice-royauté de Naples à Charles ii dit le Boiteux, son fils, qui s'appelait alors prince de Salerne. Celui-ci, jeune et imprudent, s'attaqua malgré la défense paternelle au célèbre amiral Roger de

giore. Malgré les modifications apportées depuis dix siècles à l'œuvre
du premier Masaccio, cette église a encore le cachet grave et sévère
de l'art ogival si rare en Italie. De chaque côté de l'autel sont deux
panneaux où Stefanone peignit sur un fond d'or sainte Madeleine
et saint Dominique. La sacristie, avec ses marbres précieux, ses
fresques admirables, ses stucs dorés, sert de lieu de sépulture aux
princes aragonais. On y voit superposés jusqu'à moitié de la hauteur des murs les sépulcres renfermant les dépouilles mortelles des
rois et de quelques personnages célèbres. Nous y remarquâmes celui
du marquis de Pescaire, ce vaillant capitaine de Charles-Quint,
avec la curieuse épitaphe que composa l'Arioste :

> Quis jacet hoc gelido sub marmore? — Maximus ille
>   Piscator, belli gloria, pacis honos.
> — Numquid et hic pisces cepit? — Non. — Ergo quid? — Urbes,
>   Magnanimos reges, oppida, regna, duces.
> — Dic quibus hæc cepit Piscator retibus? — Alto
>   Consilio, intrepido corde, alacrique manu.
> — Qui tantum rapuere Ducem? — Duo numina : Mars, Mors.
>   — Ut raperent quisnam compulit? — Invidia.
> At nocuere nihil. Vivit nam fama superstes
>   Quæ Martem et Mortem vincit et Invidiam [1].

Toutes ces tombes, revêtues de velours cramoisi, sont surmontées

Loria. Provoqué jusqu'au sein du golfe par l'homme de mer, il se laissa enlever
par lui dans une sortie mal combinée. « Or fût-il mort, dit froidement Charles
d'Anjou à cette nouvelle, puisqu'il a failli à notre mandement. » Ce n'en fut pas
moins pitié de voir le malheureux vice-roi, transféré de Sicile à Barcelone, arraché
à son peuple et à son père. Un pauvre frère prêcheur, maitre Guillaume de Ton-
nais, son confesseur, lui demeurait pour compagnon unique. Charles n l'écoutait
volontiers. Or il advint qu'un jour, après avoir beaucoup prié, maitre Guillaume
conseilla à son royal pénitent de se vouer à sainte Marie-Madeleine et d'y avoir
confiance. (Les fils de saint Dominique ont toujours gardé par état une dévotion
particulière à la Pécheresse convertie, et ils en ont fait depuis une des patronnes
de leur ordre.) Le prisonnier agit selon qu'il s'était engagé, et Madeleine vint le
voir, brisa ses fers, l'emmena avec elle, et le conduisit invisiblement à Narbonne
en Provence, dans les états de son père. Là elle le laissa libre et en toute sécurité, après quoi elle disparut. — Surius. in festiv. S. Magdalen. — M. Silvestro
Pierio. Rosa aurea. Fer. V. Oct. Pasc. — Razzi, nella Vita della Madalena. —
Tomaso Turgillo et Luigi Lelli differ.

[1] Nous donnons ici une traduction en vieux français, bien que le jeu de mots

d'une petite figure de la mort, avec ces paroles : *Sceptra ligonibus æquat.*

La douce et sereine figure de Robert d'Anjou suit partout celle de Charles 1er. Après *San Lorenzo,* on aime à rencontrer *Santa Chiara,* qui rappelle les pauvres sœurs de Saint-François venues à Naples en 1310, à la prière du bon roi Robert et de la bonne reine Sanche d'Aragon. Masaccio le Jeune fut chargé par Leurs Majestés de construire aux Clarisses la superbe église qu'elles occupent encore aujourd'hui. Achevée en 1328, consacrée en 1340 avec une pompe dont une procession annuelle perpétue le souvenir, *Santa Chiara* a reçu en 1350 le mausolée de Robert enrichi d'un vers de Pétrarque [1].

Charles de Calabre, Jeanne 1re et Marie sa sœur, Robert et Jacques del Bazo, Agnès de Durazzo et Philippe de Tarente, empereur de Constantinople, reposent près de leur illustre parent. Un joli monument élevé à la mémoire d'Antonia Gaudina par Jean de Nole, se distingue entre tous. Les graces de cette jeune fille morte à seize ans ne sont pas moins touchantes que la douleur de ses parents. Ceux-ci ont écrit sur la tombe de leur enfant :

> Debuimus tecum poni, materque paterque,
> Ut tribus hæc miseris urna parata foret.

Sur l'une des voûtes, un élève de Solimène a reproduit le plus

faisant le piquant des vers latins, Pescaire, *Piscator, pescheur,* n'existe plus.

> Qui gist soubs ce froid marbre ? — Un illustre Pescheur,
> La gloire de la guerre, et de la paix l'honneur.
> — Prinst-il des poissons ? — Non. — Que prinst-il donc ? — Des villes,
> Des généraux, des roys, des roïaumes fertiles.
> — De quels rets usa-t-il ? — Du sublime conseil,
> Du courage intrépide et du prompt appareil.
> — Et qui trancha le cours d'une aussi grande vie ?
> — Deux déités : Mars, Mort. — Qui les poussa ? — L'envye.
> Mais ils n'ont pu lui nuire, et malgré leur effort,
> Son nom survit, qui vainct Envy, Mars et la Mort.

[1] Cernite Robertum regem, virtute refertum.
Un ancien touriste français n'a pas hésité à traduire ce vers par ces mots :
« Cy gist le roy Robert tout farci de mérite. »

glorieux miracle de sainte Claire. Armée du saint Sacrement, elle repousse de Naples une bande de Sarrasins.

Nous visitâmes ensuite, sous un même titre *dell' Annunziata*, deux maisons sœurs, *la Chiesa* et *la Casa*, l'église et l'hospice.

La première réduite en cendres en 1757, à l'exception de la sacristie et du trésor, a été reconstruite sur les plans de Vanvitelli, et achevée en 1781. Elle est une des merveilles de la ville. Quarante-quatre superbes colonnes d'ordre corinthien soutiennent la grande corniche. Des bas-reliefs et des sculptures de Giovanni da Nola et de Dominico d'Auria décorent le chœur et le transept. La sacristie est peinte à fresque par Corenzio. Merliano y a sculpté la vie du Rédempteur; double chef-d'œuvre sauvé de l'incendie.

La *Santa Casa dell' Annunziata* est attenante à l'église. C'est un grand et bel hospice auquel la reine Sanche a attaché son nom en 1343. Quatre vers gravés au-dessus de la porte expliquent le but de cette royale fondation [1].

On y reçoit tous les blessés et les malades sans distinction ni recommandation. Cet établissement de charité, le plus riche de la ville, possède au dehors des maisons de campagnes où l'on envoie les convalescents soit pour leur faire respirer l'air, soit pour leur faire prendre les eaux. La *Santa Casa dell' Annunziata* a de grandes ressources. Un de ses principaux revenus est celui des mines de soufre de la Solfatare, affermées dix mille ducats par an.

Puisque nous avons entamé le chapitre des hospices, nous ne refuserons pas une visite au *Real Albergo dei Poveri* (Royal

---

[1] Lac pueris, dotem innuptis velumque pudicis,
Datque medelam ægris hæc opulenta domus.
Hinc meritò sacra est illi quæ, nupta pudica,
Et lactans, orbis vera medela fuit.

Cette opulente maison donne le lait aux enfants, une dot aux jeunes filles, le voile aux vierges, les remèdes aux malades. C'est donc avec raison qu'elle est consacrée à Celle qui, vierge et mère à la fois, fut le salut du monde.

Hôtel des Pauvres), et à la *Santa Casa degl' incurabili* (Sainte-Maison des incurables.) Ce sera le complément naturel de notre inspection des églises. La maison du pauvre est la maison du Seigneur, ou plutôt c'est l'hôtel-Dieu, comme a si bien dit notre langue du moyen-âge.

Le *Real Albergo dei Poveri* a été ouvert en 1751 par un arrière-petit-fils de Louis le Grand, aux honteuses victimes du désœuvrement et de l'indigence. Avant de partir pour l'Espagne, don Carlos, devenu Charles iii, a légué à son cher peuple ce monument de sa libéralité et de son amour. Il affecta à l'entretien de sa fondation un million cinq cent mille francs de revenus et en fit un palais de trois cent trente mètres de longueur. Tout est vraiment royal dans cette maison, ainsi que le titre l'annonce. Sept hospices secondaires dépendent du *Real Albergo*, ce sont *San Francesco di Sales*, *San Giuseppe e Maria*, *la Madona del Arco*, *Santa Maria della Vita*, *Santa Maria della Fede*, *Santa Maria della Cesarea*, *Santa Maria di Loreto*.

L'hôpital des Pèlerins, l'hôpital *della Pace*, l'hospice royal de Saint-Janvier, sont toutes maisons indépendantes.

La *Santa Casa degl' Incurabili* rivalise de splendeur avec le *Real Albergo*. De nobles personnages en jetèrent les fondements en 1521. Clément vii et après lui une foule de bienfaiteurs l'ont enrichie. Quatorze cents lits sont à la disposition des malades, et le nombre peut être facilement porté à deux mille. Le service de l'établissement est confié à trente-trois médecins et à trente chirurgiens qui ont des aides en grand nombre. La charité chrétienne multiplie les bras de ce nombreux personnel. Les sœurs de St-Vincent soignent les malades avec un dévouement et une patience au-dessus de tout éloge. Le Français reconnaît avec un sentiment d'orgueil bien légitime parmi ces femmes héroïques qui se consacrent au soulagement de toutes les douleurs, bon nombre de ses compatriotes. On éprouve une douce émotion en

pensant que la France est toujours la première là où il y a des
malheureux à secourir et de l'héroïsme à déployer.

C'est dans cet hopital des incurables que la vocation du plus
grand saint des temps modernes s'est manifestée. Alphonse de
Liguori avait quitté le barreau où il avait eu de brillants succès,
et il témoignait un extrême éloignement pour les divertissements
du monde. Son père n'approuvait pas ce nouveau genre de vie, et
lui ordonna un jour de se rendre avec lui à une fête en l'honneur
de l'impératrice où il était invité. Alphonse fit des observations
qui excitèrent l'irritation de son père. Accablé de tristesse, « Mon
Dieu, s'écria-t-il, si je lui résiste, je fais mal ; si je consens, c'est
pis encore : je ne sais quel parti prendre. » Il sortit ainsi de
la maison et se rendit directement à l'hôpital des incurables, dans
l'espoir de trouver quelque soulagement. Cet hôpital était devenu
les délices d'Alphonse. Il y voyait les misères humaines sous leur
véritable aspect, et la vue de tant de malheureux l'aidait à supporter les amertumes dont il était alors abreuvé... C'est là que Dieu
l'attendait. Si le Seigneur s'était manifesté à Moïse sous la forme
d'un buisson ardent et au milieu des éclairs et de la foudre, ce fut
aussi au milieu des angoisses et des tempêtes de la colère d'un père
et parmi les ronces des misères humaines qu'il voulut se mani-
fester à Alphonse. Tandis qu'accablé de tristesse il était occupé à
soulager ces pauvres malades, il se vit tout à coup frappé d'une
grande lumière, et la maison lui apparut comme bouleversée de
fond en comble. Il entendit en même temps une voix qui lui dit
avec force : Laisse-là le monde, et donne-toi tout entier à moi. »
Alphonse, surpris de cette grande lumière, continua néanmoins à
soigner les pauvres, sans prendre aucune détermination. Il sortit
ensuite de l'hôpital après s'y être acquitté de ses exercices de
charité; quand il fut arrivé au milieu de l'escalier, toute la maison
lui parut de nouveau crouler, et il sentit la même voix lui répéter
intérieurement : « Laisse là le monde, et donne-toi tout entier à

moi. » A ces mots, Alphonse s'arrête, et répondant à l'invitation comme un autre saint Paul, « Seigneur, dit-il en pleurant, j'ai trop résisté à votre grâce : me voici, faites de moi tout ce qu'il vous plaira. » Alors, tout étourdi et comme hors de lui-même, il sort de la maison des incurables, et se dirige vers l'église de la Rédemption des captifs, dédiée à la sainte Vierge Marie [1], où il resta pendant trois jours et d'où il ne sortit que pour se consacrer au Seigneur.

[1] Mémoires sur la vie et la congrégation de saint Alphonse Marie de Liguori, par le R. P. Antoine Marie Tannoja. Liv. I. ch. 7.

VII

Saint Janvier

La sua eccelenza San Gennaro.
Son Excellence saint Janvier.

Comme on le voit, d'augustes patronages planent sur Naples, couvrant de leurs ailes la frivole Sirène, interposant l'égide du pardon entre le scandale trop fréquent des plaisirs et les feux toujours menaçants du Vésuve. Naples, avons-nous dit en entrant dans ses murs, est l'héritière de la sainteté comme elle est la fille du génie. Répétons-le en sortant de ses églises, où la poussière de tant de vertus dort à la surface de chefs-d'œuvre si resplendissants. Que de souvenirs édifiants et imprévus ont surgi dans notre inspection trop rapide des principaux monuments religieux ! De saint Pierre, fondateur de l'unité, à saint Liguori, dernier venu des docteurs, que de noms s'interposent dans le martyrologe napolitain ! L'Église privilégiée du Sud, la sœur cadette de Rome, a dû faire un choix entre tant de protecteurs nés de sa ville et de son territoire. Elle a nommé d'office ses avoués au ciel.

Leur liste chronologique est longue [1]. Après saint Pierre, après saint Paul, dioscures de la foi, après saint Asprène, leur disciple et légataire, se range saint Agrippin, sixième évêque, « ami de la patrie, défenseur de la cité, qui tous les jours ne cesse de prier pour ses pieux serviteurs. Il a beaucoup accru le troupeau des croyants et l'a placé dans le sein de notre Mère la sainte Eglise. De nombreux miracles forment son auréole [2]. » Saint Ephèbe, second successeur d'Agrippin, « beau de corps et plus beau d'esprit, fut à la tête du peuple de Dieu et administra fidèlement [3]. » « Fortunat, catalogué le neuvième [4], vécut une vie très-sainte, passant nuit et jour en oraisons incessantes. Il acquit selon qu'il désirait le royaume du ciel. » « Maxime, qui le suivit, vaillant dès sa première enfance et parfaitement modéré, combattit pour la sainte Eglise. On l'emmena de Naples en exil, et, martyr de sa foi, il s'endormit dans la paix du Seigneur [5]. »

Sévère, saint Athanase [6], sainte Patrice et l'abbé Agnel continuèrent la série des patrons. L'abbé Agnel, « originaire de Naples, d'une famille honnête et pieuse, moine à quinze ans, chercha la solitude dans les antres et les montagnes très-hautes du Samnium, où il vécut inconnu un certain temps; mais Dieu lui inspira le dessein de revenir soigner les malades dans un hospice (qu'il avait

[1] Vid. Ughelli : *Ital. sacra*, VI.

[2] Joan. Diac. Chronic. episc. Le chroniqueur ajoute qu'il repose dans la basilique Stéphanienne. Cf. Petr. subdiac. in Vit. Athanasii.

[3] Joan. d. ibid. Son corps fut transféré de la basilique Stéphanienne chez les PP. Capucins. Le nom de saint Ephèbe, comme tant d'autres des bas temps, a autant de variantes qu'il a de transcripteurs : Ephèbe, Euphène, Euphème, Ephère, Epime....

[4] A ne point compter Marcianus, Cosmas et Calepodius, que le chronographe supprime. La fête de saint Fortunat se célèbre le 9 juin. Grégoire XVI a approuvé son culte par un rescrit en date du 15 janvier 1841.

[5] Maximus episcopus decimus.... — Faustin et Marcellin, in libello precum.

[6] La Vie de saint Athanase, écrite par les Napolitains Jean, diacre, et Pierre, sous-diacre, se trouve à titre de monument de grande valeur dans les Bollandistes et dans Muratori.

fondé antérieurement), et de là il fut appelé à la tête du monastère de Saint-Gaudiosus, en sa ville natale, où il mourut en 596 [1]. »
Saint Thomas [2], le docteur angélique, étoile de l'Eglise, « astre
le plus resplendissant du monde, gloire et ornement de la
patrie, » revendique à bon droit le huitième rang dans la hiérarchie. Aux précédents s'ajoutent le bienheureux André Avellin,
clerc régulier, et saint François de Paule, père des Minimes [3];
ce pauvre prêtre qui vit mourir dans ses bras deux princes de son
siècle, Lonis XI et Ferdinand II.

Une seule de ces illustrations suffirait à l'orgueil de nos villes.
Dans la cité napolitaine, elles s'effacent et disparaissent toutes
derrière une gloire qui les résume et les absorbe. Au-dessus
des saints évêques, des confesseurs, des martyrs et des vierges
de tous les temps que Naples a placés sur ses autels, un favori
de Dieu rayonne et plane comme le soleil aux champs des
cieux.

Saint Janvier est pour Naples le roi des bienheureux, le premier
des patrons. Pourtant son nom ne se mêle point à l'histoire des
origines, il ne figure pas sur les tables pontificales de la cité, il
n'est point isolé dans les actes des martyrs. Saint Janvier n'a
pas vu les apôtres, il n'a point siégé dans Naples; il a ses compagnons de souffrance; mais il n'a point ses pairs de gloire; mais
son corps, apporté de bonne heure au pied du tombeau de Parthénope, a sanctifié la terre des souillures, son supplice a marqué
l'apogée de l'ère des martyrs; mais, depuis des siècles, le miracle de son sang fixe à point nommé les regards de l'univers;
mais le peuple qui le sert est le plus pieux, le plus croyant des
peuples; et à cause de cela, saint Janvier est un saint incomparable que tout le monde connaît au moins de nom. Et parce
que le savoir de beaucoup ne va pas au delà, et que des écrivains

[1] Mabillon. Ann. bened. IX. 9. — Cf Catal. Ferrari et Chiocarelli de Neapol.
episc. — [2] Ughelli : Ital. sacr. Neap. sacr. t. VI. — [3] Id. ib.

ont chargé de circonstances parasites et grotesques la légende du saint de Naples, il nous a paru bon et utile de la reproduire d'après des documents originaux, les seuls que l'Eglise admette et qu'elle propose à la piété des fidèles [1].

Notre rôle va donc se renfermer dans les fonctions modestes de traducteur. Tout en rapprochant les fragments des versions différentes, nous nous interdirons la moindre interpollation étrangère au texte authentique. La légende resserrée dans son propre cadre aura, nous l'espérons, son intérêt naturel. On commence à se douter aujourd'hui qu'il peut y avoir un fonds de poésie et de couleur locale sous ces récits tant dépréciés des vieux âges. Ce n'est point une vie, c'est une passion, et comme tout drame, elle a son exposition.

Passion de saint Janvier et de ses compagnons.

I

L'apôtre saint Jean dans son Apocalypse, dit un vieux légendaire italien, écrit à l'ange de Smyrne, le saint martyr Polycarpe, et, en lui, à tous les martyrs futurs, pour lui annoncer les persécutions et les cruautés horribles dont les serviteurs de Dieu devaient être accablés. « Voici, dit-il, que le démon va envoyer quelques-

---

[1] Les actes les plus complets et les plus étendus de saint Janvier sont surtout ceux rédigés par Jean, diacre. Mais outre qu'ils proviennent d'une date relativement récente, ils sont écrits dans un style âpre et torturé. Pour ces deux raisons nous avons préféré, toutes les fois qu'il a été possible, les textes antérieurs, édités au commencement du xviiie siècle, par Falconius et Mazocchius. Ces textes démembrés, mais vénérables par leur ancienneté et leur forme, sont : 1° *Acta auctore anonymo ex cod. nostro Ms.* (disent les Bollandistes) *et altero rubræ vallis.* C'est ceux que nous désignons : *Cod. Boll. et Ms. rub. val.* — 2° *Acta mendoza ex editione Mazocchii.* Nous n'en usons qu'avec une grande réserve ; car outre l'altération visible du manuscrit sur lequel ils ont été imprimés, ils soulèvent d'inextricables difficultés. — 3° *Acta S. Proculi.... etc. ex duobus Mss. Puteolanis.* — C'est avec ces quatre textes *seuls* que nous avons refait la passion du glorieux saint Janvier.

uns de vous en prison, et vous aurez une grande tribulation duran
dix jours. » Ces dix jours furent les persécutions de la primitive
Eglise. La première fut exercée par Néron à l'occasion de la victoire
des apôtres Pierre et Paul sur Simon le Magicien. La dixième (pour
omettre les autres) fut ordonnée par Dioclétien. Dans ces dix jours,
les princes païens, ignorant la justice de Dieu et la foi du Christ,
inventèrent, en vue d'extirper les fidèles pullulant dans la primitive Eglise, tant de genres différents de tourments, qu'il serait
à peine possible de les compter et de les écrire.

Enfin l'ennemi du genre humain, jaloux de notre salut, sembla
vomir entièrement le venin de sa méchanceté par Dioclétien, prince
d'autant plus orgueilleux de son pouvoir qu'il avait un plus humble
et plus pauvre point de départ. Telle fut sa rage impie qu'il com-
manda par un édit de renverser dans l'univers entier toutes les
églises des chrétiens, de brûler les divines Ecritures et de s'emparer
partout des ministres sacrés. Alors le peuple chrétien se trouva au
milieu des païens, comme Job dans la terre de Hus, comme Loth
au milieu de Sodome, comme le lis dans les épines [1].

I I

Donc étant soulevée une aussi violente tempête, un certain
Dracon, président de Campanie, voulant plaire à Dioclétien, dé-
versa, comme un dragon virulent, le poison de son iniquité sur les
fidèles du Christ, sans épargner ni le rang, ni le sexe, ni l'âge.
Le zèle des affreux satellites, avides d'accomplir les ordres du
maître, bien qu'il affligeât la Campanie entière, s'appesantit spécialement sur la ville de Misène, parce qu'il y avait là un concours
fréquent et fameux de païens; occasionné par le voisinage du
tombeau prophétique de la sibylle [2].

[1] Mss. Puteol. I.
[2] Joan. diac. I. 5. — Cf. Act. Mgnd. 1. — Mss. Puteol. 2.

III

En ce temps-là florissait le bienheureux Sossius, diacre de cette même église, homme d'à peu' près trente ans, èn qui se résumaient tous les dons de la grâce céleste. Il n'osait parler en public, à cause des embûches des persécuteurs ; mais il allait nuit et jour invitant les incrédules à la foi, corroborant les fidèles pour les luttes imminentes. Son dévoûment se répandait au loin et au large, la réputation de sa vertu croissait de jour en jour. Il grandissait dans l'affection universelle, tellement que Janvier, illustre évêque du siége de Bénévent, bien qu'il lui fût supérieur en dignité, s'humiliant à l'exemple du divin Maître jusqu'à la mort, conçut un grand désir de le voir et vint à lui en grande hâte. Vivant ensemble, ils échangeaient avec une générosité réciproque le pain de la doctrine, élevant leurs âmes aux choses célestes, et nourrissant le troupeau du Seigneur par leurs colloques sacrés [1].

IV

Le bienheureux Janvier se trouvant ainsi à Misène, il arriva que comme le bienheureux Sossius, diacre, lisait dans l'église les saints évangiles de Dieu, soudain une flamme s'éleva de sa tête, et personne ne la vit que le bienheureux Janvier, évêque. Celui-ci présagea par le signe qu'il avait aperçu un futur martyr : transporté de joie et rendant grâces à Dieu, il baisa cette tête qui devait souffrir pour Jésus-Christ [2].

V

Sossius, très-bon lévite, brillant par l'éclat de ses mœurs, persévérant dans la vertu, était, suivant l'enseignement de l'Apôtre,

[1] Joan. diac. I. 5. — Act. mend. 1.
[2] Mss. Puteol. 2. 2. — Act. mend. 2. — Joan. diac. 1. 7.

une bonne odeur vivifiant les uns [1], empoisonnant les autres. Il
arriva que ceux qui avaient péri par cette bonne odeur, accu-
saient fréquemment le saint auprès de Dracon. Cédant à leurs
instantes suggestions, le ministre du paganisme, lancé dans les
bras des furies, envoya ses licteurs, avec l'ordre d'arrêter Sossius
et de l'amener au tribunal. L'athlète du Christ comparut avec
intrépidité. Le juge admira longtemps et à son aise l'élégante
figure du saint : La beauté de tes formes, lui dit-il ensuite,
correspond à la célébrité de ton nom; mais parce qu'on te sus-
pecte de la souillure d'une certaine superstition, il faut que tu
t'approches pour offrir une libation, détruire ainsi l'accusation
qui tant de fois a frappé nos oreilles. A cela le saint répondit
ce peu de mots : Malheur à moi, ô juge, malheur à moi, si
je devais entacher de quelque souillure la religion à laquelle
j'ai été offert pour ainsi dire dès le berceau, et que j'ai suivie
de tout cœur et en toute intention [2].

VI

Alors le censeur se fâcha ; étendant sur ses traits l'amertume de
son fiel : Venez, cria-t-il à ses licteurs, venez et déployez vos
forces ; réprimez par la rigueur de vos verges la loquacité de cet
audacieux. Et les licteurs dociles flagellaient affreusement le corps
du saint. Or le ministre du démon, voyant que le vigoureux athlète
du Christ tolérait patiemment le supplice, ajouta étouffé par la
colère : Il affecte de revêtir le visage de la longanimité. Envoyez-le
dans la plus affreuse prison mourant de froid et de faim, il dé-
pouillera cette jeunesse florissante dont il se glorifie [3].

VII

Dès que le bienheureux Janvier apprit que le bienheureux Sos-

[1] L'auteur ajoute ici : « Secundum congruam nominis sui vocationem (quia
Sossius, si a σώζων græco sermone derivatur, latine *salutaris* exprimitur). »
[2] Joan. diac. I. 7, 9. — [3] Id. 10, 11.

sius, diacre, était retenu en prison, il vint le consoler, et entrant
dans le lieu où le martyr était enchaîné, il dit : Pourquoi
l'homme de Dieu est-il détenu sans motif? Aussitôt les soldats
qui gardaient la prison, allèrent au juge et lui dirent : Voici que
cet autre homme, que Votre Grandeur nous a souvent chargés
d'arrêter, vient dans la prison et dit : Pourquoi l'homme de Dieu
est-il détenu sans motif? Le juge, à cette nouvelle, fit saisir et
amener le bienheureux Janvier, évêque ; puis, montant sur son
tribunal, il l'interrogea en ces termes et lui dit : De quelle religion es-tu? Saint Janvier répondit : Je suis chrétien et évêque.
Le juge dit : De quelle cité? Saint Janvier répondit : De l'Eglise
de Bénévent.

Le juge l'envoya en prison [1].

VIII

Sossius avait un ami qu'il chérissait intimement, son égal en
sainteté et en hiérarchie ; il s'appelait Proculus et était diacre de
l'église de Pouzzoles. Enflammé de cette charité qui bannit toute
crainte, il s'adjoignit les fidèles Eutyces et Acutius, et abordant
Dracon il éclata en vigoureux reproches : O juge inique, quelle
férocité t'inspire, pour que tu sois l'ennemi de la vérité et l'oppresseur de l'innocence? pour que tu poursuives les serviteurs du
Christ, pour que tu t'efforces, mais en vain, de renverser sa foi?
Injuste président, pourquoi siégeant sur ton tribunal remplis-tu
l'office, non d'un magistrat équitable, mais d'une bête cruelle [2]?

IX

Et aussitôt le juge fit reparaître le saint homme Sossius, épuisé
par les longues souffrances et les privations de la captivité : Proculus, dit-il, voici que tu auras avec qui converser de ta secte

[1] Act. Mend. 3 et 4.
[2] Mss. Puteol. 2 passim. — Cf. id. ap. Joan. diac. I. 12. diffusè,

insensée. Regarde cet homme en face de toi ; tu vas lui devenir semblable pour la parure des vêtements et les délices de la table. Proculus ne s'effraya point des tourments du saint homme Sossius ; mais animé plus fortement encore , il répondit : N'est-il pas juste que les hommes de la même religion parcourent la même stade pour arriver à la palme de la vocation céleste. — Oui , dit le tyran , la même peine atteindra ceux que souille la même erreur. Donc il les fit incarcérer tous ensemble , et sans plus de délai il les fit fouetter à peu près jusqu'à la mort , leur criant en outre avec sa voix de tonnerre : Voilà la douceur de la cohabitation , voilà la suavité de se trouver réunis ; goûtez-en les délices jusqu'à ce que nous ayons pris conseil sur ce que nous pouvons encore vous concéder de jouissances [1].

X

Or , les martyrs étant flagéllés et retenus avec saint Sossius dans un même cachot, Dioclétien , l'exécrable empereur , substitua à Dracon dans la présidence de la Campanie un certain Timothée , païen très-acharné, Celui-ci vint , et visitant, suivant l'usage , les villes de son nouveau gouvernement , il s'arrêta quelques jours à Noles , prenant scrupuleusement connaissance des derniers actes du pouvoir judiciaire. On lui remit les tablettes (registres) de ses différents prédécesseurs , et quand il arriva aux actes des bienheureux martyrs , Sossius , diacre de l'église de Misène , Proculus , diacre de la cité de Pouzzoles , Eutyces et Acutius , portant qu'ils avaient été affectés de différents supplices , et consignés en prison par arrêt du juge , Timothée s'enquit de ce qu'on avait fait d'eux. On lui répondit qu'ils languissaient depuis longtemps dans les fers à Pouzzoles , et on termina par la diffamation du bienheureux Janvier , évêque de la cité de Bénévent. Le très-inique

[1] Mss. Puteol. 3. initio et sub fine. — Cf. Joannes diaconus I. 13. 14. passim.

Timothée, apprenant la renommée de saint Janvier martyr, se le fit
montrer tout d'abord : Voyons , dit-il aux appariteurs , qu'on me
fasse venir cet homme qui présume tant de son autorité , afin qu'il
apprécie d'abord la grandeur de notre puissance , et qu'ensuite , si
bon lui semble , il apprenne la prudence aux autres.

Tout cela se passait , Dioclétien étant empereur ; étant consuls ,
Constantin César pour la cinquième fois , Maximien César pour la
sixième [1].

X I

Et quand le très-bel évêque orné de nombreuses réponses comparut à Noles devant le tribunal du président, Timothée lui dit :
Janvier , je sais l'illustration de ta race ; c'est pourquoi je t'engage
à sacrifier aux dieux, suivant le décret des princes très-invincibles.
Mais si tu t'y refuses, j'emploierai des tourments horribles qui te
déchireront cruellement. A l'aspect de ces tourments, ton Dieu
lui-même sera effrayé. Saint Janvier répondit : Tais-toi , malheureux , ne fais pas entendre à mes oreilles une telle injure
envers le Créateur qui a formé le ciel et la terre. Que le Seigneur
Dieu ne perçoive point le blasphème qui sort de ta bouche, de peur
qu'il ne te fasse périr, ou que tu ne deviennes muet et sourd.

[1] Joan. diac. II. 15 passim. — Cod. Bolland. mss. rub. val. et al. edit.
Cette indication consulaire ne nous paraît point soutenir la critique. Constantin
se lit même dans Mazocchius ; mais il faut incontestablement Constance (Chlore).
Dans le fait, le père du grand Constantin tint les faisceaux en 305 (année du
martyre de saint Janvier) avec Galerius, dit Maximianus, du nom de son beau-père.
C'est le Maximien César dont il est ici parlé , le Maximus Armentarius des tables
de Riccioli. Tout le monde sait que Galère était primitivement bouvier. Les deux
noms consulaires ainsi rectifiés , resterait à discuter le *sexties* du texte des Bollandistes. Mazocchius va jusqu'à donner *septies*. Mais nous croyons qu'ici, comme
pour les noms des Césars, l'indication des tables consulaires de Riccioli doit être
adoptée, c'est-à-dire *quinquies* pour tous deux. Ce ne serait point la première fois
que pareil désaccord se serait présenté. Le *Libellus aureus de præfectis urbis*
(*ab anno* 259) publié par Bucherius, réimprimé par Onuphrius Panvinius, et revu
enfin par Edouard Corsini, est loin de toujours concorder avec les *Acta Martyrum*
de l'empire.

Alors le tyran Timothée dit à saint Janvier : N'est-il pas en ton pouvoir de prévaloir sur moi, toi et ton Dieu, par tel maléfice qu'il te plaira. Saint Janvier répondit : Mon pouvoir n'est rien, mais il est un Dieu dans le ciel qui peut te résister à toi et à tous ceux qui t'obéissent ou te secondent.

Cela dit, le tyran Timothée le renvoya dans son cachot [1].

VII

Le juge, irrité de ne pouvoir par ses caresses précipiter le saint du sommet de la foi orthodoxe, fit chauffer pendant trois jours une fournaise et ordonna de l'y jeter. Le saint et bienheureux Janvier colla sur son front la croix du Seigneur, et élevant au ciel un soupir avec un regard, il étendit les mains. En entrant dans la fournaise ardente, il louait le Seigneur et disait : Seigneur Jésus-Christ, j'embrasse cette passion pour l'amour de votre saint nom, et j'attends l'entier accomplissement de la promesse que vous avez faite à ceux qui vous chérissent. Exaucez la prière que je vous envoie, tirez-moi de cette flamme, vous qui avez secouru les trois enfants dans la fournaise ardente, Ananias, Azarias et Mizaël; soutenez-moi présentement dans cette confession, afin de me soustraire aux mains de cet ennemi. En disant cela, le bienheureux Janvier commença à marcher avec les saints anges dans le milieu de la fournaise, bénissant le Père et le Fils et le Saint-Esprit. Les soldats qui se tenaient à l'entour, entendant Janvier qui louait Dieu du sein de sa prison de feu, furent saisis de grande terreur, et prenant une course rapide, coururent au juge et lui dirent : Nous vous en prions, seigneur juge, ne vous indignez pas sur nous; car nous avons entendu la voix de Janvier qui invoquait son Seigneur dans la fournaise; et grandement saisis, nous nous sommes réfugiés dans la fuite. Le président Timothée à cette nouvelle fit ouvrir la fournaise, et quand elle fut ouverte, la flamme jaillit et dévora

[1] Manusc. rub. val. 2. — Jean diac. II. 16.

la troupe incrédule de païens qui étaient à l'entrée. Saint Janvier
de son côté apparut au milieu du feu, glorifiant le Seigneur Jésus-
Christ. Ni ses vêtements ni ses cheveux n'avaient été endommagés
par l'élément destructeur [1].

XIII

Timothée le fit venir en sa présence, et lui dit : Janvier,
qu'est-ce ceci? Voilà que les enchantements que tu opères triom-
phent de ma justice. Je te ferai périr par des supplices variés.
Le bienheureux Janvier répondit : Puisses-tu n'avoir jamais dit
vrai, ô tyran incrédule, si je dois m'aliéner la vérité du Christ
et faire par crainte ce que tu commandes. Pour moi, j'espérerai
dans le Seigneur, je ne craindrai pas, quoi que l'homme me
fasse. Le tyran irrité le fit ramener en prison. Puis, quand vint
le matin, il s'assit au tribunal du forum de la cité. Saint Janvier
comparut de nouveau, et Timothée lui dit : Que tardes-tu? sacrifie
aux dieux si tu ne veux pas mourir par le glaive cruel. Ton
Dieu lui-même ne pourra te délivrer de mes mains. Saint Janvier
répondit : Malheureux, tu ignores la puissance de mon Dieu,
à qui personne n'a résisté sans renoncer pour toujours à la paix ;
car il a fait tout ce qu'il a voulu dans le ciel, sur la terre, dans
la mer et dans tous les abîmes. Songe combien est affreux le
blasphème envers ce Dieu qui use à ton égard d'une patience
aussi prolongée, afin de t'acquérir à sa miséricorde. Le président irrité fit détacher les fers de l'évêque, espérant l'intimider
par l'effroi de la mort. Mais saint Janvier pria, recommandant sa
lutte au Seigneur ; et le président le fit reconduire une fois encore
dans sa prison [2].

XIV

Là Janvier était gardé étroitement par les soldats. Deux clercs de

[1] Ms. rub. val. 3. — Joan. diac. II. 16.
[2] Cod. Bol. et Ms. rub. val. 4.

son armée sacerdotale, le diacre Festus et le lecteur Didier, apprenant que leur pasteur était détenu dans les fers pour l'amour du
Christ, accoururent précipitamment à Noles; et enflammés tout à
coup de l'Esprit-Saint, ils allaient se lamentant et criant : Pourquoi un tel pontife est-il emprisonné? Pourquoi un si bon père
est-il persécuté? Quel crime a jamais commis le saint homme?
Qui est venu à lui dans la tristesse et ne s'en est allé dans la con-
solation? Quel malade visité par lui n'en a reçu les remèdes du
salut? Est-il un péril qu'il n'ait secouru? Bientôt leurs paroles
furent rapportées au juge, qui fit arrêter les deux clercs en grande
hâte, et les fit comparaître avec le martyr saint Janvier. Quand ils
furent en sa présence, le juge Timothée dit au bienheureux Janvier : Qui sont ces deux homme? Saint Janvier répondit : L'un
est mon diacre, et l'autre mon lecteur. Le juge dit : Et eux aussi se
déclarent chrétiens? Saint Janvier répondit : Oui, car si tu les
interroges, j'espère en mon Seigneur Jésus-Christ qu'ils ne nieront
pas leur qualité. Ceux-ci, interrogés par le juge, dirent : Nous
sommes chrétiens, et prêts à mourir pour l'amour de Dieu. Le
juge dit : Approchez et offrez des libations aux dieux, selon le décret de l'empereur, et allez-vous en sains et saufs. Saint Janvier
répondit : Nous offrons tous les jours à Notre-Seigneur Jésus-
Christ tout puissant le sacrifice de louange, et non à vos dieux
vains [1].

XV

Alors le président Timothée rempli de colère fit enchaîner et
traîner devant son char l'évêque saint Janvier avec le diacre Festus
et le lecteur Didier dans la direction de Pouzzoles, se promettant
de les livrer aux ours de cette ville avec les saints martyrs qu'il
savait y être détenus. Et lorsqu'ils furent arrivés dans la cité,
Timothée les fit tenir sous bonne garde et ordonna de préparer
l'arène. Cependant tous les saints réunis s'embrassaient tour à

[1] Cod. et manuscr. rub. val. 4. — Act. Mend. 4.

tour. Le bienheureux martyr Janvier les exhortait en disant : Béni soit le Seigneur Dieu qui seul fait de grandes choses ; qui m'a amené ici, afin que le troupeau ne fût pas sans pasteur ni le pasteur sans troupeau.

Or le lendemain l'arène se trouva prête dans la cité de Pouzzoles ; suivant l'ordre du juge, les saints furent amenés à l'amphithéâtre. Et Timothée, le très-impie président, vint au spectacle, et il s'assit, et il ordonna de lâcher les bêtes. Janvier, comme un bon pasteur, placé au milieu des siens, leur dit : Mes frères, saisissez le bouclier de la foi, crions vers le Seigneur notre soutien, au nom de Celui qui a fait le ciel et la terre. Et telle intervint la miséricorde du Seigneur, que les bêtes féroces accoururent aux pieds de Janvier, baissant la tête comme des agneaux. Mais le juge insensé ne crut pas encore. Il fit éloigner les bêtes et renvoya les saints de l'amphithéâtre au forum [1].

XVI

Et montant sur le tribunal il dicta la sentence et dit : Janvier, évêque ; Sossius, Proculus et Festus, diacres ; Didier, lecteur ; Eutycès et Acutius, citoyens de Pouzzoles, ont fait profession de chrtstianisme ; ils ont méprisé les libations des dieux et les ordres de l'empereur. Nous voulons qu'ils aient la tête tranchée. Le bienheureux Janvier regardant le ciel répondit : Seigneur Jésus-Christ, qui êtes descendu du plus haut des cieux pour la rédemption du genre humain, secourez-moi, délivrez-moi des mains de cet ennemi. Faites voir que vous protégez votre serviteur, et faites éclater votre toute-puissance sur le tyran Timothée en le privant de la vue et de la lumière du ciel. Et comme saint Janvier achevait son oraison, des nuages couvrirent les yeux du persécuteur, et il devint subitement aveugle. Alors saint Janvier pria Dieu et lui dit : Je vous rends grâces, Père de Notre-Seigneur

[1] Cod. Boll. et Ms. rub. val. 6.

Jésus-Christ, qui avez exaucé votre serviteur et lacéré les yeux de l'impie Timothée, parce que beaucoup d'âmes se sont tournées à cause de lui vers la perdition. Cependant le tyran Timothée souffrait affreusement dans les yeux, et sa douleur allait croissant. Alors, se retournant, il se prit à crier et à dire : Allez, allez au plus vite vers Janvier et ramenez-le-moi. Les serviteurs allèrent, et ils rencontrèrent les saints que les bourreaux emmenaient par la pente qui conduit à la Solfatare, et ils appelèrent Janvier, et ils le placèrent en face du président [1].

XVII

Alors Timothée, avec d'affreux rugissements, cria au bienheureux Janvier : Janvier, serviteur du Très-Haut, priez le Seigneur votre Dieu pour un malheureux aveugle, afin que je recouvre la lumière que j'ai perdue. Saint Janvier, élevant les yeux au ciel, dit : Dieu d'Abraham, Dieu d'Isaac, Dieu de Jacob, exaucez ma prière, rendez la vue à l'indigne Timothée, afin que le peuple ici présent sache que vous êtes Dieu et qu'il n'en est pas d'autre que vous ; car nous ne rendons pas le mal pour le mal. Et comme saint Janvier achevait son oraison, les yeux du persécuteur s'ouvrirent. Et toute la foule vit les choses merveilleuses que le Seigneur avait opérées par le bienheureux Janvier, martyr ; et beaucoup des assistants, environ cinq mille, crurent au Seigneur Jésus-Christ, et des cris s'élevèrent au ciel de cette sorte : Ne craint-on pas Dieu, ne craint-on pas qu'il venge la mort d'un si grand et si saint homme, et que nous périssions pareillement avec lui ? Timothée, libre de la peine, mais esclave de l'iniquité, voyant le peuple se convertir au Christ, se troubla. Redoutant les ordres des princes, il ordonna à ses soldats d'emmener au plus vite le serviteur de Dieu et de le décoller [2].

XVIII

Et comme tous ensemble marchaient au supplice, un pauvre

[1] Cod. Boll. et Ms. rub. val. 7. — [2] Ib. 8.

vieillard, espérant les bienfaits de saint Janvier, se jeta à sa rencontre, tomba à ses pieds et le conjura de lui accorder quelque
chose de ses vêtements. Or le bienheureux Janvier dit à ce vieillard : Apprends que tout à l'heure, quand je serai étendu sur le
sol, je te remettrai moi-même mon *orarium* [1] avec lequel je me
serai bandé les yeux. La propre mère de saint Janvier, demeurant
à Bénévent, avait eu, trois jours avant que son fils souffrît, un
songe dans lequel Janvier évêque s'envolait au ciel à travers les
airs; et comme elle hésitait et questionnait sur le sens de ce songe,
quelqu'un parut subitement qui lui annonça que son fils Janvier
était détenu dans les fers pour l'amour de Dieu. Effrayée, elle se
prosterna devant le Seigneur, et durant son oraison elle rendit son
âme sainte. [2].

XIX

Cependant les saints étaient parvenus au lieu où ils devaient être
décapités, c'est-à-dire à la Solfatare. Saint Janvier, fléchissant les
genoux pour la prière, disait : Seigneur, Dieu tout-puissant, je
remets mon esprit entre vos mains. Se relevant, il prit son
orarium, se banda les yeux, et s'agenouillant il posa les mains
contre sa figure et pria le bourreau de frapper. Or le bourreau,
frappant de toute sa force, trancha avec la tête un doigt de la main
de saint Janvier. Tous les saints martyrs reçurent pareillement la
couronne éternelle. Or saint Janvier, après sa décollation, apparut
visiblement au vieillard et lui remit l'*orarium* avec lequel il s'était
bandé les yeux et qu'il avait promis à sa prière, et lui dit : « Voici
que je te rends l'objet que je t'avais promis, emporte-le. » Celui-ci
reçut l'*orarium* avec le plus grand respect et le cacha dans son
sein. Or les bourreaux et deux autres hommes de l'office, voyant le

---

[1] *Orarium*, espèce de mouchoir avec lequel on s'essuyait le visage. Dans les
auteurs ecclésiastiques, *orarium* se prend dans différents sens : pour le manipule
des diacres, pour l'étole et le *pallium* des évêques. — V. S. Hieronym. Epist,
ad Nepotian.; — Acta S. Cypriani; — Bruno Signiensis, De vestimentis episcop.

[2] Cod. Boll. et Ms. rub. val. 9.

vieillard, le raillaient et lui disaient : « As-tu reçu ce que t'avait promis celui qui vient d'être décollé. » Et lui leur dit : Oui; et il leur montra l'*orarium*, et les bourreaux le reconnurent et ils admirèrent. Le jour même où le bienheureux Janvier fut décollé avec les saints martys, le très-cruel Timothée commença à être affreusement tourmenté. Il criait à haute voix et disait : Misérable! je souffre à cause du serviteur de Dieu Janvier. Malheur, répétait-il, malheur à moi parce que j'ai accompli une énorme impiété! J'en reçois le châtiment: les anges de Dieu me torturent.

Et lorsqu'il eut longtemps souffert, il exhala l'esprit [1].

X X

Cependant les chrétiens des diverses villes gardaient les corps des saints, afin de les enlever de nuit et de les apporter dans leurs cités. Quand il fut nuit, et que tous dormaient, à l'heure du silence, saint Janvier apparut à l'un de ceux qui étaient prêts à enlever son corps, et il lui dit : « Mon frère, quand vous enleverez mon corps, souvenez-vous qu'un doigt de ma main a été détaché. Recherchez-le, et déposez-le pareillement avec mon corps. » Et il fut ainsi que le saint avait conseillé.

Les Napólitains, avertis par une inspiration divine, emportèrent saint Janvier. Ceux de Pouzzoles eurent saint Proculus et les saints Eutycès et Acutius. Quant aux saints Festus et Didier, ils furent transférés à Bénévent en faveur des mérites d'un certain Ciphius. Les Misénates prirent saint Sossius, et le placèrent dans une superbe basilique, d'où par la grâce de Dieu il fut plus tard transféré à Naples. .

[1] Cod. Boll. et Ms. rub. val. 10. — [2] Ibid. 11. — Joan. diac. II. 23. — Act. mend. 9. — Mss. Puteol. 7 et præsertim appendix ex editione Falçonii, cum tribus Mss. collata. — L'ensemble de ces documents, avec leur immense escorte de commentaires, est à voir dans les Bolland. *Act. sanct. septemb. vol. VI in supplem.*

Voilà l'histoire telle que l'ont transmise les écrivains sacrés, et nous ne savons s'il est possible de la traiter avec plus de simplicité et de grandeur. Dans cette rivalité d'héroïsme, dans cette soif insatiable du martyre, dans cette intervention puissante du Ciel en faveur de ses saints, dans cette charité filiale et paternelle dont la mort est le terme, nous n'avons rien trouvé qui ne fût au-dessus de la critique, parce que tout est au-dessus de l'humanité.

Maintenant à la Passion succède la Translation, autre légende non moins merveilleuse, que nous ne pouvons qu'indiquer, et à laquelle se rattache l'origine du culte, de la cathédrale et du trésor de saint Janvier. Ces trois questions deviennent locales, et n'ont point pour l'étranger l'intérêt topographique et patriotique qu'elles offraient aux Mazocchius, aux Falconius et aux Caraccioli. Stilting, dans le grand ouvrage des Bollandistes, les a pourtant relevées avec vigueur et acquises à la science générale.

Le corps de saint Janvier ne fut pas introduit dans Naples immédiatement après son supplice. Les Napolitains l'ensevelirent dans le *Campus Marcianus* [1]. L'évêque Sévère [2] le fit enlever quand déjà le christianisme triomphait, et l'intronisa au sein de la cité. Le glorieux martyr renoua vers ce temps-là la chaîne interrompue de ses bienfaits. Un enfant fut ressuscité à son tombeau [3]; le Vésuve suspendit à sa prière ses torrents de bitume et de flammes [4]. Les Lombards, après leur conversion, empruntèrent aux habitans du sol leur dévotion envers l'évêque de Bénévent. Le duc Arichis se

[1] Entre la Sofatare et le mont de l'Epine, au témoignage de Tutinus (*in Vit.* VII). Mazzocchius dit que ce champ appartient présentement aux Capucins.

[2] Voir la vie de saint Sévère dans les Bollandistes (Avril, tom. III).

[3] Le récit de ce miracle se trouve dans les Ménées. Stilting l'a traduit du grec.

[4] Temporibus enim quibus omnipotens Deus mortalium est iratus sceleribus, et ad crudelitatis ultionem mons Vesuvius vasto tremore concussus, igneis exundare globis, et circumquaque fluentibus urbem calidis cineribus pervastasset,.... etc. Ita, B. Januario intercedente, Vesuvii montis ignita interruptio extincta est. — Le fond de cette légende est dans l'ancien office napolitain. Elle se rapporte à l'éruption de 472, dont il est parlé dans la chronique du comte Marcellin.

distingua entre tous par sa piété à l'égard de ce saint protecteur [1]. Plus tard, vers 817, Sicon vint assiéger Naples; il s'appropria avant tout les précieuses dépouilles et les fit transporter à Béné-vent [2]. Ici, une lacune de plusieurs siècles envahit les annales. On perdit la trace du dépôt confié à la cité voisine, sans perdre néanmoins souvenance d'unculte devenu national. Enfin, en 1480 le *tumulus* fut retrouvé sous un autel qu'on démolissait à Monte-Virgine [3]. On juge si ce fut fête pour le cher peuple. Le roi Ferdinand II s'entendit avec le souverain pontife, qui reconnut l'authenticité et autorisa la translation. Saint Janvier vint reposer dans le *duomo*, commencé par Charles Ier et récemment achevé.

Le treizième jour de janvier de l'année 1497, la peste régnant dans la ville, le corps sacré du saint y fit son entrée solennelle. « A son approche, dit Bernardin, l'archevêque descendit de che-val, et nu-pieds sans doute (comme on peut le croire pieusement), il embrassa et reçut dans ses bras le précieux trésor. A partir de ce jour la peste cessa. On commença à rentrer dans la ville. Ceux des citoyens que le fléau avait éloignés y reparurent [4]. »

Dès lors saint Janvier ne cesse de combler Naples de ses bien-faits. Chaque année, ce sont nouveaux miracles. La peste de 1527, les éruptions du Vésuve en 1631, en 1698 et 1707, se calment

[1] Donavit Ecclesiæ B. martyris, juxtà Neapolis mœnia erectæ, ubi ejus ossa requiescebant, amplum prædium quod Planura etiam nunc vulgò dicitur : insu-perque pretiosum pallium ejusdem altari operiundo atque exornando. — Joan. diac. in Chron. episc. — Steph. II.

[2] Et ipse princeps Sico Januari sancti, etc. — Chron. Erchemperti. Cf. Leo Osŭensis in Chron. Casin. I. 20.

[3] Interea anno Domini MCDLXXX commendatum fuit monasterium Joanni car-dinali ab Aragonia, Ferdinandi regis primi filio. Qui exornando templo incumbens, quum jussisset ut id primarium altare, de medio templi dimotum ad absidis pa-rietem transferretur, sub altari marmorea lamina inventa est, quæ percussa (bombum) sonum emisit indicem, vacuum sub ea esse locum. Ea sublata inventus est loculus, cum hac epigraphe : Corpus sancti Januarii episcopi Beneventani et martyris. — Bernardin. Sicul. — Cff. Tutinus. XIV. — Caracc. séct. 15.

[4] Cf. Chiocarelli ex Chron. ms. Juliani Passeri. — Die XIII Januarii intravit Neapolim...

par son intercession. Comprend-on maintenant la dévotion si extraordinaire des Napolitains pour leur saint? comment n'auraient-ils pas toute confiance en *Son Excellence* saint Janvier, *la Sua Eccellenza san Gennaro*, qui leur a donné tant de preuves de la protection la plus généreuse et la plus efficace?

A la suite du prodige de 1707, le magistrat fit faire dans différents quartiers des inscriptions commémoratives. Voici comment l'une d'elles est conçue :

> Divo Januario,
> Urbis Neapolitanæ indigetum principi ,
> Quod montis Vesuvii ,
> Anno MDCCVII ,
> Cùm maxima ignis eruptione facta
> Dies quam plures magis magisque ferociret,
> Jam ut certissimum urbi totique Campaniæ
> Incendium minaretur,
> Sacri ostentu capitis in ara huic extructa,
> Excidiosos impetus oppresserit et omnia serenaverit,
> Neapolitani ejus divini beneficii,
> Uti et innumerum aliorum
> Quibus a bello , fame , pestilentia, terræ motu ,
> Urbem civitatemque liberavit,
> Memores
> P. P. [1]

Une transaction qui remonte de siècle en siècle enchaîne ainsi l'évêque de Bénévent à sa ville adoptive. Saint Janvier habite l'hypogée [2], au sein de la cathédrale, où nous fûmes le visiter. Cette église présente une singularité qui nuit peut-être à l'effet d'ensemble, mais qui lui donne un cachet tout particulier. Elle se

---

[1] L'an 1707, alors que depuis plusieurs jours le Vésuve était en éruption, et qu'il menaçait d'embraser la Campanie entière, l'exposition du chef sacré du Saint sur ses autels fit cesser la ruine et le désastre. Pleins de gratitude pour ce bienfait comme pour tous les autres antérieurs, par lesquels ils avaient été délivrés de la guerre, de la peste, de la famine et des tremblements de terre, les Napolitains ont fait graver cette inscription en l'honneur du bienheureux Janvier, prince et patron de leur cité.

[2] Ce mot emprunté au paganisme (ὑπό *sous*, et γῆ *terre*) est resté pour désigner la chapelle souterraine où sont conservés les corps de quelques saints.

composé de trois parties bien distinctes, ou plutôt de trois églises différentes : la partie droite du transept, nommée *Tesauro di san Gennaro*, trésor de saint Janvier; la partie gauche, qui occupe l'emplacement de l'ancienne basilique de sainte Restitute, et le reste de l'église, compris sous le nom de *Il duomo*.

Le dôme est bâti sur un ancien temple de Neptune : sa construction, entreprise sous Charles i[er] d'Anjou, fut interrompue par les troubles politiques et terminée pendant le règne du grand Robert, sous la direction du fameux architecte Masaccio. Cet édifice a la forme d'une croix latine à trois nefs. Le grand portail supporte le tombeau de Charles d'Anjou. Le bassin du baptistère est un vase antique de basalte égyptien, orné des attributs de Bacchus, ce qui accuse son origine païenne : il servait probablement de bassin lustral. Cent dix-huit colonnes de granit oriental et de marbre africain, autrefois recouvertes de stuc, divisent les trois nefs. A gauche du chœur se trouve la chapelle du séminaire, où l'on voit la belle Assomption du Pérugin; à droite l'ancienne chapelle de la famille Minutolo, fondation antérieure au viiie siècle. Elle est ornée de peintures à fresque encore remarquables, malgré les restaurations maladroites qu'on y a faites, et qui représentent les plus illustres personnages de cette maison, en costume du temps, moitié religieux, moitié militaire. Il y a dans la chapelle destinée aux réunions des prêtres missionnaires, des peintures curieuses de *Stefanone*. Elles représentent l'arbre généalogique de Notre-Seigneur sortant du sein d'Abraham. Quarante-quatre figures sont dessinées sur cet arbre : d'un côté le prophète Elisée, et de l'autre Balaam monté sur son âne, dans une posture des plus grotesques.

Sous la tribune du maître-autel se trouve la confession de saint Janvier (*Ipogeo di S. Gennaro*) construite en forme de petite église souterraine par le cardinal-archevêque Olivier Caraffa, dont on voit la statue à genoux, d'après les dessins, dit-on, de Michel-Ange.

Huit colonnes d'ordre ionique soutiennent ce petit édifice couvert tout entier de gracieuses arabesques d'un travail très-soigné.

L'ancienne basilique de sainte Restitute remonte à l'époque de Constantin. C'est la première église érigée publiquement à Naples, et le premier évêché du rite grec. Bâtie sur les ruines d'un temple d'Apollon, elle éprouva à plusieurs reprises de grandes modifications. Dans le chœur est une madone de Silvestro de Burni avec saint Michel et saint Jean-Baptiste ; sur les murs sont appliquées deux tables en marbre qui ont jadis appartenu à deux chaires du VIIIe siècle ; les bas-reliefs de ces précieux débris représentent les principaux traits de la vie de saint Janvier, de Samson et de saint Eustache. Des mosaïques du XIIIe siècle décorent les voûtes de la petite chapelle de *S. Giovanni in fonte.*

A droite du chœur, le *Tesauro di S. Gennaro* est un magnifique hommage rendu par la ville reconnaissante au saint qui la protégea en tant de circonstances. Le frontispice de la chapelle est orné de deux superbes colonnes de marbre noir fleuri de la plus grande dimension. La porte de bronze, avec ses deux bustes de saint Janvier, de Casimo Franzaga, coûta, à Biagio Monti et à P. Orazio Soppa, quarante-cinq années de travail, et au peuple trente-deux mille ducats. Son poids est de plus de quinze mille kilogrammes.

La sacristie de la chapelle est peinte par Luca Giordano. Nous ne ferons que citer quelques-uns des objets les plus précieux que l'on y admire. Trois statues en argent, une Immaculée, Saint-Raphaël et Saint-Michel : le buste de saint Janvier avec un grand collier de pierreries, auquel sont suspendues les offrandes que les souverains lui firent en plusieurs occasions ; quatre croix ornées de saphirs et de diamants, dont l'une est un présent du roi de France François Ier ; un bel ornement enchâssé de pierres précieuses avec une croix d'émeraude offerte par Joseph Bonaparte. La mitre d'argent doré qui couvre la tête du saint, est parsemée de trois mille

24

sept cents pierres précieuses. La mère de l'empereur d'Autriche actuel et le roi de Naples donnèrent, l'une une sphère d'argent dorée, émaillée de pierreries, avec un cercle de diamant surmonté de deux épis en or, l'autre un saint ciboire d'or massif avec un crucifix en rubis.

Tous ces objets sont travaillés avec un goût exquis et font honneur à l'orfèvrerie napolitaine. Mais ce qui excite le plus vivement l'intérêt des voyageurs chrétiens est le bâton de saint Pierre, qui guérit miraculeusement Asprénus, devenu plus tard le premier évêque de Naples. Ce fidèle compagnon des courses apostoliques du pécheur de Galilée, et souvent l'instrument de ses miracles, est conservé dans un étui d'argent, percé de distance en distance de trous qui permettent de le voir à travers le cristal. Le bâton a un peu plus d'un mètre de longueur, droit et rond, d'un bois semblable à celui de l'olivier et couronné d'une espèce de pomme en os.

Les tableaux sont tous de grands maîtres; mais dans l'église de Saint-Janvier comme dans celle des Chartreux, on rencontre des traces des sanglantes inimitiés qui existèrent entre les plus grands artistes. La jalousie de Corenzio, de Caracciolo et de l'Espagnolet, qui se liguèrent entre eux pour empêcher tout autre peintre de mettre la main aux fresques de la chapelle de Saint-Janvier, a privé la postérité de plus d'une page qui eût fait époque dans les fastes de la peinture. Annibal Carrache, *cavaliere* d'Arpino, le Dominiquin furent tour à tour obligés de prendre la fuite pour échapper aux transports de basse envie que leurs talents faisaient naître dans le cœur de leurs rivaux. Quel spectacle déplorable que de voir le Titien obligé de travailler le poignard au côté, Giorgione armé d'une cuirasse, Masaccio, Peruzzi, Baroccio, le Dominiquin mourir empoisonnés !

Parmi les chefs-d'œuvre existants et qu'il faut admirer, nous remarquâmes des malades guéris avec l'huile de la lampe qui brûle devant saint Janvier, et la résurrection d'un jeune homme, du Dominiquin ; la décollation du saint et son tombeau, de l'Espagnolet ; enfin deux toiles dans lesquelles Stanzioni semble s'être surpassé : saint Janvier sortant de la fournaise et une possédée délivrée par ses prières.

Nous n'eûmes point le bonheur d'assister au miracle de la liquéfaction du sang, qui a lieu trois fois l'année [1] et qui attire un concours immense de fidèles et de curieux. Toutefois nous croyons être agréable aux lecteurs en leur donnant ici quelques fragments d'un récit intéressant publié par un témoin oculaire du miracle avec une entière impartialité.

« Rien de ce que nous voyons en France ne peut donner la moindre idée de ce qui se passe dans la chapelle du Trésor, durant la cérémonie. Là éclate le génie tout spécial d'une population vive, mobile, impressionnable à l'excès. A Naples, la dévotion n'a rien de triste ni de sombre ; elle est pour ainsi dire à l'image de ce ciel resplendissant, de cette mer brillante, de cette campagne fortunée que le peuple a constamment sous les yeux. Le Napolitain est plein de confiance et d'abandon dans sa piété ; il traite les objets sacrés du culte avec la familiarité naïve et joyeuse d'un enfant. Jamais il ne comprendrait nos cathédrales mélancoliques et graves. Il lui faut des églises pleines de lumière, de marbre et d'or. Ce caractère expansif se retrouve dans la ferveur brûlante des femmes, qui debout devant la balustrade du chœur invoquaient Dieu pour qu'il lui plût d'accomplir le miracle de la liquéfaction du sang de saint Janvier, avec des gestes, avec des cris, avec des paroles dont aucune description ne peut rendre la physionomie extraordinaire et frappante......

» Allons, San Gennaro, disait l'une d'elles, écoute tes amis, fais le miracle. N'attends pas. Songe qu'on espère en toi. Vois le saint cardinal, vois ces pieux étrangers. Ne trompe pas leur confiance.

[1] Le premier samedi de mai, le 19 septembre et le 16 décembre.

Et après que la liquéfaction du sang s'était opérée : A la bonne heure, San Gennaro, s'écriait-elle, tu as bien fait. Tu es grand, tu es bon, nous t'aimons tous. Sois béni mille et mille fois !.... Il y avait là sous une forme triviale une éloquence naturelle vraiment saisissante.... Au reste, l'observateur attentif ne saurait mettre en doute la parfaite sincérité de cet élan populaire. Il suffisait de voir les larmes qui baignaient les yeux de ces femmes, d'entendre le son de leur voix, d'étudier leur émotion profonde, pour être convaincu qu'il n'y a dans leur enthousiasme rien de factice ni de calculé. Ajoutons d'ailleurs que bien qu'exprimés avec moins de vivacité, leurs sentiments étaient partagés par la foule qui remplissait la chapelle et la cathédrale.

» A neuf heures précises, le doyen est venu déposer sur l'autel de gauche le buste de saint Janvier..... Le doyen du chapitre est appelé de droit à l'honneur de tenir le premier le reliquaire. Mais, comme ses forces peuvent le trahir, il est suppléé par un ou plusieurs de ses collégues si le prodige est trop lent à s'effectuer. Celui que nous avons vu paraître sur l'autel tenant le chef du martyr avec l'aide de plusieurs prêtres, était un vieillard cassé par l'âge, d'une figure douce et recueillie. La tête de saint Janvier est enfermée, comme nous l'avons dit, dans un buste de vermeil, qui reproduit les traits attribués par les monuments anciens et par la tradition au patron de Naples. Ce buste est revêtu des insignes épiscopaux et orné de joyaux magnifiques. La mitre est brodée de perles et d'or. Un collier de grosses perles à plusieurs rangs, d'un prix inestimable, retombe sur ses épaules. On tire ensuite d'un coffret en argent ciselé et doré le reliquaire qui contient le sang du martyr. Nous avons eu tout le loisir nécessaire pour le bien examiner, et nous pouvons le décrire exactement.

» Ce reliquaire est en argent. Il est rond, et, pour la forme, il ressemble à une énorme montre qui aurait de chaque côté une paroi de cristal. Le tour ainsi que le manche sont couverts d'ornements repoussés au marteau et portant des traces de dorure. Ce reliquaire paraît remonter au xvᵉ siècle. Au centre, enfermées entre les plaques de cristal, se trouvent deux buires ou fioles, rondes et aplaties avec un col étroit et court, placées l'une de face et l'autre de côté. Ces fioles sont toutes pareilles à celles que l'on trouve dans les tombeaux antiques et qu'on désigne sous le nom de *lacrymatoires*. Tandis que l'officiant vous montre le reliquaire, un prêtre place derrière un cierge allumé, ce qui permet de voir très-nettement, à deux doigts de distance, comment il est fait et ce qu'il renferme. Nous y avons regardé à plusieurs reprises avec la plus grande attention, et voici ce que nous avons distinctement vu : La buire placé de face était pleine aux deux tiers environ d'une matière brune, solide, parfaitement desséchée. La même matière remplit environ le tiers de la buire placée de côté. Dans l'une et dans l'autre fiole la dessiccation complète paraît remonter à une époque très-reculée.

» Après avoir montré le reliquaire dans cet état, non-seulement au cardinal, aux ecclésiastiques, aux étrangers qui l'environnaient, le chanoine descendit de l'autel, se plaça devant la balustrade, et l'élevant dans ses mains, le fit voir, éclairé par la lumière du cierge, à la foule assemblée.

» Remontant ensuite sur l'autel, il commença à haute voix des prières que répétaient tous les assistants. Puis il fit baiser le reliquaire, en l'appuyant alternativement sur la bouche et sur le front de chacun, par tous ceux qui étaient autour de lui. Au bout de vingt à vingt-cinq minutes, épuisé de lassitude, il remit le reliquaire à un autre chanoine, presque aussi vieux, presque aussi débile que lui, et s'agenouilla tout palpitant d'émotion sur les degrés de l'autel. Le chanoine qui le remplaçait recommença de nouvelles oraisons. Les prières et les cris de la foule redoublèrent. Enfin, à neuf heures trente-sept minutes, l'officiant fit un geste significatif en élevant le reliquaire au-dessus de sa tête. Alors, comme à un signal donné, le chant du *Te Deum* entonné par les assistants s'éleva imposant et grave sous les voûtes de la chapelle et dans les vastes arceaux de la cathédrale. Une pluie de fleurs tomba sur l'autel. On donna la volée à des centaines d'oiseaux qui parcoururent l'église en poussant des cris joyeux. Le prodige s'était accompli.

» Bien que cette scène pût exercer sur l'imagination et sur le cœur une impression profonde, nous sommes bien sûr d'avoir conservé tout notre sang-froid ; et c'est avec l'attention la plus scrupuleuse et la plus éveillée, que nous avons regardé, non une fois, mais à six ou sept reprises différentes, dans le reliquaire éclairé par le cierge. La fiole de champ ne présentait point de trace de liquéfaction. Mais dans la buire placée de face, la transformation de la matière était évidente : la buire était remplie d'un liquide ayant la couleur, la consistance, la fluidité d'un sang qui vient de sortir de la veine d'un homme....

» Les sceptiques crieront à l'imposture. Nous nous bornons à raconter ce que nous avons vu. Le miracle de saint Janvier n'est pas un article de foi. Le lecteur en pensera ce que bon lui semble; mais nous pouvons affirmer que dans cette solennité tout semble exclure la fraude et la comédie. C'est une impression qui a été partagée, nous pouvons le dire, par tous les Français qui se trouvaient avec nous dans la chapelle du Trésor, et parmi lesquels il y avait plus d'un incrédule. Nous devons faire observer de plus, que ce prodige dure depuis plusieurs siècles, qu'il a continué pendant plusieurs révolutions et durant l'occupation française, et que jusqu'à présent aucun savant, aucun chimiste n'a pu faire connaître au moyen de quels procédés il est obtenu....

» Quoi qu'il en soit, le 19 septembre et les huit jours suivants, pendant lesquels le sang de saint Janvier, resté liquide, est exposé sur le maître-autel de la cathédrale, ont tout le caractère d'une fête nationale. Le soir, la route de Naples à Pouzzoles est couverte

de pèlerins. Les gens riches font, au moins une fois, le même
voyage pieux. Le samedi, le roi accompagné de sa famille, s'est
rendu à midi, en grand pompe, à la cathédrale. Les cérémonies
populaires sont toujours pour un voyageur et pour un artiste un
sujet d'observation. Le publiciste et le penseur peuvent y recueillir
plus d'une indication précieuse sur le caractère, sur les mœurs,
sur la situation morale d'un peuple. C'est la tâche que nous avons
essayé de remplir, en décrivant à la hâte et sans commentaire la
solennité religieuse dont nous avons été le témoin impartial et
l'historien véridique [1]. »

[1] Henry Cauvain : *Constitutionnel du 27 septembre 1856.*

INTÉRIEUR D'UN TOMBEAU A POMPEI

VIII

Pompeia

Denique sub pedibus tellus quum tota vacillat,
Concussæque cadunt urbes, dubiæque minantur,
Quid mirum si se temnunt mortalia sæcla,
Atque potestates magnas, mirasque relinquunt
In rebus vires divum quæ cuncta gubernent [1]!

De nat. rer. lib. V.

Un matin — le jour commençait à poindre — nous sortîmes de notre hôtel. Les rues de Naples étaient encore solitaires; quelques lazzaroni dormaient paisiblement dans l'enfoncement des portes. Nous passons rapidement devant l'arsenal, la darse et le port; il nous tardait d'arriver au chemin de fer de Castellamare. Chose étrange! dans le royaume des Deux-Siciles, où il n'y a que deux voies ferrées, la première conduit à Herculanum, Pompeia, Stabies, l'autre à Capoue!

[1] Enfin, quand la terre tremblante vacille sous nos pas, quand nos cités s'é-croulent et s'ensevelissent dans ses flancs entr'ouverts, l'homme honteux de sa propre faiblesse, admire en frémissant l'immense pouvoir qui gouverne le monde, et reconnait une force divine.

La locomotive comme un tourbillon passe devant la villa de Cicéron, et va s'arrêter au tombeau de la valeur carthaginoise. A notre gauche, Portici, Resina fuient comme des ombres légères ; à notre droite, la mer nous laisse apercevoir les mâts de quelques barques à travers ses vapeurs violettes. A sept heures le convoi s'arrête ; les employés crient Pompeia. Nous descendons ; Pompeia était le but de notre excursion, la première que nous faisions hors de Naples.

Pompeia est la cité des ruines par excellence. Là, il n'y a point comme à Herculanum, une ville, un village bâtis sur l'ancien emplacement. Nul habitant, nulle maison, si ce n'est une petite auberge blanche et coquette construite depuis plusieurs années. Deux pièces où couchent et cuisinent l'hôte et sa femme ; un hangar pour les chevaux, et une sorte de péristile ouvert sous lequel sont dressées quelques tables boiteuses, tel est l'*albergo* où nous déjeunâmes. On nous servit des grillades de porc de Sorrente, du macaroni et un poisson nommé *triglia* [1]. Quelques bouteilles de Capri et de Falerne achevèrent d'égayer notre repas. La musique même ne nous fit point défaut ; au bas des degrés de l'arcade, un jeune paysan chantait, et dans sa *canzone* il saluait ses champs, ses ruisseaux et son soleil.

Un voyageur et sa femme arrivèrent sur ces entrefaites. Celui-ci, après avoir jeté un coup d'œil sous le péristile, parut goûter médiocrement ce mode de déjeuner en plein air, et s'adressant à l'hôte qui remplissait tout à la fois les fonctions de garçon de service et de cuisinier, il lui dit le plus sérieusement du monde : « Ma femme et moi nous déjeunerons dans une chambre particulière. » Et comme le brave homme paraissait ne comprendre qu'à demi, il ajouta en italien : *Una camera, camerina.*

L'hôte à ces mots mit sa serviette sous le bras, se gratta la tête

---

[1] Sa tête est enveloppée d'une sorte de cuirasse ; son corps est d'un rouge vif. Si ce n'est le *mullus* des anciens, il a du moins des traits de famille.

25

un instant , et parut tout à coup avoir trouvé le moyen de contenter le voyageur.

« Votre excellence , dit-il , désire une chambre ? J'ai une grande chambre , pas de petite.

— Petite ou grande , que m'importe ?

— *Basta* , *signor* ; *subito* une grande chambre. » ·

Et ce disant, l'hôte prit la table sur l'épaule et l'emporta. Cinq minutes après il était de retour.

« Eh bien ? fit le voyageur.

— Tout est prêt , excellence. »

Passant alors derrière nous , le gros homme ouvrit solennellement une porte à deux battants, et nous pûmes admirer l'heureuse invention de son génie fertile : *Ecco* , *eccellenze* , dit-il.

La table et deux chaises se trouvaient installées au milieu du hangar. L'hôte avait repoussé sous les auges des chevaux les restes de paille et de lupin , et relégué sa basse-cour dans un coin. Afin de donner du jour et de l'air , car il n'y avait point de fenêtres , la grand'porte était ouverte sur une admirable campagne. Quant aux poules et aux coqs , ils paraissaient mécontents de la manière brusque dont leurs cages avaient été empilées les unes sur les autres. L'un d'eux passa son cou fièrement à travers les barreaux et fit entendre un cri où perçait toute l'indignation de sa majesté offensée. L'hôte était impassible. Quant à nous , nous ne pûmes , à ce dernier trait du seigneur chante-clair , retenir un joyeux éclat de rire. La jeune femme en fit autant. Son mari , qui n'avait pas réfléchi tout d'abord qu'il n'était pas au Palais-Royal ou sur le boulevard, reconnut son erreur et prit bravement son parti en partageant la gaieté générale et notre déjeuner. M. P*** était Corse , et à peine âgé de trente ans ; mais une maladie lente donnait habituellement à son caractère et à sa physionomie un cachet de mélancolie. Sa femme était française et comme telle aimable et enjouée.

VOIE DES TOMBEAUX A POMPEI

Après le déjeuner, nous nous procurâmes un guide et partîmes tous ensemble pour les ruines. La campagne que nous parcourions était inculte et accidentée. Toutefois ce sol fécondé par les seuls rayons du soleil ne laisse point de produire des fleurs à profusion. Des champs de lupins bleus tapissaient ces petits monticules, et çà et là quelques glaïeuls élevaient leurs têtes étincelantes de pourpre.

Après quelques minutes de marche, le guide nous dit : *Ecco Pompeia...* et nous n'apercevions rien. Il fallut en effet nous approcher d'un sentier qui descendait rapidement, et nous vîmes alors à environ deux mètres au-dessous du sol l'antique cité gisant dans son tombeau, couronnée de fleurs comme aux jours de sa jeunesse et de sa force.

De l'endroit où nous sommes placés, ces ruines, éclairées par un beau soleil, n'ont point l'air de ruines. On croirait plutôt que c'est une ville inachevée, qu'on est en voie de bâtir. Les peintures sont si fraîches ! les marbres si beaux ! Toutefois le silence de la nature donne à cette scène quelque chose d'imposant et de triste, D'ailleurs, là, comme dans tous les paysages des environs de Naples, le Vésuve se dresse devant vous ; sa tête conique et ridée, d'où s'échappent des jets de vapeur, vous rappelle malgré vous aux pensées sinistres. Quel contraste que ce géant et ce parterre fleuri !

Bien que Pompeia n'occupe dans l'histoire des guerres et des révolutions d'Italie qu'une page modeste, il n'est point sans intérêt d'examiner le rôle qu'elle a joué jusqu'à l'époque de la grande catastrophe qui l'engloutit pour nous la rendre presque intacte dix-huit siècles plus tard.

Hercule, revenant d'Espagne, et chassant devant lui les bœufs de Géryon, prix de sa victoire, fonda Pompei, si l'on en croit une tradition rapportée par plusieurs historiens [1]. Le cap Misène par-

---

[1] J. Solin. : Polyhist. c. VIII.

tage la côte en deux golfes : c'est au fond du golfe oriental, le cratère, sur une élévation isolée, que l'on peut regarder comme une ancienne bouche du volcan, que la ville fut bâtie. Située à l'embouchure du Sarno [1], elle fut tour à tour occupée par les Osques, les Etrusques, les Pélasges et les Samnites, qui en furent eux-mêmes chassés dans la suite. Elle était le centre du commerce de Noles, de Nucérie et d'Acerra. La mer battait autrefois ses murs, et son port était assez vaste pour contenir une flotte [2]. Aujourd'hui repoussée par la lave et les cendres, la mer en est éloignée de plus d'un mille. L'immense développement qu'avait pris Pompeia fut en grande partie le résultat de son admirable position. Assise sur un rocher, baignée par une mer aux rivages enchanteurs, à l'entrée d'une plaine fertile, près d'un fleuve qui lui apportait les richesses de la Campanie, elle était tout à la fois une place de guerre, un entrepôt du commerce et un lieu de délices. Depuis Naples jusqu'au sommet de Vésuve, la côte était couverte de villas, de jardins, d'édifices somptueux; de toutes les parties de l'Italie, on y venait chercher la santé, le repos et le plaisir.

Toute l'origine de sa célébrité et de son opulence vint surtout de l'étendue de son commerce [3]. Pompeia, pendant toute la durée de la confédération samnite, resta dans l'ombre et partagea avec Formies, Cumes, Pouzzoles, Naples, Herculanum et Capoue [4], les vicissitudes diverses de la fortune campanienne luttant contre les armes romaines. En 342, la flotte de la république, sous les ordres de P. Cornelius, se rendit à Pompei, d'où l'on fit une descente infructueuse en Campanie [5]. A peine nommée parmi les villes qui se soumirent à Annibal après la

---

[1] Le Sarno n'est plus aujourd'hui qu'un ruisseau qui coule assez loin de son ancien lit et va se jeter dans la mer près de Castellamare (ancienne Stabies).

[2] Strabon, lib. v. — Tite-Liv, IX, 38. — Florus.

[3] On fait dériver Pompeï du grec πομπειον *cmporium*, entrepôt.

[4] Florus, l. 16. — [5] Liv. IX. 38.

bataille de Cannes, Pompei ne commence à prendre son importance qu'environ un siècle avant l'ère chrétienne. En 89 (avant
J.-C.), pendant les horreurs de la guerre sociale, Sylla, après
avoir pris et rasé Stabies, vint mettre le siége devant Pompei.
Le courage de L. Cluentius, chef intrépide des Italiens, ne put
la sauver; elle retomba avec l'Italie brisée pour la seconde
fois, sous le joug de Rome, mais elle conserva ses priviléges.
Sylla voulut en vain la réduire en colonie militaire. Son neveu
P. Sylla, qu'il y envoya avec des troupes, en fut chassé et accusé
devant le sénat d'avoir suscité des troubles. Cicéron le défendit.
Déclaré *municipium* sous Auguste, elle prit dès lors de rapides
accroissements, et devint sous Néron colonie romaine, comme le
prouvent quelques inscriptions trouvées dans les fouilles. Cicéron
se fit bâtir une maison de campagne à Pompei ; le séjour de cette
ville opulente lui plaisait beaucoup : *Tusculum et Pompeianum
valdè me delectant.* Auguste, triumvir, y était venu implorer
contre Antoine [1] la protection du prince des orateurs, et Claude
y séjourna aussi jusqu'à la mort de Drusus.

Pompeia nè jouit pas longtemps en paix de sa nouvelle prospérité. A peine remise des secousses violentes que lui avaient fait
éprouver la guerre civile, elle fut entièrement bouleversée par le
terrible tremblement de terre de l'an 63 après J.-C., dont parle
Tacite [2]. Senèque nous apprend que cette ville ne fut pas la
seule qui eut à souffrir de cette catastrophe. Voici ce qu'il en dit
« Pompeia, cette ville célèbre de la Campanie, assise sur le
golfe admirable formé d'un côté par la côte de Sorrente et de
Stabies, de l'autre par le rivage d'Herculanum, vient d'être ren-
versée par un tremblement de terre. Tous les environs ont été
cruellement traités, et cela au milieu de l'hiver, à une époque que

---

[1] Vell. Paterc. lib. ıı. 60.

[2] Iisdem consulibus, gymnasium ictu fulminis conflagravit, effigiesque in eó
Neronis ad informe æs liquefacta. Et motu terræ, celebre Campaniæ oppidum
Pompeii, magnâ ex parte proruit. — Ann. lib. xv. c. 22.

nos ancêtres regardaient ordinairement comme à l'abri de tout
péril de cette nature. Herculanum a été détruite en partie, Nucérie
endommagée, Naples légèrement effleurée par la redoutable catastrophe. La consternation fut si grande que le sénat délibéra
pour savoir si l'on ne défendrait pas d'habiter désormais Pompei
et Herculanum [1]. »

Ces villes commençaient à peine à se relever de leurs ruines,
quand eut lieu, seize ans après, la fameuse éruption du 23
août 79.

Il est certain, d'après ce que nous disent Vitruve, Strabon et
autres, qu'il y eut des éruptions antérieures à celle du règne
de Titus ; mais les historiens n'ont rien laissé de précis à cet
égard. Dion Cassius, historien grec du deuxième siècle, dit avant
de raconter cette catastrophe : « Tel est le Vésuve ! Et ces choses
arrivent chaque année. Mais les éruptions postérieures à celles
dont nous allons parler, lors même qu'on pourrait les réunir
toutes, ne seraient encore rien en comparaison de celle-là [2]. » Nous
ne pouvons mieux faire que de citer ici Pline le Jeune, qui nous
a laissé des détails curieux et très-circonstanciés, dans ses lettres
seizième et vingtième adressées à Tacite. Il fut témoin oculaire,
et son oncle Pline l'Ancien, qui commandait la flotte de Misène, fut
victime de son amour de la science, qu'il poussa jusqu'à la témérité.

« Il (Pline l'Ancien) était à Misène où il commandait la flotte.
Le neuvième jour avant les calendes de septembre, vers la sep-
tième heure, ma mère l'avertit qu'on apercevait à l'horizon un
nuage d'une grandeur et d'une forme extraordinaires. Aussitôt il
se lève et monte en un lieu d'où il pouvait aisément observer le
prodige. La nuée s'élançait dans l'air, sans qu'on pût distinguer,
à une aussi grande distance, de quelle montagne elle était sortie ;
l'événement fit connaître ensuite que c'était du mont Vésuve. Sa

[1] Senec Quæst. natur. vi.
[2] Lib. LXI. 23 août 79.

forme approchait de celle d'un arbre et particulièrement d'un pin : car s'élevant vers le ciel comme un tronc immense , sa tête s'étendait en rameaux. J'imagine qu'un vent souterrain poussait d'abord cette vapeur avec impétuosité ; mais soit que l'action du vent ne se fît plus sentir à une certaine hauteur, soit qu'il fût entraîné par son propre poids , le nuage s'affaissait et se développait en s'élargissant. Il paraissait tantôt blanc , tantôt noirâtre , selon qu'il était plus chargé ou de terre ou de cendre.

« Ce prodige surprit mon oncle, et dans son zèle pour la science il voulut l'examiner de plus près : il fait appareiller un bâtiment léger, se dirige à la hâte vers les lieux d'où tout le monde s'enfuit ; il va droit au danger, l'esprit tellement libre de crainte qu'il dictait la description des divers accidents et des scènes changeantes que le prodige offrait à ses yeux. Déjà sur ses vaisseaux volait une cendre plus épaisse et plus chaude à mesure qu'ils approchaient ; déjà tombaient autour d'eux des pierres calcinées et des cailloux noirs , brûlés, brisés par la violence du feu. La mer abaissée tout à coup n'avait plus de profondeur, et le rivage était inaccessible par l'amas de pierres qui le couvrait. Mon oncle fut un moment incertain s'il ferait revirer de bord ; mais il dit bientôt à son pilote qui l'engageait à revenir : « La fortune favorise le courage ; menez-nous chez Pomponianus. » Pomponianus était à Stabies , de l'autre côté d'un petit golfe formé par la courbure insensible du rivage. Là , à la vue du péril qui était encore éloigné, mais qui s'approchait toujours, Pomponianus avait fait porter tous ses meubles sur des vaisseaux, et n'attendait pour s'éloigner qu'un vent moins contraire. Mon oncle , favorisé par ce même vent, aborde chez lui , l'embrasse et calme son agitation.

« Cependant on voyait luire de plusieurs endroits du mont Vésuve de larges flammes et un vaste embrasement dont les ténèbres augmentaient l'éclat. Pour rassurer ceux qui l'accompagnaient , mon oncle se coucha et dormit réellement d'un profond sommeil.

La cour par où l'on entrait dans ses appartements commençait à se remplir de cendres et de pierres, et pour peu qu'il y fût resté plus longtemps, il ne lui eût plus été possible de sortir. On l'éveille ; il sort et va rejoindre Pomponianus et les autres qui avaient veillé. Ils tinrent conseil et délibérèrent s'ils se renfermeront dans la maison ou s'ils erreront dans la campagne ; car les maisons étaient tellement ébranlées par les violents tremblements de terre qui se succédaient, qu'elles semblaient arrachées de leurs fondements, poussées tour à tour dans tous les sens, puis ramenées à leur place. D'un autre côté, on avait à craindre hors de la ville la chute des pierres, quoiqu'elles fussent légères et desséchées par le feu, De ces périls, on choisit le dernier... Ils attachent donc des oreillers autour de leur tête en guise de remparts contre les pierres qui tombaient. Le jour recommençait ailleurs, mais autour d'eux régnait la plus sombre et la plus épaisse des nuits, éclairée cependant par l'embrasement et par des feux de toute espèce. On voulut s'approcher du rivage pour examiner si la mer permettait quelque tentative, mais on la trouva toujours orageuse et contraire. Bientôt des flammes et une odeur de soufre qui en annonçait l'approche mirent tout le monde en fuite. Mon oncle, resté sur le rivage, est tout à coup enveloppé par le tourbillon et tombe mort au même instant. Trois jours après, on retrouva son corps intact. »

Dans sa lettre vingtième, Pline le Jeune, qui était resté à Misène, ajouté des détails non moins intéressants sur cette catastrophe :

« Nous étions à la première heure du jour, et cependant il ne paraissait encore qu'une lumière faible et douteuse. Les murs autour de nous étaient ébranlés de si violentes secousses qu'il devenait dangereux de rester dans un lieu à la vérité découvert, mais fort étroit. Nous prenons le parti de quitter la ville ; le peuple épouvanté nous suit en foule, nous presse, nous pousse ; chacun croit prendre le parti le plus sûr en faisant ce qu'il voit faire aux autres. Dès que nous sommes hors de la ville, nous nous arrêtons.

et là nouveaux prodiges, nouvelles frayeurs. Les voitures que nous avions emmenées avec nous étaient à tout moment si agitées quoiqu'en pleine campagne, qu'on ne pouvait les fixer même en les appuyant avec de grosses pierres. La mer semblait se renverser sur elle-même et reculer comme chassée du rivage par l'ébranlement de la terre. Le rivage en effet était devenu plus spacieux et se trouvait couvert de différents poissons demeurés à sec sur le sable. De l'autre côté, une nuée noire et horrible, crevée par des feux qui s'élançaient en serpentant, s'ouvrait et laissait échapper de longues fusées semblables à des éclairs, mais qui étaient beaucoup plus grandes... Presque aussitôt la nuit s'abaissa sur la terre et couvrit les mers; elle dérobait à nos yeux l'île de Caprée qu'elle enveloppait, et nous cachait la vue du promontoire de Misène.

« La cendre commençait à tomber sur nous, quoiqu'en petite quantité. Je tourne la tête et j'aperçois une épaisse fumée qui nous suivait en se répandant sur la terre comme un torrent. On n'eût pas dit seulement une nuit sombre et chargée de nuages, mais l'obscurité d'une chambre où toutes les lumières seraient éteintes. On n'entendait que les gémissements des femmes, les plaintes des enfants, les cris des hommes. L'un appelait son père, l'autre son fils, l'autre sa femme; ils ne se reconnaissaient qu'à la voix. Celui-là déplorait son malheur, celui-ci le sort de ses proches. On en vit à qui la crainte de la mort faisait invoquer la mort même. Plusieurs imploraient le secours des dieux, d'autres pensaient qu'il n'y en avait plus, et comptaient que cette nuit serait la dernière et l'éternelle nuit qui devait ensevelir le monde. »

On se croirait, en lisant la description des différentes phases de cette nuit lugubre, transporté dans le sombre enfer du Dante : là où des soupirs, des plaintes, des gémissements profonds se répandent sous un ciel qui n'est éclairé d'aucune étoile.

> Quivi sospiri, pianti ed alti guai
> Risonavan per l'aer senza telle.

« Ces ténèbres effroyables étaient illuminées par intervalle , non par l'éclat du jour , mais par la lueur des flammes qui s'élançaient du cratère. Puis revenait la nuit, puis revenait la pluie de cendres, plus épaisse et plus abondante. Ces immenses tourbillons furent transportés jusqu'à Rome en assez grande quantité pour y obscurcir le jour [1]. Enfin cette noire vapeur se dissipa peu à peu comme une fumée ou comme un nuage. Bientôt après nous revîmes le jour et le soleil même , mais pâle et tel qu'il apparaît après une éclipse. Tout était changé , bouleversé ; la mer avait perdu ses limites , et la terre , couverte de monceaux de cendres , comme elle l'est quelquefois par la neige dans les jours d'hiver, présentait le plus désolant spectacle. »

La ville de Pompeia ne fut point , comme *Herculanum*, détruite par la lave ; mais elle fut ensevelie sous cette pluie de cendres et de pierre dont parle Pline, et qui s'éleva à une hauteur de quinze à dix-huit pieds. Les matières volcaniques lancées dans cette éruption n'excédèrent nulle part la hauteur du premier étage; mais le poids de ces pierres et de la cendre accumulées sur les

[1] Nous disons à Rome, parce qu'au moins la chose semble possible ; nous donnons plus bas des faits qu'on est tenté de regarder comme pures exagérations écloses dans le cerveau des poëtes :

Sic ubi , vi cæca tandem devictus ad astra
Evomuit pastos per sæcula Vesbius ignes,
Et pelago et terris fusa est Vulcania pestis,
Videre Eoi (monstrum admirabile !) Seres,
Lanigeros cinere Ausonia canescere lucos.

Sil. It. lib. xvii. v. 592.

Tum ineffabilis copia cineris, a vento egesta, terram pariter ac mare atque omnem aerem occupavit. Quæ res multa damna, ut cuique sors tulit, importavit, non solum hominibus et agris ac pecoribus , sed etiam pisces volucresque omnes peremit ; duasque insuper urbes, Herculanum et Pompeios, hujus populo sedente in theatro , penitus obstruit. Ac tanta fuit vis cinerum , ut inde in Africam usque et Syriam Ægyptumque pervenerit introeritque etiam Romam, ejusque aerem oppleverit, solemque obscuraverit. — Xiphilin.

Cff. Procop. Hist. goth. lib. ii. — Ctesias in indice ad Phot. cod. 72. — Fazell. rerum sicul. Decad. I. ii. cap. 4. — Capac. Hist. Neapol. ii. 8. — Camarra de Teat. antiq. i. 3. — Barthol. de Peregrin. Medici. n. 33. — Cassiodor. Variar. lib. 4

toits et les terrasses les fit écrouler et entraîna la ruine des parties supérieures[1].

Titus vint au secours de ces villes et s'occupa de leur sort avec la plus grande sollicitude ; il désigna ceux d'entre les personnages consulaires qui auraient le soin de soulager la Campanie, accorda la remise des taxes, apportant enfin tous les soulagements qu'exigeaient les circonstances. Il est certain qu'une partie des habitants revinrent construire près de l'emplacement de Pompei une petite ville qui porta le même nom et qui eut le même sort que la première l'an 471. On a trouvé des indices qui portent à croire que lors de l'établissement de la nouvelle Pompei, les anciens habitants fouillèrent une partie des ruines pour en retirer leurs effets précieux.

Pendant seize cent soixante-seize années, Pompei resta cachée dans les entrailles de la terre. On aperçut les premières traces de ses ruines en 1689, mais l'on ne commença à y fouiller qu'en 1755. Il est cependant étonnant qu'on ne l'ait point découverte plus tôt ; car l'architecte Dominique Fontana, ayant été chargé en 1592 de conduire les eaux du Sarno à *Torre del Annunziata*, fit passer à travers Pompeia un canal souterrain qui rencontre souvent les substructions de ses édifices.

Une fois commencées, les fouilles furent poussées avec activité. L'attention de toute l'Europe savante se porta dès lors sur cette ville si longtemps oubliée et qui devint tout à coup plus célèbre que jamais. Au commencement de ce siècle, huit cents ouvriers y travaillaient sans relâche ; mais aujourd'hui leur nombre extrêmement réduit fait avancer bien lentement le travail d'exploration. On a calculé que si l'on continuait à procéder avec si peu d'activité, il faudrait encore cinq cents ans pour jouir de la vue entière de la ville, et qu'alors bien certainement ce qui est aujourd'hui debout n'existerait plus. Quoi qu'il en soit, ce qui est découvert a déjà une

[1] Les Ruines de Pompei, par Mazois.

immense portée. Outre les belles et précieuses productions artistiques que les fouilles ont fait découvrir, elles ont achevé de nous
initier au secret de la vie intérieure des anciens, et elles ont aidé à
l'intelligence de ce que les écrivains de l'époque nous ont raconté
de leur vie publique. Bien que l'on n'y pense pas, ou qu'on ne
s'en souvienne plus, c'est aussi à l'exhumation des mille et une
curiosités trouvées dans ces ruines que nous devons les dessins si
élégants de certaines broderies ou dentelles, un genre gracieux
d'arabesques et de peintures sur porcelaine, les contours délicats et
élancés des vases que l'on est convenu d'appeler *vases étrusques*.
Qui songe aujourd'hui à Pompéia en s'asseyant sur les bancs demi-
circulaires qui ornent les gazons du jardin des Tuileries? Ils ne
sont cependant que l'exacte reproduction des hémicycles découverts dans la maison d'Arrius Diomède. Nous aurons du reste plus
d'une fois, dans le chapitre suivant, l'occasion de remarquer que
sous le rapport du luxe et des aises de la vie, les Romains nous
ont laissé bien peu de chose à inventer.

IX

Ruines et Souvenirs

Per lei di Greco artifice
Le belle opre felici
Van del furor de' secoli
E dell' oblio vittrici [1]. MONTI.

Pompeia [2] était bâtie elliptiquement sur une éminence domi-
nant une vaste plaine qui s'étendait jusqu'à la mer ; son périmètre
était d'environ neuf kilomètres , et sa population paraît n'avoir

[1] C'est à Pompeia que nous devons de voir les chefs-d'œuvre de l'art grec
vainqueurs de l'oubli et de la fureur des siècles.

[2] Pour tout ce qui touche au détail des divers monuments de Pompeia , nous
nous en sommes souvent rapporté à l'ouvrage du chevalier Stanislas d'Aloë, qui a
la surintendance générale des fouilles d'antiquité du royaume de Naples. Cet archéologue distingué a donné des preuves d'un beau talent comme écrivain , et d'un
noble attachement à la monarchie et à la religion , dans le *Diario* qu'il rédigea
pendant tout le séjour de Pie ix à Gaète, en 1849.

Les autres principaux ouvrages où nous avons puisé nos documents sont : *les
Ruines de Pompei*, par Mazois ; cinq parties en deux tomes in-fol ; — *Pompei
descritta di C. Bonucci* ; — *Description des tombeaux qui ont été découverts
à Pompei en 1812*, par A. L. Millin. in-8°, Naples, 1813 ; — *Pompei*, par
M. de Clarac. in-8°.

jamais dépassé quinze à dix-huit mille habitants, malgré le dire de
quelques auteurs qui l'ont portée jusqu'à vingt-cinq mille.

Ses fortifications, dans lesquelles on reconnaît en plusieurs
endroits le mode cyclopéen, étaient doubles, superposées en
terrasses, comme cela se fait encore en Orient, et défendues de
distance en distance par des tours à trois étages. Huit portes principales étaient percées dans les murailles : celles d'Herculanum, du
Vésuve, de Capoue, de Noles ou d'Isis, du Sarno, de Stabies,
des Théâtres et de la Marine.

Le mur d'enceinte [1] près des portes était couvert d'affiches faites
au pinceau. On a pu en déchiffrer quelques-unes, entre autres
celles-ci :

PVGNA. MALA.

V.   NON.   APRIL.   VENATION....   PVGNA.

Combat et chasse pour le 5 des nones d'avril ; le *velarium* sera tendu,
c'est-à-dire, l'amphithéâtre sera couvert.

A droite on lisait :

GLAD.   PAR.   XXX   CASELLIVM.

Casellius donnera trente paires de gladiateurs.

Deux voies romaines traversaient Pompei : la voie Popilienne,
qui allait à Noles, et la voie Domitienne, qui passait par Herculanum, Oplonte, et menait à Nocera et à Salerne.

Outres ces voies magnifiques, témoignage indestructible de la
richesse et de la puissance des Romains, il y a, particulièrement
aux alentours du *Forum*, quelques rues larges et bien percées. Les
autres sont étroites et tortueuses. Ces rues ont des trottoirs (*mar-
gines*), et la partie du milieu (*agger*) est bâtie en chaussée pour

---

[1] On peut conjecturer qu'une partie des murs remonte à une très-haute antiquité, aux Osques peut-être, ou au moins aux premières colonies grecques. Cette
opinion semble d'autant plus probable, que certains caractères isolés, gravés sur
un grand nombre de pierres, et qui servaient de marque soit aux ouvriers, soit
aux chefs des travaux, présentent des lettres osques ou appartenant au plus ancien
alphabet grec.

faciliter l'écoulement des eaux. De distance en distance de larges
dalles sont disposées en travers de la voie à la hauteur des trottoirs, probablement afin de permettre aux piétons de traverser la
rue sans se mouiller les pieds en cas de mauvais temps.

De nombreuses fontaines, défendues par des bornes de granit
et d'une bonne architecture, distribuaient l'eau dans les édifices
publics et dans les maisons particulières au moyen de conduits en
plomb.

On rencontre des *tavernes* dans la plupart des rues, mais surtout aux alentours du *Forum* et du théâtre. Les *tavernes* sont les
étroites boutiques dans lesquelles les petits marchands exerçaient
leur négoce. Les différents genres de commerce sont indiqués le
plus souvent par des peintures extérieures tenant lieu d'enseignes.
D'ailleurs l'étalage (*oculifère*) complétait d'ordinaire les renseignements donnés par la peinture : il se faisait en dehors, contre
la façade. Sur plusieurs murs, nous remarquâmes Ulysse repous-
sant les perfides breuvages que lui offrait Circé, sujet consacré
pour indiquer les *thermopoles* [1], sortes de cabarets pour les gens
d'une condition moyenne, où l'on vendait des boissons chaudes,
du vin cuit, du vin doux, de l'hydromel et du miel. Dans un de
ces *thermopoles*, on trouva un petit brasier de pierre destiné
probablement à faire chauffer les boissons, et sur une table de
marbre un peu plus basse, des tasses, des verres rangés en
aussi bon ordre que les vases reluisants du comptoir d'un cafetier
moderne.

Parmi les différentes enseignes, nous vîmes : pour une phar-
macie un serpent dévorant une pomme de pin [2], un bœuf pour
la boutique d'un boucher, un Bacchus pressant une grappe de

---

[1] Du grec Θερμός, chaud, et πωλης, vendeur. Les *thermopoles* étaient un
peu plus relevées que les *popinæ*, rendez-vous des esclaves, des voleurs, des
ivrognes et de tout ce qu'il y avait de plus misérable. Quant aux *vinariæ*, on ne
peut mieux les comparer qu'aux établissements des marchands de vins de Paris.

[2] La pomme de pin était consacrée à Esculape.

27

raisin dans ses mains et le groupe des vendangeurs pour un marchand de vin, et une chèvre sur le mur de l'étable d'un laitier.

Presque toutes les maisons à Pompei sont construites sur le même dessin. Leur distribution diffère beaucoup de celle adoptée de nos jours, et l'on en trouve facilement la raison dans la différence profonde des mœurs et des habitudes romaines. La vie des anciens était avant tout publique et extérieure : elle se passait presque tout entière sur le Forum ou sous les portiques, à l'exception de la soirée, où après le bain se prenait le principal repas. Chez eux même ils retrouvaient l'agitation, le mouvement du Forum, dans l'*atrium* ou vestibule en plein air, où ils recevaient leurs hôtes, leurs clients et leurs amis. Chaque maison avait ainsi sa partie publique.

Une chose également digne de remarque, et que nous constaterons tout d'abord comme une nouvelle preuve de l'opulence pompéienne, c'est la profusion de peintures délicates qui ornent jusqu'aux plus mesquines habitations. Il est certain du reste qu'à Pompei la classe la plus infime du peuple jouissait d'une certaine aisance, et que l'indigence dans toute son horreur et ses misères y était inconnue. Ce fait, au premier abord, paraît peut-être difficile à expliquer. Un écrivain célèbre de notre époque a trouvé la solution de ce problème; solution qui donne une idée hideuse mais vraie de l'égoïsme et de la corruption de l'ancienne société. « On demandera peut-être, dit M. de Chateaubriand, comment faisaient les anciens qui n'avaient point d'hôpitaux? Ils avaient, pour se défaire des pauvres et des infortunés, deux moyens que les chrétiens n'ont pas : l'infanticide et l'esclavage. »

Il faut en outre tenir compte de l'extrême fertilité du sol de cette campagne, couverte de vignobles que féconde la cendre du Vésuve, et qui pourvoit abondamment à tous les besoins de ses habitants.

Terra antiqua, potens armis, atque ubere glebæ,

Pompeia, par sa proximité de la mer et la situation de son port, était tout naturellement l'entrepôt de ces vins. Aussi d'opulents propriétaires et une foule de marchands, comme le prouve la prodigieuse quantité d'amphores trouvées dans les fouilles, se sont occupés de ce commerce qui était pour eux la source de grandes richesses.

De nos jours encore, on récolte sur les flancs du Vésuve et dans les campagnes environnantes, des vins délicieux tels que le *Lacryma-Christi* et le *Falerne* si célèbre dans l'antiquité et si utile d'après Horace pour oublier les soucis de la vie et mettre l'espérance au cœur.

> Spes donare novas largus, amaraque
> Curarum eluere efficax.

Ce vin était de couleur d'ambre foncé, et devenait presque noir à mesure qu'il vieillissait [1]. Son âge moyen pour le boire avec plaisir était dix à douze ans. Passé ce temps, il avait la réputation de donner des maux de tête et d'attaquer les nerfs. Toutefois on le conservait aussi très-longtemps ; et le *Falerne* connu sous le nom de *Falerne consulaire*, récolté sous le consulat d'Opimius, l'an 632, jouit d'une immense renommée à la table de tous les gourmets de Rome. C'est celui que Martial appela *Immortale Falernum*.

Outre le trafic des vins, Pompeia faisait encore, au rapport des auteurs anciens, le commerce des blés, des huiles, des farines, des fruits et légumes secs. Caton vante en quelque endroit les habiles meuniers de cette ville. Ses relations avec l'Egypte lui inspirèrent le goût des sciences et des arts. On sait qu'Alexandrie était sous les Ptolémées devenue l'asile des artistes les plus distingués de la Grèce. Quelques-uns même se fixèrent sans aucun doute

---

[1]   Condantur parco fusca Falerna vitro.
Candida nigrescant vetulo crystalla Falerno. — Mart VII. 78.
Il y avait aussi le *Falerne* blanc, qui passait pour plus dur que le noir.

à Pompeia ; car l'on reconnaît l'élégance, la délicatesse et le fini
du ciseau grec dans beaucoup de chefs-d'œuvre trouvés dans les
fouilles. Cette élégance, ce fini du travail dépourvu de toute
affectation, se font remarquer jusque dans les ustensiles les plus
vulgaires, qui sont ornés de ciselures délicates qu'on retrouve à
peine aujourd'hui dans nos meubles les plus somptueux.

Il y a, comme nous l'avons dit, dans chaque habitation deux
parties bien distinctes : la partie publique et la partie privée.

La partie publique se composait du *prothyrum* ou vestibule
partant du seuil de la porte sur lequel on voyait ordinairement
écrit en mosaïque, *have*, salut, et conduisant à l'*atrium*.
L'*atrium*, de forme rectangulaire, comprenait plusieurs parties :
le *cavœdium* ou cour, au centre de laquelle se trouvait un bassin
impluvium, destiné à recevoir l'eau de pluie ; de chaque côté,
le *tablinium* salle d'audience, le *lararium* petit temple consacré
aux dieux du foyer domestique, et de deux petits cabinets d'attente
alœ. Entre le *tablinium* et les *alœ* était le corridor, *fauces*, qui
menait aux appartements intérieurs. C'était dans ce corridor que
se trouvait la loge du portier.

La partie privée se composait des *cubicula*, chambres à coucher, ornées de peintures, de statues et de mosaïques ; des
riclinia, salles à manger pour l'hiver et pour l'été ; du salon,
exedra, où le maître recevait ses amis ; de l'*œcus*, grande salle où
travaillaient les femmes ; de la *bibliotheca*, cabinet d'étude ; de la
pinotheca ou galerie de tableaux ; et enfin dans la partie la plus reculée, du *nymphœum*, salle de bains, et du *xystus* ou *viridarium*,
jardin planté de fleurs et d'arbustes, avec un bassin au centre où
se jouaient de petits poissons. Autour du *viridarium* il y avait
encore des salles pour les soupers d'été, le chant et la danse. La
cuisine, *culina*, et ses dépendances étaient placées sur la partie extérieure du *perystilium*, galerie à colonnes qui entourait le jardin.

Une chose frappe dans la visite des diverses maisons de Pompeia, même des plus somptueuses, c'est l'exiguité des appartements de la partie privée. Nous en avons déjà indiqué la raison en faisant remarquer que les anciens passaient presque toutes leurs journées au Forum, aux bains et aux théâtres. Il faut ajouter qu'ils ignoraient la vie de famille; parce que la femme, l'âme de la vie de famille, était elle-même ignorée du monde païen dans la puissance de son caractère d'épouse et de mère et dans la dignité de sa nature. Il fallait que l'Evangile vînt briser les fers de cette reine réduite en esclavage et lui restituât son rang légitime dans la société humaine.

La plupart des maisons n'avaient que deux étages, surmontés d'une terrasse ombragée souvent par une sorte de pavillon de verdure ressemblant à ce que les Italiens nomment *la pergola* [1].

Rarement les fenêtres, en verre épais et compact, donnaient sur la rue. Les murs, de lave ou de tuf, revêtus de stuc, ainsi que les colonnes du pérystile, sont couverts d'arabesques et de peintures fantasques ou orientales. On rencontre très-peu de tableaux historiques. Les parquets sont en mosaïque. Les maisons ne sont point numérotées comme les nôtres, mais à l'entrée de chacune d'elles on lisait le nom du maître ou du locataire. Non-seulement les habitations sont indiquées de cette manière, mais encore tous les édifices publics; et dans le *postscenium* du théâtre on avait même écrit en lettres rouges les noms des acteurs, des éditeurs de pièces tragiques et des entrepreneurs.

C'était un usage général d'écrire au pinceau sur les murs des boutiques et des habitations les noms des magistrats ou des personnes influentes dont on implorait la protection.

A chaque pas l'on trouve cette formule consacrée : *Rogat ut faveat...* (Prie afin qu'il lui soit favorable).

---

[1] Les Latins appelaient *pergula* ou *pergulum* une sorte de petit bâtiment placé sur un lieu élevé. Ils entendaient aussi par ce mot une tonnelle dont la verdure procurait de l'ombrage. Les Italiens ont conservé le mot *pergola* avec cette dernière signification.

Voici quelques-unes de ces inscriptions :

POSTVMIVM PROB. AED. PHOTINVS ROG.

PER TVNNVM.

Photinus vendeur de thon se recommande à la faveur de l'édile Posthumius Probus.

MARCELLINVM AED. LIGNARII ET PLAVSTRARII

ROGANT VT FAVEAT.

Les charpentiers et les cochers se recommandent à l'édile Marcellin.

VATIAM AED. ROGANT

MACERIO DORMIENTES

VNIVERSI. CVM......

Macérion et tous les dormeurs prient l'édile Vatia de.....

Cette inscription, dont la pierre est malheureusement en partie fruste, a donné lieu à bien des commentaires ; ce qui cependant est assez probable, c'est que ce Macérion et tous les dormeurs priaient l'édile Vatia de promulguer quelque règlement pour mettre un frein aux clameurs des rues qui troublaient le sommeil des personnes accoutumées à faire la sieste.

Quelques-unes, que l'on ne peut traduire honnêtement en français, avaient pour but d'empêcher les irrévérences et dégradations, et vouaient à la vengeance des dieux celui qui se les permettrait. Dans une rue, les douze grandes divinités sont représentées au-dessus du mur ; c'était pour avertir les passants de respecter ce lieu [1].

Au dessous sont les serpents, avec cette inscription dont parle Perse dans sa satire première :

Pingue duos angues ; pueri, sacer est locus ;
Extra meite.

Après ce coup d'œil général donné à la ville, précédés d'un des *custodes*, nous parcourûmes les ruines.

Nous commencerons par les édifices religieux.

[1] Duodecim deos, et Dianam, et Jovem
Optimum, maximum, habeat iratos
Quisquis hic. . . . . . .

Les temples d'Hercule, de Jupiter et de Junon n'ont rien d'extrêmement remarquable, si ce n'est deux statues en terre cuite de Jupiter, un buste de Minerve, et un *putéal* [1],

Le temple d'Isis, cette divinité égyptienne dont le culte fut introduit en Italie à une époque très-reculée, est un des plus curieux ; il offre des détails très-bien conservés. Dans une salle, outre tous les ustensiles servant aux cérémonies, on trouva des squelettes de prêtres, des cendres et des charbons sur l'autel des sacrifices, une grande quantité de lampes en terre et en bronze ; des candélabres représentant la plante et la fleur du *lotus* [2], des sistres [3], des bassins lustraux, des patères, des vases où l'on déposait les entrailles des victimes.

[1] Les Romains appelaient primitivement *puteal* la margelle d'un puits, puis toute enceinte circulaire de même forme, que l'on élevait autour des places consacrées, et le plus souvent autour des lieux frappés par la foudre.

Le *bidental*, que l'on confond souvent, est, d'après M. Rosini (V. *Dissertazione isagogica*, etc., p. 87 et 88), un temple que l'on consacrait en immolant une brebis. On appelait cette victime *bidens*, parce qu'elle devait avoir huit dents parmi lesquelles deux plus fortes qui ne paraissent qu'à la seconde année (Jul. hygin. ap. Gell. XVI, 6. Isid. Orig. XII, 1), soit à cause de son âge (bidennis pour biennis). (Nigid. ap. Gell. l. c.)

Par suite le *bidental* se disait du temple circulaire élevé autour du *putéal* (lieu frappé par la foudre). Sur les débris du *putéal* qui se trouve près du temple d'Hercule, on trouva cette inscription osque : — L'osque s'écrit de droite à gauche. —

NITREBIVS. TR. MED. TVC.

ΑΑΜΑΝΑΦΦΕD.

Les académiciens d'Herculanum ont lu et interprété :

Nitrebius ter meddixtucticus septo conclusit.
Nitrebius, trois fois meddixtucticus, a construit cette enceinte.

Le *meddixtucticus* était le titre du magistrat suprême chez les Campaniens. — Vid. Tit. Liv. XXVI, 6. Festus. Sub verbo *meddix*.

[2] Sorte de plante marine originaire de la Libye et de l'Égypte, connue aussi sous le nom de *ægyptiana faba*.

[3] Du grec σειστρον, σειω je secoue, parce qu'il fallait, pour en tirer du son, agiter cet instrument égyptien fait d'une lame d'acier.

. Les murs de la *salle des mystères* sont couverts de peintures
emblématiques : on y voit l'apothéose d'Io, deux Hermès d'une
grandeur colossale avec la barbe et les cornes ; Isis [1] drapée, le
sceptre à la main, un seau suspendu au bras, un crâne sous le
pied, et à côté d'elle deux serpents, l'un dressé, l'autre enlacé
sur un arbre chargé de fruits ; enfin les prêtres dans leur costume
de lin blanc, la tête rasée et les pieds couverts d'un tissu d'une
finesse remarquable [2].

Dans cette même chambre on découvrit le squelette d'un prêtre
dont l'appétit paraît avoir été plus grand que la prudence ; il
trouva la mort assis à une table couverte de coquilles d'œufs,
d'os de poulet et de jambon ; un verre et une amphore étaient
brisés sur le sol. On voyait aussi des fragments de têtes, de pieds
et de bras de marbre appartenant à des statues de différentes divinités. Dans une cuisine voisine se trouvaient, à terre, des os d'animaux, et dans un coin, des écailles et des arêtes de poisson.
Contiguë à la cuisine, était une pièce où l'on trouva, appuyé
contre le mur, le squelette d'un autre prêtre qui, la hâche
à la main, avait déjà rompu deux murs afin de se frayer un
passage, mais il n'eut pas le temps de percer le troisième.

Un autre ministre de la déesse égyptienne ne fut pas plus heureux dans ses tentatives pour échapper au désastre. Après avoir
ramassé à la hâte quelques objets précieux, il avait pris la fuite ;

---

[1] Voir sur le culte d'Isis, Apulée, *Ane d'or*, II. — A Saïs, au pied de la triple
statue d'Isis, Osiris et Orus, était cette inscription : « Je suis ce qui fut, ce qui
est et ce qui sera. Aucun mortel n'a encore osé lever le voile qui me couvre. »
C'est vrai, même de nos jours. Sur un mur près du temple d'Isis, se trouve la
grande inscription osque qui a donné lieu à tant d'interprétations différentes :
« Adrianus, etc., a cédié ce portique à Isis, afin qu'il fût consacré à célébrer ses
fêtes. » — Trad. de Carelli. Vid. Mazois, t. II, 4e partie, p. 29.

[2] Les prêtres d'Isis étaient couverts de longs habits de lin et chaussés de
brodequins d'une toile transparente, en mémoire du bienfait dont l'Egypte
jadis fut redevable à la déesse. Leur respect pour le lin allait jusqu'à prendre en
horreur toute autre matière propre à faire des étoffes. Aussi ne mangeaient-ils
jamais du mouton, comme étant un animal impur.

mais la mort le surprit à l'entrée de la grande place du théâtre. On trouva près de lui des monnaies d'argent, d'or et de bronze, des vases ciselés, des cuillers, des tasses en argent, un superbe camée et des pendants d'oreilles en or.

Du temple de Jupiter, qui paraît avoir été d'une extrême magnificence, l'on jouit de la vue pittoresque des ruines. On y conservait les archives et le trésor de l'État [1].

Le temple de Vénus est le plus grand comme le plus beau de tous les temples trouvés jusqu'à présent dans les fouilles. Les Pompéiens, pour l'ornementation de l'idole, en qui ils divinisaient leurs passions voluptueuses, ne reculèrent devant aucune dépense. Le parvis seul forme un carré de près de cent pieds, et est environné d'un portique soutenu par de superbes colonnes.

Le Panthéon ou temple d'Auguste, en forme de rotonde, ressemble assez au temple de Sérapis à Pouzzoles. Le portique est décoré de deux ordres de colonnes entre lesquelles se trouve une cour; au centre est un autel environné de douze piédestaux destinés aux douze grandes divinités. Les murs sont couverts de peintures représentant tout ce qui peut servir aux repas. Des perdrix en assez grand nombre y sont parfaitement dessinées. On retrouva dans les fouilles un bras portant le globe, qui appartenait à la statue d'Auguste. Dans le *triclinium* ou salle à manger des prêtres se trouvent de grands autels en marbre et des tables où se dépeçaient les victimes qu'on distribuait au peuple. Sur le mur du fond sont représentés Romulus et Remus allaités par la louve tandis que les dieux veillent sur eux. Sur la porte sont peints des quartiers de chair, une hache, des oiseaux morts, une tête de porc et des jambons. Au bas est un canal pour l'écoulement du sang. Près de cette porte on trouva une cassette garnie de sa serrure, avec environ deux mille monnaies de bronze, d'or et d'argent.

[1] On sait que chez les anciens, les caisses publiques se déposaient dans les temples. A Rome, le trésor de la république était dans le temple de Saturne.

Le temple dit de Mercure, contigu au Panthéon, paraît fort ancien. Le portique donne sur le *Forum civile*. Un piédestal qui devait supporter la statue de Romulus, et sur lequel se trouvait l'inscription suivante à demi-effacée, a fait croire à plusieurs archéologues, et entre autres à M. Bonucci, que ce temple était dédié à Quirinus et non à Mercure :

ROMVLVS MARTIS
FILIVS VRBEM ROMAM
CONDIDIT ET REGNAVIT ANNOS
DVO DE QVADRAGINTA ISQUE
PRIMVS DVX DVCE HOSTIVM
ACRONE REGE CAENINENSIVM
INTERFECTO SPOLIA OPIMA
JOVI FERETRIO CONSECRAVIT
RECEPTVSQVE IN DEORVM
NVMERVM QVIRINI NOMINE
APELLATVS EST
A ROMANIS.

Romulus fils de Mars fonda Rome et régna le premier sur cette cité pendant trente-huit ans. Après avoir tué Acron, général ennemi et roi des Céniniens, il consacra les dépouilles opimes à Jupiter Férétrien ; admis au nombre des dieux, il reçut des Romains le nom de Quirinus.

Le temple de la Fortune, où l'on monte par de magnifiques degrés, était entièrement incrusté de marbres précieux et chargé d'ornements. On y trouve le fragment d'une inscription, et dans le sanctuaire deux belles statues renversées. L'une d'elles est, dit-on, celle de Cicéron. L'illustre orateur est représenté vêtu de la robe prétexte peinte en violet. Sur une dalle de marbre, on lit :

M.   TVLLII   M.   F.
AREA   PRIVATA.

Area ou Cour particulière de Marcus Tullius fils de Marcus.

Il s'agit probablement ici du père ou du grand-père de Cicéron.

Nous passons maintenant au *Forum nundinarium* [1], où, comme le nom l'indique, se tenait probablement un marché tous les neuf jours. C'était en outre le quartier des soldats ; car l'on trouva dans les fouilles un assez grand nombre d'armures et de squelettes, et en outre Vitruve nous apprend que ces marchés étaient ordinairement gardés par un poste de soldats.

Cet édifice est un large portique formé par soixante-quatorze colonnes doriques et sous lequel se trouvent environ quarante chambres. L'une d'elles était convertie en prison ; on y trouva des chaînes. Dans une des plus grandes, qui semble avoir été le logement du centurion, on découvrit des restes d'habits ou d'étoffes, et un singulier instrument : une trompette d'airain terminée par sept flûtes d'ivoire.

Le *Forum* romain — les souvenirs à part — ne présente point un plus beau coup d'œil que le *Forum* pompéien. Ce majestueux rectangle est entouré de portiques couverts, formés de colonnes de marbre. Trois belles rues autrefois fermées par des grilles de fer y aboutissent. En arrivant par la rue des *douze grands dieux*, on voit dans le fond, sur une éminence, le magnifique temple de Jupiter se dressant comme pour dominer toute la ville ; à droite, nous avions les temples d'Hercule, de Mercure, le Panthéon, le *Senaculum* lieu destiné aux comices, et la *Crypte* vaste bassin qui recevait les eaux du Sarno pour les distribuer ensuite dans toute la ville au moyen des canaux et des fontaines ; à notre gauche, le temple de Vénus, la basilique où se rendait la justice et où se tenaient les assemblées du peuple, et les prisons de la ville.

C'est dans le *Forum*, selon Vitruve, que se conservait l'étalon des mesures publiques. On y a découvert en effet une grande pierre de tuf qui présente la figure d'un parallélogramme où sont percées plusieurs cavités rondes, représentant des mesures de

[1] Nonus dies.

capacité aussi bien pour les liquides que pour les solides. Sur un des côtés de cette pierre, qui est un monument très-curieux de l'antiquité, on lit l'inscription suivante :

A CLODIVS A. F. FLACCVS NARCAEVS N. I'.
ARELLIANVS CALEDVS D. V. I. D. MENSVRAS
EXAEQVANDAS EX DEC. DECR.

Aulus Claudius fils d'Aulus, Flaccus Narcæus fils de Narcæus, Aurellianus Caledus, duumvirs de justice, ont été chargés, par décret des décurions, de vérifier les mesures publiques.

En sortant du *Forum* et passant derrière le temple de Jupiter, on trouve les *Thermes*, l'un des monuments les mieux conservés. Les *Thermes* de Pompéi sont divisées en deux parties, l'une pour les hommes, l'autre pour les femmes, et ont six entrées différentes. Dans le *spoliatorium*, nous vîmes encore des siéges en bronze et des chevilles de bois à moitié brûlées. On y suspendait les vêtements, qui étaient confiés à la garde du *capsarius*, dont on a retrouvé jusqu'à la petite épée et l'espèce de tire-lire dans laquelle chacun déposait sa légère rétribution.

Le *frigidarium* où se prenait le bain froid, le *tepidarium* où l'eau était tiède, le *sudatorium* où la température devenait plus élevée, sont encore garnis de leurs bassins (*piscinæ*), de leurs tuyaux, de leurs siéges sur lesquels on serait tenté de s'asseoir en attendant la préparation des bains. Sur le sol étaient des *strigiles* sorte de lames d'acier recourbées avec lesquelles on étrillait la peau des baigneurs, et des *gutti* petits vases sphériques renfermant des essences et des huiles précieuses qu'on versait sur le corps goutte à goutte. Les divers instruments du bain, que j'appellerai volontiers le *mundus balnearius*, — à l'exemple des Romains qui nommèrent si justement tout l'attirail servant à la toilette féminime *mundus muliebris*, — se trouvaient ordinairement rassemblés dans un anneau du genre de ceux qui rattachent nos clés.

Ces thermes, qui peuvent contenir une vingtaine de personnes à la fois, sont le seul établissement de ce genre que l'on ait trouvé jusqu'à présent ; mais, selon toute probabilité, les fouilles en feront découvrir de nouveaux; car les Pompéiens avaient adopté en grande partie la coutume romaine., et l'on sait qu'à Rome l'usage des bains était devenu une des nécessités de la vie.

Nous visitâmes successivement les maisons de Cuspius Pansa et de Salluste.

La première est une des plus remarquables de Pompeia ; elle forme à elle seule ce qu'on appelait une île (*insula*), agglomération de bâtiments compris entre quatre murs [1]. La maison de C. Salluste paraît avoir été décorée avec plus de magnificence encore que celle de Pansa. Dans une des dépendances de la maison on trouva une boulangerie complète : un four, des moulins, des tables en marbre, un fourneau, des amphores avec de la farine, le tout parfaitement en ordre.

En sortant par la porte d'Herculanum où l'on trouva le factionnaire qui périt à son poste plutôt que d'enfreindre en s'enfuyant la discipline romaine, on s'engage dans la rue *des Tombeaux* ou *via Domitiana*. A droite, nous avions le faubourg *Augustus Felix*, à gauche le *sepulchretum* osque, la villa de Cicéron, les tombeaux de Scaurus, de Calventius, de Tyché, et enfin la villa de Diomèdes affranchi de Julie et maître du bourg *Augustus Felix*.

Cette villa, qui est peut-être le plus beau monument privé de Pompeia, possède de vastes souterrains qui conduisent jusqu'à la mer. On y a découvert quantité d'amphores. A l'entrée, périrent dix-huit personnes dans le désespoir et dans les tourments d'une affreuse agonie. Les ossements étaient enterrés sous quelques pieds d'une cendre si fine, que consolidée par l'humidité elle avait formé une matière dure sur laquelle s'étaient moulés les objets qu'elle

[1] C'est de là que vient le nom de *insularius* donné à certains esclaves qui avaient la surintendance des locations et qui étaient chargés d'en recevoir le montant.

recouvrait. On a pu voir ainsi distinctement l'empreinte de la gorge, des épaules et des bras d'une jeune fille, vêtue d'une étoffe de la plus grande finesse ; dès les premières alarmes, elle s'était retirée dans cette galerie souterraine accompagnée de sa mère qui tenait un petit enfant dans ses bras et suivie des autres personnes de sa famille. Tous avaient le visage couvert de leurs draperies, ce qui chez les anciens était un acte de décence et de résignation dans les derniers moments [1].

On recueillit près d'eux des bracelets, des anneaux, des bagues en or, des monnaies de bronze et d'argent, un candélabre, un trousseau de clefs, les fragments d'une cassette et un peigne en bois.

La maison du Faune, ainsi appelée à cause de la petite statue de bronze qu'on y trouva représentant un faune dansant, contenait des richesses artistiques inappréciables. Le *tablinium*, salle d'audience, avait pour pavé la fameuse mosaïque qui représente une des batailles d'Alexandre le Grand. D'autres mosaïques admirables figuraient des festons de fleurs et des fruits d'une grande délicatesse, un chat dévorant des cailles, et un rocher couvert de poissons et de crustacés divers. Dans d'autres chambres, on a recueilli des vases d'un travail parfait, un pied de lit en ivoire et un grand nombre d'ornements précieux qui donnent une haute idée de l'élégance pompéienne.

A côté de la maison du Faune se trouve celle d'un pâtissier, *pistor dulciarius*. Non loin de là, on a récemment déblayé une maison contenant des peintures curieuses et peu connues. Celle qui se trouve dans l'*exedra* est extrêmement remarquable : sur un trône élevé est assis un vieillard majestueux, vêtu d'une longue robe, et d'un aspect grave et vénérable. Sa tête est couronnée d'un diadème formé de deux branches de lauriers ; d'une main il tient la lyre, de l'autre il en parcourt les cordes avec le *plectrum*

---

[1] Socrate lorsqu'il rendit le dernier soupir, César lorsqu'il tomba blessé à mort par ses assassins, se couvrirent le visage d'un pan de leur manteau.

MAISON DU FAUNE A POMPEI

d'ivoire [1]. Ses regards sont arrêtés sur deux femmes d'une taille noble et de la plus parfaite ressemblance ; elles sont debout et couronnées de lierre ; l'une tient une lyre sous le bras gauche et semble regarder avec vénération le vieillard assis, pendant que sa compagne se tourne vers elle pour lui adresser la parole. Au milieu s'élève une colonne appuyée sur une base carrée et terminée par une couronne. Autour de cette espèce d'obélisque se trouvent un sceptre, une rame et un gouvernail.

Cette composition de très-heureux effet est sans aucun doute une nouvelle scène de l'apothéose d'Homère, représenté sous les traits du vieillard couronné et jouant de la lyre ; les deux femmes sont ses poëmes immortels l'Iliade et l'Odyssée, et c'est probablement à elles que font illusion le sceptre, la rame et le gouvernail.

Nous passons sous silence les maisons de la Grande, de la Petite Fontaine, des Vestales, des Danseuses, d'Apollon, des Bacchantes...... et nous arrivons aux théâtres et à l'amphithéâtre.

Le théâtre tragique de Pompei était presque demi-circulaire ; les représentations se faisaient en plein jour. Une inscription placée sur la porte supérieure nous apprend que ce théâtre est dû à la libéralité des deux Holconius, Rufus et Celer, qui le firent élever pour l'embellissement de la colonie.

MM. HOLCONI RVFVS ET CELER

CRYPTAM TRIBVNAL THEATRVM S. P.

AD DECVS COLONIAE.

La *cavea* formée par une série de gradins sur lesquels il était accordé à chaque spectateur un espace de seize pouces, pouvait contenir cinq mille personnes. Entre la scène *scenium* et la *cavea* était le *proscenium* occupé par les musiciens. C'est dans l'espace appelé *orchestra*, qui se trouvait contre la scène, qu'étaient les places d'honneur pour les décurions, les augustals [2], pour tous ceux enfin

[1] Sorte d'archet. — [2] Prêtres d'Auguste.

qui avaient le privilége du *bisellium* [1]. A droite et à gauche étaient deux galeries assez élevées : l'une, celle de droite, appelée *podium*, destinée aux proconsuls et aux duumvirs qui présidaient aux représentations ; l'autre pour les vestales. Venait ensuite la partie affectée aux militaires, aux citoyens et aux divers corps. Les troisièmes et dernières places, divisées en compartiments et couvertes dans quelques théâtres, étaient occupées par le peuple et les femmes.

Comme les spectateurs étaient exposés aux ardeurs du soleil et à la pluie, on inventa de larges tentes *vela* ou *velaria*, qui recouvraient le théâtre par le moyen de cordes tendues et attachées à la partie supérieure de mâts (*mali*) enfoncés dans des blocs de pierre. Ces voiles étaient ordinairement de fin lin. Néron en fit teindre en pourpre parsemée d'étoiles d'or et au milieu desquelles il était représenté conduisant le char du Soleil.

« En sortant du théâtre, tournez à gauche, vous verrez l'Odéon [2]. »

Le précepte de Vitruve est observé ; le théâtre couvert ou Odéon se trouve à gauche du grand théâtre. Il est distribué de la même manière et peut contenir quinze cents personnes.

On a trouvé dans les fouilles plusieurs *tesseræ* ou billets d'entrée pour les représentations théâtrales. Ces *tessères* sont des

---

[1] Le *bisellium* était une sorte de canapé orné de belles draperies, sur lequel on s'asseyait seul au forum ou dans les spectacles publics, quoiqu'il y eût place pour deux. Cette distinction était des plus recherchées et des plus flatteuses.

C. CALVENTIO. QVIETO
AVGVSTALI
HVIC. OB. MVNIFICENT. DECVRIONVM
DECRETO. ET. POPVLI. CONSENSV. BISELLII
HONOR. DATVS. EST.

Cette inscription se trouve sur un magnifique tombeau de marbre, sans chambre sépulcrale, un véritable cénotaphe élevé à Caius Calventius Quietus, augustal auquel pour sa munificence les décurions décernèrent, par un décret et avec le consentement du peuple, les honneurs du *bisellium*. Le tabouret ou marchepied, *subsellium* ou *suppedaneum*, indiquait qu'il ne servait qu'à une seule personne.

[2] Exeuntibus e theatro sinistrâ parte Odeum.

morceaux d'os circulaires, ovales ou rectangles, sur lesquels on indiquait le nom de la pièce que l'on jouait et la place que devait occuper celui qui en était le porteur.

Voici deux de ces billets :

D'un côté, ce mot, Αισχυλου, d'Eschyle, et la perspective d'un théâtre ; de l'autre, les chiffres romains x i i répétés en grec i в. Cette tessère indiquait que le drame représenté était une des tragédies d'Eschyle et la place assignée sur le douzième gradin.

L'autre était ainsi conçu :

CAV. II. CVN. III. GRAD. VIII. CASINA PLAVTI.
2e *Cavea*, 3ᵉ coin, 8ᵉ gradin. La *Casina* de Plaute.

Nous finissons par le monument qui fut découvert le premier. A l'extrémité de la ville, isolé de toutes les autres fouilles, l'amphi-théâtre est le plus majestueux édifice de l'intéressante nécropole. Il pouvait contenir jusqu'à vingt mille personnes, chiffre supérieur à celui de sa population ; mais on sait que lorsque l'on y donnait des fêtes, les habitants des localités voisines s'y rendaient en foule, comme le prouve un passage de Tacite, au sujet d'une querelle qui éclata dans l'amphithéâtre même entre les habitants de Nucérie et les Pompéiens [1].

Cet édifice de forme ovale a environ cent quarante mètres dans sa plus grande dimension. L'architecture en est très-belle et très-

---

[1] A peu près dans ce temps, il y eut, pour une légère contestation, un massacre horrible des habitants de Nucérie et de Pompeia : c'était à un spectacle de gla-diateurs que donnait Livineius Regulus. La querelle avait commencé par ces plaisanteries ordinaires entre les habitants de deux petites villes voisines; ils en vinrent ensuite à se lancer des injures et des pierres, ils finirent par prendre les armes. Les habitants de Pompeia, chez qui se donnait la fête, eurent l'avantage ; et l'on rapporta à Rome beaucoup de Nucériens mutilés et couverts de blessures ; la plupart avaient à pleurer la mort ou d'un père ou d'un fils. Cette affaire, ren-voyée par le prince au sénat et par le sénat au consul, étant revenue de nouveau au sénat, on interdit pour dix ans de pareilles fêtes aux Pompéiens, et l'on cassa les associations illégales qu'ils avaient formées. Livineius et les autres auteurs de la sédition furent punis de l'exil. — Annal. XIV. xvii.

bien conservée. L'entrée principale pavée en lave était ornée de
magnifiques statues ; on y voit encore un assez grand nombre
d'inscriptions, quelques-unes en l'honneur de C. Pansa. Outre
cette entrée, quarante *vomitorii*, correspondant à autant d'escaliers
conduisant à la *cavea*, laissaient un passage prompt et facile à la
foule immense des spectateurs. La *cavea* était divisée comme dans
les théâtres en trois parties, et la place que chacun devait occuper
était indiquée par des lignes avec un chiffre peint en rouge. La
summa cavea destinée aux femmes était couronnée d'une galerie
circulaire nommée *déambulacrum*, sur laquelle se trouvent des
pierres énormes garnies de trous pour recevoir les poteaux destinés
à soutenir les tentes ou les voiles (*velaria*).

Les murs du *podium* sont couverts de peintures en partie dété-
riorées par le contact de l'air, mais parmi lesquelles on distingue
encore un *lanista* maître d'escrime, assis au milieu de plusieurs
gladiateurs avec la *rudis* ou baguette, dans l'attitude d'un juge dé-
cidant de la victoire et adjugeant le prix au vainqueur ; près de lui
sont les génies ailés qui tiennent des couronnes à la main. On voit
encore les *carceres* où étaient renfermées les bêtes féroces, et les
trois passages qui conduisent à l'arène : l'un pour les gladiateurs
porta Sanavivaria, l'autre pour emporter les morts *porta Mortualis*
ou *Libitinensis*, le troisième plus étroit *catabolus*, pour les animaux.

Nous étions assis sur les gradins du sommet de la *cavea*, con-
templant cette vaste arène aux sanglants souvenirs, lorsque nous
aperçumes un homme qui, les bras nus, un bâton à la main, nous
saluait gracieusement. Il se drapa en artiste dans les lambeaux d'é-
toffes verts et violets qui coûvraient ses épaules, et se mit à chanter
avec beaucoup d'âme cette *aria* du *gran maestro* Donizetti :

> Fra poco a me ricovero
> Darà negletto avello.
> Una pietosa lagrima
> Non scenderà su quello, etc.

Sa voix avait un son métallique et pénétrant qui nous impressionna. Après avoir chanté, il fit cinq ou six cabrioles des plus extravagantes, et se retrouva tout à coup immobile sur ses deux jambes, nous saluant et nous souriant d'un air de malice et d'intelligence. Nous comprîmes sa demande et lui lançâmes dans l'arène, du haut de l'amphithéâtre où nous étions assis, quelques *tornesi* qu'il reçut avec autant de dextérité que de reconnaissance en nous criant : *Sarà, eccellenze, per mangiare il macarone.*

Cet homme chantait au milieu des ruines, sans souci du passé ni de l'avenir, cet air si plein de mélancolie. C'était pour nous la plaintive élégie en longs habits de deuil, pleurant sur les étranges destinées de cette nation forte, glorieuse, immense et dépravée qui remplit le monde du bruit de ses armes, de ses révolutions, de ses conquêtes, et qui l'étonna par ses vertus et par ses vices, jusqu'au jour où Dieu, las du débordement de sa corruption, l'étendit palpitante dans le tombeau.

Il y a vingt siècles, dans cet amphithéâtre s'agitait une multitude insensée s'enivrant de l'âcre saveur du sang humain ; les temples regorgeaient des adorateurs de ces dieux sourds et aveugles en qui chaque vice trouvait sa personnification ; le forum était plein de ces marchands riches et avides dont l'or satisfaisait tous les désirs ; les rues étaient sillonnées par les chars des descendantes des Laïs et des Phryné, par les litières des duumvirs, des magistrats, des édiles dont on recherchait la faveur par les plus basses adulations ; sur le bord de la mer, dans la campagne, les villas splendides étaient le rendez-vous d'une jeunesse légère et sans mœurs, s'étourdissant dans les fêtes sans songer au lendemain.

> ..... Carpe diem,
> Quid sit futurum cras, fuge quærere ; et
> Quem fors dierum cumque dabit, lucro
> Appone. . . . .

« Cueille la fleur du jour sans croire au lendemain. Demain, qu'arrivera-t-il ? Ne t'en informe pas ; chaque jour que t'accorde le sort est un jour gagné ; profites-en..... »

Aujourd'hui les habitations sont vides, les rues sont désertes : plus de chars ; on ne voit que la profonde empreinte de leurs roues qui reste gravée dans la lave ; le forum est silencieux, l'amphithéâtre abandonné ; les joubarbes et les potentilles étendent leurs longues chevelures sur ses murs en ruines, et l'on voit courir çà et là quelques lézards qui disparaissent à l'approche de l'homme.

Tout ce bruit, ce mouvement, cette agitation, cette exubérance de vie, ont avec les habitants disparu sous la lave et la cendre du Vésuve, comme cet essaim d'abeilles bourdonnantes abattues par une poignée de poussière,

Pulveris exigui jactu compressa quiescunt.

L'amphithéâtre cependant devait encore de nos jours présenter un beau et imposant spectacle, bien différent de ceux qui s'y donnaient il y a dix-huit siècles. La religion chrétienne, à qui l'on doit l'abolition de ces luttes sanglantes, y fut représentée par son chef le plus auguste.

Le 22 octobre 1849, Pie IX, exilé de Rome, partit du palais de Portici, sa résidence, pour visiter les ruines de Pompei. Il était accompagné des cardinaux Maï et Antonelli, du nonce apostolique Mgr Garibaldi et des camériers Mgrs Boromeo, Stella, de Hohenlohe. Le chevalier Bayard, ingénieur et directeur du chemin de fer, avait conduit lui-même la locomotive portant le nom de *Pompei*. Après avoir visité la ville, Pie IX se rendit à l'amphithéâtre, entouré d'une foule immense accourue sur ses pas. Le peuple couvrit bientôt les gradins, et les cris mille fois répétés de : Vive Pie IX ! Vive le roi ! firent oublier les vociférations barbares des spectateurs des combats de gladiateurs [1].

---

[1] On sait que dans ces combats, où il n'était pas rare de voir jusqu'à 1200 hommes s'entr'égorger sur la scène, chaque fois qu'un gladiateur tombait, le peuple s'écriait avec une joie féroce : « *Hoc habet*..... Il en tient ! » — Dion. LXIII, 15. — Horace. Ep. I, xviii, 66. —. Juvénal. III, 36. — Sénèque. Ep. VII, 177. — *De tranquillitate animi.* 11. — *De const. sap.* 16.

Profondément ému à la vue de cet édifice immense, couvert des flots d'une multitude chrétienne, le saint Père monta jusque sur la galerie supérieure. Là debout. il salua affectueusement le peuple, puis s'étant recueilli il donna sa bénédiction, et toutes les têtes s'inclinèrent humblement devant le Vicaire de Jésus-Christ.

Cette scène avait quelque chose de grandiose et d'émouvant qui laissa des impressions profondes dans le cœur de tous ceux qui en furent les témoins.

Avant de descendre, Pie IX admira quelque temps le merveilleux coup d'œil qu'offrent la mer, le golfe, ses îles riantes, sentinelles avancées qui en défendent l'entrée, le Vésuve, et cette campagne si fraîche, si gaie, si délicieuse, image de ses habitants, dont le caractère est en parfaite harmonie avec le sol qui les nourrit :

> La terra molle, e lieta e dilettosa
> Simili a se gli abitator produce.

MAISON A POMPEI

Le Vésuve et la Madone

> There stood a hill not far, whose grisly top
> Belch'd fire and rolling smoke; the rest entire
> Shone with a glossy scurf; undoubted sign
> That in his womb was hid metallic ore,
> The work of sulphur... [1] MILTON. *Par. lost.*

Le monde silencieux et recueilli des églises et des ruines où nous avons si laborieusement moissonné la fleur des souvenirs, ne pouvait nous faire oublier la belle nature dont l'aspect nous avait enchantés à notre arrivée. Le Vésuve fut choisi pour but de notre excursion nouvelle. À côté de l'agréable, on aime, par un instinct secret, à rencontrer l'horrible. La terreur, suivant la loi tragique, restitue à l'âme tout ce que la jouissance lui enlève. D'ailleurs,

[1] Non loin s'offrait un mont dont la cime enflammée
Roulait des tourbillons de feux et de fumée.
Le terrain qui s'étend sous son front escarpé
D'une croûte brillante était enveloppé.
Sa couleur trahissait les mines souterraines
Qui recélait le soufre infiltré dans ses veines. — Trad. de Delille.

aller au Vésuve le lendemain d'une visite à Pompeia, c'est passer du champ stérile de la mort à celui non moins désert de l'agent destructeur, c'est suivre l'ordre logique.

Cette fois nous renonçâmes à la voie de fer, et nous prîmes à la porte de notre hôtel, dès six heures du matin, une de ces petites voitures qui vous conduisent à tous les bouts de la cité napolitaine pour la modique somme d'un *carlino* [1]. Les chevaux du pays ardents, infatigables, galopent tout le jour, sans autre nourriture que quelques bottes de lupins, dévorés dans l'intervalle d'une course à l'autre. Ce sont toujours les nobles quadrupèdes dont Tasse a résumé les qualités en deux vers :

Asciutti hanno i cavalli al corso usati,
Alla fatica inviti, al cibo parchi.

Les chevaux ont survécu à la chevalerie des croisades. Les hommes seuls ont changé.

Nous suivions en *calessino* frais et découvert une ligne parallèle à la voie ferrée que nous avions parcourue la veille. Grâce à l'ancien mode de transport qui se prête bien mieux aux fantaisies du touriste, nous pouvions chercher Portici et Résina, qui nous avaient échappé dans notre excursion à Pompei. C'est la route qui mène au volcan.

L'idée et la vue du Vésuve dominaient la perspective de notre horizon et de notre pensée. Le colosse siégeait dans le lointain, immobile comme s'il eût défié notre marche. En avant de lui, la terre de Naples s'offrait à nos regards ; la mer que nous côtoyons murmure à nos oreilles ses doux concerts, ses vagues bleues déposent sur la plage des algues odorantes ; on ne se lasse point de la décrire comme on ne se lasse point de la voir. Surface unie, prisme chatoyant qui réfléchit les nuances de l'arc-en-ciel, bonne une grande partie de l'année, elle est l'emblème de la douceur dans la force ; si parfois le génie mystérieux des abîmes vient à

_____

[1] Le *carlin* vaut 42 centimes.

rompre le miroir poli de ses eaux, alors l'océan des Sirènes emprunte à celui d'Atlas quelque chose de ses fureurs, et l'onde s'élance sur la côte comme si elle voulait éteindre les feux du Vésuve. Le Vésuve en revanche fait quelquefois bouillonner l'eau du golfe. Ces terribles représailles, ces luttes des éléments s'accomplissent forcément aux dépens de la plage, dont le sable tantôt brûlant, tantôt humide, s'ouvre, ainsi qu'un cœur passionné, à toutes les impressions, sans garder longtemps la trace d'aucune d'elles.

En 1810, le Vésuve triomphait; son large cratère vomissait la cendre et le feu. Grande était la terreur sur la côte et jusqu'au sein de Naples. Le torrent menaçait de tout envahir, et Naples allait peut-être s'ensevelir dans le tombeau commun qui couvrait les trois cités romaines. La prière s'élevait donc du cœur de Parthénope convertie, et les saints de Dieu portaient au pied du trône éternel le cri du repentir. Dieu fit miséricorde, et un miracle se consomma.

Ici, sur la route que nous suivions, s'élevait une statue du bienheureux patron de Naples. Saint Janvier était représenté dans l'attitude du recueillement, les yeux baissés et l'esprit absorbé dans la méditation. Au plus fort du péril, et comme la lave léchait déjà le piédestal de la statue du saint, la foule accourut et fléchissant le genou se prit à réclamer merci. « *Ajuto, padrone, vindici!* » s'écria-t-elle suivant l'usage. On vit alors, par une permission d'en haut, saint Janvier tourner lentement la tête du côté de la montagne, puis lever le bras et étendre le doigt vers le cratère. Le cratère comprit le signe, et docile à cet ordre muet, il fit taire sa rage. Le fracas de la montagne tomba soudainement, les flammes s'éteignirent, la lave s'arrêta, et ses flots se pétrifièrent.

Tel fut, entre mille autres moins éclatants, le miracle de 1810 que nous avons indiqué en son lieu. La statue, depuis cette époque, a gardé sa pose nouvelle, et le doigt qu'abattit le bourreau dans les champs de la Solfatare, continue de commander au volcan.

Quand on a dépassé le monument de saint Janvier, on rencontre à quelques pas plus loin une sorte de milliaire carré,
où est gravée la fameuse inscription : *Posteri*, *posteri*, *vestra
res agitur* [1]....

Nous nous trouvâmes sans nous en douter arrivés à Portici, où
nous descendîmes en renvoyant notre voiture. Portici s'étale
coquettement sur le littoral au fond du petit port ou *marine*,
comme disent les bonnes gens du pays. A toute heure du jour,
quelque famille de pêcheurs tire sur le sable sa nacelle nourri-
cière, puis elle s'assied et raccommode les mailles du filet. Le
travail ne s'achève pas, sans que l'on trouve à raconter en commun, dans le dialecte napolitain, une de ces légendes merveilleuses, rhapsodies populaires des épopées de l'Italie.

Cette scène encadrée dans un délicieux paysage rappelle invo-

[1] Voici la traduction complète de cette inscription remarquable, qui n'est peut-
être que la reproduction d'une autre beaucoup plus ancienne : O nos petits-fils,
c'est votre intérêt qui est ici en cause. La veille tient le flambeau devant les pas
du lendemain; retournez-vous pour y fixer les yeux. Vingt fois depuis la création
du soleil, si l'histoire ne ment pas, le Vésuve s'est enflammé; enveloppant
toujours dans une effroyable ruine ceux qui hésitaient à fuir. De peur que,
plus tard, il ne profite de votre irrésolution pour vous saisir, je vous avertis.
Cette montagne est grosse de bitume, d'alun, de fer, de soufre, d'or, d'argent,
de nitre et de torrents d'eau. Tôt ou tard elle s'enflammera et elle mettra au jour
ce qu'elle renferme. Auparavant elle entre en travail : elle s'ébranle et elle ébranle
la terre ; elle fume, elle brille, elle lance des feux ; elle mugit, elle se lamente,
elle tonne, elle met en fuite les habitants d'alentour. Retire-toi, tandis que tu le
peux. Déjà l'heure de l'enfantement est venue : la montagne s'ouvre et vomit un
lac mêlé de feu, qui se précipite et devance les fuyards trop lents. S'il te saisit,
c'en est fait, tu es mort. L'an 1631 de l'ère chrétienne, le 16e jour avant les
calendes de janvier, sous le règne de Philippe IV, et sous Emmanuël Fonseca
et Gusman, comte de Monterey, vice-roi, les éruptions des temps anciens
s'étant renouvelées, et les avant-coureurs en ayant été moins significatifs et
moins nombreux que de coutume, le volcan épargna ceux qui s'effrayèrent de
ces symptômes; il dévora les imprudents qui n'y firent point attention et les
hommes avides à qui leurs pénates et leurs meubles furent plus chers que la
vie. Toi donc, si tu es sage, prête l'oreille aux cris de la montagne ; méprise
tes pénates, tes hardes; fuis sans retard.

Le marquis Antonio Suares Messia, préfet de la ville.

lontairement la musique si fraîche d'Auber et les couplets des pêcheurs de Portici :

> Amis , la matinée est belle,
> Sur le rivage assemblez-vous ;
> Montez galment votre nacelle
> Et des vents bravez le courroux.
> Conduis ta barque avec prudence , etc...

Charles III , qui entendait royalement toutes choses et qui donnait à son peuple dans sa capitale un palais pour hôpital , voulut avoir une résidence au milieu des cabanes de ces fidèles pêcheurs. Un tel entourage valait une citadelle , aussi le château n'est-il défendu que par un simulacre de petit fort du nom de Granatello.

Le palais de Portici , bâti longtemps après Versailles par un arrière-petit-fils de Louis le Grand , a retenu de la splendide demeure de nos anciens rois cette unité majestueuse qui en fait un poëme. A Versailles tout converge à l'entour du soleil : le centre, le foyer , le cœur, la vie de ce grand corps de bâtiment sont au-dessous de l'horloge , dans l'appartement qui fait face à l'entrée des grilles ; là est mort le grand roi, laissant sans successeur un lit à la grandeur duquel personne n'a osé se mesurer.

A Portici, quelque chose de cet ensemble symbolique se retrouve en petit dans la disposition de l'intérieur. Seulement l'unité conjugale se substitue ici à l'individualité du prince.

Deux grands escaliers se présentent aux abords du vestibule et mènent aux deux ailes que se partagent le roi et la reine. Un tel palais eut convenu à Louis XVI. Pie IX , cet autre martyr de l'innocence et de la bonté , l'a occupé durant sept mois de son exil. La vénération s'attache à l'autel où il célébrait la sainte messe tous les jours. Il est beau de voir le souvenir touchant du pontife s'associer à tant de lieux que l'antiquité, le moyen âge et les temps modernes peuplent de leurs traditions ou de leurs légendes.

Commencé en 1736 sur les dessins d'Antonio Cannevari , le

palais de Portici fut achevé par l'architecte espagnol Barrios. Situé
à quatre milles de Naples, ils'y rattache par une continuité de villas
agréables et opulentes que la noblesse occupe, de manière à se
trouver à portée des deux résidences de la cour. L'intérieur du
château est ouvert aux étrangers qui visitent surtout le boudoir de
la reine qui est de la plus grande magnificence. Lambris, pla-
fonds, cheminées, tout est en porcelaines historiées à la façon
chinoise; au milieu est une superbe table en bois pétrifié. Des
fenêtres on découvre le panorama de Naples, dans un plan plus
reculé mais aussi plus étendu qu'on ne l'aperçoit du couvent des
Chartreux.

La galerie qui mène aux appartements du roi est illustrée des
burlesques aventures du seigneur don Quichotte de la Manche. Le
dix-septième siècle y eût peint de préférence les scènes de
l'Arioste. Le dix-huitième qui produisit Lesage s'engoua plus particulièrement du roman espagnol. Les époques ont leurs modes.

Plusieurs chambres pavées en mosaïques tirées d'Herculanum
contiennent de bons tableaux, entre autres le portrait de Napoléon,
de Lætitia sa mère, et de Joachim Murat en costume espagnol,
tous trois de Gérard, et celui de Masséna par le chevalier Wicar,
de Lille.

Nous sortîmes du palais par la grande cour qui forme un parallélogramme, traversé dans sa largeur par les routes de *Torre del
Greco* et des deux Calabres. Nous marchâmes à pied vers Résina [1].

Résina est un joli village bâti sur Herculanum qui montre à
peine un coin de son front enfoui. Pour rendre à la lumière la
vieille cité du dieu de la force, il faudrait raser une partie de
Portici et Résina tout entière, sacrifice devant lequel on reculera
longtemps et que le Vésuve pourrait seul aider à consommer.

En attendant la révélation de l'avenir volcanique des Deux-

---

[1] Ecce venit Résina aviæ junctissima nostræ.
Tristior illa quidem patris de clade Vesevi. — Poutan.

Siciles, Herculanum continue d'être une ville souterraine, où l'on
descend à la lueur des torches par un escalier droit et raide. Les
ruines qui s'y voient sont d'un intérêt médiocre après celles de
Pompeia. Le hasard les fit découvrit en 1720.

Le prince d'Elbeuf, qui faisait construire une maison de campagne
à Portici, vit à plusieurs reprises, entre les mains des paysans de
Résina, des marbres précieux qu'ils retiraient d'un puits. Cette
circonstance l'engagea à faire creuser au même endroit, et l'on ne
tarda point à découvrir plusieurs statues, les colonnes d'un temple
et d'autres objets qui furent envoyés en France au prince Eugène
et à Louis xv. Charles iii, roi des Deux-Siciles, fit interrompre les
fouilles des particuliers en 1738, et entreprit lui-même un travail
plus régulier, qui amena la découverte d'une partie des ruines que
l'on voit aujourd'hui. Tous les trésors de l'antiquité, à mesure qu'ils
sortaient de terre, furent religieusement conservés dans le château
de Portici, d'où ils furent transportés au Musée Bourbon, pour
former plus tard avec les dépouilles de Pompeia une collection
admirable et unique en Europe.

Les principaux monuments d'Herculanum sont : le théâtre où
dix mille personnes trouvaient place sur cent vingt gradins ; la
basilique [1], majestueux édifice avec un portique de quarante-deux
colonnes et de magnifiques peintures à fresque, et enfin la villa
dite d'*Aristide* ou des *Papyrus*. Cette habitation attestait le luxe,
les occupations et l'esprit cultivé de son propriétaire. On y trouva
les mosaïques les plus rares, des chefs-d'œuvre en marbre et en
bronze, et des manuscrits inconnus et calcinés, d'Epicure, de

[1] Les basiliques, d'après Du Cange, étaient des édifices qui primitivement ser-
virent d'habitation ou lieu de sépulture pour les rois (βασιλεις.) Plus tard, les
Grecs et les Romains donnèrent ce nom à de vastes salles, divisées d'ordinaire en
trois galeries par deux rangs de colonnes, où l'on rendait la justice et qui
servaient de rendez-vous d'affaires pour les négociants et de lieux d'intrigues
pour la politique. Les chrétiens, à l'époque de Constantin, employèrent ces
basiliques, appropriées mieux que tout autre monument aux réunions des fidèles.
Les premières églises qui se bâtirent en conservèrent la forme et le nom.

Philostrate, de Métrodore et de Philodème, que la science est
parvenue à dérouler et à lire.

Une fois sortis de cet humide labyrinthe, on se plaît à respirer
l'air pur de la *Favorita*, charmante maison de campagne qui appartient au prince de Salerne. Un goût exquis a présidé à toute son
ornementation ; de jolis décors en stuc tapissent les lambris. Dans
l'une des salles se trouve un pavé en marbres de diverses couleurs
provenant du palais de Tibère à Caprée. On ne peut se défendre
d'une étrange impression en foulant ces dalles, théâtre des orgies
et des crimes de ce monstre.

Résina fut, dit-on, évangélisée par saint Pierre lui-même, lorsqu'il se rendit en Italie après le concile de Jérusalem, en
l'an 51. Débarqué dans ce bourg, lors de son second voyage,
il y convertit et baptisa bon nombre d'habitants ; après quoi il
leur laissa Ampellion pour achever de les instruire dans la religion chrétienne [1].

Dans une petite auberge, à l'extrémité du village, des chevaux
nous attendaient pour monter au Vésuve. A ce point de la route,
on a le volcan devant soi.

Ce géant dont la face regarde le ciel, dont les narines, la
bouche et les yeux lancent la fumée et le feu, et qui, en attendant
un signal du suprême Dominateur, semble retenir avec peine
les pulsations brûlantes de sa poitrine ; ce géant dont la mer,
comme pour le calmer, vient baiser les pieds ; ce géant qui fait
couler dans la profondeur des ravins, sur la crête des collines,
une lave dure comme l'airain et qui envoie de loin aux populations souvent décimées et toujours confiantes, un nouveau sol
plus ferme et aussi fertile que l'ancien ; qui superpose les cités
les unes sur les autres comme les marches d'un portique dont
il demeure le fronton ; ce roi de la nature, qui seul respire, après
avoir vu s'éteindre tous ses frères dans les bouleversements de la

[1] Tutin. dell' origin. de' seggi. c. IV. P. Lasena. VI. p. 104.

Campanie ; ce géant assis sur les ruines des empires, sur le
cercueil des peuples, sur le tapis des fleurs, nous le tenions
enfin, nous mesurions sa taille ; touchant sa base, nous regardions
sa tête, et, face à face avec lui, nous réglions les préliminaires
de notre ascension.

Deux routes mènent de Résina au Vésuve : l'une, carrossable,
large et spacieuse ; l'autre plus courte, mais pierreuse, étroite,
et seulement accessible aux piétons et aux montures. Nous prîmes
la dernière, soigneusement chaussés de guêtres et munis d'un
léger déjeuner, double précaution commandée par la prudence. Au
sortir de Résina, le guide nous fit voir la lave de l'éruption
de 1810. Bientôt la pente du chemin devint plus sensible. A
mesure que nous nous élevions, s'agrandissait autour de nous
le tableau de la campagne de Naples, aux contours arrondis et
onduleux, devant lequel il faut briser ses impuissants pinceaux.

Nous admirions l'adresse de nos petits chevaux dressés au service
quotidiens de ces lieux uniques : ils marchaient sur la pierre, sur
la lave, et franchissaient les rocs escarpés sans jamais broncher.
A une demi-heure de Résina on passe à côté des fameuses vignes
du *Lacryma Christi*, et après une autre demi-heure, on leur
dit adieu. On entre alors dans un large lit de lave refroidie,
d'écumes crystallisées. On suit de l'œil sur cette immense surface
les ondulations du liquide brûlant, telles qu'elles se développaient
quand la solidification arrêta leur cours précipité.

L'aspect de ce fleuve suspendu dans sa marche est des plus
sinistres. Il peut donner une idée de ces grandes catastrophes
occasionnées par une pluie de feu et dont il est parlé dans la
Bible. Plus de végétation, plus d'oiseaux, plus d'autre bruit que
le pas des chevaux qui résonne sur la pierre creuse et sur des
monceaux de scories qui s'éboulent. A chaque courbe du sentier
à peine frayé, des points de vue variés et pittoresques surgissent
ou s'effacent. C'est Naples, c'est Capri, c'est l'espace azuré ou

nuageux ; c'est la mer transparente , c'est la terre accidentée de merveilles. C'est tout cet ensemble vivifié par la lumière et l'harmonie , c'est le paradis vu de l'enfer.

Nous arrivons à l'Ermitage , veuf de ses solitaires depuis bien des années , et qui n'a rien gagné en confortable depuis qu'ils n'y sont plus. Autrefois , en janvier 1804 , voici comme allaient les choses de cette maisonnette européenne. « L'ermite est sorti pour me recevoir [1], il a pris la bride de la mule , et j'ai mis pied à terre. Cet ermite est un grand homme de bonne mine et d'une physionomie ouverte. Il m'a fait entrer dans sa cellule ; il a dressé le couvert et m'a servi un pain , des pommes et des œufs. » Nous fûmes agréablement surpris d'y rencontrer un touriste d'une des villes les plus industrielles du nord de la France ; il était aussi en admiration d'une nature si différente des contrées qu'il habite; mais à cause de la compagnie de sa femme et de sa fille, et de l'incertitude du temps, il ne put se décider à faire l'ascension du cône.

Nous saluâmes , en passant , l'observatoire que le roi fit construire au delà de l'Ermitage. C'est assurément l'ouvrage des hommes le plus avancé en regard du Vésuve. Nous nous trompons, car après une nouvelle demi-heure de marche nous parvînmes à une croix qui se cache au pied du cône. Aucun lieu n'est inaccessible au signe du salut, qui dépasse hardiment les limites assignées à la civilisation et à l'humanité qu'elle entraîne après elle.

Au pied de cette croix on fait halte. Un homme prend la garde des montures , puis on s'avance à ses risques et périls. Bientôt on s'étonne de la raideur du plan et de la fatigue de la marche. La cendre glisse sous les pieds qui s'y enfoncent jusqu'au-dessus de la cheville. Parfois le terrain manque, et sa fuite ramène chaque enjambée à son point de départ. L'ascension devient de cette manière de plus en plus ingrate ; on recule plutôt qu'on n'avance ; c'est à désespérer d'arriver au sommet.

[1] Chateaubriand : Itinéraire.

31

C'est le moment que les guides saisissent pour faire valoir l'importance, sinon la nécessité de leurs services, à qui les a rebutés jusqu'alors. Volontiers ils oublient les affronts antérieurs dès l'instant qu'ils se jugent indispensables. De bonne grâce ils vous tendent la main, puis le bras, puis enfin, déterminés à pousser jusqu'au bout les prévenances, ils se partagent les voyageurs, se plaçant, qui en avant, qui en arrière de chaque *excellence*. Le temps est passé de quereller sur les prix et la nature des aides. C'est l'affaire d'une *piastre* [1] par chaque guide. Aidés par ces braves gens, nous parvînmes sans lésion ni dommage jusques au haut du volcan.

La fatigue de l'ascension qui nous avait couverts de sueur nous avait fait illusion sur l'abaissement de la température. Le travail cessant, la chaleur factice s'arrêta momentanément, et nous dûmes nous remettre en mouvement pour nous soustraire à l'influence glaciale qui nous prenait au corps. Nous nous dirigeâmes vers le cratère, et nous ne tardâmes pas à ressentir la chaude influence de l'immense fournaise souterraine. Un sol jaunâtre fendillé en tous sens, et d'où s'échappaient par chaque fissure de petites colonnes de fumée, brûlait sous nos pieds. Nous voici arrivés sur la lèvre du cratère, vaste entonnoir bouillant au talus rapide. La fumée soufrée devient plus épaisse et nous prend à la gorge; nos bâtons plongés dans les crevasses s'allument en quelques instants. Tous ces phénomènes eussent satisfait une curiosité vulgaire; la nôtre ambitionna de descendre plus avant et de surprendre les secrets du gouffre. Le mouchoir entre les dents, afin de n'être point suffoqués par la fumée, nous avançons lentement sans nous voir l'un l'autre, bien que séparés par une distance de quelques pieds, lorsque tout à coup le vent pousse devant nous un tourbillon d'une fumée telle qu'il devient presque impossible de respirer. Par un mouvement instinctif de conservation, nous

[1] 5 francs 37 centimes.

faisons tous sans nous concerter une volte-face rapide, cherchant des pieds et des mains à remonter hors du cratère et à retrouver un peu d'air respirable.

Bien des voyageurs prétendent être descendus jusqu'au fond du cratère; mais nous croyons qu'il en est un plus grand nombre encore qui se sont bornés à le regarder à distance convenable. L'illustre Jean Mabillon, qui se permit comme distraction à ses études paléographiques une ascension au Vésuve, dit : « Lorsque nous fûmes arrivés là (sur le bord du cratère), un vent violent poussait vers le nord d'immenses tourbillons de fumée. Nous profitâmes de la facilité d'aborder le côté opposé, pour examiner le plus près possible la montagne fumante.... Quant à descendre dans le cratère du gouffre, on ne peut le faire sans danger [1]. » *Descendi in craterem voraginis sine periculo non potest.*

Cette histoire est la nôtre.

Remontés en lieu sûr, nous parcourûmes le haut du volcan, cherchant à nous rendre compte des diverses modifications que les siècles et les éruptions lui ont fait subir [2].

Ce géant n'a pas échappé aux commotions qu'il imprima jadis à la contrée et dont le résumé abonde ailleurs. Victime de ses propres fureurs, il a, en déchirant ses entrailles, altéré sa structure et crevassé son front. Qui dira ce qu'il fut au jour de sa naissance, à qui il succéda et à qui il survit? Son origine est oubliée comme celle de toutes les grandes choses. On ne se souvient plus quels furent les premiers jeux de sa jeunesse, ceux par lesquels il révéla ou essaya ses forces. Contemporain de l'Etna, il rompit avec lui quand l'Italie se sépara de la Sicile [3]. Plus tard, il vit s'éteindre la Solfatare et se soulever le Monte-Nuovo. Lui-

[1] Iter Italicum, p. 113.
[2] Le nom grec et latin du Vésuve a eu un grand nombre de variantes. On l'appela tour à tour Ουεσουιος, βεσουξιος et βεσξιος; et en latin *Vesuvius*, *Vesbius* et *Bebius*.
[3] Voir la note A à la fin de l'ouvrage.

même sommeilla longtemps sous une couche de moissons et de fleurs. Le pied des bergers et des chèvres effleura son chef couronné d'une horreur exclusivement traditionnelle. On sait quel fut son double réveil aux deux années 63 et 79. C'est la première catastrophe écrite à son sommet aussi lisiblement que sur les toits de Pompei. Avant ces jours néfastes, et du temps de Strabon, la gloire de la montagne était dans la fertilité de ses versants ; elle offrait un sommet tronqué, en grande partie uni, entièrement stérile, d'un aspect brûlé, montrant des cavités remplies de crevasses et de pierres calcinées, d'où l'on pouvait conjecturer que ces lieux avaient été autrefois des cratères brûlants.

Dès l'ère des premiers Flaviens, l'aspect des lieux a bien changé, le cône s'est isolé des crêtes de la *Somma*, dont l'hémicycle se dessine au nord. Jadis le cirque était complet, les débris dont parle Strabon comblaient ses profondeurs, et le plateau se déployait horizontalement. L'événement de 79 a créé le mont *biceps* des poëtes. Le cône et le retranchement dans lequel il s'enferme eurent chacun leur sommet distinct. La cime de la Somma regarde le septentrion. De cette hauteur culminante, les deux bras s'enfuient en une courbe surbaissée jusqu'à ce qu'ils s'enfoncent sous la cendre. L'inclinaison circulaire de ce côté est le résultat de l'écoulement des matières ponceuses que le cône détacha de ses flancs, et qui, précipitées par un conduit permanent, absorbèrent, sur la route, Herculanum et Pompeia. Ce fut par la dénudation de ses contours, tapissés de scories et de tufs, et non par le vomissement de projectiles fondus, que le Vésuve étouffa les trois cités du littoral. Il se fit un déplacement des substances accumulées séculairement sur les bords du volcan, et la chute s'opéra selon les lois de la pesanteur, mais sous forme de pluie. L'avalanche, en se pulvérisant, suffoqua les hommes sans détruire les bas lieux qu'elle encombrait.

L'élévation du cône aux dépens de la crête affaissée et croulante a ses analogues dans les éruptions récentes de l'île Saint-Georges, du mont Jorullo et du Monte-Nuovo, sur lesquelles les renseignements de la science ne font aucunement défaut. Aujourd'hui le Vésuve est constitué sur ses bases et dans sa forme, et il ne cesse point d'intimider l'avenir par les leçons du passé. (O)

Au dedans du volcan, une autre étude eût été à faire en présence des crevasses qui révèlent les cratères adventifs des époques diverses. Au jour marqué par la Providence pour le fonctionnement de la machine mystérieuse, s'élèvent dans l'intérieur du cratère principal des dômes par où les gaz s'échappent en forme de grosses bulles. La croûte crève ensuite, et l'explosion se développe dans la cavité qui s'entrouvre au dessous du dôme évanoui. Le Vésuve a gardé trace d'une infinité de cratères adventifs qui donnent le dernier mot de ses manifestations intérieures.

Il ne fallait point songer à les visiter, le voile vaporeux ne semblait pas devoir tomber, les exhalaisons de soufre continuaient à tourbillonner autour de nous; nous nous lançâmes, trop tôt à notre gré, dans la descente. L'expression nous paraît juste, car on se précipite plutôt qu'on ne marche sur la pente. C'est à force de jambes que l'opération s'effectue. Heureusement que la cendre dans laquelle on s'enfonce modère l'extrême rapidité de la course. L'essentiel est de se maintenir en équilibre, sinon, et là est le danger, on est emporté la tête en avant, ainsi que le fut l'un de nous : malgré toute son agilité, il en fut quitte heureusement pour quelques égratignures et la tête saupoudrée de cendres. Pour atteindre le sommet du cône, à partir de l'Ermitage, il faut compter sur une heure de temps et de fatigue; tandis que du haut en bas, nous mîmes moins de dix minutes. Toutefois, en arrivant, on est heureux de reprendre haleine.

En descendant la montagne nous visitâmes le village de *Torre del Greco*, situé sur le bord de la mer un peu au-dessus de Résina. C'est là qu'un roi de l'harmonie, l'illustre Pergolèse,

encore jeune et plein d'avenir, vint se retirer, luttant vainement
contre un mal qui le menait insensiblement et qui devait, avant
le milieu de sa carrière, le conduire au tombeau. C'est à *Torre
del Greco* qu'atteint depuis quatre années d'un crachement de
sang qui épuisait ses forces, il était venu par les conseils de ses
amis chercher un bienfaisant asile. Là, suivant la tradition du
pays, les malades affectés de la poitrine guérissent promptement,
ou, si le mal est incurable, ils ne tardent point à succomber.
Malheureusement le climat de *Torre del Greco* n'eut que le pouvoir d'abréger par une mort prématurée les douleurs du grand
artiste. Toutefois avant de quitter la terre il laissa échapper la
plus éclatante étincelle de son puissant génie : son *Stabat Mater*
et son *Salve Regina* furent composés sur son lit de mort; ce
furent ses éloquents adieux à cette vallée de larmes, et cette
mélodie harmonieuse et sublime fut, comme pour les cygnes
de l'Eurotas, le précurseur de son dernier soupir.

Torre del Annunziata, l'ancienne Oplonte, tire son nom d'une
tour construite par Alphonse 1ᵉʳ pour tenir en respect les voleurs
qui infestaient la contrée. Ce bourg occupe une charmante position
sur une hauteur au pied de laquelle s'étend une vaste plaine.
Il s'y trouve des fabriques de poudre, d'armes et de papier :
l'industrie la plus colossale est sans contredit la fabrication des
maccaroni et des *lasagne* [1], qui se font avec une espèce de blé
appelé *seragolla* venant de la Sicile et du Levant, et s'expédient
ensuite dans toute l'Europe sous le nom de pâte napolitaine (*pasta
di Napoli*). Il s'en fabrique tous les jours pour des sommes
fabuleuses.

Au sortir de *Torre del Annunziata*, une gracieuse surprise nous
attendait avec tout le charme de l'imprévu. Au pied du volcan,
nous rencontrâmes une jolie chapelle, qu'une fête annuelle et un
fréquent pèlerinage rendent chère aux populations d'alentour. La

---

[1] *Lasagna* est le nom donné en italien au vermicelle plat.

Madona del Arca ne se glorifie pas des souvenirs qui embaument *Santa Maria del Parto;* elle ne jouit pas même de cette célébrité que les récits de tous les voyageurs donnent à l'image de *Santa Maria a Piè di Grotta;* le Vésuve la cache et semble vouloir la soustraire aux regards. C'est pourtant un sanctuaire pieux et recueilli que celui qu'elle habite. Une légende s'y rattache ; nous avons essayé de la traduire.

LA MADONE DE L'ARC.

> L'asile est saint qui couvre la Madone !
> N'y touchez pas ! sinon... Dieu vous pardonne !

> La Madone de l'Arc s'abritait dans un mur ;
> Vers elle le chemin soulevait sa poussière,
> Et le passant vers elle exhalait sa prière ;
> Elle avait sous les yeux la mer, Naple et l'azur.

> L'asile est saint qui couvre la Madone !
> N'y touchez pas ! sinon... Dieu vous pardonne !

> Sous ses regards bénis souvent de gais joueurs
> Balançaient dans les airs le palet ou la paume ;
> Et tressant un berret et de fleurs et de chaume,
> Les villageois venaient couronner le vainqueur.

> L'asile est saint qui couvre la Madone !
> N'y touchez pas ! sinon... Dieu vous pardonne !

> La Vierge de la niche assistait au concours :
> Bonne, elle souriait à ces luttes champêtres,
> Et le jeu s'engageait à l'ombre des vieux hêtres ;
> La nuit seule en pouvait interrompre le cours.

> L'asile est saint qui couvre la Madone !
> N'y touchez pas ! sinon... Dieu vous pardonne !

> Un jour, deux jeunes gens s'élancent au champ-clos,
> Et l'un deux, plein de foi : « De perdre je n'ai crainte,
> « Car j'ai fait ma prière à la Madone sainte.
> « L'espoir me tient au cœur, et j'ai le bras dispos. »

> L'asile est saint qui couvre la Madone !
> N'y touchez pas ! sinon... Dieu vous pardonne !

La balle, en un instant, d'un bras plein de vigueur
Bondit et rebondit lancée et relancée :
Entre les deux rivaux la lutte est acharnée ;
Mais l'enfant de Marie est proclamé vainqueur.

L'asile est saint qui couvre la Madone !
N'y touchez pas ! sinon... Dieu vous pardonne !

Le vaincu, s'en prenant à la Mère de Dieu,
Jeta — qui le croirait ? — la balle vers l'image.
Tout le peuple frémit de cet affreux outrage .
Et sur l'endroit frappé le marbre resta bleu.

L'asile est saint qui couvre la Madone !
N'y touchez pas ! sinon... Dieu vous pardonne !

En ce moment passa le sire de Sarno ;
Un si grave scandale invoquait sa justice.
Le sire auprès du mur vit un arbre propice :
Il fit signe à ses gens d'y pendre *il pagano*.

L'asile est saint qui couvre la Madone !
N'y touchez pas ! sinon... Dieu vous pardonne !

Et l'arbre sous le poids soudain se dessécha ;
L'horreur avait gagné l'insensible nature.
Le cadavre longtemps flotta sans sépulture ;
On ne sait quelle main un jour le détacha.

L'asile est saint qui couvre la Madone !
N'y touchez pas ! sinon... Dieu vous pardonne !

Le fond historique de cette légende locale se rattache à la première moitié du xviie siècle. L'arbre miraculeusement séché fut
abattu comme le figuier maudit. A sa place, on éleva le sanctuaire
qui se voit encore au pied de la montagne. Le principal autel reçut
la madone outragée, et les pèlerinages commencèrent. On accourut
de toutes les parties du royaume, on couvrit peu à peu les murailles
de riches et touchants *ex-voto*. Bas-reliefs d'argent, tableaux com-
mémoratifs, bras, jambes de cire, béquilles, objets de tous genres,
aucune attestation ne fait défaut, toutes proclamant les infirmités

RETOUR DE LA FÊTE DE LA MADONE DE L'ARC

guéries, la foi et la reconnaissance des fidèles envers Marie.

Quand l'année ramène, à la suite des beaux jours, la fête de la madone chérie, il y a foule au village. Tout Naples s'y transporte avec son monde de seigneurs, de lazzaroni, de mariniers, de moines, de jeunes et vieilles femmes. Le cortége populaire rivalise en cette circonstance de manifestations joyeuses et pies. Il entre le matin, fait le tour de l'église en se poussant, en gesticulant et en priant. Les clercs, debout, le dos tourné à l'autel, jettent à l'assistance, durant toute la matinée, des feuilles de roses blanches qu'on se dispute avec acharnement. C'est à qui se fera jour en se traînant à terre, pour recueillir et serrer sur ses lèvres ou sa poitrine les pétales bénits que la Madone envoie à ses fidèles du port ou du marché. Il en faut à l'enfant qui pleure dans les bras de sa mère, au joyeux *facchino*, au pêcheur goudronné, au valet que son maître a chargé de cette mission.

La journée avance dans son cours, que la bruyante cérémonie n'est pas encore achevée. Le cercle mobile fait mille tours dans la petite église, se rompt et se renouvelle vingt fois, avant que la foule satisfaite s'écoule hors de l'enceinte. Ces évolutions ne s'exécutent pas sans accompagnement de prières. Car le sentiment de foi si vivace chez le peuple napolitain se fait sentir jusque dans les abus d'un culte approchant quelquefois du burlesque. Ici, comme à Saint-Janvier, comme à la fête *a piè di Grotta*, on profère à haute voix ses invocations, sur un ton qui tient de la menace et de la confiance en même temps; on s'interrompt à tous propos, mais pour revenir bientôt à l'objet de sa demande. Chacune de ces scènes prête à rire pour l'étranger de mauvaise foi; aucune ne scandalise celui qui consent à voir les choses sous le vrai jour de la naïveté religieuse d'un peuple toujours enfant.

Au sortir du saint lieu, on s'assied sous les arbres où se sont assis les villageois de la légende, sous des berceaux tressés par les vignes qui courent d'oliviers en oliviers, et l'on exhibe les provi-

sions de la journée. Les sorbets, les *cocomeri* passent de mains
en mains. On s'attable sur un tapis de cendre grise rehaussé
d'étincelants micas ; on se forme en groupes, en familles ; on
exerce l'hospitalité en plein air, on boit à la santé du prince et
de la Vierge Marie. La joie circule, le macaroni déroule ses
anneaux flexibles, les chants s'improvisent. *Coviello* fait sa pantomime dans son costume calabrois [1], aux grands éclats de rire de
la multitude, et puis l'on termine par la danse.

Le Napolitain n'a qu'une danse pour ses fêtes publiques, c'est
la tarentelle, danse nationale que tout le monde connaît. Les toi-
lettes, avec leurs bigarrures galonnées de clinquant et de paillettes,
mais toujours artistement drapées, offrent un coup d'œil pittoresque. Nulle part on ne peut voir le haillon porté avec plus
d'orgueil et de grâce.

A l'heure où le soleil se couche, la cloche du village tinte
l'*Angelus ;* les jeux cessent, ce peuple s'agenouille pour réciter
dévotement l'*Ave Maria* :

« *Ave Maria !* Sur la terre et sur l'onde, cette heure, la plus
céleste du jour, est la plus digne de toi !

« *Ave Maria !* Oh ! bénie soit cette heure ! béni soit le temps,
le climat, le lieu où si souvent j'ai senti dans la toute-puissance
de son charme cet instant si doux et si beau descendre sur la
terre, tandis que la cloche à la voix grave se balançait dans la tour
lointaine, et que les mourants accents de l'hymne du soir s'élevaient jusqu'au ciel ! Aucune brise ne se glissait au travers de l'air
couleur de rose, et cependant les feuilles de la forêt semblaient
tressaillir émues par la terre.

---

[1] *Coviello* est le type des Calabrois, rusé, souple, fripon, diseur de bons
mots. C'est un personnage de convention, qui a sa place marquée à côté de son
compatriote *Pulcinella* (*Polichinelle*) et du Bergamesque *Arlecchino.* Toutefois
la tournure et le costume de *Coviello* n'ont rien de burlesque ; l'un et l'autre
au contraire sont souvent très-élégants.

« *Ave Maria !* C'est l'heure du recueillement. *Ave Maria !* C'est l'heure de l'amour.

« *Ave Maria !* Puissent nos âmes et nos regards s'élever jusqu'à toi et jusqu'à ton divin Fils [1]. »

L'*Angelus* récité, les castagnettes du lazzarone et le tambour de basque des pêcheuses donnent gaîment le signal du départ. On lève le camp du plaisir, et l'on retourne, en groupes, ainsi qu'on est venu, sans regrets ni remords.

Heureux jour ! heureux peuple !

Marie ne pardonnera-t-elle pas beaucoup à ces hommes qui la fêtent et l'honorent à leur manière, mais qui l'aiment comme des fils aimeraient une mère ?

[1] Ave Maria ! o'er the earth and sea. — *Don Juan.* III. 101.

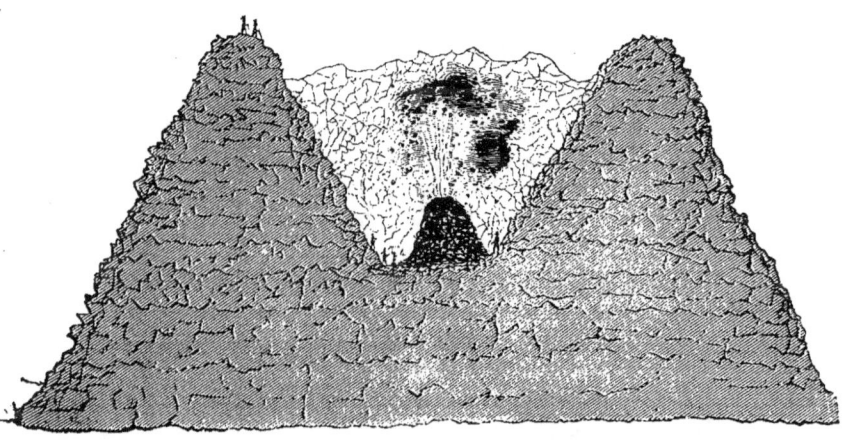

COUPE DU VÉSUVE

XI

Le chemin des enfers.

Per me si va nella città dolente :
Per me si va nell' eterno dolore :
Per me si va tra la perduta gente ¹.
DANTE : *Inferno*.

Installés dans une calèche découverte, nous traversons le ténébreux Pausilippe, et nous voilà roulant sur la route des enfers...
Quoi de plus gai !.... Toutefois disons de suite que si nous
sommes sur le chemin des enfers, nous sommes aussi sur celui
des Champs Elysées, séjour des bienheureux.... païens après leur
mort. L'Enfer et les Champs Élysées se touchent; une petite
colline est la seule séparation. Aussi comprend-on mieux que
jamais, lorsqu'on a visité ces lieux mémorables, le luxe de serviteurs fidèles dont s'était entouré le dieu de l'Erèbe. Cette cour
si nombreuse de divinités sinistres, d'animaux féroces, était un
tribut payé à la nécessité plutôt qu'à la gloriole d'une fastueuse
représentation.

¹ C'est ici de l'enfer le passage effroyable,
C'est ici le chemin vers la race coupable,
C'est ici le séjour du crime et des tourments.

Trad. de M. de Chabanon.

Qu'aurait fait ce pauvre Pluton sans son fidèle Cerbère, ses chères Euménides et tout leur attirail de monstres? Avant un mois, son populeux empire se fût trouvé désert. Sans cette imposante police, les habitants du Tartare eussent bientôt escaladé la colline et passé de l'autre côté.... Et une fois dans les Champs Elysées.... Quelles conséquences épouvantables!

Les bons et les méchands confondus; les principes d'éternelle justice à néant; le crime récompensé à l'égal de la vertu, ou si vous préférez, la vertu punie à l'égal du crime; les institutions divines et humaines sapées par la basse.... Prends ta foudre, Jupiter, il en est temps.

La route que nous parcourons nous conduit directement à Pouzzole. Il serait trop long d'énumérer tous les personnages célèbres de l'antiquité qui nous précédèrent. Nous n'en citerons qu'un seul, dont la mésaventure nous revint à l'esprit.

Cicéron retournait à Rome après avoir plaidé en Sicile, avec beaucoup d'éclat, la cause de quelques jeunes gens accusés d'indiscipline et de mollesse. « Il rencontra en Campanie (à Pouzzoles) un Romain, personnage influent qu'il croyait son ami, et lui demanda ce que l'on disait, ce que l'on pensait à Rome de sa conduite; car il s'imaginait avoir rempli toute la ville du bruit de ses actions. — Mais, lui répondit cet homme, où étiez-vous donc pendant tout ce temps? Le prince futur des orateurs se sentit découragé par cette réponse, ajoute Plutarque, en voyant que sa renommée était venue se perdre dans Rome comme dans une mer immense, sans jeter un éclat durable [1]. »

Avant d'arriver à Pouzzoles, nous rencontrâmes une troupe de forçats enchaînés deux à deux que l'on conduisait au travail. Plusieurs nous tendirent la main furtivement en souriant dans l'espérance de quelques *tornesi*. Ces hommes paraissaient avoir complétement perdu le sentiment de leur misérable position.

[1] Plutarque, Vie de Cicéron. VI.

Toutefois on pouvait lire sur ces physionomies hâlées par le soleil que les passions du crime ne faisaient que sommeiller dans leur cœur. Cette main chargée de fer, qu'ils lèvent suppliante, vous eût indifféremment ou dépouillés ou poignardés selon les circonstances, avec le même sang-froid. Leurs éclats de rire cessèrent bientôt d'arriver à nos oreilles : nous entrions à Pouzzoles. Un misérable village et des ruines, voilà ce qui reste de la puissante cité qui fut autrefois le rendez-vous des arts de la Grèce et de Rome, l'entrepôt du commerce de l'Orient, l'arsenal des flottes romaines et le sanctuaire de la philosophie.

La nature seule n'a pas changé, ou du moins elle est toujours aussi belle, aussi enchanteresse. A droite et à gauche de la route, se dressent le *Monte Barbaro* et le *Monte Nuovo*. Le premier est l'ancien Gaurus des poëtes, un des volcans des *Champs Phlégréens* [1] ; l'autre sortit de terre la nuit du 29 septembre 1538, à la suite d'une éruption qui dura trente-six heures. La pointe de Pausilippe et le cap de Misène forment la ceinture de la baie qui s'arrondit dans les terres avec une grâce exquise ; l'écueil de la Gaïola, l'ilôt de Nisida, comme deux nacelles détachées du rivage, se balancent sur les flots. Les ruines de Pouzzoles et de Baies, en face l'une de l'autre, pleurent leur splendeur déchue.

Dès le viie siècle avant J.-C. Pouzzoles avait une certaine importance. Elle portait alors le nom de *Dicæarchia, Dicarchia Dicæa* [2], beau nom qu'une cité peut s'enorguillir de porter et de mériter. A l'époque de la seconde guerre punique, elle le changea pour celui qu'elle porte aujourd'hui, *Puteoli* ; en italien

---

[1] Phlegræi sinus, sive campi propè sinum Baianum, τὰ φλεγραία πεδία, quorum latinè nomen *Laboriæ* seu *Leboriæ* et campi *Leborini*. Plin. XVIII, 11. — Τὸ Κυμαιον πεδίον ὀνομαςθαι Φλεγραιον. Diodor. Sic. IV, 21. — Cff. Polyb. II, 17. III, 91. — Dionys. LVIII, 21.

[2] Vid. Euseb. Chron. — Pausanias. — Steph. Byz. — Dicæarchia vient de Δίκαια ἀρχή, gouvernement juste, nom que lui mérita sa législation. En grec Δικαιαρχία et Δικαιάρχεια.

Pozzi, Pozzuoli. Ce nom vient, selon les uns, des puits nombreux [1] qu'y fit creuser Fabius pendant l'expédition d'Annibal, afin que l'eau ne manquât point à ses soldats en cas de siége ; selon d'autres, de la mauvaise odeur des eaux imprégnées de soufre [2]. Dicéarchie servait de port à Cumes ; ces deux villes d'origine grecques, toutes deux colonies chalcidiennes, étaient étroitement unies par leurs mœurs et leurs intérêts, et dûrent en grande partie à leur position l'immense développement qu'elles prirent sous la domination romaine.

De tous les points du monde conquis arrivaient à Pouzzoles les richesses des nations : les blés de l'Egypte, les tissus de l'Asie, les denrées et les métaux du Levant. De vastes manufactures s'élevaient en même temps à côté du port ; les matières brutes que la mer y apportait, s'y transformaient sous la main de l'homme en objets de luxe. C'est de là que sortaient ce bleu artificiel connu sous le nom de *fritte* de Pouzzoles, cette pourpre qui, au témoignage de Pline, ne le cédait pas à celle de Tyr ou de Gétulie [3]. Les teinturiers la préparaient en noyant la craie dans des chaudières remplies du suc rouge des janthines. Aussi avait-on surnommé Pouzzoles *la petite Délos*, parce que Délos

---

[1] Deinceps Puteolanum littus, et oppidum ipsum, quod antea quidem Cumanorum fuerat imperium, quoddam in supercilio constructam, bello autem quod ductu et auspicio gerebatur Annibalis, Romani frequentibus accolis habitatum reddiderunt, et nomine e Dicæarchia permutato, a puteorum frequentia *Puteolos* appellavere ; sunt etiam qui ab aquarum putore, qui per totum illum Baiarum et Cumarum tractum existit, ubi et sulphuris et ignis aquarum calidarum plena sunt omnia. — Strab. lib. V. —

Sur les monnaies de Pouzzoles qui nous sont parvenues, d'un côté se trouve un Apollon, de l'autre un *Hebona*, avec le mot ΠΥΤΕΟΛΙΤΩΝ répété sur les deux faces. L'*Hebona*, selon quelques auteurs, est la même chose que Mithra ou Sérapis. Du Cange regarde cette divinité, particulière à la Campanie, comme un Bacchus représenté avec de la barbe. — Taurina forma barbatus is deus est, nam hieropolitani barbatum solem depingebant. — Capaccio : Hist. Neap., p. 724. — Cf. Macrob. Saturnal. xviii. — [2] A putore (*puzzo*) aquarum.

[3] Quare Puteolanum potius laudatur quam Tyrium aut Getulicum, unde pretiosissimæ purpuræ. — Plin. L. XXXV, 6.

fut autrefois le plus grand marché de l'univers. Le sable ou plutôt la poussière volcanique que l'on trouvait abondamment répandue sur le sol, mélangée avec de la chaux, formait un ciment qui prenait dans l'eau la dureté de la pierre et se transformait en une masse capable de résister aux vagues de la mer. C'est ce qu'on appelait *la pouzzolane*.

Au milieu de ce mouvement, de ce déploiement de forces matérielles, de ces vaisseaux et de ces ateliers, il y avait place pour la pensée. Au fond même de l'anse de Pouzzoles, entre l'Olibano [1] aride et décharné et les collines de l'Averne, étaient suspendues au-dessus des flots les terrasses de la villa de Cicéron [2]. Le prince des orateurs, fuyant le tumulte du Forum, venait s'y reposer. En face de cette belle nature, il semble que l'âme s'elève plus facilement jusqu'aux sphères élevées de la philosophie. C'est là qu'il écrivit son livre des *Questions académiques*.

Au maître succéda l'affranchi. Dans cette même académie, Tullius Tiron composa la vie de Cicéron, des recueils de ses bons mots; trois livres entiers, dont le nom seul nous est parvenu! [3]

En l'année 138 de notre ère, un empereur romain, voyageur, savant, poëte, ami des Grecs, *Græculus* [4], comme on l'appelait dans sa jeunesse, et qui racheta tous ses torts envers l'Etat par l'adoption d'Antonin, vint mourir à Baies et fut enseveli dans la villa de Cicéron. Sa vieillesse empoisonnée par de longues souffrances ne fut prolongée que par les soins et la sollicitude de

[1] Monticule connu dans le pays sous le nom de *i sassi* (les roches). — Ant. Panormita, dans une lettre (*Epist. V.*) à l'archevêque de Salerne, qualifie ce monticule de l'épithète : *ferax herbarum et ventorum*.

Vid. Plut. Cic. VIII. — Plin. XXXI, 2. — G. Boccacio. De font.

[3] Sc. Mazella. Ant. di Pozzuolo, p. 94. Ed. de Napl. 1596.

[4] Nid. Pausan. Att. — Lettres inédites de Marc-Aurèle et de Froton. t. II, p. 337 et suiv. Ces lettres ont été retrouvées par M. A. Maï, sur les palimpsestes de Rome et de Milan.

son successeur. Sur son lit de mort, Adrien se montra ce qu'il avait été pendant le cours de sa vie [1]. Ses cendres restèrent à Pouzzoles jusqu'à l'achèvement de son colossal tombeau à Rome, connu sous le nom de château Saint-Ange.

En disant adieu aux ruines de la villa de Cicéron, de sa *Puteolane*, comme il l'appelait, nous prenons la voix campanienne ; — elle menait à Capoue. — Sur les côtés gisent des sculptures mutilées, des fragments d'inscriptions appartenant aux tombeaux que l'on découvrit en 1841. Belle pensée des anciens que celle de placer les cendres des morts sur la route des vivants. Si l'habitude n'émoussait les sentiments les plus graves, quelle leçon salutaire pour la postérité ! Nous passons devant les restes du temple de l'honneur. Où le trouver encore entièrement debout.

A notre gauche, le théâtre presque circulaire, les temples de Diane et de Neptune nous arrêtent un instant. Les ruines parlent, il s'établit une sorte de communication intime et pleine de charmes entre elles et l'homme, si l'on s'abandonne à la poésie des souvenirs. Octave, s'embarquant à Pouzzoles pour aller combattre Sextus Pompée, ce hardi marin, qui s'intitulait le fils de Neptune, avait offert un sacrifice au puissant dieu des mers.

Sur cet autel brisé, le sang des victimes coula pour implorer la

---

[1] On connaît les adieux qu'il fit à son âme :

> Animula, vagula, blandula
> Hospes comesque corporis !
> Quæ nunc abibis in loca,
> Pallidula, rigida, nudula ?
> Nec, ut soles, dabis jocos.

Vers que Ronsard a heureusement traduit :

> Amelette, Rousardelette,
> Très-chère hôtesse de mon corps ;
> Tu descends là-bas, faiblette,
> Pâle, maigrelette, seulette,
> Dans le froid royaume des morts.

Adrien voulut qu'on mît sur sa tombe qu'il avait été tué par les médecins :

> Turba medicorum regem interfecit.

divinité. Au moment de confier ses destinées à l'Océan, l'homme se sentait petit; il ne disait plus *mare nostrum*. Il fallait apaiser les vents.

« Un taureau à Neptune, un taureau à toi, bel Apollon; une brebis noire à la tempête, une blanche aux zéphirs favorables[1]. »

Octave fut vainqueur, son lieutenant Agrippa combattit pour lui, et le futur dominateur du monde profita de la victoire. Quelques années plus tard, en face du temple où le triumvir était venu en suppliant, s'élevait un temple dédié au divin Auguste. Etrange dérision que ces autels consacrés l'un au divin Auguste, l'autre au divin Neptune. Dieux et hommes se valaient. Le nouveau dieu avait même détrôné l'ancien quant à la magnificence. Sur le frontispice nous lûmes deux inscriptions, dont l'une nous rappelle le nom du donateur Calpurnius, l'autre celui de l'architecte Cocceius.

CALPVRNIVS. L. P. TEMPLVM
AVGVSTO
CVM. ORNAMENTIS. D. D.

———

L. COCCEIVS. L. C. POSTVMI. L. AVCTVS.
ARCHITECTI

Le christianisme convertit le temple somptueux en une cathédrale dédiée à saint Procule, compagnon de saint Janvier et comme lui martyr. Outre le corps de saint Procule, reposent dans le sanctuaire ceux de saint Celse disciple de Pierre, de sainte Nicée mère du diacre Procule, et à l'ombre de ces gloires dort la cendre du jeune homme que nous avons vu mourir à *Torre del Greco*, Pergolèse.

En descendant vers la mer, de la hauteur sur laquelle est bâtie l'église, on aperçoit les énormes piliers connus sous le nom de

---

[1] Taurum Neptuno, taurum tibi, pulcher Apollo;
Nigram hiemi pecudem, Zephyris felicibus albam.

Æneid. III, 119. — Vid. Appian. Civ. I. Ὁ δὲ Καῖσαρ εκ Δικαιαρχειας, θυον..., κ. τ. λ. — Capac. Hist. Neap. p. 725.

pont de Caligula ; treize de ces piliers sur vingt-cinq et plusieurs arches ont bravé jusqu'à nos jours les fureurs de la mer et l'action lente mais sûre des années.

Caius Caligula, dévoré d'un insatiable désir de s'illustrer par des exploits jusqu'alors inouis, choisit Pouzzoles pour théâtre. Soit pour rivaliser avec Xerxès, soit pour effrayer les Germains et les Bretons qu'il menaçait d'une guerre, soit pour déjouer les prédictions du divin Thrasylle [1] et montrer son pouvoir par un prodige nouveau, il entreprit de joindre par un pont Baies et Pouzzoles, qui sont éloignées d'environ trois mille six cents pas (près de quatre kilomètres) (P).

Ne fallait-il pas que Pouzzoles eût aussi sa part des extravagances impériales ? Les horreurs et les folies ont fourni les pages les plus éloquentes de l'histoire ; elles se retiennent toujours facilement. Enlevez Tibère, Caligula, Néron à la série des césars, ou plutôt faites-en des princes vertueux, croyez-vous que Tacite eût écrit ses Annales? et s'il les eût écrites, serait-il encore Tacite pour la postérité? On n'a point oublié le pont de Caligula ; mais qui se souvient aujourd'hui des travaux utiles, des améliorations faites à Pouzzoles par Vespasien, Domitien, Trajan, Antonin?

Ce fut pourtant un véritable bienfait pour tout le pays que cette route prolongeant la voix Appienne depuis Terracine jusqu'à Pouzzoles, Cumes et Baies. Nous en avions foulé les restes indestructibles il y a quelques instants, et nous nous expliquions les beaux vers du poëte adressés au tyran qui laissa son nom à ce magnifique ouvrage [2].

---

[1] Thrasylle, voyant Tibère inquiet sur son successeur et penchant pour le jeune Tibère son neveu, avait assuré à ce prince que Caïus ne serait pas plus empereur qu'il n'irait à cheval sur le détroit de Baïes. — Suétone.

[2] « C'est ce même prince qui, pour rapprocher des sept collines la demeure de la sibylle, le golfe de Gaure et les tièdes rivages de Baïes, vient de déblayer un chemin jusqu'alors encombré de boue, de gravois et de sable, et de le raf-

La grande figure de saint Paul s'élève comme un mur de séparation dans les annales de Pouzzoles, entre l'âge antique et
l'époque moderne. Venu de Judée en Italie par Malte, avec ses
disciples et ses chaînes, l'Apôtre des gentils débarqua aux lieux où
Janvier devait mourir.

« Nous étant sauvés, nous apprîmes que l'île était appelée Malte. Et les barbares nous traitèrent avec une grande
douceur....

» Et après trois mois nous nous embarquâmes sur un vaisseau
d'Alexandrie, qui avait passé l'hiver dans l'île et qui portait pour
enseigne Castor et Pollux. Et arrivés à Syracuse, nous y demeu-
râmes trois jours. De là côtoyant les terres, nous vînmes à Rhegium, et le lendemain le vent soufflant du midi, nous arrivâmes
le jour suivant à Pouzzoles [1]. »

« Castor et Pollux, grands secoureurs des naufragés, comme
dit finement Lucien, et domestiques des tragédies maritimes [2],
avaient mêmes emblèmes : une moitié d'œuf surmontée d'une
étoile, un javelot en main, un cheval blanc pour deux [3]. » Sous
ces auspices dérisoires, Paul prit terre sur le sol de l'ancienne
Dicéarchie, « où nous trouvâmes, dit saint Luc, quelques-uns

fermir par une nouvelle digue formée de cailloux et des pierres les plus dures.
« Là naguère, le voyageur chancelant et comme suspendu sur le bord d'un
abîme, voyait à chaque instant son char arrêté; une terre épaisse et fangeuse en
retenait les roues; et au milieu des campagnes on avait à redouter les horreurs
du naufrage. Impossible d'avancer lorsque des sillons bourbeux, entravant la
marche, forçaient la mule languissante, hors d'haleine, de s'épuiser en vain pour
traîner un fardeau trop pesant. Actuellement deux heures suffisent pour faire une
route que l'on n'eût point parcourue en un jour; et le char ne peut plus rien
envier à l'agilité de l'oiseau ni à la rapidité du navire. » — Stat. Silv. lib IV,
3. Via Domitiana. — La voie Domitienne avait 26 milles de long. La chaussée était
tout entière de garnit, sauf quelques endroits en marbre.

[1] Act. apost. XXVIII, 1, 12, 13.

[2] Οἰκεῖοι γὰρ τῆς τοιαύτης τραγῳδίας οὗτοί γε.

[3] Τὸν ᾠοῦ τὸ ἡμίτομον καὶ ἀστῆς ὑπεράνω καὶ ἀκόντιον ἐν τῇ χειρί καὶ
ἵππος ἑκατέρῳ λευκός. (Θεῶν διάλογοι. Ἀπόλλωνος καὶ Ἑρμοῦ.)

ARÈNES DE POUZZOLES

de nos frères qui nous prièrent de demeurer sept jours avec eux :
après quoi, nous reprîmes le chemin de Rome.

» Et lorsque nos frères de Rome l'eurent appris, ils vinrent
au devant de nous jusqu'au Forum d'Appius [1] et aux Trois Hôtelleries [2]. Paul, les ayant vus, rendit graces à Dieu et fut rempli de
confiance [3]. »

Un texte d'Arator, rapproché de celui des livres saints, indique
assez que l'entrée de saint Paul en Italie se fit aux beaux jours
du printemps [4]. Une lettre de Sénèque confirme cette date [5].

L'amphithéâtre où saint Janvier fut livré aux bêtes, nous frappa
par ses vastes proportions. Nous ne connaissions encore que celui
de Pompeia qui est de moitié plus petit, et le colisée de Pouzzoles [6]
n'est qu'un quart moins grand que celui de Rome. Le grand
diamètre de l'ovale a cinq cent cinquante-huit palmes (145 mètres);
et l'arène, deux cent soixante-quatorze sur cent soixante (71 mètres
sur 42). Il pouvait contenir trente mille personnes. L'architecture en est belle ; les murs sont réticulés et construits en lave et
en briques ; les substructions, dans ce genre de maçonnerie que
l'on ne retrouve point ailleurs, paraissent d'une incroyable solidité.
Placé sur l'ancienne voie Antonienne, il présente quatre entrées.
Dans le corridor qui entoure l'arène, on voie les issues par les-

---

[1] *Forum Appii*, dans l'*Ager Setinus* d'après Pline. XIV, 6. Ce bourg était
sur la voie Appienne.

[2] *Tres Tabernæ*, près d'Antium. « Emersimus commodè ex Antio in Appiam
ad tres tabernas, » écrivait Cicéron à Atticus. XXIX, 2. — L'itinéraire d'Antonin
compte de Rome à Aricie 16 milles, d'Aricie à *Tres Tabernæ* 17 milles, de
Tres Tabernæ au *Forum Appii* 51 milles. Voir *Itinéraires anciens*, par le
marquis Fortia d'Urban. — [3] Act. apost. XXVIII, 14, 15.

[4] Pullulat interea nitidi coma frondea veris,
. . . .
Plurima quæque legens distinctis oppida vicis,
Venit ad excelsæ sublimia culmina Romæ.
Arator. subdiac. in Act. apost. lib. II in fine.

[5] Senec. Ep. LXXVIII.

[6] Il est connu dans le pays sous le nom de *il Colosseo*.

quelles on montait sur les gradins soutenus par trois rangs d'ar-
cades. Un portique extérieur régnait autour de l'édifice, afin
d'offrir un abri aux spectateurs, en cas d'orage ou de pluie sur-
venant pendant les représentations.

Cet imposant débris de la splendeur romaine était resté jusqu'en
1838 enseveli sous un amas de terre qui permettait à peine de deviner sa forme. Par les ordres du roi régnant Ferdinand ii, M.
Charles Bonucci, l'illustre archéologue dont les travaux ont rendu
de nombreux et éminents services à la science, entreprit le dé-
blaiement de l'amphithéâtre. On en retira des tronçons de colonnes,
quantité de marbres précieux, de lampes et d'ornements divers.

Il y avait plus de quatorze cents ans que ce monument curieux
gisait là. Les barbares d'Alaric, de Genséric et de Totila l'avaient
dévasté, comme ils avaient saccagé Pouzzoles et toute la contrée.
Les siècles en passant secouèrent la poussière de leur manteau sur
ces ruines; le moyen-âge les y laissa dormir. Les exhumations ont
été réservées au xixe siècle.

Par un hasard inouï, nous avions jusque-là échappé aux guides
et aux *ciceroni*, qui à Pouzzoles comme partout ailleurs font le
désespoir du voyageur.

Au sortir de l'amphithéâtre, toute la corporation qui avait trouvé
notre piste, nous barra le passage en nous offrant ses services. En
les apercevant, nous leur criâmes que tout était fini. Un sourire
moqueur accueillit cette déclaration, et l'un d'eux, qui paraissait
avoir de la préséance sur ses confrères, nous frappant amicalement
sur l'épaule, assura que nous n'avions pas vu la moitié des
curiosités de Pouzzoles. Pour leur montrer que nous étions
résolus à nous passer d'eux, nous prîmes le chemin de Baia.

Ce plan ne déroutait nullement maître Matthieu Roc [1], qui,

[1] Nous nous plaisons à signaler ce guide comme l'un des plus désintéressés et
des plus amusants que nous ayons rencontrés. Les voyageurs qui passent à
Pouzzoles se trouveront bien de prendre Matteo Rocco pour *cicerone*. Il parle
passablement le français.

paraît-il, avait pris l'inébranlable résolution de s'attacher à notre personne et de nous faire jouir des lumières de son érudition. Sachant qu'avec cette sorte de gens l'on ne gagne rien à se fâcher, nous nous décidâmes à l'accepter pour guide. Matthieu Roc fut si surpris et enchanté de cette proposition, que dans son enthousiasme il jura par la face de Bacchus — *cospetto di Bacco* — que non-seulement il nous montrerait des curiosités inconnues à tous les voyageurs, mais encore qu'il serait à notre service pour tous ce qu'on voudrait lui faire faire, « et s'il est agréable à leurs excellences, ajouta-t-il, de déjeuner à Baïa, je préparerai une *polenta* [1] ; elles verront ce que c'est ! »

Il faut avouer que de telles offres, surtout lorsqu'on a fait la route de Naples à Pouzzoles sans manger, méritaient considération. Toutefois, avant de conclure le marché, nous lui demandâmes d'un air d'incrédulité ce qu'il pourrait nous faire voir qui ne fût déjà bien connu. « Quant à cela, répondit-il en homme sûr de lui-même, je vous réponds que ce que je vous montrerai n'est pas écrit dans votre livre; » et il désignait du doigt un petit volume qui sortait de ma poche et qu'il prenait pour un guide. Nous insistâmes pour savoir ce que ce pouvait être. Maître Roc, fixant alors ses regards sur les nôtres pour deviner l'impression qu'allait produire sa confidence, nous répondit solennellement : « *Ossa dei giganti* : les os des géants [2]. » Nous nous mîmes à rire, et tirant le livre en question, c'était un Virgile, nous lui dîmes que précisément il y était fait mention de ces géants

---

[1] La *polenta* est une sorte de bouillie faite avec de la farine de maïs, d'un grand usage dans le pays. La *polenta* était un mets connu des Romains et se rapprochait beaucoup de celle de nos jours. On estimait peu cette bouillie; Sénèque la regardait comme une nourriture grossière et bonne pour qui sait se rassasier au prix de deux as : *Dipondio satur.* — Non enim jucunda res est aqua et polenta, aut frustum hordeacei panis. — *Senec, Epist,* xviii.

[2] C'est une vieille tradition dans le pays que ces os des géants. Au xvie siècle, on fait déjà passer pour tels les ossements de quelque bête sauvage, et on exploitait ainsi la curiosité des voyageurs.

Le brave homme était déconcerté, il secoua la tête sans répondre. Nous lûmes alors à haute voix les vers du poëte. Matthieu Roc écoutait très-attentivement et parut frappé de la cadence du vers; aussi se rapprochant avec curiosité il nous dit :

— Ce n'est pas du français?

— Non, c'est du latin, c'est du Virgile. »

A ce mot de Virgile, il fixa un instant ses yeux sur nous pour nous demander en grâce de ne pas le mystifier davantage. Nous l'assurâmes que c'était bien les vers du *gran Virgilio*, et nous lui passâmes le livre. Il le prit avec un profond respect, l'examina dans tous les sens, regarda très-attentivement le passage désigné comme s'il eût vérifié, et nous le rendit en poussant un soupir.

— Croyez-vous, maintenant, que l'on y parle réellement des géants?

— Oui, excellences, dit-il d'un air soumis; quelle chose ignore *le mattre?* n'est-il pas toujours ici?

Nous comprîmes que nous étions sur un terrain très-délicat: le moindre sourire, le plus petit geste d'incrédulité eût glacé à tout jamais la confiance du brave homme. Nous espérions l'amener à nous raconter quelqu'une de ces légendes merveilleuses sur le cygne de Mantoue, resté si populaire parmi ces bonnes gens plutôt à titre de puissant magicien que de poëte illustre; mais l'heure n'était pas encore venue, Matteo Rocco refusa d'en dire davantage.

L'histoire des premiers hommes qui ont habité le pays que nous parcourions a peut-être été faite uniquement aux frais de l'imagination des poëtes de l'antiquité, ou plutôt elle semble n'être qu'une ingénieuse explication des déchirements et des convulsions du sol. Il faut remarquer d'abord que la tradition de tous les peuples primitifs se plaît à reconnaître une dégénérescence progressive dans la constitution physique de l'espèce humaine, et que là où commence l'histoire des hommes, finit l'histoire des dieux, bienfaiteurs des mortels.

« Avant moi, raconte Prométhée, ils voyaient, mais ils voyaient mal; ils entendaient, mais ils ne comprenaient point. Semblables aux fantômes des songes, ils vivaient depuis des siècles confondant pêle-mêle toute chose. Ils ne savaient se servir ni des briques ni du bois pour construire des maisons éclairées par le jour. Comme la frêle fourmi, ils habitaient sous terre dans des cavernes profondes où ne pénétrait pas le soleil .»

Tels étaient les peuples habitant « la ville des Cimmériens couverte de ténèbres et de nuages. Jamais ils ne sont éclairés par les rayons du soleil, soit qu'il monte dans la voûte étoilée, soit que du haut des cieux il se précipite vers la terre; sans cesse une nuit funeste couvre de son ombre ces mortels infortunés [2]. »

Dans ces champs Phlégréens, sur les rives de l'Achéron, près de l'antre de la Sybille que nous pouvions apercevoir dans le lointain, « les ténèbres depuis des siècles enveloppent d'une vapeur souterraine les demeures cimmériennes et la ville du Tartare. Les champs soufflent sans cesse le soufre, le feu et le bitume brûlant; la terre soupire et vomit un noir nuage; ses entrailles calcinées par la flamme bouillonnent et laissent échapper des exhalaisons stygiennes; ses flancs sont en travail; un sifflement horrible sort de ses antres tremblants; et cependant, jaloux de briser les cavités de sa prison ou de s'élancer dans les ondes, Vulcain mugit, broie le sein déchiré de la terre et secoue les monts qu'il a minés. Sous les masses du sol, Hercule étendit les géants; ils ébranlent et brûlent au loin, de leur respiration haletante, les champs qui les oppressent [3]. »

Pour celui qui n'a point vu les rivages dont parle le poëte, tout ceci peut paraître extravagant. Et cependant, comme nous l'avons déjà dit plus haut, ce n'est qu'une explication plus ou

[1] Eschyle, *Prométhée enchaîné.* — [2] Odyssée, XI. — [3] Sil. Ital. Pun. XII, 126.

moins ingénieuse et de l'état du sol et des phénomènes qui l'ont amené. Ces collines creuses, ces antres profonds qui forment la ceinture du golfe et où la lumière du jour pénètre à peine, ne sont-ils point tout naturellement, aux yeux d'une postérité crédule et jalouse de reculer l'époque de son origine, les demeures des premiers hommes leurs ancêtres ? Les Autochtones, les Cimmériens se confondent dans les traditions vagues de la poésie. La nature a toujours été un mystère. La science aujourd'hui, en substituant les lois physiques à l'intervention mythologique, n'est pas sortie du domaine des causes secondes, et dans les commotions épouvantables qui ont fait de cette terre un bélier bondissant, il lui reste tout à apprendre.

Pour ces peuples, les sources brûlantes jaillissant du sol sont l'œuvre d'une divinité terrible. Ces crevasses d'où s'échappent des nuages de fumée, ce bruit sourd qui se fait entendre des entrailles de la terre, il faut qu'ils leur trouvent une explication. Ce seront les forges de Vulcain, les géants qu'Hercule aura étouffés sous le poids des montagnes, ce seront les enfers.

A Pouzzoles, il reste un curieux monument de ces variations des côtes. Un phénomène que l'on peut constater sur une grande étendue du rivage, et qui a donné lieu à bien des controverses parmi les géologues, est surtout sensible au temple de Sérapis. Cet édifice, qui remonte à la plus haute antiquité sans qu'on puisse lui assigner de date certaine, fut longtemps enseveli sous les cendres volcaniques. Il fut découvert en 1750 et dépouillé de ce qu'il avait de plus précieux ; des quatre colonnes en cipolin et en jaune antique qui formaient une enceinte circulaire, il en reste trois, debout sur un pavé en marbre grec à peu près au niveau de la mer et couvert de quelques pouces d'eau. A la hauteur de trois mètres sur une largeur de deux, ces colonnes présentent une zone perforée d'une multitude de petits trous par des pholades (*dactylus lithophagus*). Ce mollusque qui perce les marbres les plus durs ne vit que dans la mer. Or, d'une part, il est certain que ce temple, construit avec un grand luxe d'architecture, n'a pas été placé de manière à ce qu'il fût constamment couvert d'eau. D'après le phénomène indiqué, il faut qu'à une époque quelconque il se soit trouvé dans les eaux à une profondeur de cinq mètres, et que depuis il ait été remis au niveau de la mer. Or nous savons que le niveau de la Méditerranée n'a pas changé depuis les Phéniciens. C'est donc aux oscillations du sol que l'on peut uniquement attribuer ces modifications.

Sur la côte, à environ sept mètres au-dessus de la mer, il n'est pas rare de trouver des dépôts de coquilles semblables à celles qui vivent encore dans la Méditerranée, et avec lesquelles se trouvent des débris de poterie et des fragments de sculpture. Ce serait une nouvelle preuve en faveur de l'opinion précédente.

Le déplacement étant admis, on s'accorde à le rapporter à la période byzantine. C'est une conjecture plutôt qu'un fait d'histoire.

Cette dissertation nous avait menés, tout en nous promenant, jusqu'à un petit lac entouré par une colline comme un jardin par un mur élevé. C'est le lac Averne; les bois sombres dont jadis son enceinte circulaire se trouvait hérissée lui donnaient un aspect sinistre et projetaient des ombres à la faveur desquelles il y avait possibilité de croire au voisinage du Tartare. Aujourd'hui, c'est tout différent, l'aspect des lieux, bien que désert, n'a plus rien d'horrible; et il est même fort difficile d'opérer sérieusement une descente aux enfers ou une visite à la grotte de la Sibylle, dont l'entrée se trouve dissimulée dans un enfoncement de la colline. Matteo Rocco nous avait quittés à l'entrée de la grotte pour aller chercher les chevaux. Les *chevaux* étaient deux campagnards vigoureux, qui nous dirent en se baissant et en nous montrant leurs épaules : « Montez, excellences; » ce que nous fîmes lorsqu'on nous eut expliqué que la grotte de la Sibylle était couverte de plusieurs

pieds d'eau, et que tel était le mode usité pour y descendre. La
main gauche enlacée autour du cou de nos montures et tenant de
la droite une longue torche de résine, nous pénétrâmes dans le
sombre labyrinthe, dont les galeries souterraines s'étendent au
loin dans la campagne. Dans un coin on nous montra une sorte de
grande auge en pierre : « C'est là, nous dit-on, que la Sibylle prenait le bain ; plus loin elle rendait ses oracles (G). »

Nous avions vu tout ce qu'on pouvait voir ; la position étant fort
incommode, nous désirions être rendus à la lumière. Sortis de
cette cave humide, en nous regardant l'un l'autre nous vîmes que
nous étions noirs comme des diables de bonne race. Les eaux du
lac Averne firent disparaître cette teinte éthiopienne, que nous
devions à l'épaisse fumée de nos torches.

Avant de partir, les deux hommes qui nous avaient portés ré-
clamèrent une généreuse *buona mano pei cavalli*, en nous souhai-
tant un bon voyage.

Depuis six heures du matin nous n'avions rien pris, et la faim
commençait à devenir exigeante. Maître Roc fut sommé de nous
faire déjeuner *subito* et d'avoir à déployer ses talents dans la
polenta promise. L'excellent homme avait déjà songé à ces petits
détails, et avait chargé le cocher de notre voiture qui nous avait
précédés, de faire préparer le déjeuner dans une petite auberge
de Baia. Tranquillisés sur ce point, nous visitâmes sur notre route
les *étuves de Néron* et les ruines connues sous le nom de temples
d'Apollon et de Mercure. Les étuves de Néron sont des sources
thermales bouillantes qui jaillissent au milieu des voûtes en ruines.
Un homme jaune et décharné s'engage dans ce labyrinthe où l'on
ne peut se tenir debout, et sort quelques instants après ruisselant
de sueur. Nous lui achetâmes quelques monnaies anciennes assez
curieuses.

Avant d'arriver à l'auberge, Matthieu Roc nous montra sur la
droite les restes de trois villas qu'il dit avoir appartenues à Varron,

à Pétrone et à Sénèque. Elles sont à peu de distance d'un délicieux petit lac qui porte aujourd'hui le nom de *Lago di Fusaro*, et que les anciens appelaient *Palus Acherusia*. La maison que notre guide avait choisie pour notre halte était peut-être la seule habitation qui se trouvât sur le territoire de l'ancienne Baia. On y arrive par un chemin bordé de myrtes et d'aloès qui croissent capricieusement sur les talus de la route ; elle occupe le centre d'un petit pré ou plutôt d'un tapis de fleurs encadré par un cordon de roses sauvages qui forment la haie. Notre cocher avait mis son *calessino* à l'ombre de la maison, et le cheval se reposait en liberté à quelques pas de là. J'ai rarement autant regretté mon ignorance en peinture. Il y avait là un charmant petit tableau à faire. J'étais pénétré de reconnaissance envers Matthieu Roc. Le choix d'un pareil site justifiait toute notre confiance. Une vieille femme, une jeune fille et un petit garçon à la physionomie mutine et éveillée composaient les habitants de ce charmant petit *cottage*. La femme nous demanda si nous voulions déjeuner sur la terrasse, offre que nous acceptâmes avec empressement, en priant Matteo de s'occuper de notre menu.

Peu d'instants après, il nous apporta une vaste soupière fumante qu'il déposa sur la table d'un air capable et satisfait.

— *Ecco la polenta, signorini, non ne avete mai mangiato una così buona ?*

Pour être agréable à Matteo, nous lui répondîmes que nous n'en avions jamais mangé de meilleure.

— *Cospetto di Bacco ! Io lo ben sapeva.*

Pour terminer il nous apporta une omelette, un morceau de parmesan, que le couteau ne put entamer, et une bouteille de vin de Baia, *vino nero di Baia*, vin noir de Baia. On ne pouvait rien de plus noir ; c'est une justice à lui rendre. Une bouteille de ce *vino nero* suffirait, avec les dimensions actuelles du lac Lucrin, pour teindre ses eaux en noir. Je descendis demander à la femme

si elle n'avait pas un vin un peu meilleur, ou du moins un vin
rouge, *vino rosso*.

— *Si signor*, me dit-elle ; et prenant une sorte de vase en cuivre
attaché au bout d'une corde, elle le laissa descendre dans une
citerne de la salle voisine. J'examinai attentivement, et je vis
remonter le seau plein d'un généreux *Bacchus* entièrement
semblable à notre *vino nero*. Je n'avais plus soif.

— *Va bene, va bene*, lui dis-je en dissimulant une grimace.

— Elle (*mon excellence*) n'en veut plus ? me demanda-t-elle.

— Non, je vous remercie, *vi ringrazio*.

La bonne femme rejeta négligemment le liquide dans la citerne,
en disant :

— L'année a été mauvaise pour le vin, excellence.

Je remontai annoncer à mon compagnon qu'il n'y avait rien de
mieux à faire qu'à éteindre notre soif avec l'eau d'une pure
fontaine. La beauté de la perspective, du haut de la terrasse,
rachetait bien les petits inconvénients du déjeuner. Nous em-
brassions d'un coup d'œil, à l'heure de midi, toute la campagne que nous venions de parcourir. Un soleil étincelant
vivifiait cette nature pittoresque. Nous ne pouvions nous lasser
d'admirer la magie de ces lignes si pures et certains effets de
lumière dont on se fait difficilement une idée. Cette lumière
détache les plans les uns des autres, et rend saillants au regard,
dans le plus grand éloignement, les moindres accidents du sol
et les singularités les plus piquantes du paysage. Souvent mêlée à
je ne sais quelles vapeurs colorées, elle empourpre l'air, la terre
et les eaux ; elle confond tout dans des teintes qu'elle varie et
dégrade à chaque instant comme pour le plaisir des yeux. Ce
ne sont plus alors les choses elles-mêmes qu'elle vous montre,
ce sont les apparences inconnues d'un monde qui vous éblouit par
son éclat en vous étonnant par la variété de ses mirages ; on
craint à chaque instant de voir cette transfiguration de la nature

par la lumière s'évanouir comme une ombre. Pourrait-on jamais croire que cette majesté d'ensemble, cette coquetterie de détails soit l'œuvre des convulsions du sol ? De siècle en siècle il change, il s'abaisse, il s'élève, il s'affaisse doucement vers la mer, il se relève en falaises abruptes qui portent au loin le bruit du frémissement des flots. Cette terre se découpe, se façonne, se dentelle comme la cire, sous l'action du plus terrible des éléments, et toujours elle sort de ces commotions violentes parée de grâces nouvelles ; elle se hâte de produire, comme si les fruits, les fleurs qui naissent à sa surface devaient être les derniers. Cette profusion de la nature, cette exubérance de vie font oublier les scènes de désolation du passé et empêchent de prévoir celles de l'avenir. Il y a deux mille ans que ces champs Phlégréens brûlent sous les pieds des mortels, qu'ils retentissent sous les roues de leurs chars ; cette croûte légère, qui recouvre des abîmes de feu, résonne comme une voûte d'airain, et c'est là le lieu que les hommes ont choisi pour l'accomplissement de leurs folies et de leurs crimes, pour en faire l'hôtellerie de leurs vices :

> Colline de Baia ! poétique séjour !
> Voluptueux vallon qu'habita tour à tour
>   Tout ce qui fut grand dans le monde,
> Tu ne retentis plus de gloire ni d'amour.
>   Pas une voix qui me réponde
>   Que le bruit plaintif de cette onde
> Ou l'écho réveillé des débris d'alentour.
>   Ainsi tout change, ainsi tout passe ;
>   Ainsi nous-mêmes nous passons,
>   Hélas ! sans laisser plus de trace
>   Que cette barque où nous glissons
>   Sur cette mer où tout s'efface ».

Hérode, au rapport de l'historien Josèphe, vint avec Hérodiade à Baia solliciter de Caligula la couronne royale de Judée [2].

1 Lamartine : Médit. poét. XXI. *Le Golfe de Baia.*
2 Vid. Brotier. Suppl. Ann. VIII. libr.

Dans l'enfoncement de la côte, près de *Bauli*, on aperçoit les
ruines d'un théâtre connues sous le nom de *Tombeau d'Agrippine*.
Qu'importe leur authenticité ! C'était bien certainement le long
de la voie de Misène, près de la villa de Jules-César [1], dont
les débris situés sur la colline dominent encore le golfe, que fut
brûlé le corps sanglant d'Agrippine. C'était sur cette mer de
Baies que Néron avait vainement tenté de faire périr sa mère.
Décidé à s'en débarrasser, il n'hésitait que sur le choix des
moyens, le fer, le poison ou tout autre. L'affranchi Anicetus,
commandant la flotte de Misène et qui détestait Agrippine, pro-
posa à Néron de construire un vaisseau dont une partie, artistement
disposée pour se démonter en pleine mer, submergerait sa mère.
On goûta l'invention, d'autant plus que les circonstances étaient
favorables. Néron se trouva alors à Baies. Il y attire Agrippine sous
l'apparence d'une réconciliation. Le vaisseau fatal se faisait remarquer entre tous par sa magnificence. L'empereur y mène sa mère
et l'invite à un grand souper, afin de rendre la nuit complice de
son crime.

« Il sembla, dit Tacite, que les dieux, pour la conviction du
forfait, eussent ménagé à cette nuit tout l'éclat des feux célestes
et tout le calme d'une mer paisible. Le vaisseau n'était pas fort
avancé en mer ; Agrippine avait avec elle deux personnes de sa
cour, Crepereius Gallus et Acerronie. Crepereius se tenait debout,
non loin du gouvernail ; Acerronie, appuyée sur les pieds du lit
d'Agrippine, qui était couchée, parlait avec transport du repentir
de Néron et du retour de la faveur d'Agrippine : tout à coup,
au signal donné, le plancher de la chambre croule sous des
masses de plomb énormes dont on le charge. Crepereius fut
écrasé et mourut sur-le-champ. Agrippine et Acerronie furent
garanties par les saillies du dais, qui se trouva assez fort pour

---

[1] Ce fut dans cette villa, devenue celle d'Auguste, que Virgile récita à Octavie
le sixième livre de l'Énéide.

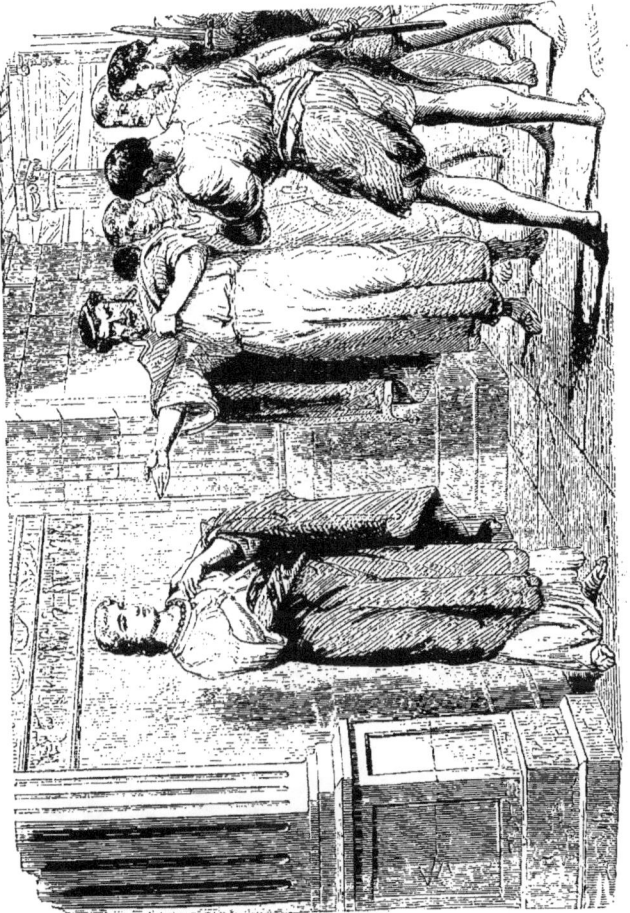

MORT D'AGRIPPINE

résister à la chute ; le vaisseau ne s'entr'ouvrait pas , comme il
le devait, à cause du trouble général , et parce que la plupart,
n'étant point instruits du complot , gênaient la manœuvre de ceux
qui l'étaient. On ordonna aux rameurs de peser tous du même
côté , pour submerger le navire. Mais un ordre aussi subit fut
exécuté sans concert ; et d'autres , faisant le contre-poids , per-
mirent aux naufragés de se jeter plus facilement à la mer.
Cependant Acerronie , assez malhabile pour crier qu'elle était
Agrippine et qu'on vînt sauver la mère du prince , est assommée
à coups de crocs, de rames et des premiers instruments que
l'on trouve. Agrippine, gardant le silence, ce qui l'empêcha
d'être reconnue, reçut pourtant une blessure à l'épaule. Ayant
gagné à la nage , puis sur des barques qu'elle rencontra , le
lac Lucrin , elle se fit porter à sa maison de campagne [1]. »

On connaît le dénoûment. Néron fit achever Agrippine et se
retira à Naples.

En quittant la charmante maisonnette qui nous avait servi
d'auberge , nous remontâmes en *calessino* et prîmes le chemin de
Misène. Entre Baia et Misène se trouve Bauli, joli petit village près
duquel on voit deux ruines remarquables , les *Cento camerelle* ,
dites aussi *Carceri di Nerone* , et la *Piscina mirabile*.

Les *Cento camerelle* tirent leur nom du grand nombre de pièces
obscures dont le bâtiment se compose. On croit généralement qu'il
servait de prison. Les prisonniers devaient y être fort mal ; ces ca-
chots étaient distribués de manière à faire de leur détention un
véritable supplice.

La *Piscina mirabile* n'a point usurpé son nom. C'est réellement
un travail gigantesque et admirable fait pour servir de réservoir
d'eau à la flotte de Misène. Quarante-huit pilastres soutenaient cet
édifice souterrain à quatre voûtes superposées et percées de seize
ouvertures, par où sans doute on tirait l'eau. Le long de la rue qui

[1] Annal. XIV, v.

partage la plaine de Baulì se voient les tombeaux des soldats de la
flotte avec le nom des trirèmes sur lesquels ces soldats servaient.
On y lit : *la Vesta*, *le Neptune*, *la Concorde*, *la Fortune*,
le Danube et le Rhin.

Arrivés en peu de temps au promontoire de Misène, de forme
pyramidale et qui termine la petite péninsule, nous vîmes des
ruines et toujours des ruines. Il semble que ce soit la production
privilégiée du sol. Le petit lac appelé *Mare morto* formait le port
de Misène, défendu par des piliers et des arches. C'est là que se
trouvait Pline l'Ancien lors de la fameuse éruption de l'an 79. Sur
le sommet du mont, les Romains avaient construit un phare dont
on ne voit plus de trace. Un petit bras de mer, véritable *Bos-
phore*, sépare le cap Misène de Procida. En suivant la plage dans
la direction de l'Ouest on arrive à Miliscola (*Militum Schola*).
C'était le champ de mars de l'armée, ainsi que l'atteste une inscription. Ce fut aussi le lieu de la célèbre entrevue d'Octave et
d'Antoine lorsqu'ils traitèrent avec Sextus Pompée, à qui la bonne
foi enleva l'empire du monde. Entre la *Mare morto* et le lac Fusaro, on peut voir l'emplacement des *Champs Elysées* de Virgile,
douce vallée que deux montagnes protégent contre l'action des
vents. Jamais on n'y entendit siffler les tempêtes. Une verdure
éternelle repose agréablement les yeux. Tels sont encore les Champs
Elysées, inhabités à cause de l'insalubrité des brouillards du
matin et du soir.

En quittant ces lieux pour retourner à Naples, on repasse par
Baia et le lac Lucrin. Les souvenirs restent, agréables surtout pour
les amateurs d'huîtres grasses et de poisson. Quant au lac, il n'en
faut plus parler ; il est tout au plus de taille aujourd'hui à permettre à quelques poissons rouges de prendre leurs ébats.

Notre *calessino* descendait lentement la côte de Baia à Pouzzoles, lorsque cinq ou six jeunes filles coururent vers notre voiture, implorant en chœur notre pitié pour une malheureuse

aveugle. Cette malheureuse aveugle était une charmante petite fille de dix à douze ans que ses compagnes conduisaient par la main.

Carità, signorini Francesi, per la poveretta cieca.

La jeune aveugle eut à peine reçu dans la main les quelques pièces que nous donnions de grand cœur, qu'elle ouvrit subitement deux grands yeux noirs, qui nous lancèrent un regard pétillant de malice et de joie ; toutes prirent aussitôt la fuite en nous criant :

Grazi, buoni Francese. Addio.

Deux minutes après, nous entendions encore les joyeux éclats de rire de ces petites Italiennes, si heureuses du tour joué aux *bons messieurs français*.

Le long du rivage, le guide nous fit remarquer les fondations d'anciens palais semblables à des écueils, que la vague en se retirant permet d'apercevoir. La terre, les collines et les montagnes ne suffisaient plus. Des rochers de tuf tout entiers, qu'on précipitait dans les eaux, servaient de fondement à ces orgueilleuses constructions. « Pourquoi rappellerais-je ici, disait Salluste, des choses incroyables pour tous autres que pour ceux qui les ont vues, des montagnes aplanies, des mers couvertes de palais par maints particuliers ? » Les poissons, ajoute Horace, sentent resserrer leurs domaines par des môles immenses. L'abîme se comble de matériaux qu'y jettent une foule de surveillants et d'esclaves, sous l'œil d'un maître dégoûté du continent. Mais les soucis et la peur suivent le maître dédaigneux jusque sur sa trirème éperonnée d'airain ; le chagrin vogue avec lui [1]. »

C'est dans une de ces villas que Cornelius Sylla, redevenu

---

[1] Nam quid ea memorem quæ, nisi iis qui videre, nemini credibilia sunt, a privatis compluribus subversos montes, maria constrata esse ?..... Etenim quis mortalium, cui virile ingenium, tolerare potest illis divitias superare, quas profundant, in exstruendo mari, et montibus coæquandis. — Sallust. Cat. XIII et XX.
Contracta pisces æquora sentiunt
Jactis in altum molibus..... — Horat. Od. III, 1.

simple Romain., mourut d'un accès de colère contre les décurions
de Pouzzoles. Au sortir de cette ville, nous visitâmes la *Solfatara*. [1]
La *Solfatara* [1] est un Vésuve en miniature, volcan éteint depuis
longues années et que l'on peut visiter tout à son aise sans risque
ni fatigue. Quelques dégagements de gaz sulfureux mêlés à la
vapeur d'eau sont les seuls restes qui témoignent de son antique
puissance. Le cratère a la forme d'un cirque aux murs de soufre.
A une extrémité, existe une ouverture de la grandeur d'une porte
et qui semble être l'entrée d'un long corridor s'enfonçant sous la
terre. En s'approchant aussi près que le permet le gaz qui s'en
échappe, on entend un bruit sourd et mugissant qui se prolonge
au loin comme le roulement du tonnerre. C'est par ce soupirail,
disent les habitants du pays, que la *Solfatara* communique avec
le Vésuve. On a toujours remarqué que quelques jours avant les
éruptions du Vésuve, le gaz cesse de se dégager de la Solfatare.
La fumée du soupirail sert de thermomètre volcanique pour les
gens du pays. Les mines de soufre du cratère éteint sont, après
celles de l'Etna, les plus importantes du royaume des Deux-Siciles.

Nous arrivâmes encore assez à temps au couvent des Camal-
dules pour jouir d'un coucher de soleil et d'un panorama dont
les merveilles resplendissantes resteront à jamais gravées dans
notre mémoire. En descendant la montagne sur laquelle est située
le couvent, on trouve les *Bagnoli*, c'est-à-dire un terrain couvert
de sources thermales, longtemps célèbres pour la guérison de
toutes les maladies, mais abandonnées depuis des siècles. Le
chevalier de Villeneuve, dans son histoire de la campagne de
Charles VIII, nous a laissé un aperçu plein de naïveté sur les
causes du délaissement de ces bains. « Dedans lesdits grottes

---

[1] La *Solfatare* faisait partie des monts Leucogéens. Elle était connue sous
différents noms : *Forum*, *Olla Vulcani*, le Forum, la Marmite de Vulcain. La
plupart des fables qu'on racontait au sujet du mont Vésuve, au moyen âge, étaient
également attribuées au *Forum Vulcani*.

il y a encore beins qui incessamment sont chaulx sans que
homme ni femme fasse ne feu ne flambe; lesdits beins sont
si très naturels que autrefois les Remains y souloient venir eulx
baigner et estuver pour la santé de leurs personnes; car ils
guérissent de plusieurs grandes maladies; et y avoit autrefois en
escript les maladies de quoy ils guérissoient; mais les médecins
de Salerne vinrent rompre les escritures, et ce feirent, cause
que desdits beins ils perdoient leurs pratiques de médecine [1]. »

Le célèbre François Arétin, en envoyant un petit ouvrage
au pontife Pie II, à qui il conseille l'usage des bains de Pouzzoles
reconnus si salubres, y joint dix-huit règles appropriées aux
baigneurs.

Article 1er. Ne venez au bain qu'après avoir pris une purgation
et avoir chassé tous les soucis.

Article 2. Ne buvez ni ne mangez avant, pendant et après
le bain, si vous n'êtes pas dans un état convenable de fraîcheur;
sinon craignez une indigestion et partant une obstruction (R).

Le reste est de cette force.

Aujourd'hui ces eaux minérales ne servent guère à d'autre
fin qu'à fournir d'assez jolies cristallisations aux étrangers.
Chargées de matières diverses en solution, elles déposent, sur
les plantes, les animaux, les pierres, les corbeilles, les nids,
sur tous les objets qu'on plonge, une couche solide plus ou
moins épaisse qui conserve grossièrement la forme extérieure.
Ce fait se reproduit d'ailleurs dans bien des localités où les
sources jaillissant de montagnes calcaires se trouvent chargées
de carbonate de chaux. Cette propriété était connue des anciens.
Les eaux de Silarus avaient la réputation d'en jouir [2].

Il était trop tard pour voir la grotte d'Agnano, dite Grotte

---

[1] Martène et Durand : *Thesaur. nov. anecd.*, t. III, p. 1528.
[2] Nunc Silarus quos nutrit aquis, quo gurgite tradunt
Duritiem lapidum mersis inolescere ramis. — Sil. Ital. Pun. VIII. 588.

du Chien. Ce phénomène, raconté par tous les voyageurs, était connu des Romains. Pline en fait mention [1]. Charles VIII, dans son expédition d'Italie, ayant entendu parler de la grotte du chien, voulut vérifier par lui-même l'authenticité du fait. Il fit amener un âne que le gaz acide carbonique asphyxia en peu d'instants.

En rentrant à Naples, un nouveau trait du caractère ingénieux et sans souci du Napolitain se présenta à nos yeux sous une forme que nous n'avons remarquée qu'en cette seule circonstance. Un cocher a besoin de quitter un instant son *calessino* et son cheval qui mange une poignée d'orge, il donne une orange à un enfant à condition d'y veiller. Le petit lazzarone ne trouve rien de mieux ni de plus simple, pour la commodité de l'animal et pour la sienne, que de placer sur sa tête la corbeille d'osier avec l'orge, pendant qu'au-dessous il savoure son orange.

[1] Alii spiracula vocant; alii Charoneas scrobes mortiferum spiritum exhalantes. II, 96.

XII

Les îles

> Montons sur ma barque légère,
> Que ma main guide sans effort,
> Et de ce golfe solitaire
> Rasons timidement les bords.
>
> LAMARTINE.

Il est difficile, en montant sur la barque qui va parcourir les îles délicieuses du golfe de Naples, de ne point se rappeler les stances du poëte français, peinture éclatante et fidèle d'une nature que ses merveilles ont rendue insaisissable, même à d'habiles pinceaux.

> Vois-tu comme le flot paisible
> Sur le rivage vient mourir ?
> Vois-tu le volage zéphir
> Rider d'une haleine insensible
> L'onde qu'il aime à parcourir ?
> Montons sur ma barque légère,
> Que ma main guide sans effort ;
> Et de ce golfe solitaire
> Rasons timidement les bords.

J'ai vu des cieux d'azur, où la nuit est sans voiles,
Dorés jusqu'au matin sous les pieds des étoiles,
Arrondir sur mon front dans leur arc infini,
Leur dôme de cristal qu'aucun vent n'a terni !
Sur des bords où les mers ont à peine un murmure,
J'ai vu des flots brillants l'onduleuse ceinture
Presser et relâcher dans l'azur de ses plis
De leurs caps dentelés les contours assouplis,
S'étendre dans le golfe en nappes de lumière,
Blanchir l'écueil fumant de gerbes de poussière,
Porter dans le lointain d'un occident vermeil
Des îles qui semblaient le lit d'or du soleil,
Ou s'ouvrant devant moi sans rideau, sans limite,
Me montrer l'infini que le mystère habite [1].

« La première fleur d'oranger qu'on a respirée en abordant, presque enfant, un rivage inconnu, donne son parfum à tout un long souvenir. » Ce parfum est resté, et M. de Lamartine, qui fit d'Ischia « l'île de son cœur, l'oasis de sa jeunesse, » a vivifié ce golfe de l'ardeur de son âme et de son imagination. La belle nature du Sud n'avait été pour la muse de ses devanciers qu'un corps sans âme, ne soulevant que les moites vapeurs d'une poésie qui matérialisait ses merveilles.

Le paganisme avait épuisé ses dernières teintes à restaurer les rivages de sa Sibylle et de son Elysée. Voici comme l'auteur des *Sylves* célébrait le golfe du sein de la villa de Sorrente qu'habitait Pollius. De Stace à Lamartine on n'a pas mieux fait.

« Faut-il énumérer tant de points de vue variés? Chacun d'eux a ses charmes ; chacune des chambres a sa mer, chaque fenêtre règne sur une terre que l'œil découvre au delà des flots ; l'une regarde Inarime, l'autre domine les rocs de Prochyta. Ici se montre l'écuyer du grand Hector ; là, enveloppé d'une vapeur maligne, Nésis s'élève du sein de la mer. Plus loin est Euplée, dont le nom d'heureux augure sourit au navigateur ; et Mégalie qui s'avance dans la mer battue des deux côtés par les vagues ; et

[1] Harmonies poétiques, *Milly.*

Limon, qui de loin regardant le château de Sorrente, voit avec
un jaloux dépit son maître reposer en face de ses bords. »

La poésie de Stace est morte avec l'antiquité dont elle a été le
plus mélancolique reflet. Les chants modernes ont fait revivre
Ischia, Procida, Capri, le golfe et sa couronne de cités. Mais
Limon « ami du calme », mais Euplée « favorable aux naviga-
teurs », mais Mégaris « entre Naples et le Pausilippe », sont
tombées dans l'oubli, ou vivent sous d'autres noms, sous d'autres
formes. Toutes trois, d'après les textes, entouraient Nésis « ceinte
de bois. » Or, entre Nésis et le premier promontoire il y a trois
petites îles perdues. La plus grande, tournée à l'Orient, s'appelle
en italien *la Gaïola*. Ne serait-ce point l'antique Euplée, où les
navires, venant d'Alexandrie et d'Egypte à Pouzzoles, abordaient
avec allégresse? Les deux noms, grec et italien, se rencontrent
dans ce sens.

Les Hellènes bâtirent de bonne heure sur cette île un temple à
Vénus Euplienne. Aujourd'hui les débris du temple gisent encore
sur les rochers de la *Gaïola*.

Quant à Limon, Pollius Felix n'en est plus possesseur. C'est
tout ce que l'on peut en dire. Nul homme n'en sait ni le nom ni
la place.

Mégaris, ou si l'on veut Mégalia, survit. Mais elle est mécon-
naissable. Le Château de l'Œuf (Castel del' Ovo) pèse sur elle
de tout son poids. Ischia, Procida, Capri, le Castel del' Ôvo,
si l'on s'en rapporte à l'opinion des géographes et des naturalistes
de l'antiquité, auraient, à une époque très-reculée, adhéré au continent, et ces îles auraient été arrachées à la terre ferme par des
éruptions volcaniques. C'est ce qui faisait dire à Sénèque : « Vous
voyez des régions entières déplacées; vous voyez au delà des mers
ce qui faisait jadis partie du continent. Vous voyez les villes et les
nations se séparer, soit par l'écroulement de quelque partie du
globe, soit par l'incursion de l'Océan poussé par un vent impétueux,

D'autres textes de ce genre, que l'on trouve chez tous les
auteurs latins et grecs, font preuve des nombreux bouleversements
qu'a éprouvés la côte avant d'en venir à sa formation définitive,
étrange et merveilleuse [1].

Pour ce qui regarde en particulier le *Castel del' Ovo*, redevenu
presqu'île par la construction d'une chaussée étroite, le fait ne
paraît point difficile à croire, à raison de sa forme et de son peu
d'éloignement du rivage.

C'est par ce château fort, qui occupe l'emplacement de l'ancienne villa de Lucullus, que nous commençâmes notre excursion.

Nous avons dit que cette forteresse fut la prison qui vit mourir
le dernier rejeton des empereurs d'Occident. Ce fut Odoacre qui
relégua Romulus Augustule dans l'antique Mégaris. Il ne se doutait
certes point que cette mort fixerait pour la postérité la date de
l'avènement du monde nouveau sur les débris de l'ancien. Il
ignora qu'il venait d'accomplir une de ces révolutions, qui dé-
placent les dynasties et les royaumes. Son siècle partagea son
aveuglement. La chronique en racontant le fait ne se doute point
de son importance. Elle y consacre une ligne. Asservie aux détails
d'une année, elle craint d'envisager les événements au point de
vue de la marche générale des idées et des siècles. Par contre, on
trouve généralement dans les hagiographes du temps une légende
sacrée qui légitime ou présage le fait, légende qui se trouve être
assez souvent une intuition providentielle et confuse de l'événement (S).

Notre barque nous déposa pour un instant sur l'îlot de Nisida.
La mer qui vient battre contre les rochers de la côte prend,

---

[1] Pithecusas in Campano sinu ferunt ortas; mox in his montem Epopon,
quam repentè flamma ex eo emicuisset, campestri æquatum planitie : in eadem
et oppidum haustum profundo, alioque motu terræ stagnum emersisse et alio præ-
volutis montibus insulam extitisse Prochitam. — Plin. II. 88. — Strabon n'est pas
moins explicite : « Lesbos, dit-il, fut enlevée, comme Prochyta et Pithécuse de
Misène, comme Caprée du promontoire de Minerve. »

par place, une teinte bleue foncée, sans rien perdre de sa lim-
pidité.

On voit le fond à une profondeur de vingt à trente pieds. Cette
variété de nuances dans les eaux est un des charmes inimitables
de la mer de Naples. De Nisida on aperçoit à peu de distance
le Pausilippe et la côte de Mergellina. Nisida nous fit l'effet de
ces iles artificielles ménagées sur les bords d'un lac enchanteur,
pour offrir aux promeneurs en nacelle quelques instants de repos
et une perspective délicieuse. Cicéron y passa jadis de longues
heures en compagnie de Brutus. L'île s'appelait alors Nésis, et son
nom était un sujet de commentaires pour les beaux esprits du siècle.
L'étymologie grecque νῆσος, qui vient si naturellement à l'esprit,
était par trop simple. On préféra faire venir Nésis, du centaure
Nessus.

Le nom de *Prochyta*, aujourd'hui Procida, donna lieu à des
suppositions aussi recherchées et moins acceptables encore [1].
On sait que d'après les poëtes de l'antiquité il fut une époque
où il y eut une distribution générale de géants à toutes les îles ;
c'est-à-dire que Jupiter ne sachant que faire de ces dangereux
ennemis, superposa une île au-dessus de chacun d'eux. Encelade,
comme l'un des plus turbulents, eut la Sicile ; encore suffit-elle
à peine à le contenir ; et lors des éruptions de l'Etna, résultat
de ses efforts pour soulever le poids qui l'oppresse, elle bondit
avec lui. Il en est de même pour les frères d'Encelade ; Jupiter a
proportionné la masse aux forces de chacun ; elle n'est point suf-
fisante pour les écraser, mais elle est trop grande pour qu'ils
puissent s'en débarrasser.

---

[1] Plusieurs le font venir du grec Πρόχυειν, *répandre*, *épancher*, en souvenir
du jour où Prochyta fut *répandue*, *épanchée*, par Inarime (*Ischia*). D'autres y
voient le mot Πρόκειται, d'après cette simple énonciation de Strabon : Πρόκειται
νῆσος ἡ Προκύτη. Denys d'Halicarnasse regarde le nom de *Prochyta* comme celui
d'une des parentes d'Énée, à qui le prince troyen éleva un tombeau dans
cette île.

Le géant Typhée fut désigné pour Inarime (ancien nom d'Ischia) ; Mimas échut à Prochyta.

Apparet Prochytes sævum sortita Mimanta.

C'est le Mimas d'Horace, et même celui du vieil Hésiode.

Stace aimait Procida; Juvénal la préférait à *Subure*, l'un des quartiers les plus célèbres de Rome.

Ego vel Prochyten præpono Suburræ.

Quand la lyre du dernier poëte romain fut brisée, Prochyta demeura sans histoire. Au xiiie siècle, elle donna le jour au chef hardi qui fut le promoteur des Vêpres siciliennes. Jean de Procida était seigneur de cette île, comme l'atteste l'inscription lapidaire du môle de Salerne [1].

Aujourd'hui Procida, île que Guichardin mettait au-dessus de celles de la Grèce, et qu'il appelle une terre enchantée, un élysée, se recommande à la curiosité des voyageurs par les costumes grecs que portent encore les femmes aux jours de fête et qu'on chercherait vainement ailleurs. Ses perdrix et ses faisans jouissent aussi d'une grande célébrité. Elle compte environ sept mille habitants.

Ischia, l'île par excellence, la plus grande du golfe [2], montre à l'issue du canal de Procida, sa structure pyramidale avec son volcan pour sommet, ses bosquets et son azur pour base. Elle contient une ville de quatre mille habitants et dix villages dont

[1] A. D. MCCLX
Dominus Manfredus
Magnif. rex Siciliæ domini imperat. Frederici F.
Interventu domini Joannis de Procida,
Magni civis Salerni,
Domini insulæ Procidæ,
Tramonti, Caiani et baroniæ Pistilionis,
Ac ipsius domini regis socii
Et familiaris,
Hunc portum fieri jussit.

[2] Son périmètre, en négligeant les sinuosités du rivage, est de 27 kilomètres. L'île a la forme d'un carré long aux angles arrondis.

la population totale s'élève à vingt mille âmes. Le feu souterrain qui dévore les entrailles de cette île communique à sa végétation une activité incroyable. L'air, les légumes, les fruits, le lait y sont d'une qualité supérieure. Les poissons de la côte sont aussi réputés d'un goût plus fin que les autres. Avec une nature aussi privilégiée, il n'est point étonnant qu'Ischia ait été habitée dès la plus haute antiquité. Peu d'îles, à travers le cours des âges, ont eu plus de noms différents [1].

Ischia partagea la fortune de Naples; mais, à cause de sa position, elle eut plus à souffrir des incursions des pirates turcs ou sarrasins. On peut voir au-dessus du village de Casamicciola un énorme rocher, dont le nom et l'emploi témoignent de la frayeur causée par ces barbares du moyen âge. Ce rocher porte le nom de *Pietra del Turco* (Pierre du Turc). Entièrement creux à l'intérieur, il offrait jadis à sa partie supérieure une ouverture dans laquelle venaient se réfugier les habitants d'alentour. Une échelle que l'on retirait après y être descendu servait à y pénétrer. Actuellement le rocher sert de cellier, et l'on y entre par une porte taillée dans l'un des côtés.

Si l'on veut jouir d'une vue ravissante, il faut monter ou

---

[1] Le premier, commun à Prochyta et peut-être à Euplée, fut Pithécuse, du mot πίθος, qui signifie vase, à cause des vases en terre qui ont toujours été l'un des objets de fabrication des habitants. Ovide fait allusion à une autre étymologie, πίθηκος; *singe.* Homère et Pindare font mention d'Ischia sous le nom de Ἀρίμη. Les Latins en firent *Inarime*; d'autres l'appelèrent *Ænaria*, parce que, dit-on, elle servit de refuge aux vaisseaux d'Enée lorsqu'il aborda en Italie. — *Ænaria ipsa a statione navium Æneæ.* (Plin. Hist. nat. III, VI.) — Quant au nom moderne, les diverses étymologies que l'on en donne ne sont guère satisfaisantes. Les uns font dériver Ischia de ἰσχύς, *force,* à cause de la force du château de la ville placé sur un roc inexpugnable. Ce nom se serait ensuite étendu à toute l'île. Mázocchi veut que le nom ne date que de la dynastie des rois angevins, et vienne du vieux mot français *Isle*, d'où l'on aurait fait *Isla*, puis *Iscla*, et enfin *Ischia.* Dans le fait, le nom intermédiaire *Iscla* a bien existé, mais il était employé bien avant les rois angevins; on le trouve dès le VIII° siècle. — V. *Dissert. hist. de cathed. eccl. Neap. variis diverso tempore vicibus.* p. 50.

sommet de l'Epomée ¹. Là, sur une plate-forme élevée de deux
mille cinq cents pieds au-dessus de la mer, le regard plonge sur
un immense horizon dans la ligne la plus reculée a plus de quarante lieues d'étendue, à partir du promontoire Circello jusqu'à
Capri. L'île tout entière, avec ses villages, ses coteaux, ses vignobles, ses cours d'eau et ses bosquets, ressemble à une carte
géographique en relief que l'on aurait à ses pieds. Ce panorama,
qu'on ne se lasse point d'admirer, présente une incroyable variété
de sites, à mesure que l'on descend vers le rivage. Tous les voyageurs qui ont vu Ischia en sortent convaincus qu'il n'est point de
pays au monde où tant de richesses, tant de charmes, tant de
beautés soient prodiguées sur un aussi petit espace.

Les habitants y semblent tous avoir un air de bonheur et de
simplicité antique qui vous reporte à des ages plus heureux. La
piété y est expansive comme à Naples. Sur les rochers qui bordent
le sentier, et jusque sur les pics les plus abruptes de l'ancien
volcan, on rencontre de petites chapelles, des madones sculptées
dans la pierre, et souvent à leurs pieds quelque patre entouré de
ses chèvres, ou quelque paysanne coiffée du mouchoir pittoresque qu'elle enroule sur la tête en guise de turban. Après
la Madone, la dévotion par excellence des habitants d'Ischia est
celle qu'ils ont vouée à sainte Restitute. Les actes de la jeune
martyre africaine expliquent ce vif attachement pour la sainte,
qu'un miracle fit aborder sur leur rivage.

Sous le règne de Dioclétien, dans une province d'Afrique, vivait une jeune fille issue de famille noble, et nommée Restitute.
Elle s'appliquait à l'étude des saintes Ecritures; et lorsque la
grâce divine l'eut suffisamment éclairée elle reçut le sacrement
de baptême. Vivifiée par la force de la sainte religion, Restitute
restait jour et nuit fidèle à la loi de Dieu.

---

¹ Le mont Epomée (*Epopon*), du grec Ἐπόπεω, *je vois*, à cause de l'étendue
qui s'offre au regard du haut de la montagne.

Or, un certain Proclinus était proconsul de la province, et par ordre de César recherchait diligemment les chrétiens. Il fit arrêter et comparaître la jeune vierge devant son tribunal.

« Quel est ton nom, quel est ton Dieu? lui demanda le juge.

— Mon nom est Restitute, répondit la vierge, mon Dieu est celui qui a fait le ciel, la terre et les mers. »

Le juge la fit dépouiller et cruellement battre de verges. Le lendemain, il ordonna de la faire sortir de l'infecte prison où elle avait été enfermée, et de l'amener en sa présence. Et comme on l'y portait, Restitute se signant par tout le corps disait : « Seigneur, posez une garde sur mes lèvres, et faites descendre en moi la prudence afin de n'être point trompée par les séductions du mensonge. » Proclinus tenta de la séduire par des caresses et par des paroles bienveillantes : « Accède, dit-il, à mes propositions. Courbe la tête devant mes dieux.... » Voyant la jeune vierge inébranlable, il éclate alors en menaces et en imprécations, et fait déchirer son corps par des ongles de fer. Puis après de nouveaux efforts, inutiles comme les premiers, le juge dicta la sentence suivante :

« Nous ordonnons que Restitute, sacrilége, qui a méprisé nos ordres, qui par arts magiques a supporté les tortures, qui s'est ri des divinités célestes, et qui aime le crucifié de toute la force de son âme, soit placée dans une nacelle pleine d'étoupes, de poix et de résine, afin d'y être brûlée et précipitée ensuite au fond de la mer. »

Dès qu'il eut prononcé ces paroles, il livra Restitute aux ministres de ses ordres. Ceux-ci la placèrent à demi-morte et épuisée par la perte de son sang sur une petite barque. Et lorsqu'ils eurent navigué environ quinze stades, ils voulurent y mettre le feu. Mais — ô incompréhensible et équitable jugement de Dieu — les bourreaux furent soudain entraînés dans les profondeurs de la mer. La vierge du Seigneur resta seule dans la nacelle où l'on avait dû la brûler. Et lorsqu'elle eut vu ces choses, elle admira en s'écriant : « O grandeur de ta puissance et de ta clémence, ô mon Dieu ! Ton bras a protégé ma faiblesse : que sont devenues la force des impies et la superbe des tyrans?.... Je te supplie, ô Seigneur, de même que tu as délivré ton peuple des abîmes de l'océan, de m'enlever et de me conduire là où il plaît à ta volonté. Envoie donc ton ange saint, qu'il accomplisse le désir de ma prière, et qu'il me console dans ma souffrance. » Et aussitôt lui apparut un ange du Seigneur qui la confortait et disait : « Ne crains point, servante du Christ; le Seigneur t'a exaucée, et il m'envoie pour te conduire au port du salut. » Lorsque la vierge eut vu l'ange du Seigneur, elle se réjouit beaucoup ; et, levant au ciel des yeux pleins de larmes, elle dit : « Ordonnez, Seigneur, que je quitte cette terre, et recevez mon ame dans la paix éternelle.... » Et comme elle finissait ces mots, elle s'endormit dans le Seigneur.

La nacelle portant le corps de la bienheureuse martyre arriva près des côtes de la Campanie, dans une île nommée Ænaria (Ischia), près de *Placida* (Procida), en un lieu dit *Ad Ripas*, distant d'environ trente milles de la cité de Parthénope.

Or, en ce temps vivait une femme nommée Lucine, servant Dieu par sa piété et ses bonnes œuvres. L'ange du Seigneur lui apparut en songe et lui apprit ce qui était advenu à la bienheureuse martyre du Christ. En outre il l'avertit de se rendre audit lieu et d'ensevelir le corps en toute vénération. Lorsqu'elle fut éveillée, la sainte femme, ne doutant point de la vérité de la révélation, prit le chemin du rivage. Elle trouva dans la nacelle le corps de la vierge sainte resplendissant d'une lumière blanche comme la neige. Pleine de joie d'un tel honneur, elle s'empressa de répandre de précieux aromates, et appelant le peuple des fidèles, elle ensevelit la sainte dans un lieu nommée *Eraclius*, au milieu des hymnes et des chants sacrés. Là, Dieu ne tarda point à signaler les mérites de la bienheureuse martyre par de nombreux miracles [1].

Plus tard les reliques de sainte Restitute furent transportées à Naples dans la basilique qu'on éleva en son honneur, et qui fait aujourd'hui partie de la cathédrale de Saint-Janvier. Quelques-uns des os restèrent à Ischia [2].

D'Ischia à Capri il faut compter cinq heures, pourvu toutefois que le vent ou la mer ne contrarie point trop l'effort des rameurs, comme cela nous arriva. Notre petite barque, grâce à une rafale venue du sud-ouest, fut un instant en proie aux mouvements les plus désordonnés. Elle montait sur le dos de la vague et redescendait avec une rapidité effrayante. Fort heureusement Capri se rapprochait sensiblement, et déjà nous pouvions examiner la structure tourmentée de ces côtes.

Depuis la mort de Tibère, Caprée n'a point changé. Le rocher n'est point devenu d'un abord plus accessible. Il plonge dans la mer comme du temps de Pline à huit milles de Sorrente, et il a comme alors ses quarante milles de circuit. Cette île n'a point de port ; c'est à peine si quelques légers bâtiments peuvent s'y abriter. On n'y peut aborder que d'un seul côté. J'imagine que cette raison influa beaucoup sur le choix qu'en fit Tibère pour y fixer sa demeure. D'ailleurs la température y est douce ; l'hiver, une montagne la défend des vents du nord, et l'été, l'aspect du

---

[1] Acta. S. Restitut. virg. et mart. ex duplici Ms. eruta a Caracciolo. ap. Bolland. Maj. t. IV. — La fête de sainte Restitute se célèbre le 17 mai. Dans l'ancien office napolitain se trouve une strophe rimée qui relate l'événement d'Ischia.

> Transit rates divino miraculo,
> Nullo duce vel gubernaculo,
> Præbens iter sacro corpusculo
> Ut quiescat proviso loculo.
> Jam Luciæ thesaurus creditur,
> Cujus manu digne reconditur :
> Inde nobis colendus traditur,
> Quo festivus hic dies agitur.

[2] Caracciolo : De monument. sacr. Eccles. Neapolitan. sect. 5.

couchant, la vue de la mer et de la côte de Sorrente font de Caprée un séjour délicieux.

Une fois dans l'île, Tibère abandonna totalement le soin du gouvernement pour se livrer, loin des regards de la cité, à tous les vices qu'il avait longtemps dissimulés. L'ivrognerie était le moindre de ses défauts. Lorsque dans les camps il faisait ses premières armes, on l'appelait déjà, à cause de sa passion pour le vin, *Biberius Caldius Mero*, au lieu de Tiberius Claudius Nero [1]. Ce genre de vie permettait à son favori Séjan de dire : Je suis empereur, et Tibère est seigneur de Caprée.

Caprée a une histoire semi-fabuleuse extrêmement ancienne. En secouant le chaos des fictions helléniques, il paraît à peu près prouvé que cette île fut à une époque très-reculée habitée par des Grecs portant le nom de Téléboens et originaires d'Argos. Toujours est-il qu'Auguste, lorsqu'il vint se retirer pour quelques jours à Capri, y trouva survivantes les institutions et l'idiome des Grecs. Capri avait pourtant cessé d'être indépendante, et elle était passée dans le domaine de Naples. L'empereur modifia cet ordre de choses. Effrayé d'un présage de mort et saisi d'un cours de ventre, Octave Auguste n'en parcourut pas moins la Campanie et les îles voisines. Comme il débarquait à Caprée, un vieux chêne dont les branches pendaient languissantes sur la terre lui parut se ranimer; il ressentit une telle satisfaction de cet événement qu'il fit un échange avec Naples, lui donnant Enarie (Ischia) pour Caprée. « Il employa aussi les jours suivants à distribuer divers petits présents, et de plus des toges et des manteaux, sous la condition que les Romains parleraient et se vêtiraient comme des Grecs, et que les Grecs imiteraient les Romains.... [2] »

Une merveille qui avait échappé à l'antiquité, qui fut connue du moyen âge, et qui a été retrouvée de nos jours par M. Kopisch, peintre de Berlin, justifierait à elle seule l'empres-

[1] Sueton. Tiber. XLII.   [2] Id. ibid.

sement que montrent tous les voyageurs à visiter Capri. La
Grotte d'azur est une caverne immense, de forme circulaire
et dans laquelle on pénètre par une étroite ouverture. En y entrant par un ciel pur et serein, on peut se croire tout à coup
transporté dans un palais féerique, où il n'y a de réel que l'admiration et la jouissance que l'on y éprouve. Tout y est bleu,
d'un bleu tantôt pâle, tantôt foncé, mais toujours limpide et
transparent. La voûte couverte de stalactites éblouissantes, ajoute
encore à cet éclat. La barque glisse silencieuse sur une onde
immobile qui laisse apercevoir le fond émaillé de coquillages,
comme à travers un voile de cristal. Ce phénomène, je dirai
volontiers ce mystère de la nature, est tout ce que l'on peut rêver
de plus admirable et de plus gracieux. On nous dit qu'une grotte
du même genre a été découverte près du cap Palinure, dans
le voisinage de Castello di Molpo.

Capri n'a guère que deux villages dont la population s'élève en
tout à cinq mille âmes. Ses productions sont un vin excellent
très-connu dans le royaume de Naples, de l'huile et des figues.
Les cailles y sont très-nombreuses en septembre. Le village d'Ana-
crapi est perché sur un rocher au haut duquel on arrive par un
étroit et rude escalier. C'est de là qu'il faut voir le soleil disparaître dans les eaux de la Méditerranée, et la côte de Sorrente
avec ses maisons blanches, inondée de gerbes de lumière. Il y a
toujours dans un beau coucher de soleil un sentiment de douce
mélancolie contre lequel on ne cherche point à lutter. Quand il
se lève, c'est un ami qu'on revoit; quand il se cache à l'horizon,
c'est un ami qui vous quitte. Notre cœur se serra, quand sur
notre barque, qu'une brise légère poussait rapidement vers la cité
des Sirènes et la patrie du Tasse, nous pensâmes que pour la
dernière fois nous jouissions sur la terre de Naples de cette scène
splendide. Notre départ était fixé au lendemain. Quand nous arrivâmes à Sorrente, où nous attendait la voiture qui devait nous

ramener à Naples, la nuit descendait, et avec elle le silence, le calme, le repos et la méditation. En traversant les bois d'orangers dont le parfum suave vous suit encore longtemps après les avoir quittés, nous faisions nos adieux à cette contrée qu'il fallait quitter pour savoir combien nous l'aimions. M. Mazois, l'illustre auteur des *Ruines de Pompei*, revenant en France où l'attendait une mort prématurée, écrivait en disant adieu à la terre de Naples qu'il aimait comme une seconde patrie :

> Las ! où retrouverai-je,
> En mes regrets amers,
> Tes monts couverts de neige,
> Tes plaines sans hivers,
> Tes sinueux rivages
> Baignés de flots d'azur,
> Tes éternels ombrages
> Et ton ciel toujours pur !
>
> Mais au pays de France
> Si je vis plus d'un jour,
> J'adoucirai l'absence
> En songeant au retour.
> En ces lieux est ma vie.
> Plutôt cent fois mourir
> Que laisser l'Italie
> Pour n'y plus revenir !

FIN

NOTES

A page 42.

Quelques données prises des Livres saints semblent permettre de conjecturer qu'à une époque peu éloignée du déluge, Cethim [1] fils de Javan planta sa tente agreste et pastorale dans la péninsule encore incertaine que les Grecs appelèrent plus tard Hespérie [2]. Quatre mers l'environnent : la Tyrrhénienne pressant de son écume ses barrières de roc, la Sicilienne qu'empourprera le sang carthaginois [3], l'Ionienne furieuse quand l'Auster rapide la soulève [4], l'irascible Adriatique qui creuse les golfes de Calabre [5]. Toutes les quatre baignent de leurs ondes désormais respectueuse la future reine du monde.

Au dedans l'Apennin propage ses ramifications et ses fleuves ; d'un côté il touche aux Alpes et regarde la Gaule : c'est là qu'il est le plus voisin des cieux : de l'autre, il s'étendait autrefois jusque dans la Sicile ; mais depuis que les flots ont rompu la chaîne, il se termine au détroit de Scylla. Ainsi la croupe de cette montagne chargée de noires forêts de pins se prolonge à travers les contrées du Latium, entre la mer Tyrrhénienne et le golfe Adriatique ; et des flancs de ses rochers coulent ces fleuves majestueux qui se répandent dans l'Italie et vont se perdre dans les deux mers [6].

[1] L'opinion qui fait l'Italie du *Cethim* de la Genèse — X. 4. — appartient à S. Bochart, *Géographie sacrée.* — Ce commentateur s'appuie : sur le texte de Daniel — XI. 30. — où la flotte romaine est désignée sous le nom de *vaisseaux de Cethim ;* sur un passage des Nombres — XXIV. 24. — qui prédit la ruine des Hébreux par ces mêmes *vaisseaux de Cethim ;* et enfin sur l'analogie prétendue des termes *Ketim* (arabe) et *Latium,* qui tous deux se ramènent au sens de *latere* (cacher).

[2] Est locus, Hesperiam Graii cognomine dicunt,
Terra antiqua, potens armis atque ubere glebæ. — Æneid. 1. 535.
Hespérie vient de *vesper* ou *hesper*, qui signifie soir ou couchant, nom que les Grecs donnent à l'Italie à cause de sa position occidentale par rapport à leur pays. Des auteurs veulent que Hesper soit un fils de Japhet, frère d'Atlas père d'Hespéris, la mère des Hespérides. Selon une tradition, ce prince, recommandable par sa justice et sa bonté, étant un jour monté sur le sommet du mont Atlas pour observer les astres, fut subitement emporté par un vent impétueux. Le peuple, qui le regrettait, consacra son nom en le donnant à la plus brillante des planètes. On la nommait le soir Hesper ou Vesper, et le matin Phosphoros ou Lucifer. — Vide Heyn. ap. Virg.

[3] Hor. od. II. 12. — [4] Lucan. Phars. VI. — Ionienne vient d'Io. « Cette mer qui s'enfonce dans les terres, on l'appellera désormais, c'est moi qui t'en assure, la mer Ionienne ; monument éternel de ton passage sur ces bords. » — Eschyle : Prométhée enchaîné. — [5] Hor. od. III. 9. — [6] Lucan. Phars. II.

D'un côté se précipitent le Métaure fugitif, l'Eridan qui semble épuiser toutes les eaux de l'Italie, l'Aufidus dont la rapidité fend les ondes de l'Adriatique [1], le sombre Galèse si doux aux brebis à la riche toison [2], et dont le cours arrose des campagnes dorées [3], le Crathis qui rend les cheveux semblables à l'ambre et à l'or [4]. Puisse le Crathis rouler sur le rivage ses ondes changées en un vin de pourpre, et le Sybaris verser des flots de lait et de miel [5]. Les eaux qui coulent sur la pente opposée forment l'Achéron gouffre vaste et fangeux qui dans ses cavités profondes bouillonne sans cesse et jette dans le Cocyte tout son limon [6], le noble Heles [7], le Silarus qui pétrifie les rameaux qu'on y plonge [8], le Tanagre desséché, le Sebethus dont la nymphe épousa Telôn, le Vulturne à la chevelure sablonneuse [9], le Sarnus nébuleux [10], le Liris qui mine sourdement de son onde silencieuse les forêts de Marice [11], enfin le Tibre qui donne la loi à tous les fleuves de l'univers.

Tel est pour l'Italie le résultat des commotions post-diluviennes qui ont façonné l'Europe.

Des traditions vagues rappelaient une époque où la Grèce et l'Hespérie, la Sicile et l'Italie ne formaient qu'un seul continent. Mais au temps, disent les poètes, où le bras d'Hercule eut séparé l'Ossa et l'Olympe, la mer s'interposa entre les deux presqu'îles [12]. Dans leurs flancs se détachèrent les îles sans nombre qui peuplent ses contours ; c'est « d'abord l'île qu'un mince détroit sépare de l'Italie, et qui certainement adhéra jadis au continent ; la mer s'élança à l'improviste et

               Hesperium siculo latus abscidit.

« L'onde et le rivage autrefois ébranlés avec force s'arrachèrent dans une vaste ruine (tant le long cours des âges change la vieille forme du monde !) Jadi réunis, elles (la Sicile et l'Italie) ne formaient qu'une même terre; mais la mer se ruant dans leur centre avec violence arracha l'Hespérie de la Sicile; ses flots baignent aujourd'hui des villes et des champs séparées par les deux rivages [13]. »

« Portion de la terre ausonienne, la vaste Trinacrie gît au sein de l'onde usurpatrice, depuis que le trident d'azur de Notus et les flots ont dévasté ses rives. Par un choc soudain, un tourbillon fougueux ouvrit autrefois dans les entrailles du sol déchiré un passage à l'Océan. Dès lors ses eaux bouillonnantes et rapides consacrant le divorce interdisent la réunion.... Toutefois l'espace qui isole ces

---

[1] Lucan. Phars. II. — [2] Hor. od. II. 6. — [3] Virg. Géor. IV. 125. — [4] Sil. Ital. — [5] Théocr. les Voyageurs. Id. V. — [6] Æn. VI. 295. — [7] Lucan. Phars. II. — [8] Sil. Ital. VIII. 580. — [9] id. ibid. — [10] Lucan. Phars. II. — [11] Hor. od. III. 17.

[12] . . . . Trinacria quondam
       Italiæ pars una fuit : sed pontus et æstus
       Mutavere situm.   — Claudian.

cf. Strab. VI. — Plin. II. 9. — D'après Strabon, Reggio (Rhegium) viendrait de ῥήγνυσθαι, *rumpi*, *divelli*. Pour l'Espagne et l'Afrique, les géographes anciens ont émis la même opinion que pour la Sicile, c'est-à-dire une réunion dans un temps reculé. — Vide Plin. III. 1. — P. Mela de Situ. orb. I. 3. — Senec. Natur. quæst. VI. 29. — . . . . Sic et Hispanias a contextu Africæ mare eripuit.

[13] Virg. Æn. III. 413. — Senec. Con. ad Marc. XVII.

terres conjugales transmet d'un rivage à l'autre, à travers l'onde resserrée; l'aboiement des chiens et le chant matinal des oiseaux [1]. »

Deux témoins restent debout dans leur irrésistible puissance sur les rives opposées : à la droite est Scylla; l'implacable Charybde garde la gauche, engloutissant brusquement les flots dans la noire profondeur de son gouffre [2]. En face Scylla pousse d'affreux rugissements, sa voix est comme celle d'un jeune lion [3]. La dissolution et le désordre s'étendent du sud au nord, dans les deux mers inférieure et supérieure. Æole promène au hasard ses fils, sa demeure et ses vents. Calypso attend Ulysse dans son île égarée; Tremitus continue d'être le jouet d'Iapix; Garganus semble prêt à s'élancer pour rejoindre les brisants de la bruyante Adriatique. La Sicanie brûlant dans sa flamme [4] bondit avec Encelade chaque fois qu'il change son côté fatigué [5]. La haute Prochyta tremblante retentit et secoue le dur lit où par ordre de Jupiter Inarime accable Typhée [6]. S'il en sortait un jour, il rallumerait la guerre contre les dieux et leur chef [7]. Au sein de la terre ferme, Archippe s'engloutit dans le lac Fucin; quatorze autres villes, parmi lesquelles Satura, disparaissent sous les marais Pontins [8]. Le Vésuve soulève sa tête couronnée de feu; ses cendres vont blanchir les bosquets soyeux des Sères (la Chine [9]).

Entre le Vésuve et l'Epopon [10] la place de Naples est marquée sur la carte du monde.

B page 43.

Les Aborigènes, race d'hommes sauvages, sans lois, sans gouvernement, libres et indépendants [11]; gent très-belliqueuse, qui par sa taille, sa force et le farouche aspect de ses traits, portait devant elle je ne sais quoi de féroce et de terrible [12]. Muet et hideux troupeau, ils se battirent pour un gland, pour un gîte, d'abord à coups de poings et d'ongles, ensuite avec des bâtons, enfin avec des armes que

---

[2] Sil. Ital. XVI. 11. — Voir Descrizione geografica e politica delle Sicilie; dall' avocato Giuseppe Maria Galanti. Naples, 8 vol. in-8°. [4] Les anciens croyaient, dit l'auteur que nous venons de citer, que cette partie inférieure de l'Italie avait été autrefois unie à la Sicile, et que des tremblements de terre avaient formé le détroit que l'on appelle aujourd'hui de Messine. Il est vrai que la longue chaîne des Apennins finit au cap dell'Armi, lequel est situé en face de Taormina, dans la Sicile, et que les monts Neptuniens, qui commencent à Taormina peuvent très-bien être regardés comme une continuation des montagnes d'Italie, qui finissent au détroit, puisqu'ils sont de même nature et suivent la même direction. Les observations faites par l'académie royale de Naples, en 1783, à l'occasion du tremblement de terre de la Calabre ultérieure, ont fourni la preuve que des deux côtés, en Sicile depuis Messine jusqu'au cap Peloro, et en Calabre depuis Reggio jusqu'au Cenide, le sol offre les traces d'une ancienne réunion, en ce qu'elles contiennent les mêmes espèces de terres et les mêmes fossiles. Et ce qui donne encore une plus grande apparence de vérité à la conjecture, c'est que l'on a observé une certaine correspondance entre les angles saillants d'un côté et les angles rentrants de l'autre côté du détroit. [4] — Virg. Æn. III. 420. [3] Hom. Odys XII. 330. — 4 Hor. Ep. XVII — 5 Virg. Æn III. 581. — 6 Virg. Æn. XI. 714 — 7 Sil. Ital. XII. 150. — 8 Virg. Æn VII. 802 — 9 Sil Ital. XVII. 595. — 10 Nom du volcan d'Ischia ou Inarime. — 11 Sall. Catil. VI. — App. Civil. — 12 Dionys. Halicarnens. VI Ant. Rom.

fabriqua l'expérience. Puis, ils inventèrent des noms et des mots pour exprimer leur pensée. Dès lors, ils commencèrent à s'abstenir des combats, à fortifier des villes, et à établir des lois pour interdire le vol, le brigandage et le rapt 1.

Aux Autochtones ou Aborigènes succèdent des peuples moins primitifs, qui tous ensemble affluent au centre de l'Hespérie dans les champs qu'ils ne doivent jamais perdre : là vivent les Eques agrestes et soldats, les Latins qui boivent les eaux de l'Albula, puis ceux issus du vieux sang des Sabins ; parmi eux les Sabelliens consacrés tous aux dieux de la guerre, les Marses robustes, et dans la même famille, les Marrubiens voisins du lac Fucin, les Marrucins émules des Frentans, les Pélignes et les Vestins, les Samnites et les Volsques, ceux qui habitent les rochers herniques sillonnés de cours d'eaux, ceux qui retournent sous le soc l'heureuse terre de Massique chère à Bacchus, les Arunces établis sur leurs hautes collines natales, les Sidicins qui longent les rives de la mer, les guerriers qui occupent les rivages sablonneux du Vulturne, ceux dans le soc exerce les collines Rutules et le mont de Circé, et ceux, ô Numicus, qui fécondent ton rivage sacré, ceux que protége Jupiter Anxur, que Féronie couvre de son joyeux et vert ombrage, ceux dont les champs bordent les noirs marais de Satur, les heureux Ausones, les vieux Hirpins, ceux que nourrit le roc de Picentia, enfin les habitants des profondes vallées où le froid Ufens cherche un chemin pour ensevelir son onde dans les mers 2.

Ces milles races, comme autant d'artères, convergent au cœur de la mère patrie, dans les forêts qu'un dieu, on ne sait quel dieu, remplit de majesté. De ce point la famille osque domine sur l'Ausonie entière 3, quelques souvenirs de l'Orient se mêlent à son langage. Aulon 4 rappelle les bords du 'Jourdain; Iapix dérivo de l'hébreu *Iapah* (souffle); Messapie de *Nashap* 5; l'un et l'autre nom attestent les caprices éternels de la mer supérieure.

---

1 Hor. sat. l. III. 99. — 2 Æn. VII. 725. 30 706.

3 L'Ausonie, nom que porta l'Italie antérieurement à celui de Grande-Grèce, vient de Auson, personnage qui passe pour un fils d'Ulysse et de Calypso. « Ausoniam appelavit Auson, Ulyssis et Calypsûs filius, eam primùm partem Italiæ, in qua sunt urbes Beneventum et Cales. Deinde paulatim tota quoque Italia, quæ Apennino finitur, dicta est Ausonia ab eodem duce. » — Pompeius Festus. — Αὐσόνιος πόντος, ἡ Σικελίκη θάλασσα, ἀπὸ Αὐσονίος, τοῦ Ὀδυσσεως καὶ Καλυψοῦς υἱοῦ, ἐκει βασιλεύσαντος. — Suidas. — Vide Marc. Heracl. Perieg. — J. Tzetzès Chiliad, ap. Cluver. Ital. ant. 11.

4 Il est bien entendu que ce n'est point d'après l'étymologie grecque, car Aulon vient, selon les géographes, de αὐλών *vallis*. Strab. VI. Καυλωνία, πόλις Ἰταλίας, ἣν Αὐλωνιάν Ἑκαταῖος καλεῖ, διά τὸ μέσην Αὐλωνος εἶναι. Ἀπὸ γάρ τῆς Αὐλωνος ὕστερον μετώνομαθη Καύλωνία ὡς Μεταβοῦ ἥρῳος τό Μεταποντίον. — Seymnus de Chio. — L'opinion de Strabon semble préférable.

5 Plusieurs auteurs et entre autres, M. Fabroni, dans un mémoire des plus curieux adressé à l'Académie de Florence, ont attribué une origine orientale à plusieurs noms de villes d'Italie. Leurs étymologies tirées de la langue celtique paraissent plus vraisemblables que les premières. et s'accorderaient assez avec certaines données ethnographiques. Italie, par exemple, qu'on fait généralement dériver de ιταλος *bœuf* (à cause de la multiplicité de ces animaux dans le pays), ou d'Italus fils de Télégone ou

C   page 44.

Philoctète voit à son tour les rivages qu'ont vus ses anciens compagnons. Sur les bords du Siris, il rencontre une nouvelle Troie qu'il détruit par une infâme trahison. Minerve détourna les yeux d'horreur à la vue du massacre. Sybaris est le prix de la victoire.

Des Pyliens, faisant voile d'Ilion sous la conduite de Nestor, prennent terre à l'embouchure du Bradanus en même temps que les Phocéens d'Epéus [1]. Des Achéens arrivent au rendez-vous des peuples de la Grèce, dans le pays où Hercule fonda Crotone.

Du côté d'Iapix et du naufrageux Squilace, tout est péril pour le Troyen Enée : Philoctète, Idoménée, Scylla, Charybde et Junon par-dessus tout. Jeté de Sicile en Afrique, il marque son apparition sur l'océan Tyrrhénien par une suite de malheurs. Le tombeau de Palinure aura un nom éternel [2]. « Toi aussi nourrice d'Enée, ô Caïète, tu donnas en mourant une éternelle renommée à nos rivages, et maintenant ta mémoire protège le lieu où tu reposes, et, si la gloire peut te toucher, tes cendres signalent encore ton nom à la grande Hespérie [3].

Ulysse comme Enée illustre la côte par les tombeaux de ses fidèles. A partir du Laos est Tmèse, appelée aujourd'hui Tempsa, fondée originairement par les Ausones, puis rebâtie par des Etoliens qui avaient pour chef Thoas... Près de cette ville au milieu d'un bois épais d'oliviers sauvages, se voit le temple de Politès. Ce compagnon d'Ulysse ayant été tué en trahison par les barbares, son crime fait tellement ressentir sa colère aux habitants de ce pays, que d'après le conseil d'un oracle ils lui paient un tribut et que chez eux ce mot passe en proverbe : *Gare le héros de Tmèse* [4]. Sur le même fleuve, Dracon a son monument funèbre. Toutefois, c'est surtout aux environs de Naples que l'illustre voyageur a imprimé ses vestiges. Baia que brûle le souffle du géant d'Inarime [5], prend le nom du pilote ithacien [6]. Sorrente, qu'amollit un zéphir salutaire [7], sort radieuse des mains d'Ulysse. Entre Sorrente et Caprée se dresse sur les rochers le temple dédié par le héros à Minerve.

d'Ulysse, qui aurait été l'un des premiers rois de l'Opique. viendrait, selon Fabroni, du celtique *Ey-talami*, c'est-à-dire île rattachée à la terre ferme, Péninsule des Latins, Chersonèse des Grecs, Alpes de *Alip* ou *Alp*, masse immense, Latium de *Lad*, pays marécageux; Pélasges, selon Court de Gébélin, de *Pel* élevé, et *Lasy*, chaîne de montagnes, etc. Cette dernière étymologie ne s'accorderait guère avec celle communément reçue, πελαγος, *mer.*

[1] Ces derniers fondèrent Métaponte, aujourd'hui Torre-di-Mare, qui s'illustra par l'hospitalité accordée à Pythagore; il y fonda son institut modèle et y mourut. Sa maison, après sa mort, devint le temple de Cérès, la rue où il habitait devint la rue des Muses. On montra longtemps les instruments dont Epéus se servit pour construire le cheval de Troie : Ενθα του Επειου λεγουσιν οργανα αναχεισθαι οις τον δωριον ιππον εποιησεν, εχεινου την επωνυμιαν επιθεντος, κ. τ. λ. Arist. Mirab. Auscult. Cff. Just. XX. 2. — Strab. VI. — Vellei. Pat. I. 1.

[2] Æn. VI. 381. — [3] Id. VII. 1. — [4] Strab. V. — [5] Sil. VIII. 540. — [6] Strab. V. — Lycophron. Cass. V. 694. — [7] Sil. Ital. V. 466.

D page 47.

Les Hellènes, qui savent l'inimitié séculaire de ces montagnards, assistent indifférents à leur ruine. Le danger ne leur semble pas venir du Nord, préoccupés qu'ils sont des agressions partielles des peuples d'outre-mer.

La Grande-Grèce, tranquille sous le règne d'Hiéron, grâce aux hautes vertus de ce prince, fut la première à rappeler l'étranger. Les Tarentins, en lutte avec les Brutiens, sollicitèrent l'appui d'Alexandre, roi d'Épire. Celui-ci osa se promettre le partage du monde avec l'Alexandre, fils de sa sœur Olympiade. Le sort, croyait-il, promettait à l'un l'Orient, à l'autre l'Occident. L'Italie, l'Afrique, la Sicile seraient son théâtre à lui. A la vérité, l'oracle de Dodone lui ordonnait d'éviter l'Achéron et Pandosie ; il crut que le devin parlait des lieux de ce nom, situés en Thesprotie [1]. Il vint mourir à la triple colline que baigne l'Achéron des Ænotriens. Il tomba sous les coups des Lucaniens et des Brutiens, après s'être allié les Métapontins, les Pédicules et les Romains.

Tandis que les villes grecques sont aux prises avec les rois de Sicile et les peuples de Lucanie, Rome entre dans les grandes luttes qui sont un premier acheminement à la conquête du monde. Elle subjugue alternativement les Latins révoltés et les Samnites jusqu'alors invincibles.

Les Samnites, en inquiétant les libertés du Sud, furent cause que les Campaniens se décidèrent, au prix de leur indépendance, à se mettre sous la protection de Rome. Les Capouans envoyèrent des ambassadeurs au sénat à cet effet. Les sénateurs, émus de la vicissitude des choses humaines, acceptèrent en toute propriété le peuple campanien, la ville de Capoue, les terres, les temples des dieux, enfin toutes les choses divines et humaines. Cela fait, les députés étendirent leurs mains vers les consuls et se prosternèrent en pleurant. Si désormais on nous attaque, avaient-ils dit, c'est vous qu'on outragera [2]. Il y avait dans ce mot une déclaration de guerre aux Samnites ; elle fut acceptée. Les deux consuls se partagèrent les opérations et vainquirent tous deux, l'un à Saticule dans le Samnium, l'autre au mont Gaurus.

E page 48.

Tarente avait son grand théâtre en regard de la mer qu'il dominait. Cette circonstance devint la cause de toutes les calamités pour la malheureuse cité [3]. Un jour qu'une flotte romaine passait près de ce rivage, les Tarentins qui l'aperçurent de leur théâtre l'attaquèrent les armes à la main Cinq navires seulement échappèrent à grand'peine par la fuite : les autres furent maltraités et ramenés

---

[1] Strab. IV. 256. — [2] On frappa à cette occasion (l'an 423 U. C.) une médaille en bronze qui jouit d'une grande célébrité historique. On lit pour légende le seul mot ΡΩΜΑΙΩΝ. — [3] Florus. I. 18.

dans le port. Les commandants de la flotte furent égorgés; on massacra les
soldats, on vendit les rameurs. Aussitôt Rome députa vers Tarente et réclama
réparation. Les Tarentins ajoutèrent de nouvelles insultes aux précédentes [1].
« Riez, dit au peuple l'envoyé romain, vous pleurerez bientôt, car les taches
de cette robe seront lavées dans le sang [2]. » La guerre de Tarente s'ensuivit,
guerre unique quant au nom, mais multiple par ses résultats [3].

Après la défaite de Pyrrhus, il y eut fête à Rome ; jamais triomphe plus beau
ou plus majestueux n'était entré dans ses murs. La pompe fut rehaussée par l'or,
la pourpre, les statues, les tableaux et les delices de Tarente. L'Italie entière eut
la paix : après Tarente qui oserait agir ? Les Salentins furent soumis ; Brindes
avec son port illustre se rendit à Marcus Attilius [4].

F   page 49.

Un jour, racontent Cicéron et Valère Maxime, Annibal s'endormait sur les
ruines de Sagonte. Il vit en songe Jupiter qui l'invitait au conseil des dieux.
Quand le héros y fut, le souverain maître lui ordonna de porter la guerre en
Italie, et lui donna pour guide un membre du conseil. Sous cette égide, Annibal
se mit en marche. Alors le guide divin disparut. C'était un beau jeune homme
d'une taille et d'un aspect surhumain : il défendit au général de regarder en
arrière; mais celui-ci, cédant à la faiblesse de la nature, porta un regard sur
sa trace ; il aperçut une bête énorme et monstrueuse, enlacée de serpents.
Arbustes, moissons et demeures étaient ravagés par elle. A sa suite, on voyait
les nuages du ciel crevant avec fracas et la lumière enveloppée de ténèbres
épaisses. Annibal étonné demanda : « Quel est ce monstre, et que présage-t-il ? »
Le guide répondit : « C'est le ravage de l'Italie que tu laisses après toi. Marche
en avant sans t'inquiéter de ce que tu traînes sur tes pas. Tais-toi, et laisse les
destins muets s'accomplir [5]. »

G   page 52.

A la fin de ses jours, Théodoric sortit de la modération dont il avait fait
preuve jusque-là. Il crut que Germain, évêque de Capoue, avait été délégué par
le pape Jean [1] à Constantinople, en vue de provoquer l'adoption de mesures
sévères contre les ariens. Jean paya ce soupçon de l'exil, Symmaque et Boëce de
leur vie. Peu de jours après, comme le prince soupait, ses serviteurs placèrent sur
la table la tête d'un énorme poisson. Il lui parut que c'était le chef de Symmaque
récemment décapité : les dents imprimées dans la lèvre inférieure, le regard
louche et affreux, donnaient à cette tête un aspect menaçant. Effrayé d'un aussi
grand prodige et saisi d'un froid extraordinaire, Théodoric se rend précipitamment

[1] Eutrope 11. — [2] Dionys. Halicarn. excerpta. — [3] Florus. 1. 00. — [4] Id. ibid.
— [5] Val. Max. 1, vii. 1. — Cic. De div. L 49.

au lit ; il se fait apporter plusieurs couvertures sous lesquelles il se tient ; puis il expose à son médecin Elpidius la série des faits, il déplore le crime commis contre Symmaque et Boëce, ce qu'ayant fait, oppressé par la douleur que provoquait la circonstance, il expire [1]. Un solitaire de Lipari, homme de grande vertu, vit l'âme du prince emmenée entre le pape Jean et le patrice Symmaque, et plongée dans le gouffre Vulcanien qui est proche de ce lieu [2].

H page 62.

On ne saurait mieux expliquer cet acte solennel du Saint-Siége qu'en citant quelques passages de la bulle d'Innocent II, copiée par Baronius sur les registres de la bibliothèque de Saint-Pierre à Rome.

« Innocent, évêque, serviteur des serviteurs de Dieu, à son cher fils en J.-C., Roger, illustre et glorieux roi de Sicile, et à ses héritiers à toujours (*in perpetuum*).

« Il est juste et raisonnable que l'Epouse du Christ, notre Mère la sainte Eglise apostolique et romaine, chérisse et élève en rangs de plus en plus élevés, ceux que le conseil de la divine Providence a appelés d'en haut à la direction et au salut du peuple, et qu'Elle a ornés de prudence, de justice et de l'éclat des autres vertus. Or il est manifeste et évident que Robert Guiscard, ton prédécesseur d'heureuse mémoire, courageux et fidèle soldat du bienheureux Pierre, chef de l'Apulie, a virilement combattu les puissants et riches ennemis de l'Eglise, et a laissé des exemples à suivre de probité. De plus ton père, d'illustre mémoire, Roger, intrépide champion de la religion chrétienne, comme un fils bon et dévoué, a rempli tous ses devoirs envers sa mère la sainte Eglise...

» Donc, marchant sur les traces de notre religieux et prudent prédécesseur Honorius, et nous confiant dans l'espérance que la puissance contribuera à la prospérité et à l'utilité de l'Eglise, nous te concédons et l'assurons, de notre autorité apostolique, le royaume de Sicile, avec la plénitude des honneurs, prééminences et dignités royales... Et afin d'augmenter ton amour et ton dévoûment envers le bienheureux Pierre, prince des apôtres, envers nous et nos successeurs, nous avons cru devoir perpétuer la concession de ces mêmes possessions, c'est-à-dire du royaume de Sicile, duché de Pouille et principauté de Capoue, à tes héritiers, pourvu qu'ils se reconnaissent hommes-liges de nous ou nos successeurs, et qu'ils prêtent le même serment de fidélité. »

Suit la clause du tribut annuel de six cents *schifati*.

I page 66

Ces réserves faites, il faut rendre justice aux qualités éminentes d'un prince à la fois guerrier illustre, législateur, littérateur et poète, dans un temps duquel

[1] Procop. De bell. Goth 1 — [2] Miscellanea XVI.

on a pu dire : *Erant litterati pauci vel nulli* [1]. Outre la langue italienne telle qu'elle était alors, il possédait le latin, le français, le grec et l'arabe. Avant lui la Sicile n'avait aucune institution littéraire ; il y fonda des écoles et ne recula point devant les dépenses pour y attirer des savants de toute l'Europe. Naples lui doit sa célèbre académie. Richard de San-Germano, auteur contemporain, fixe la date de son établissement au mois de juillet 1224. Il dit qu'il envoya à cet effet des lettres dans toutes les parties du royaume [2]; on trouva quelques-unes de ces lettres dans les six livres des épîtres écrites par Pierre des Vignes, conseiller et secrétaire particulier de Frédéric, le plus célèbre jurisconsulte de son époque. Elles montrent quelle était la forme de cette académie, que l'empereur combla de priviléges et de prérogatives. On y enseignait toute science depuis la théologie jusqués à la médecine [3].

Le roi déclara qu'il aurait un soin particulier des écoliers, qu'il les prendrait sous sa protection spéciale, et qu'ils pouvaient être assurés que soit en voyage, soit pendant leur séjour, ils ne recevraient aucun dommage en leurs personnes ou effets, qu'on leur donnerait à louer les maisons les plus convenables de Naples à bon prix, que dans leurs besoins ils trouveraient des personnes qui leur prêteraient de l'argent; qu'on les pourvoirait de grains, de chair, de poisson et généralement de tout ce qui est nécessaire à leur entretien, etc. [4].

Outre le livre des constitutions du royaume que Frédéric fit compiler par Pierre des Vignes, il fit traduire plusieurs ouvrages de médecine et la philosophie d'Aristote. Il regarda comme un honneur de se faire recevoir à l'académie poétique de Palerme avec ses deux fils Enzio et Mainfroi, qui cultivaient aussi la poésie [5]. Une de ses études favorites était celle de l'histoire naturelle; il composa un livre : *De natura et cura animalium* [6], et un traité sur la chasse à l'oiseau : *De arte venandi cum avibus.*

Ce prince, pour faire régner l'abondance dans son royaume, établit des foires générales en sept endroits différents, où les marchands seraient obligés de porter leurs marchandises sans pouvoir les en faire sortir pendant tout le temps que la foire durerait [7]. Elles devaient avoir lieu tous les ans dans les villes de Sulmone, Capoué, Lucera, Tarente, Cosenza et Reggio.

J   page 71.

Jean de Procida, noble citoyen de Salerne, médecin distingué, homme estimé de chacun à cause de ses talents, et chaleureux partisan de la maison de Souabe

[1] Anonym. De reb, Frederici imp
[2] Mense Julio pro ordinando studio neapolitano, imperator ubique per regnum mittit litteras genera'es.
[3] In primis, quod in civi'ate prædicta doctores et magistri erant in qualibet facultate. — Petr. de Vineis, épist. iii. 11. — [4] Id ibid.
[5] Il n'est resté des poésies de Frédérik [1] qu'une ode dans le genre des odes provençales, plus curieuse au point de vue de la formation de la langue que par les sentiments qu'elle exprime. — [6] Anonym De reb. Frederici imp.
[7] Giannon. *Ist. civil. del regno di Napol* vxii, 6.

qui venait de s'éteindre si malheureusement dans la personne du jeune Conradin, se mit à la tête du mouvement populaire, et déploya toute l'astucieuse énergie de sa volonté pour venger son pays et l'affranchir de la domination française. Pierre III, roi d'Aragon, gendre de Mainfroi, se laissa facilement persuader qu'il avait des droits à la couronne de Sicile, et promit son concours à l'habile conspirateur. Déguisé en religieux, Jean de Procida parcourut toute la Sicile, excitant les populations à l'extermination des Français, par le tableau, que son éloquence savait rendre lugubre, des violences et des humiliations qu'elles avaient eues à supporter.

Toutefois il paraît difficile de croire que les chefs eussent précisément choisi le second jour de la fête de Pâques (1282) pour l'exécution de leur projet. Un incident fortuit, un chevalier qui voulut faire violence à une femme au moment où les Palermitains se rendaient en foule, les uns à pied les autres à cheval, aux cérémonies religieuses qui selon l'usage avaient lieu à Montréal, semble avoir hâté le jour du massacre, qui commença par une querelle. Dans l'île tout entière, on égorgea les Français et les Provençaux. La fureur alla même jusqu'à envelopper dans le même carnage les Siciliennes mariées à des Français. Pour que personne ne pût échapper, les conjurés faisaient prononcer à tous le mot *cice-rone*, d'autres *ciriegie*. La difficulté qu'éprouvent les étrangers à articuler ce mot les faisait immédiatement reconnaître. Un seul chevalier, Guillaume des Porcelets, dont toute la Sicile admirait la vertu, fut épargné dans cette horrible boucherie de huit mille hommes.

Un autre témoignage de respect porté à la mémoire déjà sacrée de saint Louis, qui n'était mort que depuis douze ans, fut que ses reliques continuèrent à être vénérées en Sicile dans l'abbaye de Montréal, bien que la haine aveugle des Siciliens les eût poussé à ouvrir les sépulcres et à briser les squelettes des Français.

A la nouvelle de cette catastrophe, le pape frappa d'excommunication les Siciliens et Pierre d'Aragon qu'ils avaient proclamé roi et couronné à Palerme.

K   page 60.

Le 31 janvier 1837, Ferdinand II perdit sa première femme, Marie-Christine-Gaétane-Elise, fille du feu roi de Sardaigne, Victor-Emmanuel. L'autorité ecclésiastique, préoccupée de la vénération publique qui s'attachait à la mémoire de la reine, procéda en 1853 à la reconnaissance des restes mortels de la reine.

« Ce jour avait été choisi comme étant l'anniversaire de sa mort. Le cercueil qui les renfermait a été ouvert par ordre exprès de Sa Sainteté, et en présence de l'éminent cardinal-archevêque de Naples, de tous les membres de l'archevêché, de six seigneurs de la cour et autres personnages, des trois premiers chirurgiens de la capitale et de deux dames de la cour qui avaient reçu les derniers soupirs de la reine à son lit de mort. Le cercueil a été ouvert avec précaution, et ce fut un étonnement général de trouver le corps intact dans tous ses membres, et flexible comme celui d'une personne endormie. On soulevait les bras, etc. et ils prenaient sans aucune gêne ou leur première position ou toute autre qu'on voulait leur donner. On n'a rencontré dans cet examen aucun des signes caractéristiques de l'état cadavérique. Les dents étaient toutes à leur place , les cils et les paupières n'avaient souffert aucune atteinte , les pupilles des yeux étaient intactes et pleines d'éclat , les cheveux tenaient comme pendant la vie. On a remarqué seulement dans tout le corps un léger amaigrissement , et il était tout entier d'une couleur un peu brune. Au moment de l'ouverture du cercueil , tous les membres eurent la sensation comme d'une odeur embaumée. Or on se souvient que lors de la mort, la gangrène avait gagné immédiatement tout le corps, de sorte qu'il prit aussitôt des couleurs diverses, et qu'il remplit les appartements d'une odeur tellement infecte que personne ne pouvait la supporter et que pendant trois jours on fut obligé d'en tenir les fenêtres ouvertes. Il ne faut pas oublier non plus de dire , que la reine ayant exprimé la volonté que son corps ne fût pas touché , ceux qui procédèrent à l'embaumement n'avaient pu enlever les parties intérieures.

« Les diverses expériences étant terminées , on fit le serment solennel sur les Evangiles ; et le procès-verbal ayant été écrit sur parchemin , on le déposa dans un vase aux pieds du corps ; on scella le cercueil de douze sceaux , et on le plaça dans une urne ou tombeau de marbre préparé pour cela et placé dans un endroit de l'église où tout le monde peut facilement en approcher. Une grande foule se rendit au tombeau de celle qui fut pendant sa vie l'objet de l'amour de tous les habitants du royaume. L'état dans lequel on a trouvé son corps est un gage qu'elle répandra , après sa mort , des bienfaits plus nombreux encore et plus grands que ceux qu'elle prodiguait pendant son séjour en ce monde. Déjà on raconte des miracles. »

Lettres à G. Bouwyer, esq. par J. Gondon

L page 58.

L'une des superstitions les plus enracinées et la plus ancienne du peuple est celle de la *jettatura*. La *jettatura* est le mauvais génie des Napolitains ; à les en croire , ce fléau dont les chrétiens auraient , à cause de leurs péchés, hérité des gentils, serait une émanation du malin esprit contre lequel saint Janvier et tous les *avocati* de Naples ont à combattre depuis des siècles , sous peine de voir des maux incalculables fondre sur la ville. Le mot *jettare*, d'où le substantif *jettatura* , signifie un sort. On nomme jettateur , *jettatore*, celui auquel on attribue ce pouvoir diabolique. On voit que les Napolitains n'ont point tout à fait tort de faire remonter la *jettatura* aux païens, car elle paraît ne différer nullement de ce que les Latins appelaient *fascinatio* , et les Grecs βασκανία. Cette fascination , alors comme aujourd'hui , s'exerçait surtout par le moyen des yeux , tant sur les hommes que sur les animaux.

Nescio quis teneros oculus mihi fascinat agnos. — Virg. Eg. III. 103.

« Je ne sais quel mauvais œil fascine mes tendres agneaux. » Les yeux des personnes dominées par l'envie ou la colère étaient surtout à craindre. Ils répandaient une influence maligne qui infectait l'air. — Vid. Heliod. Æthiop. III. — Les louanges données immodérément pouvaient avoir le même résultat funeste. — Plin. Hist. nat. VII. 2. — Les anciens, comme préservatif, se couronnaient d'une guilande de *baccar*, plante à laquelle on supposait la vertu de détruire la fascination.

> . . . . Baccare frontem
> Cingite , ne vati noceat mala lingua futuro. -- Virg. Eg. VII. 27.

« Ceignez mon front de baccar , pour que la langue mauvaise ne puisse nuire au nourrisson des muses. » On portait encore dans la même intention des bracelets ou des colliers de coquillages , de corail, de pierres précieuses, etc. — Vid. Varr. VI. — Plut. Symp. lib. V. quæst. 7. — Diodore de Sicul. IV. Schol. in Theocr. — Theocrit. Id. VI. 39. — Pers. sat. II. 31. — Telle est la peste que l'antiquité a léguée au moyen âge , et les Napolitains d'aujourd'hui ont soigneusement conservé cette superstition, contre laquelle ils cherchent à se prémunir par mille moyens , mais surtout au moyen des cornes et des cornillons : cornes de buffles de trois pieds de long , petites cornes de jais, de corail, d'onyx , etc., qu'ils portent en bagues, en bracelets, en colliers. Il ne faudrait pas croire que les classes inférieures et ignorantes soient les seules qui aient de telles craintes au sujet de la *jettatura* ; c'est une maladie qui fait aussi des ravages parmi les personnes que leur éducation semblerait mettre à l'abri de semblables enfantillages. Il leur paraîtrait fort déplaisant que l'on eût l'air d'en rire.

M page 109

« Une nuit, dit l'un d'eux, après une rude tempête de noires pensées, le ciel de l'intelligence s'était à peine rasséréné sous l'influence d'un placide sommeil, lorsque, à la pointe du jour, je suis éveillé tout à coup par une voix qui m'épouvante. Je vois devant moi une vénérable dame ; elle semblait commander aux mortels en souveraine : assise sur une roue mobile comme sur un trône royal, la tête couronnée d'une chevelure d'or, elle me dit : « Négligent , que fais-tu ; lève-toi, et viens admirer l'Aurore qui promet le plus beau jour à la terre. »

» Je me lève, et guidés par l'instable déesse qu'on nomme la Fortune , nous entrons tous deux dans ma petite barque amarrée au rivage ; elle dénoue au vent sa chevelure d'or, et sa roue s'élève dans l'air comme le trait poussé par un arc puissant. Un vent heureux se joue dans la voile brillante qui emporte la Fortune , et en peu d'instants nous abordons à une *collinette* fleurie qui s'étendait le long de la mer, faisant pompeux théâtre d'elle-même. La côte escarpée était fructifère et abondante en tout ce que Bacchus et Pomone peuvent prodiguer dans les riches automnes ; ainsi la nature s'était montrée partiale pour cette terre accidentée ; des chœurs aériens faisaient entendre des accents suaves, et la douce mélodie du plaisir chantait avec le murmure des ruisseaux. » La mer mouillait doucement ces bords, et ses petits flots semblaient venir baiser la *collinette* aimée. » Tous ces liens d'aménité tenaient mon regard prisonnier, lorsque celle qui me servait de guide me dit : « Ami, garde-toi de fixer toute l'attention de tes yeux sur ce délicieux monticel, car l'aménité du site est nulle eu égard à celle des habitants. Ce que tu admires est le monticel de Pausilippe si célébré; son front est bien humble, mais il surpasse les monts les plus fameux par l'estime qu'il mérite; c'est ici que réside la troupe vertueuse des pêcheurs qui s'y fixèrent, séduits par la beauté des rivages; ils peuvent se glorifier d'en avoir fait un Parnasse; c'est ici que le grand Sincerus, portant la houlette de pasteur, surpassait les sirènes par ses chants, et coula dans la joie ses derniers jours, malgré les ennuis de ma disgrace.

» Après ces paroles, en un clin d'œil mon guide disparut et me laissa seul *1*. »

N page 111.

La louange de saint Nazaire reparaît à chaque instant sur les lèvres de San-nazar. Le nom du martyr se mêle aux petits flots du ruisseau domestique. C'est un nom doux au cœur, familier à la bouche. « Nazaire qui contiens les vastes ondes de la mer, qui domptes les flots acharnés et tout ce qu'a ordonné la haine de Néron, sanguinaire mais impuissante.

» Gloire du ciel, gloire des tiens, si j'ai reçu de toi les pères de ma race, si de toi j'ai reçu la lumière, viens donc ici, viens souvent revoir la fontaine qui t'est dédiée *2*. »

Sans doute il a répudié son nom, le nom de son patron qu'il chante cependant avec tant d'amour, nom, dit-il, porté honorablement par ses aïeux *3*. Mais Jacques était si peu classique! mais Pontanus lui *4* s'instituait Jovien : pourquoi Sannazar ne pourrait-il s'appeler Actyus Sincerus?

---

1 Il Monte Posilippo. Venet. 1616, in 12.

2 Nazari vastas cohibentis undas
Æquoris, sævosque domantis æstus,
Quidquid et vani truculenta jussit
Ira Neronis.

O decus cœli, simul et tuorum,
Ritè quem parva veneremur æde
Cui frequentandas populi futuris
Ponimus aras.

Si mihi primos generis parentes,
Si mihi lucem pariter dedisti :
Huc age, et fontem tibi dedicatam
Sæpè revise. — Id. ibid.

3 Io non mi sento giammai da alcun di voi nominare Sannazaro (quantunque cognome a' miei predecessori honorevole stato sia) che ricordandomi da lei essere stato per adietro chiamato Sincero, non mi sia cagione di sospirare. — Arc. Pr. VII.

4 Joannes Jovius, ou Jovianus Pontanus, après avoir perdu ses parents, se retira à Naples, où il fonda la célèbre académie qui porte son nom. C'est à la sollicitation de

Peu à peu, les Muses et l'imagination aidant, il se croit au pays des Hellènes, dans cette Grèce qu'il n'a point vue, mais dont Mergellina lui semble être un reflet. Satyres et Faunes, fuyant le cimetière de Mahmoud, ont abordé sur son rivage. L'Arcadie est à sa porte, les bergers chantent, les chiens font garde, les troupeaux bondissent au sommet du Pausilippe devenu le Parthène.

Sannazar prend plaisir aux humbles dialogues des bergers ses voisins. C'est qu'ils parlent une prose harmonieuse et pure, c'est qu'ils disent des vers comme Politien seul en saurait faire. Aussi n'est-il pas rare que l'ami des savants et des princes endosse le costume de pasteur et entre lui-même en scène dans les vallons de l'Arcadie. Le voici seul, la houlette à la main, livré à ses méditations bucoliques.

« Comme un oiseau nocturne ennemi du soleil, je me plais rêveur dans les lieux sombres et retirés, pendant que j'aperçois le jour brillant se lever sur la terre. Puis, quand au monde survient le soir, le soleil ne me berce point comme les autres âmes ; mais alors moi, je me réveille pour pleurer sur le rivage ₁.

» Du moment où mes yeux ont banni le sommeil, où j'ai quitté le berceau pour marcher sur la terre, les jours sereins ont été pour moi nébuleux et sombres. Les plages fleuries m'ont paru des champs d'épines.

» Fuyez désormais, pensées ennuyeuses et tristes, qui aviez fait de ma vie un si long soir. Je vais chercher les plaines que réjouit le soleil. J'y prendrai sur

celui-ci que Sannazar, qui faisait partie de son académie, prit le nom de Sincerus. — Vid. Giannone, XXVIII. 3. — Signorelli III. Bernardo de Cristofaro, Academia Pontani sive Vitæ illustr. virorum qui cum Joanne Pontano Neapoli fterunt. — Il n'est aucune des branches des connaissances humaines qu'il n'ait cultivée avec succès. Tout à la fois rhéteur érudit, archéologue passionné, poète élégant, astronome distingué, philosophe disert, Pontanus est l'un des génies les plus flexibles et les plus heureux du xvᵉ siècle. Cariteo l'appelait « le favori d'Apollon et des sœurs Aonides. Ta langue, Pontano, verse un fleuve d'or. »

Parli di me, Pontano, quel bel tesauro
D'Apollo e delle Aonide sorelle,
Che con la lingua sparge un flume d'oro. — Réponse aux méchants.

Il mourut en 1509. Il s'était fait lui-même l'épitaphe suivante :

Vivus domum hanc mihi paravi,
In qua quiescerem mortuus.
Noli, obsecro, injuriam mortuo facere,
Vivens quam feci nemini.
Sum etenim Jovianus Pontanus,
Quem amaverunt bonæ musæ,
Suspexerunt viri probi,
Honestaverunt reges domini.
Scis jam quis sim, vel quis potius fuerim :
Ego vero te, hospes in tenebris, noscere nequeo ;
Sed teipsum ut noscas, rogo. Vale.

Vid. Crinitus, XXI de Honest. discipl.

₁ Ma allor mi desto a pianger per le piagge.

Scen vers qui rappelle celui de Virgile. « Les profondeurs des forêts, l'aspect des montagnes, les rivages de la mer, où des femmes exilées

Regardent en pleurant l'immensité des flots. »

Cunctæque profundum

Pontum adspectabant flentes.

l'herbe un doux repos. Après tout, je le sais, jamais l'astre du jour ne vit un homme *fait de terre* plus heureux que je ne suis [1]. »

L'Arcadie est écrite en italien, moitié en prose, moitié en vers [2]. C'est, comme on le voit, une sorte de roman pastoral, où il décrit la vie, les travaux et les mœurs des bergers. L'ombre de Mergellina plane sur son poème; elle en est le théâtre et l'horizon. Que de fois n'a-t-il point interrompu ses chants pour adresser à celle qu'il aime quelques vers dans la langue de Virgile !

O page 219.

Une vieille opinion a couru dans le monde, à savoir, que le Vésuve est destiné à détruire le globe. Cette opinion se trouve en germe dans trois vers grecs de la sibylle, qu'Ovide traduit ainsi :

« Un temps est marqué dans les destins, où la mer, où la terre, où la région du ciel périront embrasés. La lourde masse de la création sera travaillée par les flammes [3]. »

La fatale prédiction parut trouver son application sous le règne de Titus; les évènements, il faut le dire, se firent complices de la crédulité générale. Dion Cassius, Plutarque, esprits distingués s'il en fût, partagèrent cette croyance.

Les habitants du pays, chrétiens des âges d'imagination et de foi, placèrent le purgatoire, d'autres l'enfer, dans les entrailles du volcan [4].

La nuit, dit Capacius, on entendait fréquemment des pleurs et des gémissements lugubres ; et sur une éminence aride on voyait s'élever tout à coup des oiseaux affreux qui affectaient des formes humaines. Depuis l'heure des vêpres du jour du sabbat, ils erraient battant des ailes jusqu'au lever du soleil de la seconde férie. Personne ne les vit jamais prendre de nourriture, ni ne parvint à les saisir. Le matin un corbeau poursuivait ces oiseaux de ses coassements, et tous disparaissaient se plongeant dans le gouffre.

L'opinion croyait que c'étaient les âmes des hommes poursuivies par les supplices vengeurs de la géhenne, qui souffrant toute la semaine, jouissaient de quelques instants de relâche le dimanche, en l'honneur de la glorieuse résurrection du Fils de Dieu. C'est ce à quoi Prudence semble faire allusion dans l'une de ses hymnes pascales [5].

[1] Come notturno uccel nemico al sole... — Arc. Egl. VII.

[2] Les vers qu'il emploie d'ordinaire sont ceux que les Italiens appellent *sdruccioli* (glissants), vers non rimés, de douze syllabes, où le dernier accent est suivi de deux syllabes brèves. On reproche à Sannazar certains latinismes que l'usage n'a point consacrés.

[3] Esse quoque in fatis reminiscitur affore tempus
    Quo mare, quo tellus, corruptaque regio cœli
    Ardeat, et mundi moles operosa laboret.

[4] Sigeber. in Chron. — Capac. Hist. Neapoli. in-4°, p 757. — Trithem. *De script. ecclesiast.* Paris. 1497. in-4°.

[5] Sunt et spiritibus sæpe nocentibus
    Pœnarum celebres sub Styge feriæ,
    Illa nocte, sacer qua rediit Deus
    Stagnis ad superos ex Acheronticis.

40

Ce récit de l'historien napolitain prend sa source dans les œuvres de Pierre Damien, sombre génie du xi° siècle qui se complaisait dans les légendes terribles. Le merveilleux surabonde à propos du Vésuve sous la plume de ce prélat. Citons-en quelques traits :

« Un serviteur de Dieu, des environs de Naples, habitait solitairement une roche escarpée le long de la voie publique. Or comme il psalmodiait diligemment en temps de nuit, il ouvrit la fenêtre de sa cellule pour évaluer l'heure. Et il vit passer sur la route une multitude d'hommes noirs comme des Éthiopiens, qui traînaient après eux des *sarcines*. Et il leur demanda qui ils étaient, et pourquoi ils emmenaient avec eux ce fourrage de juments. — Nous sommes, répondirent-ils, des esprits malins. Nous amassons ce foin, non pour nourrir des bestiaux, mais bien plutôt pour alimenter le brasier qui brûle les hommes (suivant cette comparaison de l'Apôtre : Sur ce fondement les uns bâtissent du foin et de la paille, le feu éprouvera l'ouvrage de chacun d'eux), signifiant par le foin et la paille les péchés qui embrasés par l'incendie de la géhenne consument perpé-tuellement les pécheurs. Ils ajoutèrent : Nous attendons prochainement chez nous Pandolphe, prince de Capoue, qui déjà est trépassé, ainsi que Jean, maître de la milice de la cité de Naples, qui vit encore sain et sauf. Aussitôt l'homme de Dieu courut, sans plus tarder, au susdit Jean. Il lui raconta heureusement tout ce qu'il avait vu et entendu.

» Par le même temps l'empereur Othon il s'avançait par la Calabre pour com-battre les Sarrasins. A ces nouvelles, Jean dit : Pour le moment il faut que je coure à la rencontre de l'empereur, et que je confère avec lui par provision des intérêts de cette terre. Mais je jure, après le départ de César, d'abandonner le siècle et de prendre l'habit monacal. Cependant, afin d'éprouver si ce que lui disait le solitaire était vrai, il dirigea sur-le-champ un messager vers les murs de Capoue. Celui-ci y fut et trouva Pandolphe mort. Jean lui-même ne vit pas arriver l'empereur, il survécut à peine quinze jours. Après sa mort, le mont Vésuve, d'où le feu de la géhenne s'échappe fréquemment, partit en flammes, et il fut clairement démontré que le foin dont les démons étaient porteurs avait alimenté le féroce incendie dont les hommes méchants et dépravés sont passibles. Car chaque fois que dans ces régions un mauvais riche meurt, on voit le feu jaillir du susdit mont; il coule soudainement un amas de résine sulfureuse, de manière à former torrent et à s'écouler impétueusement dans la mer. C'est là qu'on peut voir corporellement ce que l'apôtre Jean dit des méchants dans l'Apocalypse, qu'une partie d'eux-mêmes sera dans un étang ardent de feu et de soufre, ce qui est une seconde mort.

» En outre, un certain prêtre du pays de Naples, voulant apprendre avec plus de certitude qu'il n'est donné à l'homme sur quel point le gouffre de la géhenne éclatait plus violemment, se promit de pousser son audacieuse présomption. Donc il célébra les solennités de la messe; et plein d'audace il prit le chemin du Vésuve. Mais, s'étant avancé, scrutateur téméraire, plus loin que n'ont coutume les hommes, il ne put revenir et ne reparut plus.

» Un autre prêtre avait laissé sa mère malade à Bénévent. Or, comme il marchait sur les confins de Naples, il écouta le roulement des flammes, et entendit une voix gémissante qu'ils reconnut sans aucun doute pour celle de sa mère. Il nota l'heure, et constata évidemment qu'elle était morte à cet instant du jour. »

La renommée de ces faits surnaturels se répandit rapidement dans la chrétienté, et, suivant une tradition peu connue, elle donna naissance à la fête des morts. Laissons parler le chroniqueur.

« L'abbé Odillon de Cluny apprit par les récits d'un voyageur, homme rempli de piété, que dans les alentours du volcan on entendait les clameurs des démons. Là, disait-on, les âmes des défunts expiaient leurs fautes dans les supplices ; les prières et les aumônes des fidèles pouvaient seules les arracher aux flammes vengeresses. L'abbé, réfléchissant qu'aux kalendes de novembre se célébrait la fête de tous les saints, voulut que dans tous les monastères de son ordre le jour suivant fût consacré à la mémoire de tous les défunts. Cet usage passant dans l'Eglise devint une fête solennelle [1]. »

Nous ne saurions examiner jusqu'à quel point la crédulité du moyen âge s'abusa dans ces légendes. Toutefois l'horreur des lieux explique ces croyances populaires et naïves, dont on retrouve des traces analogues dans tous les pays. Aujourd'hui même, époque où l'on semble cuirassé contre toute terreur religieuse ou surnaturelle, on ne peut se défendre d'une impression profonde à la vue de ces nappes arides et désolées, de ces couches de lave qui chacune vous raconte un désastre nouveau.

P page 233.

« Plus l'entreprise était folle, plus l'exécution en fut précipitée. De toute part, on assemble des ouvriers ; on abat des arbres, on entasse des matériaux, on construit des navires ; et comme ils ne suffisaient point à cette immense construction, on mit en réquisition les bâtiments de transport, ce qui ne manqua pas d'affamer Rome et l'Italie. Grâce à l'activité des travailleurs, le pont fut construit sur un double rang de vaisseaux à l'ancre, et recouvert d'une chaussée de terre à la manière de la voie Appienne. De distance en distance il y avait sur le bord de ce chemin des hôtelleries et des réservoirs d'eau douce.

» Au jour fixé, après avoir sacrifié aux dieux et surtout à l'Envie, pour que la jalousie ne vint point envenimer cette grandiose entreprise, il se revêt de la cuirasse d'Alexandre, s'arme d'une hache, d'un bouclier et d'une épée qu'il brandit d'un air menaçant, puis montant à cheval s'avance sur le pont du côté de Baïes. De longues files d'infanterie et de cavalerie suivent le chef qui les appelle à de si brillants faits d'armes ; et, déployant hardiment les étendards, ils courent assiéger Pouzzoles. On s'escarmouche ; la ville est attaquée, défendue et prise dans les formes.

» Caïus avait joué la valeur ; il joua la fatigue et prit le reste du jour pour se

[1] Capac. Hist. Neapol. p. 760. — Capacius s'appuie ici sur le témoignage de Trithème de Spanheim, écrivain étranger au pays.

reposer. Le lendemain, en robe de triomphateur, il repassa le pont sur un char traîné par deux superbes chevaux, harangua ses soldats, se vanta d'avoir enchaîné et foulé aux pieds la mer, d'avoir pris des villes, vaincu des nations; disant que les dieux eux-mêmes avaient redouté sa majesté et s'étaient abstenus d'agiter les vents et les flots.

» Les festins, les jeux, l'allégresse du triomphe occupèrent l'armée tout le reste du jour; le prince était à table sur le pont avec tous ses courtisans; tous les autres sur les vaisseaux environnants, comme une espèce de garde. Des milliers de flambeaux luttaient contre les ténèbres de cette nuit où les prodiges succédaient aux prodiges. Le fond semi-circulaire du golfe depuis Baïes jusqu'à Pouzzoles resplendissait d'illuminations et de feux de joie. Les collines, les vallées, toutes les sinuosités du terrain paraissaient en feu; et la mer étincelait en reflétant cette prodigieuse variété de lueurs. Cet immense incendie réjouissait le prince, qui s'enorgueillissait d'avoir en deux jours vaincu le ciel et là terre et la mer.

» Pour terminer la fête, amis ou ennemis, connus ou inconnus, sont précipités par les ordres de Caïus du haut du pont, pendant que lui-même vogue au son des chœurs et des symphonies. Quelques-uns s'attachent au gouvernail ou à quelque partie des vaisseaux; on les repousse à coups de crocs et de rames [1]. »

Q page 242.

La sibylle de Cumes faisait ses prédictions dans le VIe siècle avant notre ère.

C'est elle qui apporta les livres sibyllins à Tarquin le Superbe, au nombre de neuf selon les uns, de trois selon les autres. Elle en demandait, aux témoignages de Varron, Solin, Pline, Gelle, Lactance, Servius et Suidas, trois cents *philippes*.

On n'est point d'accord ni sur le nombre des sibylles ni sur le nom qu'a porté celle de Cumes. Les uns en comptent deux, comme Martianus Capella; les autres trois (Plin. XXXIV, v.), quatre (Ælien. xii); Varron, le plus savant des Grecs et des Romains, dix, qu'il énumère avec les différents auteurs qui en font mention. La sibylle de Cumes, *Cumana*, est rangée la cinquième, et appelée tour à tour Amalthée, Démophile, Hérophile.

Les livres sibyllins furent déposés au temple de Jupiter Maximus, dans un coffre de pierre; la garde en fut confiée à deux patriciens, puis à dix, enfin à quinze sacrumvirs : ils étaient en outre les interprétateurs dans toutes les circonstances difficiles.

Dans la CLXXIVe olympiade (quatre-vingt-trois ans avant J.-C.), sous le consulat de Norbanus et de Scipion, les livres sibyllins furent brûlés dans l'incendie du Capitole.

Lors du rétablissement du Capitole, le sénat envoya des députés dans l'Italie et la Grèce pour se procurer d'autres livres d'oracles. On recueillit environ un millier de vers, qui furent rapportés à Rome toujours sous le nom de livres

[1] Brot. sp. Tac. Ann. l. VII, 9-16. — Conf. Suet. in Calig. XXXII. — Dion. XLIII.

sibyllins de la Sibylle de Cumes. Ces livres restèrent à Rome jusque sous le règne d'Honorius et de Théodose, époque à laquelle ils furent brûlés par Eucherius, fils de Stilicon, qui voulait s'emparer de l'empire, comme le rapporte Rutilius Claudius Numatius.

> Ne tantum patriis sæviret proditor armis
> Sancta sibyllinæ fata cremavit opis,

Saint Justin raconte (*ad Græcos cohortatio.* 57.) qu'étant allé à Cumes, il visita la grotte de la Sibylle, alors parfaitement conservée.

« Id erat maxima basilica tota in lapide incisa, opus quidem eximium et omni admiratione dignum. Ubi Sibyllam olim oracula edere solitam fuisse incolæ referebant, idque se a majoribus suis accepisse testificabantur; ostendebanturque adhuc vasa tria in templi medio in eodem lapide incisa, quibus aqua repletis lavabatur, acceptaque stola in abditissimam ejus templi partem, in eodem lapide fabrefactam, sese includens, thronoque, sive alta sede, in eodem lapide excavata considens, oracula reddebat.

» Templum hoc usque ad nostram ætatem perduravit. Anno enim salutis M. D. XXXIX terræ motu ingenti Campania terra quassata, Puteolis minutissimo pulvere cinereque e mari surgente totum coopertum est, collisque satis editus enatus est, ubi olim celeberrimum Sibyllæ fanum fuerat. Mihi autem Puteolos Baiasque, anno Domini M. D. XLIX, profecto accolæ quos regionis peritos mercede conduxeram, et templi locum, et formam et ea omnia fuisse narrabant. » — Onuphrii Panvinii Veronensis : de Sibyllis et carminibus sibyllinis liber.

R page 251.

Parmi les différents bains, celui dit *bagno della pietra*, parce qu'il guérissait de la *pierre*, était un des plus célèbres. Outre cette propriété, il avait encore la vertu, *disait-on*, de rendre l'ouïe à certains sourds, la vue à certains aveugles, etc., etc. En un mot, c'était un spécifique unique, comme l'on peut en juger par les vers suivants :

> Cui petra dat nomen, mirum reor esse lavacrum,
>   Quod lapidem possit frangere, nomen habet.
> Infesto capiti solet, hoc arcere dolores;
>   Auribus auditum præstat, et addit opem ;
> Lumina detergit nebulis maculosa fugatis,
>   Pectoris et cordis esse medela potest.
> Vesicas aperit, de renibus urget arenam,
>   Interiora lavat potus et hujus aquæ.
> Quamplures vidi calidam potare petrosos
>   Queis urina fuit post lapidosa satis.
> Vos igitur quibus est durus cum pondere venter,
>   Liberat assiduè potio talis aquæ.

Vid. Scip. Mazel. *Antichità di Pozzuolo*, p. 42, 43.

S. page 256.

Saint Séverin, apôtre de la Norique et de la Pannonie, florissait dans les temps qui suivirent la mort d'Attila, parmi la nation des Rugiens, où il venait de guérir un enfant de douze ans. Retiré tantôt à Sifering, tantôt à Burkénsdorf, tantôt à Heilygstat, il voyait venir à lui tout le peuple barbare. « Sous l'empire de cette dévotion, plusieurs guerriers partant pour l'Italie vinrent demander sa bénédiction. Parmi eux se trouvait Odoachar, qui ensuite régna sur l'Italie, beau jeune homme d'une haute stature, mais alors grosièrement habillé. Comme il entrait en s'inclinant, pour ne point toucher l'humble toit de la cellule, il apprit du serviteur de Dieu qu'il deviendrait un homme illustre. Va, lui dit le saint quand vint le moment des adieux, va en Italie ; tu es maintenant couvert de viles peaux, mais bientôt tu feras largesses à beaucoup.

TABLE DES MATIÈRES

TABLE DES VIGNETTES

— Lille. Typ. J. Lefort. 1868. —

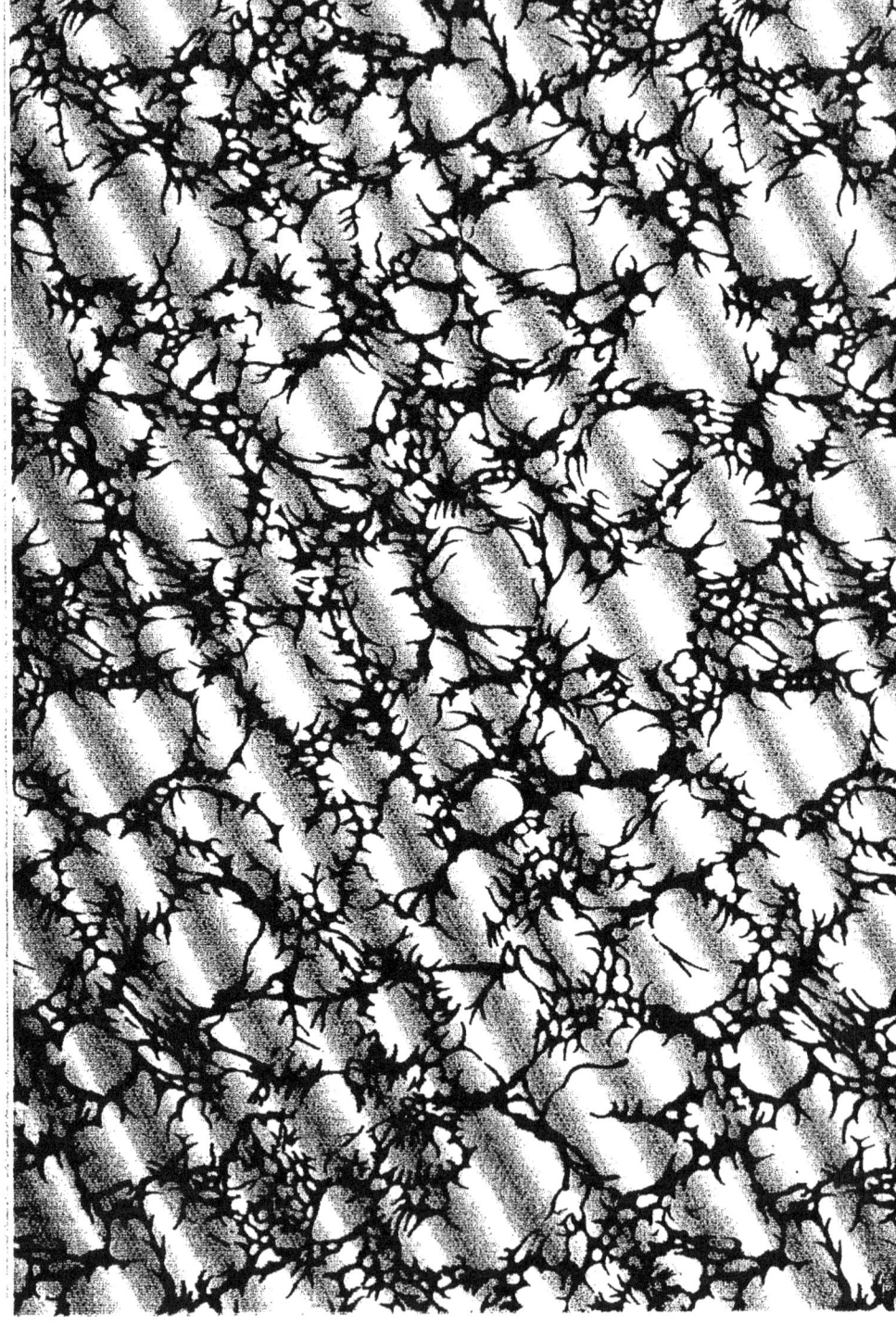

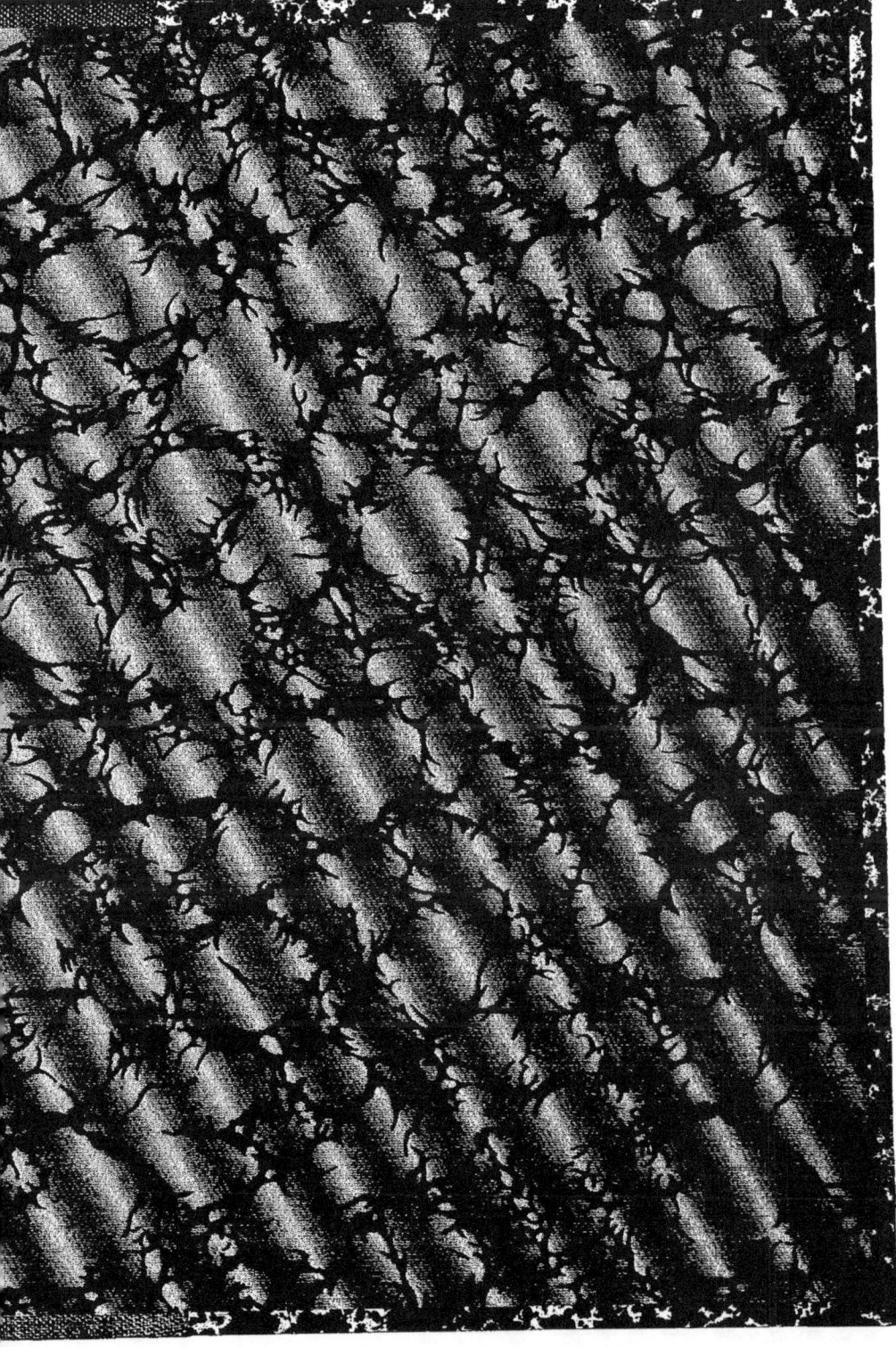

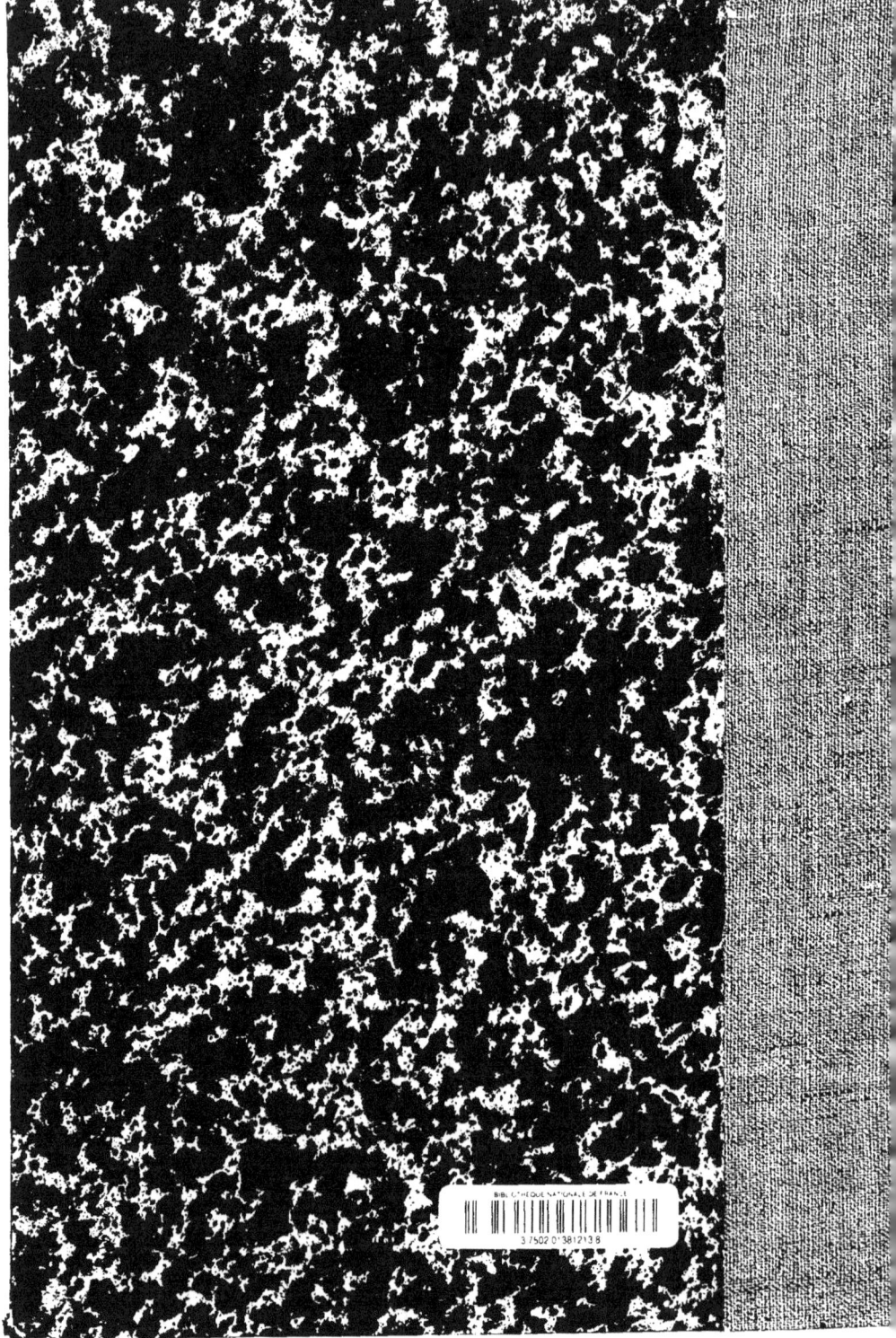